LILIANE SKALECKI / BIGGI RIST

Rabenfraß

MESSERSCHARF Am Buß- und Bettag verschwindet eine junge Frau und wird just an Kriminalhauptkommissar Heiner Hölzles erstem Urlaubstag im Harz enthauptet am Kleinen Rabenstein bei Hasselfelde aufgefunden. Alle Indizien deuten auf den Ehemann als Mörder, doch Hölzle befallen Zweifel. Nachdem er bei einer seiner Wanderungen auf einen bereits Jahre zurückliegenden Mord stößt, beginnt er auf eigene Faust zu ermitteln. Mithilfe seines Kollegen Harry Schipper und der Rechtsmedizinerin Dr. Sabine Adler-Petersen kommt er einer unglaublichen Mordserie auf die Spur und entdeckt, dass seit 20 Jahren ein grausamer Killer im Harz sein blutiges Unwesen treibt. Hölzle gerät während seiner Nachforschungen ins Visier des Mörders und begibt sich in tödliche Gefahr...

© Weser-Kurier_Hasselberg

Biggi Rist, geboren 1964 in Reutlingen. Nach der Ausbildung zur PTA an der Naturwissenschaftlich-Technischen Akademie in Isny arbeitete sie lange Zeit in der Labordiagnostik sowie zwei Jahre in der Forschung. Bereits als Siebenjährige schrieb sie auf der Schreibmaschine Geschichten. Zwei Jahre lebte sie in Melbourne, Australien. 2005 zog sie mit ihrem Mann nach Lilienthal am Rande Bremens.

Dr. Liliane Skalecki, geboren 1958 in Saarlouis. Nach einer Banklehre studierte sie Kunstgeschichte sowie klassische und vorderasiatische Archäologie an der Universität des Saarlandes. Seit 2001 lebt sie mit ihrer Familie in Bremen. Sie schreibt für die Zeitschrift Pferdesport – Bremen und veröffentlichte bisher Fachartikel und Sachbücher.

www.krimi-bremen.de

Bisherige Veröffentlichungen
im Gmeiner-Verlag:
Mordsgrimm (2014)
Rotglut (2013)
Schwanensterben (2012)

LILIANE SKALECKI /
BIGGI RIST

Rabenfraß

Kriminalroman

GMEINER SPANNUNG

Personen und Handlung sind frei erfunden.
Ähnlichkeiten mit lebenden oder toten Personen
sind rein zufällig und nicht beabsichtigt.
Bestimmte örtliche Gegebenheiten wurden aus dramaturgischen Gründen
leicht verändert. Das Dorf Maarode ist ein fiktiver Ort.

Besuchen Sie uns im Internet:
www.gmeiner-verlag.de

Im Ehnried 5, 88605 Meßkirch
Telefon 07575/2095-0
info@gmeiner-verlag.de

1. Auflage 2016

Lektorat: Claudia Senghaas, Kirchardt
Herstellung: Mirjam Hecht
Umschlaggestaltung: U.O.R.G. Lutz Eberle, Stuttgart
unter Verwendung eines Fotos von: © dk-fotowelt – Fotolia.com
und © Sandra Cunningham– Fotolia.com
Druck: CPI books GmbH, Leck
Printed in Germany
ISBN 978-3-8392-1832-7

Für Ralf, danke, dass du immer an mich glaubst. Biggi
Für Georg, Marian, Arlena und Marcel. Liliane

»Henker treten meist in Masken der Gerechtigkeit auf.«
Stanislaw Jerzy Lec (1906–1966)

»And the raven never flitting, still is sitting,
still is sitting
on the pallid bust of Pallas just above my chamber door.
And his eyes have all the seeming
of a demon that is dreaming.
And the lamp-light o'er him streaming
throws his shadow on the floor
And my soul from out that shadow
that lies floating on the floor
shall be lifted nevermore.«

Aus »The Raven«
von Edgar Allen Poe (1809–1849)

PERSONEN

Heiner Hölzle	Kriminalhauptkommissar aus Bremen macht Urlaub
Erika Pohl	Pensionswirtin Hölzles in Maarode/Harz
Andreas Pohl	Erikas Mann

Die Stammtischgruppe des Gasthauses ›Harzer Krug‹ in Maarode

Frank Radegast
Thomas Radegast
Richard Wiprecht
Simon Liske
Walter Jenitschek
Norbert Krause
Hans-Werner Würselen

Die Opfer

Stella Wiprecht	Richards Frau, wird zwei Tage vor Hölzles Ankunft in Maarode ermordet.
Klemens von Butzenbach	Evangelischer Pfarrer aus Clausthal-Zellerfeld. Ein Jahr vor Stella ermordet.

Vlad Robaniuc	Rumänischer Junge aus Ilsenburg. Drei Jahre vor Stella ermordet.
Ina Weidinger	Touristin aus Bremen. Fünf Jahre vor Stella ermordet.
Pia Dürr	Besitzerin eines Esoteriklädchens in Braunlage. Acht Jahre vor Stella ermordet.
Chris Sommer	Reiseverkehrskaufmann und Feuerwehrmann aus Cattenstedt. Elf Jahre vor Stella ermordet.
Bernhard Ries	Dachdeckermeister aus Darlingerode. Zwölf Jahre vor Stella ermordet.
Werner Hartmann	Frauenarzt aus Maarode. 20 Jahre vor Stella zu Tode gekommen.

Weitere Personen

Mirja Ploss	Ina Weidingers Lebensgefährtin
Lutz Liske	Simons Halbbruder
Harry Schipper	Kriminaloberkommissar und Freund Hölzles
Dr. Sabine Adler-Petersen	Rechtsmedizinerin aus Bremen
Prof. Marina Wulf	Forensische Psychiaterin

PROLOG: BUSS- UND BETTAG VOR 35 JAHREN

Bei rauem, stürmischem Wetter schwebt durch die Gemächer des Schlosses eine weiß gekleidete Gestalt, die einen Schlüsselbund in der Hand hält. Nur das Rauschen ihres Kleides und das Knarren der Türen, selbst wenn diese dreifach unter Schloss und Riegel liegen, verraten, die lautlose Stille unterbrechend, ihre Anwesenheit. Noch niemand hat es gewagt, sie anzurühren oder gar anzureden. Doch hat man bisweilen Seufzer und Klagetöne von ihr vernommen. Die weiße Frau soll vor allem in der Winterszeit bei Schneewetter, ferner zur Kriegszeit (sie kündigte Krieg an) und bei Unglücksfällen in der Familie erschienen sein. Begleitet wurde sie von einem kleinen weißen Spitzhündchen. Bei einer Hochzeit, die bei Schneewetter im Schlosse abgehalten wurde, vernahm man das Gerassel von Wagenrädern, und doch war später niemand zu sehen. Den Lärm hatte jedoch die weiße Frau verursacht. Die Schlüsseljungfer verschwand stets bei dem Brunnen auf dem Schlosse. Im Brunnen befindet sich ein Kasten mit Schätzen, der noch nicht gehoben werden konnte. Wer die Frau im Leben gewesen sei, ist unklar. Sie soll jedoch, nachdem sie aus Liebe zu einem Mann *ihre eigenen Kinder gemordet hat, keine Ruhe mehr in ihrem Grab gefunden haben.**

Das erste Grollen war noch weit entfernt. So stellte sie sich das satte, bedrohliche Brummen einer Bärin vor, die bereit war, jeden in Stücke zu reißen, der ihren Kindern zu nahe kam. Nur, dass es in diesem Wald keine Bären gab. Bei strahlendem Sonnenschein war sie losgegangen. Die Temperaturen waren ungewöhnlich mild für Mitte November. Vor zwei Jahren hatte sie sich angewöhnt, einmal in der Woche zu einem ausgedehnten Spaziergang aufzubrechen. Mittlerweile war aus dem Spaziergang eine stramme Wanderung geworden. Irgendwann war ihr zu Hause einfach die Decke auf den Kopf gefallen. Bevor sie geheiratet und ihre Kinder auf die Welt gebracht hatte, war sie sportlich und unternehmungslustig gewesen, war regelmäßig zum Schwimmen gegangen. Jetzt musste sie endlich wieder etwas für sich tun, den paar Pfund zu viel auf den Rippen den Kampf ansagen. Einen Sportverein gab es in ihrem Kaff nicht, und das Familienauto stand nicht immer zur Verfügung, um in die nächste Stadt zu fahren.

Anfangs hatte sie sich nur wenige Hundert Meter in den dichten Wald vorgewagt, doch nach einigen Wochen war er ihr immer vertrauter geworden. Sie liebte die Mischung aus Laub- und Nadelbäumen, vor allem im Herbst, wenn die Tage zwar kürzer wurden, das Buchenlaub jedoch langsam den satten Grünton gegen

---

* Harzer Sage: Die weiße Frau und der Brunnen vom Blankenburger Schloss

Goldgelb und Kastanienbraun tauschte. Größeren Tieren war sie bis jetzt selten begegnet. Einmal hatte sie aus der Entfernung einen Fuchs gesehen, ab und zu sprang ihr ein Stück Rehwild über den Weg. Von ihnen drohte keine Gefahr.

Wie ein Freund war ihr der Wald geworden, sie entdeckte seltene Hirschkäfer, fand ihre ersten Fliegenpilze. Im ersten Jahr hatte sie sich ein Pilzbestimmungsbuch angeschafft. Ein schmackhaftes Pilzgericht im Kopf war sie mit Argusaugen zwischen den Bäumen hindurchgestapft. Doch ihre Ausbeute blieb gering, und sie hatte die paar Pilze lieber entsorgt, als das Risiko einzugehen, sie ihrer Familie vorzusetzen. Nachdem sie ihre Wanderungen dann regelmäßig bei Wind und Wetter jeden Mittwoch aufgenommen hatte, im Winter bis zum Anbruch der Dunkelheit, im Sommer manchmal fünf Stunden und länger, hatte ihr Mann ihr zum Geburtstag einen, wie er ihn scherzhaft nannte, Überlebensrucksack geschenkt.

Taschenlampe, kleines Klappmesser, Thermosbecher, eine geologische Karte der Gegend, Traubenzucker. Anfangs hatte er sie immer noch ermahnt, sie solle auf den ausgewiesenen Wanderwegen bleiben, besorgt vorgeschlagen, ob sie nicht doch lieber mit ihrer Freundin Ulla laufen wolle. Doch im Grunde genommen war sie nie ein wirklich ängstlicher Mensch gewesen, konnte gut alleine sein. Genoss es sogar. In der Dichte des Waldes fühlte sie sich wohl, liebte die Kühle, wenn die Sonne im Juli heiß vom Himmel brannte, und staunte wie ein kleines Kind, wenn die Tannen in den höheren Lagen mit dem ersten Schnee ihre Welt in ein Zauberreich verwandelten. Dann kamen ihr auch die alten Geschichten in den Sinn, Sagen und Märchen, die aus einer anderen Welt und einer anderen Zeit stammten.

In der kleinen Bücherei, die im Rathaus ihr tristes Dasein fristete, hatte sie sich ein Sagenbuch ausgeliehen und es in einem Rutsch verschlungen. Unglaublich, wie reich ihre Heimat an solchen Mythen und Märchen war. Wilde Männer, Spukgestalten, Jäger, Hexen und weiße Jungfrauen bevölkerten Berge und Brunnen, Wälder und Schlösser.

Erschrocken zuckte sie zusammen, als das Grollen näherkam. Sie war vom Hauptweg abgewichen, weil sie einen kurzen Umweg über die Kapelle machen wollte. Mitten im Wald stand der kleine nahezu verfallene Bau, die Tür längst herausgebrochen, die Nische im Altarraum, die vor Jahrzehnten wahrscheinlich eine Heiligenfigur beherbergt hatte, fand sie nicht selten vollgestopft mit Flaschen, Dosen oder Brotpapier. Es war eine Angewohnheit geworden, eine Mülltüte mitzunehmen und den Dreck der anderen einzusammeln. Nur ein paar Meter weiter stand ein Abfallkorb, der sogar regelmäßig, so etwa einmal im Monat, geleert wurde. Es war ihr unverständlich, wo manche Leute einfach ihren Müll entsorgten.

Die Abstände, in denen das Grollen durch den Wald drang, wurden kürzer, in der Ferne zuckte ein Blitz. Ein eiskalter Wind strich unvermutet zwischen den Stämmen umher, sie konnte den Regen förmlich riechen, den er im Gepäck hatte. Einen Moment hielt sie inne, packte ihre Regenjacke aus und schlüpfte hinein. Noch so ein Geschenk ihres Mannes, das ihr das Überleben in der ›Wildnis‹ sichern sollte. Ein knarzendes Geräusch ließ sie aufschrecken. Sicherlich Äste, die sich im Wind aneinander rieben. In ein paar Minuten würde sie die Kapelle erreicht haben. Sollte es zu einem Wolkenbruch kommen, könnte sie ihn dort trocken überstehen, brauchte keine Angst zu haben, womöglich von einem Blitz getroffen zu werden. Sie beschleunigte ihren Schritt.

Wie von Geisterhand gewebt, bildeten sich langsam dichter werdende Nebelschwaden zwischen den Bäumen. Immer wieder aufs Neue davon fasziniert, betrachtete sie dieses Phänomen. Vor allem im Sommer liebte sie dieses Schauspiel, wenn ein Gewitter heraufzog und die plötzlich kühle, feuchte Luft auf den durch die Sommerhitze erwärmten Waldboden traf, der daraufhin dampfte, als würde sich ein Schlund zur Hölle öffnen. Wieder stoppte sie kurz, um zu beobachten, wie sich in einiger Entfernung ein Nebelgebilde, einer Säule gleich, auf einer kleinen Lichtung entwickelte. Fast schien es, als würde die Säule menschliche Konturen besitzen. War da nicht ein Kopf, oder sogar ein Körper, umhüllt von einem weißen Gewand?

Mit etwas Fantasie, und von der besaß sie eine gehörige Portion, konnte man sogar einen Arm ausmachen, der ihr zuwinkte wie eine Aufforderung, der Nebelgestalt zu folgen. Natürlich glaubte sie nicht an Spukgeschichten. Aber so stellte sie sich die Weiße Frau vor, eine Sagenfigur, von der man erzählte, dass sie mit einem Schlüsselbund durch die Gemächer ihres Schlosses schwebte. Auf immer und ewig verdammt, weil sie ihre eigenen Kinder ermordet hatte. Ihr Auftauchen verhieß nichts Gutes. Wer ihrer gewahr wurde, musste befürchten, dass sich Schreckliches in der Familie ereignete.

Ein plötzliches Schaudern überfiel sie. Es hatte nichts mit den sinkenden Temperaturen durch den Wetterwechsel zu tun. Ihre Nackenhaare stellten sich auf wie bei einem Hund, der Böses wittert. Am liebsten wäre sie umgekehrt, nach Hause gerannt, um sich zu vergewissern, dass ihre Familie gesund und munter war. Sie schüttelte über sich selbst den Kopf. Weg mit diesen absurden Gedanken. In der Kapelle würde sie das Gewitter abwarten und dann auf dem kürzesten Weg ins Dorf zurückkehren. Die ersten Tropfen fielen vom Himmel. Schwer und kalt klatschten sie vom bleigrauen Himmel, verursachten beim Auftreffen auf die Blätter ein sattes Geräusch. Plopp, plopp. Es war die Art Regen, der bereits jetzt vom nahenden Winter kündete. Sie musste sich sputen, wenn sie noch einigermaßen trocken in der Kapelle ankommen wollte.

Wieder vernahm sie nur wenige Meter entfernt ein Knacken, dürres Holz, das brach. Ein Tier, das durchs Unterholz flüchtete? Sie drehte sich nicht um, der Regen prasselte jetzt mit aller Gewalt durch das sich lichtende Blätterdach. Jetzt begann sie zu rennen, ein beklemmendes Gefühl hatte von ihr Besitz ergriffen. Waren das menschliche Schritte? Unmöglich zu erkennen, der Waldboden dämpfte jegliches Geräusch. Der Rucksack schlug bei jedem Schritt gegen ihren Rücken. Da, wieder dieses Geräusch von brechendem Geäst.

Nicht nur Regen lief über ihr Gesicht, jetzt rann ihr auch Schweiß von der Stirn, brannte in den Augen. Weiter stürzte sie in Richtung Kapelle, hörte sich selbst ächzen. Ein eiskalter Schauer erfasste ihren ganzen Körper. Ihr hektisches Atmen wurde überlagert von einem Keuchen, einem Keuchen, das nicht aus ihrem Mund kam, einem Keuchen, das sich ihr von hinten näherte. Schneller, immer schneller rannte sie, jagte förmlich durch den Wald, stolperte über eine Baumwurzel, raffte sich, ohne sich umzudrehen, wieder auf, spürte ihr aufgeschlagenes Knie nicht.

Ihr Herz schmerzte. Doch nicht von der Anstrengung, es schmerzte vor Angst. Noch jemand war im Wald, jemand oder etwas. Jemand oder etwas, das sie verfolgte, hinter ihr her war, sie hetzte wie ein Stück Wild. Wo zum Teufel war die Kapelle? Sie müsste doch schon längst da sein! Dort würde sie Schutz finden. Ihr Taschenmesser fiel ihr ein. Damit würde sie sich, egal gegen wen oder was, verteidigen. Nur musste sie das erst aus dem Rucksack kramen. Keine Zeit! Weiter, weiter!, feuerte sie sich stumm an.

Urplötzlich war das Keuchen, das sich wie ein glitschiges ekelerregendes Tier an ihrem Nacken festgesaugt hatte, verschwunden. Nun glich es einem Grunzen, das sie ein Stück links vor ihr begleitete. Sie drehte den Kopf in die Richtung, aus der das Geräusch zu ihr herüber drang, doch die riesige Kapuze ihrer Regenjacke nahm ihr die Sicht. Sie schlug die Kapuze beiseite, doch sie konnte im strömenden Regen nichts erkennen. Wer oder was auch immer sie verfolgte, war nun an ihr vorbei, hatte einen Vorsprung. Erneut drang der Grunzton an ihr Ohr, nun gepaart mit einem schnüffelnden Geräusch, der sich dann aber langsam entfernte.

Fast hätte sie vor Erleichterung laut gelacht. Ein Wildschwein, es musste ein Wildschwein sein, dessen Weg sie gekreuzt hatte. Nicht, dass man bei den Schwarzkitteln keine Vorsicht walten lassen musste, aber das Schwein würde ihr sicherlich nicht bis in die Kapelle folgen. Endlich kam das kleine Gotteshaus in Sicht. Zum ersten Mal, seit sie es entdeckt hatte, stand es plötzlich dunkel und unheimlich vor ihr. Sie stürzte hinein, blieb sofort ruckartig stehen. Etwas stimmte hier ganz und gar nicht.

Jemand war vor ihr angekommen, wartete auf sie. Keuchender Atem füllte den kleinen in finsterste Schwärze getauchten Raum. Jähes Entsetzen befiel sie, ließ sie auf dem Absatz kehrt machen wie ein flüchtendes Pferd. Hinaus! Nur hinaus! Nach Hause!

Ein heftiger Ruck an ihrer Jacke brachte sie ins Straucheln, dann lag sie rücklings auf dem Boden. Mit panisch aufgerissenen Augen blickte sie in ein Augenpaar, dem nichts Menschliches anhaftete. In diesem Moment wusste sie, sie würde qualvoll sterben. Ihr letzter Gedanke galt ihrer Familie.

1. URLAUBSTAG

Hölzle fuhr zügig mit seinem Tiguan auf der Autobahn in Richtung Bad Harzburg. Seine Gedanken hingen den vergangenen Wochen nach. Die geplanten Flitterwochen in Australien waren geplatzt, die Beziehung zu Christiane hatte in einem Desaster geendet. Dabei war doch alles so minutiös geplant gewesen. Zuerst einige Tage Sydney, dann weiter mit dem Flugzeug nach Cairns, ganz im Norden des Bundesstaates Queensland, dort ein Auto mieten und die Gegend erkunden bis ans Cape Tribulation. Die Höhepunkte auf dem Weg wieder Richtung Süden mit einem Mietwagen sollten dann ein Segeltörn in den Whitsundays mit Schnorcheln am Great Barrier Reef sein und ein zweiter Inlandsflug an die Sunshine Coast mit Besuch der weltgrößten Sandinsel Fraser Island. Zum Abschluss noch eine Woche Melbourne und Umgebung, was mit einem dritten Inlandsflug verbunden gewesen wäre. Mitte Dezember hätte es losgehen sollen, sodass sie Weihnachten und Silvester *Down Under* verbracht hätten.

Was macht 'n der do für an Scheiß?, fragte sich Hölzle, als der Wagen rechts neben ihm auf einmal gefährlich nahe kam. Ein Blick auf den Fahrer, und die Frage beantwortete sich von selbst. Wieder so ein Idiot, der während des Fahrens SMS schrieb und damit sich und andere in eine lebensbedrohliche Situation bringen konnte. Nicht zu fassen! Hölzle hupte kurz und gab Stoff, dann verschwand das andere Auto im Rückspiegel.

Tja, es hätte alles so schön sein können mit den vorgezogenen Flitterwochen. Die Hochzeit hatten sie auf einen späteren Zeitpunkt verschieben müssen, da Manfred Johannsmann, Christianes Vater, einen Herzinfarkt erlitten hatte, und sie den Termin für die standesamtliche Trauung deswegen ins Frühjahr verlegen wollten. Hölzle glaubte nach wie vor, dass der Auslöser für den Infarkt die Ankündigung der Hochzeit gewesen war, denn er und Manfred konnten sich seit eh und je nicht ausstehen. Er war nie der Partner für Christiane gewesen, den sich Manfred für seine Tochter gewünscht hatte. Und als Ehemann taugte er in den Augen des alten Johannsmann schon mal gar nicht. Tja, jetzt konnte sich der Alte ja auf den Weg machen, um den geeigneten Mann für seine Tochter zu suchen.

Die Hochzeits- und Reiseplanungen waren schon weit gediehen gewesen, als Christiane und er einen furchtbaren Streit bekommen hatten. Es war der größte Krach, seitdem sie ein Paar waren. Und er war so ausgeartet, dass eine Trennung kaum noch zu vermeiden gewesen war. Und alles nur, weil Christianes Eifersucht im Lauf der Jahre ihres Zusammenlebens mittlerweile in Hölzles Augen pathologische Züge angenommen hatte. Vor allem in den letzten Monaten hatten sich ihre Anschuldigungen, Hölzle flirte mit anderen Frauen, oder noch schlimmer, er sei ihr untreu, gehäuft. Nachdem er sie nun fast täglich beschwichtigen musste, war er es endgültig leid gewesen, immer und immer wieder zu betonen, es gäbe keinen Grund für ihre Eifersucht. Gab es auch wirklich nicht. Doch nach dem angeblichen Techtelmechtel mit der Rechtsmedizinerin Dr. Sabine Adler-Petersen glaubte Christiane ihm kein Wort mehr. Nichts war geschehen, eine ganz und gar harmlose Geschichte. Er hatte ihr alles erklärt. Und doch hatte Christiane danach begonnen, ihn zwanghaft zu kontrollieren. Sie hatte sich sogar an sein Handy gewagt und Kurznachrichten abgerufen, öffnete neuerdings die an ihn persönlich adressierte Post. Dies alles hatte endgültig das Fass zum Überlaufen gebracht.

Hölzle hatte ein paar Kleidungsstücke und sein Rasierzeug in zwei Reisetaschen geworfen und die gemeinsame Wohnung verlassen. Kurzfristig war er bei seinem Kollegen und Freund Harry Schipper untergekommen, doch nun wohnte er seit drei Wochen nur mit dem Nötigsten ausgestattet in einer schönen Dreizimmerwohnung in Bremens beliebtem Stadtteil Findorff. Die meisten Sachen lagerten noch in Christianes Wohnung, aber er hatte es nicht mehr geschafft, sie dort abzuholen. Zudem hatte er auch keine Lust, auf Christiane zu treffen. Er war es einfach müde, seine Treue immer wieder aufs Neue schwören zu müssen. Hölzle wollte nur noch seine Ruhe, fühlte sich völlig ausgebrannt.

Der vierwöchige Urlaub für die Australienreise war bereits genehmigt gewesen, und Hölzle hatte keinen Sinn darin gesehen, ihn rückgängig zu machen oder zu kürzen. Wann bekam man denn schon mal vier Wochen freie Zeit am Stück? Zu Hause bleiben wollte er allerdings nicht, er musste einfach raus, abschalten, auf andere Gedanken kommen, über alles, was sich in den letzten Wochen ereignet hatte, nachdenken. Er glaubte nicht daran, dass er in einer Midlife-Crisis steckte, dazu war er eigentlich noch zu jung. Aber er musste sich Klarheit über sein zukünftiges Leben verschaffen. Und dazu musste er raus, raus aus seiner Wohnung, raus aus Bremen. Zu weit weg fahren wollte er nicht, und noch wichtiger war ihm, dass es dort, wo er die nächsten Wochen verbringen würde, absolut ruhig war.

Zuerst hatte er in die Lüneburger Heide reisen wollen, aber wenn er ehrlich war, fehlten ihm die Wälder, und auch ein paar Berge wären ganz nett gewesen. Und so hatte er sich, weil hier einfach alles zusammenpasste, den Harz als Reiseziel auserkoren und darum gebeten, seinen Urlaub vorziehen zu dürfen. November war zwar vielleicht nicht die ideale Jahreszeit dafür, aber wandern konnte man immer, und die Städtchen und Sehenswürdigkeiten, die er sich anschauen wollte, wären dann zumindest touristisch nicht so überlaufen.

Wandern ist gut zum Nachdenken, hatte er gedacht, und zum Abschalten. Der Harz hatte viel zu bieten, Natur pur, hübsche Städtchen mit viel Flair, Schlösser und Museen. Genau das Richtige, um wieder zu sich selbst zu finden. Einen ganz kurzen Moment hatte er dann doch gezögert, denn in die Sonne Australiens zu fliegen und das tiefe Blau des endlosen Pazifiks auf sich wirken zu lassen, wäre natürlich genial, um Abstand zu gewinnen und abzuschalten. Doch alleine hatte er die weite Reise dann doch nicht antreten wollen, zu viele Erinnerungen wären damit verbunden gewesen, denn Christiane hatte mit großem Eifer die Planung in die Hand genommen.

Doch nicht nur der Bruch in seiner Beziehung zu Christiane machte ihm zu schaffen. Auch beruflich war etwas geschehen, was ihn, den Polizisten durch und durch, in seinen Grundfesten erschüttert hatte. In all den Jahren, in denen er bei der Polizei war, hatte Heiner nur zwei Kollegen gekannt, die durch eine falsche Entscheidung an den Rand eines Nervenzusammenbruchs geraten waren. Einer hatte sich in den Innendienst versetzen lassen, der andere hatte den Dienst quittiert. Ob der ganze Ärger mit Christiane eine Mitschuld daran trug, dass auch er zu einer solch gravierenden Fehleinschätzung gekommen war? Er wusste es nicht. Nachdem es zu diesem fatalen Irrtum gekommen war, hatte die interne Ermittlung ihre Arbeit aufgenommen. Doch Heiner Hölzle war kein dienstliches Vergehen nachzuweisen gewesen. Er selbst hatte das Gespräch mit dem Polizeipsychologen gesucht, der ihm empfohlen hatte, die vier Wochen als Auszeit zu nutzen.

Hölzles Gedanken wanderten von seinem Beziehungsende zu dem Einsatz, der ihm bis heute keine Ruhe ließ. Vor etwas mehr als zwei Monaten waren er und Harry durch den Anruf eines besorgten Nachbarn zu einer Wohnung in der Vahr gerufen worden. Aus der Wohnung über ihm seien Schreie zu hören, so der Nachbar, das Weinen eines Kindes, Geräusche, wie durch Schläge verursacht. Es war ein eindeutiger Fall von häuslicher Gewalt, dazu kam für die Polizisten die Sorge, dass ein Kind körperlich bedroht wurde. Als er und Harry zu der Wohnung kamen, hatte sich ihnen ein chaotisches Szenario geboten.

Ein kleines kaum zwei Jahre altes Mädchen wurde von einem Mann, vermutlich dem Vater, festgehalten. An den Armen des Kindes zeigten sich blaue Flecken, das Gesichtchen war gerötet vom jämmerlichen Weinen. Die Beamten konnten nur mutmaßen, wo sich sonst noch weitere Hämatome an dem kleinen dünnen Körper befanden und welchen Qualen das Kleinkind ausgesetzt worden war. Die mutmaßliche Mutter des Mädchens schrie und prügelte auf den Vater ein, schlug ihm ins Gesicht und versuchte, das Kind von ihm wegzuzerren. Harry und Hölzle mussten umgehend eingreifen. Harry stoppte die Frau, während Hölzle den Mann zurückdrängte, ihm das nun fast apathisch wirkende Kind entwand und es schützend hinter sich zog. Weitere Polizeibeamte trafen ein, und er ordnete an, den Vater in Gewahrsam zu nehmen, Mutter und Kind umgehend in ein Krankenhaus zu bringen. Wie sich herausstellte, lebten die Eltern getrennt, dem Vater wurde ein Umgangsverbot erteilt. Gleichzeitig erhob die Staatsanwaltschaft Anklage gegen den Kindesvater wegen Misshandlung von Schutzbefohlenen.

Keine drei Wochen nach diesem Einsatz mussten er und Harry erneut zu der Wohnung, nachdem Nachbarn die Polizei angerufen hatten. Wieder seien klägliche Schreie eines Kindes aus der Wohnung gedrungen. Harry musste die Tür aufbrechen. Und dieses Mal fanden sie das Kind bewusstlos in seinem Bettchen. Davor kauerte die Mutter, stark betrunken.

Als Harry sie aufforderte, zu sprechen, zu erklären, was vorgefallen war, war die Frau hochgradig aggressiv geworden, hatte Harry angespuckt. Wie nun offensichtlich wurde, war die Mutter wohl auch bereits beim ersten Mal die Person gewesen, von der die Gefahr für das Kind ausgegangen war, denn der Vater befand sich dieses

Mal überhaupt nicht in der Wohnung. Es hatte Hölzle wie ein Faustschlag erwischt, als Harry und er erkennen mussten, dass sie, und vor allem er selbst als Harrys Vorgesetzter, beim ersten Einsatz eine fatale Fehlentscheidung getroffen hatten.

Aufgrund der sich darbietenden Situation war Hölzle davon ausgegangen, der Vater des Mädchens sei derjenige, der das Kind geschlagen hatte. Doch damit hatte er vollkommen falsch gelegen. Den damals gestammelten Unschuldsbezeugungen des Vaters hatte niemand Glauben geschenkt, die Situation war eindeutig gewesen. Hatten sie angenommen. Diese Fehleinschätzung musste die Kleine nun bitter bezahlen. Die Mutter hatte das Kind, das nicht hatte einschlafen wollen, immer und immer wieder geschüttelt. Durch das erlittene Trauma würde es in seinen geistigen Fähigkeiten lebenslang eingeschränkt bleiben.

Hölzle fühlte sich schuldig. So etwas war ihm noch nie passiert, immer hatte er in all den Jahren die richtige Entscheidung getroffen, und nun war ein Kind schwer verletzt worden, hatte durch seinen fatalen Fehler seine Gesundheit eingebüßt. Was war nur mit ihm los? Hatte er seinen Instinkt, sein Bauchgefühl verloren?

An der nächsten Abfahrt blinkte Hölzle und verließ die Autobahn. Seine Route führte ihn in Richtung Blankenburg, wo er sich in der Umgebung in aller Abgeschiedenheit eine nette Pension suchen wollte. Spontan entschied er sich für das knapp sieben Kilometer entfernte Maarode, ein, wie er hoffte, verschlafener kleiner Ort. Ganz in der Nähe des Blauen Sees gelegen, wie ihn ein Hinweisschild wissen ließ. Gemächlich lenkte er seinen

Wagen durch die Ortschaft. Entlang der Hauptstraße reihten sich verschiedene Läden und ein Café, zentral lag die Kirche, deren Turm vom Auto aus zu sehen war. Die zumeist als Fachwerkbauten errichteten Häuser waren in ganz unterschiedlichem Erhaltungszustand. Die meisten waren herausgeputzt, ein paar wenige total heruntergekommen.

Wahrscheinlich wohnt do scho länger niemand, ond koiner kümmert sich drum, sinnierte Hölzle. Nicht selten waren Erbengemeinschaften daran schuld, wenn Häuser nach und nach verfielen. Vor allem nach der Wende konnten sich Ost- und Westdeutsche meist nicht einigen, und man ließ die Objekte lieber verfallen, als dass man sie einem Verwandten gegönnt hätte.

Die Kirche erschien ihm für den kleinen Ort erstaunlich groß. Ihr mächtiger schiefergedeckter Turm ragte hoch hinaus. Die Hauptstraße war wie ausgestorben. Hölzle fuhr langsam an den Häusern mit ihren Vorgärtchen vorbei, hatte den Eindruck, dass die eine oder andere Gardine kurz zur Seite gezogen wurde. Hier passierte offensichtlich nicht viel, wenn die Bewohner schon einem durch die Straße kriechenden Auto hinterher schauten. Aber genau das suchte er ja: Ruhe.

Gespannt hielt er links und rechts Ausschau nach einer einladenden Unterkunft. Ein offenbar selbst gemaltes Schild mit der Aufschrift Gasthof Harzer Krug und einer naiv gepinselten kleinen Baumgruppe darunter erregte seine Aufmerksamkeit. Das könnte genau das sein, was er suchte. Er bog links ab, und nach 300 Metern sah er den gemütlich aussehenden Gasthof schon. Ähnlich wie die Kirche hob sich das Haus aus der Schar der Fachwerkwerkhäuser hervor. Es war aus Sandstein errichtet, und die Eingangstür war von einer aufwendigen Rahmung, ebenfalls aus Sandstein, gefasst, in die eine umlaufende Ranke hineingemeißelt war.

Des isch's, freute sich Hölzle, parkte den Tiguan auf einem der vorgegebenen Parkplätze seitlich des Gasthofes und stieg aus. Drei Steinstufen führten zur Eingangstür, und Hölzle betrat den in hellen Farben gestalteten Rezeptionsbereich. Er war positiv überrascht. Hier gab sich jemand richtig Mühe. Suchend schaute er sich um, doch es war niemand zu sehen. Auf dem Tresen der Rezeption entdeckte er eine kleine Klingel. Übermütig klopfte er mit der flachen Hand auf den Knopf und wartete. Neugierig ließ Hölzle seine Blicke schweifen. Nach links ging es in den Gastraum, rechts führte eine Treppe in die oberen Geschosse. Die Holztreppe wirkte ausgetreten, irgendwie gemütlich. Der Handlauf des Geländers war dunkelrot gestrichen. So hatte es auch im Treppenhaus seiner Großmutter ausgesehen. Über dem Zugang zur Schankstube hing eine Holztafel – eine Baumscheibe, die rundherum wie angesengt wirkte – mit der freundlichen Aufforderung ›Kehr ein‹. Auch nett.

Zwei Minuten nach dem sanften ›Bing‹ der Klingel erschien eine sympathisch aussehende dunkelhaarige Frau mittleren Alters. Sie war klein und mollig, und ihre geröteten Pausbacken ließen vermuten, dass sie gerade von einer körperlich anstrengenden Arbeit an die Rezeption geeilt war.

»Guten Tag, was kann ich für Sie tun?«, fragte sie freundlich und etwas atemlos.

»Haben Sie ein Einzelzimmer frei?«

»Sicher. Für eine Nacht?« Sie lächelte ihn an.

Hölzle schüttelte den Kopf.

»Zwei Wochen, wenn's geht«, antwortete Hölzle und schenkte der Frau ein jungenhaftes Grinsen.

»Sicher, selbstverständlich. Um diese Jahreszeit ist das kein Problem. Die meisten Touristen sind schon wieder weg und die Skifahrer noch nicht da. Das Zimmer kostet eigentlich 35 Euro die Nacht, aber bei zwei Wochen mache ich Ihnen einen günstigeren Preis. 420 Euro. Frühstück ist mit dabei.«

Hölzle strahlte.

»Das klingt perfekt, vielen Dank.«

Sie legte ihm ein Formular und einen Kugelschreiber hin. Hölzle füllte die Zeilen aus, unterschrieb und schob ihr das Papier zurück.

»Oh, Sie kommen aus Bremen, Herr Hölzle«, stellte sie fest, als sie einen Blick auf den Zettel geworfen hatte. »Schöne Stadt. Ist schon ein paar Jahre her, dass wir dort gewesen sind. Mir und meinem Mann hat Bremen gut gefallen. Wir waren zum Freimarkt da, ein tolles Fest. Ich bin übrigens die Erika. Erika Pohl.«

Sie drehte sich um und nahm den Schlüssel mit der Nummer zwei von einem hinter dem Tresen angebrachten Bord. Lediglich ein zweites Zimmer schien vermietet, ansonsten hingen sämtliche Schlüssel mit ihren klobigen polierten Metallanhängern an den Haken.

»So, ich geb' Ihnen die Zwei. Das ist das geräumigste Zimmer, hat ein Doppelbett und das größte Badezimmer. Zudem haben Sie von dort die schönste Aussicht. Gleich hier um die Ecke die Treppe rauf und dann die zweite Tür links.«

»Haben Sie vielen Dank, Frau Pohl.« Er nahm den Schlüssel entgegen, schob ihn in seine Jackentasche.

»Ach was, Erika reicht.«

Hölzle grinste. »Heiner.«

Eine knappe halbe Stunde später hatte sich Hölzle in dem hellen, gemütlichen Zimmer eingerichtet und sich frisch gemacht. Das Zimmer war sauber, und die Matratze machte einen bequemen Eindruck. Am Fenster hatte Erika – oder wer auch immer – einen kleinen runden Tisch platziert, daneben zwei dunkelrote Sesselchen und eine Stehlampe. Den Tisch schmückte eine kleine Kristallvase mit künstlichen Blumen. Und die Aussicht war, wie Erika versprochen hatte: Der Blick ging über einen gepflegten Bauerngarten mit akkurat angelegten Beeten bis an den Waldrand, wo sich nicht minder akkurat Fichten aneinanderreihten. Gegenüber dem Bett hing ein erstaunlich moderner Flachbildfernseher, die Fernbedienung lag auf einem kleineren Schreibtisch, der direkt unter dem Fernseher stand. Ein vergrößertes Foto über dem Bett zeigte den Brocken, sein Gipfel in Nebelschwaden gehüllt. Auch vom Badezimmer war Hölzle angenehm überrascht. Vor allem die große Dusche mit halbrundem Einstieg imponierte ihm. Das Bad besaß sogar ein Fenster, nicht eben Standard bei einer Pension, wo die Badezimmer meist fensterlos waren und die Lüftung zu wünschen übrig ließ. Hölzle zog sich um und ging wieder nach unten.

Erika telefonierte hinter ihrer Rezeption, und Hölzle wartete geduldig, bis sie auflegte.

»Ich wollte fragen, ob die Gastwirtschaft schon geöffnet ist, oder habt ihr noch geschlossen?«

Sie schaute auf ihre Armbanduhr.

»Naja, um die Uhrzeit ist noch niemand in der Küche, aber ich kann Ihnen auch eine Kleinigkeit machen, Heiner. Allerdings nur kalte Küche. Ich muss noch schnell nach Blankenburg, ein paar Besorgungen erledigen.«

»Das ist nett, aber machen Sie sich keine Umstände, ich find schon was. Eine Bäckerei habe ich vorhin an der Hauptstraße entdeckt. Da bekomme ich sicher …«

Mit einer Handbewegung schnitt Erika ihm das Wort ab.

»Nein, kein Problem. Wir haben frische geräucherte Forellen, wenn das was für Sie wäre.«

»Lecker. Das nehm ich gern. Und ein Pils dazu, bitte.«

Sie nickte und zeigte auf die Tür zur Gaststube. Die Zeit, bis das Essen kam, überbrückte Hölzle mit einem ersten Blick in das hiesige Zeitungsblatt, den Harzer Bote. Landfrauentreffen mit Verkauf von Selbstgemachtem für einen guten Zweck, Aufführung eines Theaterstücks in der Aula eines Gymnasiums, ebenfalls für karitative Zwecke, Versammlung der Freiwilligen Feuerwehr nächsten Freitag, Prämierung eines Jungbullen mit Foto des stolzen Züchters. Ja, hier war die Welt noch in Ordnung. Erika brachte ein frisch gezapftes Pils, und etwa eine Viertelstunde später stand vor Hölzle ein appetitlich angerichteter Teller mit Räucherforellen, Preiselbeermeerrettich, einem kleinen frischen Salatbouquet und dunklem knusprig gebackenem Brot. Mit dem zweiten Pils beglückwünschte er sich zur Wahl seiner Pension. Hier konnte er sich bestimmt gut erholen. Dass er sich damit richtig täuschen sollte, konnte er nicht ahnen.

SONNTAG ZUVOR

Aus dem Tagebuch eines Scharfrichters. Den 28. February, 1648. Elysabeth Mechtlin nach ihrem Vater, Christoff Sahrs, Zuckhermachers Weyb, am Weinmarckh, so zum drittenmal die Ehe gebrochen, er sie allemal wieder angenommen, letztlich mit einem davon zogen, hin und wieder Hurerey getrieben, alß ein gemeine Hur, auch mit zweyen leiblichen Brüdern, Hannßen Schneyder, der auch Zuckhermachern, zwischen den Fleischbenckhen Unzucht getrieben, außgnaden mit dem Schwerdt gericht.

»Wo kommst du jetzt her, es ist bereits nach elf?«

Seine Stimme hatte schärfer als beabsichtigt geklungen. Richard Wiprecht wusste ganz genau, dass er bei seiner Frau Stella nur das Gegenteil erreichte, wenn er laut wurde. Und tatsächlich, mit beleidigter Miene und wippendem Pferdeschwanz stolzierte sie an ihm vorbei, ohne ihn eines Blickes zu würdigen.

»Stella, Liebling, ich mache mir doch nur Sorgen um dich. Es wird früh dunkel, und die Strecke von Blankenburg nach Hause ist nicht ungefährlich. Du weißt, dass im letzten Herbst Erika fast verunglückt ist, weil sie durch das Laub auf den nassen Straßen mit dem Wagen ins Schleudern kam. Komm her, Schatz, ich hab's nicht so gemeint.«

Bittend streckte er die Arme aus, wollte Stella an sich ziehen, doch seine Frau blieb neben dem Sofa stehen und machte keine Anstalten, sich ihm zu nähern.

»Richard, deine ewige Bevormundung, die du so nett in ›Ich mach mir ja solche Sorgen‹-Gewäsch verpackst, stinkt mir langsam. Nie kann ich ausgehen, ohne dass du wissen willst, wann, wie lange, wohin und mit wem. Wenn ich nur ein paar Minütchen später komme, sitzt du schon mit so einer Hackfresse da«, sie zog eine Grimasse, »dein Gesicht, deine Körperhaltung, alles ist ein einziger Vorwurf.«

»Ich mache mir *wirklich* Sorgen. Das Training fängt um sechs an, hört um halb acht auf, halbe Stunde Duschen und Umziehen, dann sind wir bei acht Uhr. In einer Viertelstunde, maximal 20 Minuten kannst du zu Hause sein. Also, wo bitte hast du die letzten Stunden gesteckt, wenn ich fragen darf? Den restlichen Sonntagabend verbringen wir sonst auch immer zusammen!«

»Wenn du es genau wissen willst, ich war mit Maja und Jasmin spontan noch ein Glas Wein trinken, das wird ja wohl noch erlaubt sein«, gab sie trotzig zurück.

»Mit Jasmin? Welcher Jasmin? Mit Jasmin Griesbach? Dann pass mal auf.«

Richard Wiprecht griff nach dem Telefon, das auf dem Beistelltisch neben der Couch stand, tippte auf ein paar Tasten und eine weibliche Stimme ertönte:

»Hallo, Stella, hier Jasmin, ich hab mir irgendwie die Bänder am Fuß gezerrt und muss für heute leider absagen.«

Verdammt. Stella Wiprecht schoss die Röte ins Gesicht.

»Es ist doch egal, mit wem ich einen Wein hinterher trinke. Ja gut, Jasmin war nicht dabei, aber wenn sie da gewesen wäre, wäre sie mitgegangen.«

»Sag mal, willst du mich für dumm verkaufen? Sie war aber nicht da.«

Richards Stimme war nun um eine Nuance schärfer geworden. Misstrauisch blickte er zu seiner Frau, die sich, offensichtlich aus Verlegenheit, so kam es ihm vor, über ihre Sporttasche bückte, als ob sie etwas darin suchte. Aber sie zog nur mit einem Ruck den Reißverschluss zu, nachdem sie ein schweißnasses Trikot hervorgekramt hatte, das sie ihm nun vor die Füße warf.

»Hier, wenn du mir nicht glauben willst. Der Body ist noch klatschnass. Wo soll ich denn sonst gewesen sein, wenn nicht beim Training.«

»Jetzt verdreh mal nicht die Tatsachen. Ich habe dir nicht vorgeworfen, dass du nicht das Training mit deiner Hausfrauengruppe absolviert hättest. Sonntagabends Kurse zu geben, finde ich, wie du weißt, sowieso ungünstig. Aber, egal. Ich habe lediglich angemerkt, dass du danach fast drei Stunden gebraucht hast, um nach Hause zu kommen. Das ist ja wohl was ganz anderes.«

»Den Satz liebe ich ganz besonders, ›ich habe lediglich angemerkt‹. Im Anmerken bist du ja groß. Weißt du was, lass mich einfach in Ruhe, ich bin müde und will nur noch ins Bett.«

Richard verlegte sich, wie immer, wenn er bei Stella nicht weiter kam, aufs Betteln.

»Stella, Schätzchen, ich weiß ja, wir haben im Moment ein paar Probleme miteinander. Aber es gibt doch für alles eine Lösung. Gut, nicht für den Altersunterschied.

Aber es hat doch mal alles so wunderbar zwischen uns geklappt. Bist du denn so unglücklich in unserer Ehe, dass du dauernd mit Jüngeren flirtest? Oder vielleicht sogar noch mehr? Du machst mich doch zum Gespött der Leute. Alle reden darüber, du hättest damals im Sommer als Grasekönigin nichts anbrennen lassen. Ich habe dir geglaubt, dass da nichts war, aber jetzt bin ich mir nicht mehr so sicher. Stella, ich liebe dich, ich biete dir alles, was du dir wünschen kannst. Und ich habe nur den einen Wunsch …«

»Siehst du?«, unterbrach sie ihn. »Schon wieder. Das ist genau das, was ich meine. Du fällst doch auf alles rein, was in diesem Dorf so rumgetratscht wird. Wem glaubst du denn nun mehr, einer Erika, einem Andreas oder mir, deiner eigenen Frau? Kann ich was dafür, dass die Weiber hier alle direkte Nachkommen von Trampeltieren sind? Kann ich was dafür, dass ich jung, schlank und hübsch bin? Ich habe eben einfach Spaß daran, mich ein wenig in Szene zu setzen, und keine Lust, meinen Körper zu verstecken. Dann kann ich ja gleich 'ne Burka anziehen. Und ich dachte immer, du wärst stolz darauf, dass beim Anblick deiner Frau den Männern die Augen aus dem Kopf fallen.«

Stellas Stimme war nur noch ein einziges Schmollen. Jetzt hatte sie ihn wieder soweit, jetzt fühlte er sich wieder schuldig, hatte ein schlechtes Gewissen, dass er überhaupt an ihr zweifelte. Und das würde ihn etwas kosten, dafür würde Stella schon sorgen. Er lenkte ein.

»Ist ja schon gut, Liebling, du hast ja recht. Geh nur schon mal ins Bett. Ich schau mir noch die Talkshow an und komm dann nach.«

Stella nickte gnädig, hauchte ihm aus der Entfernung einen Kuss zu, packte ihre Sporttasche und entschwand auf der Treppe ins obere Geschoss. Kurz durchzuckte sie der Gedanke, wie gemein sie sich Richard gegenüber benahm.

Gerade als sie in Leipzig am Tiefpunkt ihres Lebens angekommen war und für einen Catering-Service die Sektgläser den feinen Herrschaften hinhalten durfte, war Richard gekommen. Hatte sich auf den ersten Blick in sie verliebt, besonders, wie er betonte, in ihre veilchenblauen Augen. Auch sie selbst war fasziniert gewesen von dem smarten, kultivierten Mann. Dass er deutlich älter war als sie, hatte sie überhaupt nicht gestört.

Doch die erste Glut war mittlerweile auch von seiner Seite aus erloschen. Er hatte einen stressigen Beruf, war als Immobilienmakler viel unterwegs. Stella seufzte vor sich hin. Ihr Richard war eben schon ein älterer Mann. Und sich ab und zu was Jüngeres auf die Laken zu holen, was sollte denn daran so verwerflich sein? Sie wollte sich ja nicht von Richard trennen, das konnte und wollte sie sich gar nicht leisten. Und eigentlich mochte sie ihren Mann ganz gern. Liebe? Was war schon Liebe? Ein flüchtiges Wort, sonst nichts.

Allerdings hatte sie im Moment ein kleines Problem. Christian bildete sich ein, er habe sich unsterblich in sie verliebt, faselte davon, sie solle Richard verlassen, träumte davon, mit ihr auf immer und ewig zusammenleben zu wollen. Eine Familie gründen. So ein romantischer Kindskopf, so ein Spinner. Nur war er heute etwas massiver mit seinen Forderungen geworden. Stella hatte sich mit ihm in seiner Wohnung in Blankenburg getroffen. Kennengelernt hatten sie sich, als er seine Mutter vom Fitnesstraining abgeholt hatte.

Christian sah blendend aus, ein sportlicher Typ, die große Hoffnung des Blankenburger FV 1921, nur zwei Jahre jünger als Stella. Sie hatte versucht, ihm klarzumachen, dass sie Richard nie verlassen würde, weder seinetwegen noch wegen sonst wem. Stella hatte in der Tat eine Art Ehrenkodex entwickelt. Auch wenn sie sich gerne, und nicht selten, mit einem jüngeren Mann einließ, so war ihr das Ehegelübde doch irgendwie heilig. Ein Seitensprung dann und wann ja, aber das war kein wirklicher Ehebruch. Eine Scheidung wäre ein Bruch. So sah sie das zumindest. Dass sie dabei schon so manches Männerherz verletzt hatte, nun, das war das Risiko der Männer, die sich mit ihr einließen. Und so hatte sie mal wieder heute Abend einen enttäuschten und in seiner Ehre verletzten Lover auf seiner Bettkante zurückgelassen.

Stella ging ins Bad und kippte den Inhalt ihrer Sporttasche achtlos in die Wäschetonne aus Edelstahl. Morgen würde Frau Weidner kommen, die Putz- und Haushaltshilfe, die schon vor Stellas Zeit Richards Haushalt in Schwung gehalten hatte. Frau Weidner war nicht begeistert von der jungen Madame, wie sie Stella immer abschätzig nannte. Aber die beiden Frauen hatten sich einigermaßen miteinander arrangiert. Frau Weidner sorgte weiterhin für Richards Wohl, saugte und putzte, erledigte die Einkäufe, und Stella ließ sie gewähren. Allerdings musste sie ihr unbedingt sagen, dass sie die dunkle Wäsche auch mit dem Spezialwaschmittel waschen sollte, sie hasste die Grauschleier auf ihren schwarzen Dessous.

Stella putzte sich die Zähne, zog sich aus, warf ihre Wäsche und ein Handtuch ebenfalls in den Korb. Dann schlüpfte sie in einen Baumwollschlafanzug mit Häschenaufdruck – ein sicheres Zeichen für Richard, dass sie wirklich schlafen wollte und nichts anderes – und fiel ins Bett.

Als Richard sich eine Stunde später geräuschvoll im Bad die Nase putzte, schlief seine Frau bereits tief und fest. Sein Oberhemd und die Hose warf er in die Wäschetonne und überlegte kurz, ob er die Hose Frau Weidner zum Waschen dalassen sollte, oder ob sie nicht besser in der Reinigung aufgehoben wäre. Richard kramte die Hose wieder hervor, um die Waschanleitung zu studieren. Da war er gewissenhaft, ein Erbe seiner Junggesellenzeit.

Beim Herausziehen fiel sein Blick auf etwas Silbriges. Es war eines von Stellas Lieblingsdessous, ein winziger Stringtanga, vorne komplett besetzt mit Swarovskisteinen. Er lag bei ihren verschwitzten Sportklamotten. Warum hatte Stella nach dem Sport ein derart aufwendiges oder besser, aufreizendes Teil angezogen? Bei allem Sinn für verführerische Stücke trug sie nach dem Sport normalerweise vernünftige Unterwäsche, so glaubte jedenfalls Richard. Die Swarovskisteinchen schienen ihn hämisch anzufunkeln. In die aufkeimende Wut mischte sich Verzweiflung. Am liebsten hätte er Stella aus dem Schlaf gerissen, sie gefragt, wann, oder besser für wen sie den Tanga getragen hatte. Nein, er musste sich zuerst beruhigen. Heute Nacht hätte er für nichts garantiert. Richard schlich wieder zurück ins Wohnzimmer und goss sich einen dreifachen Cognac ein.

Am Montagmorgen erwachte Stella durch das laute

Gebrumm des Staubsaugers. Frau Weidner hatte sich bereits an die Arbeit gemacht. Ein Blick auf den Wecker bestätigte Stella, dass der Vormittag schon lange angebrochen war. Erschrocken registrierte sie, dass Richards Seite offensichtlich in der Nacht nicht benutzt worden war. Das Laken lag glatt auf der Matratze, das Kopfkissen prall neben ihrem, die Decke feinsäuberlich zusammengelegt. Oder sollte Frau Weidner schon das Bett gemacht haben? Nein, das hätte sie sich nicht getraut, solange Stella noch schlief. Das unberührte Bett konnte nur bedeuten, Richard hatte nicht drin gelegen, und das wiederum konnte nur bedeuten, dass er eine Mordswut auf sie hatte. Warum das denn? Er hatte doch eingelenkt, als sie zu Bett gegangen war. Stella hatte keine Erklärung. Sie schwang die Beine aus dem Bett.

»Frau Weidner, ich brauche einen starken Kaffee. Werfen Sie schon mal die Maschine an. Hat mein Mann frische Brötchen besorgt?«, schrie sie vom oberen Treppenabsatz hinunter in Richtung Esszimmer. Doch der Staubsaugermotor übertönte ihre Anweisung an Frau Weidner, die soeben das Gerät aus dem Esszimmer in die Diele zog. Den Mundbewegungen der Haushaltshilfe konnte Stella entnehmen, dass Frau Weidner vor sich hinmurmelte oder summte.

»Frau Weidner! Hallo!«, brüllte Stella, woraufhin die Haushaltshilfe erschrocken den Kopf hob, um nach oben zu sehen.

»Ja, einen schönen guten Morgen, Madame, schon wach?«

Frau Weidner hatte heute wieder diesen impertinenten Ton drauf, der Stella zur Weißglut bringen konnte.

»Ja, schon wach. Ich werde vor dem Frühstück eine Runde joggen, kann etwas dauern. Wenn es Ihre Zeit erlaubt, könnten Sie schon einmal Kaffee für mich machen. Und bitte ein Honigbrötchen für später schmieren«, fügte sie spöttisch lächelnd hinzu.

Stella wusste, wie sehr Frau Weidner es hasste, wie eine Dienstbotin behandelt zu werden, aber als ›Madame‹ konnte sie sich das wohl erlauben. Das Mittagessen für Herrn Wiprecht zu kochen, war eine Sache, der verzogenen und verwöhnten jungen Frau ein Brötchen zu schmieren, eine andere.

»Ihr Mann hat heute keine Brötchen besorgt, er ist nach Leipzig gefahren und kommt erst am Dienstagabend wieder, falls Sie das nicht wissen. Sie müssen selbst zum Bäcker laufen, ich hab keine Zeit, heute ist große Wäsche angesagt. Und übermorgen muss alles tipptop sein.«

Ach ja, Mittwoch war Buß- und Bettag, das hatte sie ganz vergessen. Richard ging dann immer am Vormittag in die Kirche, scharte später den Kirchengemeinderat um sich, bat die Mitglieder zum Abendbrot in sein Haus. Frau Weidner bereitete dafür wie jedes Jahr diverse kalte Platten vor, und das, das musste man ihr wirklich lassen, machte sie toll. Prima, dachte Stella, Richard wird erst mal in die Kirche gehen, dann habe ich ein paar Stunden für mich. Sie hatte keine Lust, sich auf einen Disput mit Frau Weidner einzulassen, und lenkte ein.

»Na, dann eben nur einen Kaffee. Ich werde auf dem Rückweg kurz beim Bäcker haltmachen. Soll ich Ihnen ein Hörnchen mitbringen?«, erwiderte sie schnippisch und fügte in Gedanken hinzu, oder noch besser eine altbackene Schrippe für die olle Schrippe.

Das Gebäck würde zu ihr passen, dieser alten Ziege. Bevor Frau Weidner antworten konnte, war Stella bereits im Bad verschwunden. Sie putzte schnell die Zähne, band sich die Haare hoch und zog ihren Jogginganzug an. In der Küche fand sie dann tatsächlich einen dampfenden Kaffee vor, den sie vorsichtig in kleinen Schlückchen trank. Dazu knabberte sie einen Müsliriegel und verschwand im Keller, um ihre Laufschuhe zu holen.

»Frau Weidner, ich bin dann mal weg. Frau Weidner?« Keine Antwort, nur das Gebrumm des Staubsaugers drang nun aus dem Obergeschoss an ihre Ohren. Die junge Frau zog den Reißverschluss ihrer roten Jacke bis zum Hals zu und verließ das Haus.

*

Das Laufen war ihr regelrecht zur Sucht geworden, es verging kein Tag, an dem sie nicht ihre Laufschuhe schnürte und ihre Kilometer abspulte. Da gab es keine Ausnahme, auch nicht an Feiertagen. Heute war Buß- und Bettag, und Stella verschwand eilig, um ihre Lieblingsjoggingrunde anzutreten. Dazu musste sie zwar ein Stück mit ihrem Wagen fahren, aber das war ihr egal. Gestern Abend, als Richard aus Leipzig zurückgekommen war, hatten sie noch einen heftigen Streit wegen des verdammten Tangas gehabt. Ihre Erklärung, sie hätte keine andere Wäsche dabei gehabt und deswegen den Tanga angezogen, hatte er ihr nicht abgenommen. Immerhin hatte er die Nacht wieder im gemeinsamen Schlafzimmer verbracht, aber keine Anstalten gemacht, seiner Frau auch nur wenigstens einen Gutenachtkuss zu geben, geschweige denn mit ihr schlafen zu wollen. Als Stella sich zu ihm drehte und ihm um Verzeihung bittend über den Arm strich, hatte er ihr den Rücken zugewandt und sich kurz darauf schlafend gestellt, wie Stella an den absolut rhythmischen gekünstelten Schnarchtönen erkannte.

Stella trabte los. Das Tempo war viel zu schnell, doch sie versuchte mit der Geschwindigkeit zugleich ihren Ärger über Richard abzuschütteln und auch die Angst, Richard würde seine Drohung, wenn sie so weiter mache, sich von ihr zu trennen, wahr machen. Ein Rotmilan schwebte über ihren Kopf hinweg, stieg majestätisch hoch in die Lüfte, verharrte dort beinahe regungslos, um blitzschnell nach unten zu stoßen und seine Beute zu schlagen.

Sie keuchte, und ihr war etwas flau im Magen. Sie hätte besser ausgiebig gefrühstückt. Irgendwie war sie heute nicht so fit wie sonst. Der Kleine Rabenstein war immerhin eine Anhöhe von mehr als 400 Metern, da konnte einem schon mal die Puste ausgehen, obwohl sie die Strecke öfter lief. Erschöpft lehnte sie sich an einen Baumstamm. Im Auto hatte sie ihre Wasserflasche. Normalerweise nahm sie diese mit und hielt sie während des Laufens sogar in der Hand. Doch heute trug sie Handschuhe, mit denen sie die glatte Flasche nur schlecht halten konnte. Trotzdem, sie hätte sie mal besser mitgenommen. Trotz der kühlen Luft war sie ganz schön ins Schwitzen gekommen, und sie wischte sich mit dem Ärmel ihres Lauftrikots über die Stirn. Noch ein paar Sekunden durchatmen, dann würde sie weiterlaufen.

Ein lautes Knacken, vielleicht ein brechender Ast, ließ sie herumfahren. Ein Krähenschwarm stob laut krächzend davon. Ein mulmiges Gefühl beschlich sie. Richard war es nie so wirklich recht, wenn sie allein durch die Gegend joggte. Auch dann machte er sich mal wieder Sorgen, sie konnte den Satz langsam nicht mehr hören.

Normalerweise begegnete sie allerdings auf Schritt und Tritt Wanderern oder sonstigen Naturliebhabern, einsam fühlte sie sich nie. Heute war es sehr diesig, ein typischer Novembertag, und es war noch zu früh für die Wandergruppen. Die Strecke, die sie so gerne lief, lag zwar in der Nähe einer ausgewiesenen Wanderroute, doch bei diesem Wetter besuchten die Harztouristen lieber eines der zahlreichen Museen oder sie beobachteten im Luchsgehege bei den Rabenklippen die dort lebenden Wildtiere.

Stellas Puls beschleunigte sich, obwohl sie nun bereits seit gut fünf Minuten ausruhte. Blödsinn, komm mal wieder runter, was soll denn passieren?, ermahnte sie sich. Ein paar Dehnungsübungen würden sie entspannen. Sie stellte sich mit gespreizten Beinen hin, reckte die gestreckten Arme nach oben, holte tief Luft, um sich dann zum Boden zu beugen und die Hände plan aufzulegen. Atmete tief aus, fühlte den weichen Waldboden. In diesem Moment erhielt sie einen Stoß in den Rücken. Er war so heftig, dass sie sofort in die Knie ging. Entsetzt schrie sie auf, versuchte, auf die Beine zu kommen, doch der erste Schlag mit der flachen Axt, der sie seitlich am Hals traf, ließ sie endgültig zu Boden gehen, raubte ihr augenblicklich die Besinnung. Dass ihr Angreifer sie aufhob, zu einem Felsen schleppte und sie darauf bettete und ihr wie auf einem Richtblock den Kopf mit einem gewaltigen Schlag vom Rumpf trennte, bekam sie gnädigerweise nicht mehr mit.

*

Hölzle hatte am Nachmittag der Stadt Blankenburg einen Besuch abgestattet. Burg und Festung Regenstein, das Große und das Kleine Schloss und ein Barockgarten, der ihn entfernt an das Blühende Barock in Ludwigsburg erinnerte. In jeder Ecke umwehte ihn der Hauch der Geschichte vom Mittelalter bis in die Neuzeit. Nur leider war es November, und man konnte die Blütenpracht, die hier im Frühjahr und Sommer herrschen musste, nur ahnen. Eigentlich hatte er die Burg besichtigen wollen, doch die Schlange am Ticketschalter war erstaunlich lang. Er war ja ohnehin mindestens zwei Wochen im Harz, und der Burg würde er vielleicht in der nächsten Woche einen Besuch widmen. Hölzle hatte sich einen Flyer mitgenommen und studierte auf einer Bank vor der Burg dessen Inhalt. Daher kam also der Name ›Blankenburg‹. Wo heute das Schloss steht, war ursprünglich ebenfalls eine Burg, und diese war auf einem blanken Kalkfelsen errichtet worden. Er überflog die weitere Geschichte der Stadt. Blankenburg hatte im Laufe der Jahrhunderte ganz schön was einstecken müssen und sich doch immer wieder erholt.

Ende des 12. Jahrhunderts ließ Friedrich Barbarossa die Stadt verwüsten, 1386 lag sie bereits wieder in Trümmern. Auch der Dreißigjährige Krieg ging nicht spurlos an Blankenburg vorüber. Pech auch nach dem Zweiten Weltkrieg. Bei der Einteilung Deutschlands in Besatzungszonen 1945 wurde der Landkreis Blankenburg der britischen Zone zugeteilt. Da jedoch der größere Ostteil des Kreises lediglich durch eine Straße und eine Schmalspurbahn mit dem Rest der britischen Zone verbunden war, korrigierte man die Grenzziehung, und die Stadt gehörte fortan zur sowjetischen Besatzungszone, womit der größte Teil des Kreises später Gebiet der DDR wurde. Haarsträubend.

Hölzle bekam einen kalten Hintern, steckte den Flyer ein und wanderte zum Marktplatz mit seinem sehenswerten historischen Rathaus, das allerdings mit dem prächtigen Rathaus Bremens nicht ganz mithalten konnte. Doch Hölzle verdrängte sofort seine Gedanken an Zuhause. Er blätterte in dem Kulturführer, den er sich vor seiner Reise besorgt hatte, und musste schmunzeln, als er eine Bildunterschrift las. Wenn er das mit Christiane machen würde …, er hätte nicht übel Lust dazu. Leise murmelte er den Text vor sich hin.

»Der Markt war auch gleichzeitig eine Stätte des Gerichts. An diese Gerichtstage, an denen Übeltäter öffentlich am Pranger stehen mussten, erinnern noch heute das Halseisen und der Steintritt. Auf das hölzerne Pferd, das früher auf dem Marktplatz stand, setzte man zanksüchtige Frauen und schnallte sie fest.«

Er fragte sich, ob jemand Buch darüber geführt hatte, wie viele Frauen auf diese Weise bloßgestellt worden waren. Schließlich klappte er das Buch zu und spazierte vom Markt aus zurück in Richtung Parkplatz, vertiefte sich dabei in eine Wanderkarte, die er im Tourismusbüro erstanden hatte. Fast wäre er gegen einen Laternenpfahl gelaufen. Besser, er steckte die Karte weg und passte auf, wo er hintrat.

›Wildwochen‹ stand auf der alten Schultafel vor seiner Gastwirtschaft, als er wieder an seinem Urlaubsort angekommen war, und Hölzle war restlos begeistert. Er war in einem kulinarischen Traumgasthof abgestiegen. Nachdem er sich kurz in seinem Zimmer frisch gemacht hatte, ging er nach unten in die Gaststube und suchte sich einen freien Platz. Obwohl es erst kurz nach halb sieben war, saßen an vielen Tischen bereits Gäste, und es herrschte ein ordentlicher Geräuschpegel.

Eine junge adrett gekleidete Frau, die über ihren hautengen Jeans ein weißes Schürzchen trug, kam an seinen Tisch und brachte ihm die Speisekarte.

»Darf's schon was zu trinken sein?«, wollte sie wissen. Sie betrachtete den Gast neugierig und strich sich dann kokett eine Haarsträhne hinter das linke Ohr. Heiner Hölzle bemerkte die kleine Geste sofort, aber auf einen Flirt hier im Harz würde er sich ganz gewiss nicht einlassen.

»Ja gern, einen Rotwein bitte und eine große Flasche Mineralwasser dazu. Was habt ihr denn zur Auswahl?«

»Merlot, Cabernet-Sauvignon und Spätburgunder«, zählte sie mit einem Lächeln auf.

»Spätburgunder klingt prima.« Der würde sicher auch hervorragend zum Wild schmecken.

Sie nickte und ging zu den anderen Tischen, um dort noch weitere Bestellungen aufzunehmen. Wenig später erschien sie mit einem gut eingeschenkten Glas Wein, dem Wasser und einem leeren Glas.

»Schon was gefunden?«, erkundigte sie sich und schenkte nebenbei das Mineralwasser ein.

»Ja, ich nehm das Wildschwein mit Mischpilzen und

Knödel. Vorneweg hätte ich noch gern die klare Wildbrühe«, Hölzle lief jetzt schon das Wasser im Mund zusammen.

Während er auf sein Essen wartete, musterte er die anderen Gäste. Sein Blick fiel auf einen rustikalen langen Tisch in der Ecke des großen Gastraumes, den er sofort als Stammtisch erkannte, zumal in der Mitte des Tisches ein goldfarbener Hirsch thronte, zwischen dessen Geweihenden eine Metallplakette schaukelte, auf der ganz sicher das Wort ›Stammtisch‹ stand, auch wenn er das von hier aus nicht lesen konnte. Zwei Männer hatten auf einer Eckbank Platz genommen, über ihren Köpfen hingen zahlreiche Schwarz-Weiß-Fotografien und einige Farbfotos. Ein Dritter saß ihnen gegenüber. Aus der Distanz konnte Hölzle nicht genau erkennen, wer oder was auf den Fotos abgelichtet worden war. Vermutlich waren hier die Höhepunkte aus dem Leben der Stammtischgesellschaft auf Zelluloid gebannt worden. Eine lautstarke Unterhaltung drang von der Stammtischecke zu ihm herüber, allerdings konnte Hölzle nur abgerissene Satzfetzen verstehen.

»… Wiprecht … suchen«, »… kleines Luder …«, »Richard … nicht leicht …«

Seine Suppe kam, und vorsichtig löffelte Hölzle die leckere Brühe, in der kleine Pilznockerln schwammen. Erneut war er sehr zufrieden mit dieser ausgezeichneten Wahl, und auch der Wein war vorzüglich.

Die Tür zur Gastwirtschaft öffnete sich, und Hölzle fiel trotz seiner Hauptbeschäftigung, ›Suppe genießen‹, auf, dass der neue Gast leichenblass aussah. Über seinen Löffel hinweg, den er gerade zum Mund führte, beobachtete er den etwa 50-jährigen Mann, der direkt den Stammtisch ansteuerte und sich schwer auf einen freien Stuhl fallen ließ.

»Richard!«, rief einer der Männer an diesem Tisch und klopfte dem Ankömmling auf die Schulter. Eine tröstende, aufmunternde Geste, wie es Hölzle schien.

Hölzle fiel spontan das Wort ›gebrochen‹ ein, ja, der Mann, der mit gebeugtem Haupt hereingekommen war, sah regelrecht gebrochen aus. Wäre seine Haut nicht so aschfahl, hätte man ihn durchaus als attraktiv bezeichnen können. Groß, dunkle dichte Haare, gut gekleidet, sportliche Figur. Was war da nur passiert? Hölzles Interesse war geweckt, und er versuchte, sein Gehör auf den Tisch in der Nähe einzustellen, doch dann kam just sein Wildschwein, und er war erst mal damit beschäftigt, der Riesenportion zu Leibe zu rücken. Er genoss jeden Bissen, ließ ihn vom Gaumen Richtung Rachen gleiten, schluckte verzückt mit halb geschlossenen Augen und spülte dann mit Rotwein hinterher. Als die Bedienung erschien und den leer gegessenen Teller mitnahm, nicht ohne zufrieden festzustellen, wie gut es ihm offensichtlich geschmeckt habe, bestellte er ein weiteres Glas Spätburgunder. Bereits im nächsten Augenblick stand es auch schon vor ihm.

»Ist hier etwas passiert?«, erkundigte sich der Kriminalhauptkommissar bei der Kellnerin.

»Anscheinend ist eine Frau verschwunden. Genauer gesagt, die Ehefrau von dem Herrn da drüben am Stammtisch. Ich meine den mit dem dunkelblauen Pullover und den dunklen Haaren. Das ist der Richard Wiprecht.«

Sie verließ seinen Tisch und kümmerte sich um Gäste, die bezahlen wollten. Hölzle winkte Erika, die gerade aus Richtung Küche in die Gaststube kam, ihm kurz zunickte, um dann direkt zu Richard Wiprecht zu eilen und diesen herzlich zu drücken.

»Hast du noch nichts von Stella gehört? Sucht die Polizei nach ihr? Meinst du, sie ist vielleicht zu ihrer Schwester gefahren? Nach Leipzig, meine ich«, überschüttete sie den Mann mit Fragen, der kaum wahrzunehmen schien, was um ihn herum vorging.

»Ich hab's zu Hause nicht mehr ausgehalten, ich musste unter Leute«, stammelte Richard Wiprecht. »Jetzt fehlt von Stella schon seit drei Tagen jede Spur, und es gibt kein Lebenszeichen von ihr. Ich mach mir solche Sorgen.«

Erika machte der jungen Bedienung ein Zeichen, Wiprecht ein Bier zu bringen, und zog sich einen Stuhl heran.

»Und die Polizei? Was sagt die denn nun?«, fragte sie noch einmal.

Die anderen Männer am Tisch waren verstummt und sahen ihren Freund, der sich nur mühsam zusammenreißen konnte, aufmerksam und gespannt an. Hölzle konnte der Unterhaltung jetzt besser folgen, da es mittlerweile in der Gaststube leiser geworden war. Dieser Wiprecht dauerte ihn. Er betrachtete die Männer, einen nach dem anderen. Ein stark Übergewichtiger, ein Mann mit Pferdeschwanz, einer mit Vollbart. Der Dicke und der Vollbart etwa fünf bis zehn Jahre älter als er selbst. Der Pferdeschwanz machte trotz der vereinzelten grauen Strähnen, den jüngsten Eindruck, Anfang 40, schätzte Hölzle.

Dann musterte er den Mann, dem die Frau abhandengekommen war. Als Kriminalbeamter hatte er dieses Leid schon viel zu oft mit ansehen müssen, und es wurde nie leichter. Hoffentlich sorgte sich dieser Mann umsonst. Die meisten Menschen tauchten ja meist irgendwann wieder auf. Waren aus purer Abenteuerlust für ein paar Tage verschwunden oder um ihrem Partner eins auszuwischen, ihn eifersüchtig zu machen oder noch schlimmer, ihn voller Sorge zu Hause ohne jegliche Nachricht zu lassen. Es gab schon die merkwürdigsten Gründe, warum ein Mensch verschwand.

»Ach, hör doch auf mit den Bullen«, mischte sich der stark Übergewichtige mit seiner ungesunden roten Gesichtsfarbe ein. »Die suchen doch erst, wenn du mindestens ein paar Tage von der Bildfläche verschwunden bist. Vorher fangen die gar nicht an. Außer vielleicht bei einem verschwundenen Kind oder einem dementen Alten, der nicht mehr weiß wo's langgeht.«

»Ja genau, die Polizei, dein Freund und Helfer, und wenn man die mal wirklich braucht, kannst du das vergessen«, höhnte der Vollbart. »Die sollten gleich loslegen mit der Suche, sobald jemand vermisst gemeldet wird. Mit Hunden und diesen Wärmekameras und was weiß ich, was die alles einsetzen. Da horten die für teures Steuerzahlergeld Hubschrauber und ich weiß nicht was und nutzen den Kram nicht. Wahrscheinlich fliegen die Dinger auch gar nicht mehr. Wird uns alles verschwiegen, wie bei der Bundeswehr. Erinnert ihr euch an die Sache mit den Eurofightern? Zuerst wird Steuergeld für die Flieger ausgegeben, dann wurden weniger vom Staat abgenommen als bestellt, und am Ende hat Airbus 'ne halbe Milliarde Entschädigung gefordert. Wer zahlt? Natürlich der Steuerzahler!«

Hölzle wurde, trotz aller guten Vorsätze, diesen Urlaub mit nichts anderem außer Faulenzen und Wandern zu verbringen, diese Stammtischschwadroniererei zu viel. Er stand auf und ging hinüber zu den Wirtshausgästen, die um den Tisch herum saßen. Er räusperte sich, und alle Blicke, erstaunt bis ungehalten, wandten sich ihm zu.

»Guten Abend zusammen, entschuldigen Sie, wenn ich mich hier so einfach einmische. Aber ich denke, ich sollte Sie über einige Dinge nicht im Unklaren lassen. Ich vermute, Sie meinen Wärme*bild*kameras, und die Polizei versucht zunächst bei als vermisst gemeldeten Erwachsenen, den Aufenthaltsort zu ermitteln. Wird die abgängige Person gefunden, muss die Polizei erst fragen, ob sie den Aufenthaltsort bekannt geben darf. Es gibt Menschen, die manchmal nicht gefunden werden wollen. Das ist einfach so, egal aus welchen Gründen. Besteht Gefahr für Leib und Leben, also Selbstmordabsichten, ist ein Unfall geschehen oder reden wir vom Verdacht auf eine Straftat, dann setzt die Polizei jedes Mittel ein, das ihr zur Verfügung steht. Viele der Vermissten tauchen aber wieder auf«, beendete er seinen Kurzvortrag zur Ehrenrettung der Polizei und wollte wieder zurück zu seinem Tisch.

Die ganze Stammtischrunde starrte ihn nun verblüfft an. Die Verblüffung verwandelte sich dann aber schnell in fragende, teils misstrauische Blicke.

»Und wer sind Sie, wenn ich fragen darf?«, wollte der Vollbart unwirsch wissen, der sich vorhin so negativ über die Polizei und ihre ›Nichtaktivitäten‹ geäußert hatte.

»Das ist Heiner. Heiner Hölzle«, kam Erika Hölzle zuvor, »er wohnt die nächsten zwei Wochen bei uns in der

Pension und will unsere schöne Gegend erkunden.« Sie versuchte, Hölzles Image vor den anderen etwas aufzupolieren, weil sie spürte, dass die Stammtischrunde es auch zu einem Streit mit ihrem Gast kommen lassen würde.

»Soso. Und warum kennen Sie sich so gut aus mit der Polizei? Sind Sie selbst bei dem Verein?«, fragte der Dicke mit dem offensichtlichen Bluthochdruckproblem.

»Ich bin bei der Kriminalpolizei«, antwortete Hölzle und blickte offen in die Runde, »und wir sind gar nicht so schlecht, wie die Allgemeinheit immer denkt. Also entschuldigen Sie bitte nochmals die Störung, ich wollte nur kurz was klarstellen.«

Einen Moment ärgerte er sich darüber, dass er überhaupt den Mund aufgemacht hatte. Aber diesem absonderlichen Gespräch hätte er nicht einfach weiter so lauschen können. Er drehte sich um, lenkte seine Schritte Richtung Tisch, doch Erika stoppte ihn.

»Setzen Sie sich doch, Heiner, das ist doch wirklich mal interessant.«

»Ja, finde ich auch. Nun kommen Sie schon«, forderte der jungenhaft aussehende Mann mit dem dunklem Pferdeschwanz, der Hölzle sofort sympathisch war, ihn auf.

Einer der Männer schob Hölzle einen Stuhl zu, Erika nahm auf der Eckbank Platz. Der Kriminalhauptkommissar holte sein Glas Wein und setzte sich.

»Danke, das ist nett.«

»Ich stelle dir …, ich darf doch ›du‹ sagen, oder? Wir sehen das alle nicht so eng hier in Maarode«, begann Erika und sah ihn fragend an. Hölzle nickte zustimmend, und Erika stellte ihm die Männer vor.

»Das ist der Frank Radegast«, sie zeigte auf den Mann

mit dem Pferdeschwanz, »unser Dickerchen hört auf den Namen Simon Liske, daneben sitzt Walter Jenitschek, und der Herr zu deiner Rechten heißt Richard Wiprecht. Das ist allerdings nicht die ganze Stammtischrunde. Unser Pastor, Norbert ›Berti‹ Krause fehlt, und Hans-Werner Würselen, genannt Würstel, ist auf einer Zusammenkunft der Metzgerinnung. Ach ja, und Thomas, Franks Bruder, fehlt auch. Du wirst sie aber bestimmt alle kennenlernen, solange du da bist.«

Die Männer, bis auf Wiprecht, und Erika hoben ihre Gläser und hießen Hölzle damit in ihrer Runde willkommen. Hölzle mutete es irgendwie seltsam an, dass Erika ihm brühwarm erzählte, wer noch alles zu diesem Verein gehörte, aber nett war es trotzdem.

»Richard«, wandte sich Simon wieder dem ursprünglichen Thema zu, »die Stella taucht bestimmt wieder auf. Du kennst sie doch, sie ist ja nicht das erste Mal weg.«

Wiprecht stierte in sein unangetastetes Bierglas, das er mit beiden Händen umfasst hielt.

»Aber sie hat sich immer gemeldet. Jetzt bekomme ich keine Antwort. Keine SMS, keine E-Mail, nichts. Ich spüre, dass da was passiert ist.« Er wandte den Kopf nach links und sah Hölzle direkt an.

»Du hast gesagt, dass viele wieder auftauchen. Meinst du, das ist bei meiner Stella auch so?« Seine Stimme hatte einen flehenden Ton angenommen, als ob Hölzle der Mann wäre, der Richards Seelenheil wieder in Ordnung bringen könnte.

»Das kann ich dir leider nicht sagen. Dazu kenne ich weder dich noch deine Frau gut genug. Ist denn irgendwas vorgefallen? Hattet ihr Streit, oder so?«

»Nein, gar nicht. Stella ist mein Ein und Alles, wir streiten nie. Na ja, fast nie. Ich würde alles für sie tun. Ich könnte es nicht ertragen, wenn sie nie mehr wiederkommt. Ich wüsste nicht, wie ich ohne sie weiterleben sollte.«

Oh, oh, dachte Hölzle, wahrscheinlich hängscht du dauernd an ihrm Rockzipfel rom, ond jetzt hot sie denkt, sie muss amol raus.

»Vielleicht gibt es ja einen anderen Grund. Jemand aus ihrer Familie ist vielleicht verunglückt, und sie musste schnell los?«, sagte er dann lahm. Auch wenn es so wäre, innerhalb von drei Tagen hätte sich Stella Wiprecht längst gemeldet, so wie jeder normale Mensch. Wenn alles so in Ordnung wäre, wie Wiprecht behauptete. Er wandte sich an Simon.

»Du hast gerade gesagt, sie wäre schon öfter mal weg gewesen.«

Der Dicke mit dem roten Gesicht nickte.

»Ja, zweimal. Ist einfach nach Leipzig zu ihrer Schwester gefahren und hat Richard nichts davon gesagt. Hat nur abends angerufen, sie bliebe übers Wochenende dort. Und das andere Mal ist sie, mir-nichts-dir-nichts, nach Mallorca geflogen. Mit ihrer Busenfreundin Maja. Hat nur 'ne blöde Postkarte geschickt. War's nicht so, Richard?«

Wiprecht seufzte tief auf.

»Ja, es stimmt, aber dieses Mal ist es anders.«

»Wieso sollte es dieses Mal anders sein?« Liske war da offenbar ganz anderer Meinung.

»Ich weiß es einfach. Das spüre ich.«

»Kopf hoch, Richard, das wird schon wieder. Woher kommst du denn, Heiner?«, versuchte Frank Radegast, dem Tischgespräch eine Wendung zu geben.

»Aus Bremen«, gab Hölzle Auskunft.

»Aber du hörst dich nicht so an«, stellte Erika mit einem Lächeln fest, »das ist mir heute Vormittag schon aufgefallen. Du klingst süddeutsch.«

Hölzles Mund verzog sich zu einem schiefen Grinsen.

»Stimmt genau, ursprünglich stamme ich aus Schwaben. Ganz in der Nähe von Tübingen, um genau zu sein.«

»Schöne Gegend, ich kenne mich da ganz gut aus«, mischte sich Walter Jenitschek ein, der Hölzle dessen ›Zurechtweisung‹, was die Polizei anbelangte, nicht übel genommen hatte.

»Ich habe früher mal bei Bosch in Reutlingen gearbeitet, gleich nach der Wende bin ich dorthin gezogen. War 'ne gute Zeit. Ich wäre gerne geblieben.«

»Und warum kamst du zurück?«, fragte Hölzle ehrlich interessiert.

»Ach, meine Frau wollte unbedingt wieder hierher, ihre Eltern konnten nicht mehr so, und ihre Geschwister wohnen auch alle in der Gegend.« Er kratzte sich den Vollbart. »Linda hatte immer ein bisschen Heimweh.«

»Und was hat dich nach Bremen verschlagen?«, wollte Simon Liske wissen. Doch noch, bevor Hölzle eine Antwort geben konnte, öffnete sich die Tür zur Gaststube. Ein kalter Wind fegte hinein, gefolgt von zwei Polizisten in Uniform, die sich betreten der Runde näherten.

Alle Augenpaare folgten ihnen und blieben dann an Richard Wiprecht hängen, der noch tiefer in sich zusammengesunken war. Hölzle wusste genau, was nun kam, denn im Schlepptau der beiden Polizeibeamten war ein Mitarbeiter vom sozialmedizinischen Dienst, wie der kleine Schriftzug auf seiner Jacke preisgab.

Einer der Beamten fragte nach Richard Wiprecht. Als dieser sich mit einer schwachen Geste zu erkennen gab, legte der Beamte ihm behutsam die Hand auf die linke Schulter. Er beugte sich zu Richard hinunter, der sitzen geblieben war und sagte leise:

»Herr Wiprecht, können wir uns irgendwo in Ruhe unterhalten?«

Richard nickte, erhob sich mit zitternden Knien, die Angst vor einer schlechten Nachricht stand ihm ins Gesicht geschrieben. Er wählte einen Tisch abseits in der Ecke und setzte sich gemeinsam mit den Polizisten und dem anderen Mann. »Wir haben Ihre Frau gefunden«, begann einer der Beamten.

»Wo? Geht's ihr gut?«, krächzte Richard heiser, als würde ihm gleich die Stimme versagen.

Der Polizeibeamte wechselte einen kurzen Blick mit seinem Kollegen, dann beugte er sich noch näher zu Wiprecht, sodass sich ihre Gesichter beinahe berührten.

»Es tut mir sehr leid, Herr Wiprecht, aber Ihre Frau lebt nicht mehr.«

»Großer Gott! Stella ist tot?«, entfuhr es Erika, entsetzt schlug sie die Hand vor den Mund. Hölzle dachte, dass die Wirtin entweder Ohren wie ein Luchs haben musste oder des Lippenlesens mächtig war. Gespannt sah er hinüber zu dem kleinen Tisch in der Ecke.

Wiprecht saß wie erstarrt auf seinem Stuhl, unfähig, irgendeine Reaktion zu zeigen. Der Kollege vom sozialmedizinischen Dienst, wahrscheinlich ein Psychologe, wie Hölzle mutmaßte, wandte sich an Richard, begann leise auf den völlig erschütterten Mann einzureden.

Man hätte eine Stecknadel zu Boden fallen hören können, so ruhig war es plötzlich in der Gaststube geworden. Kaum jemand wagte, sein Glas zum Munde zu führen oder mit Messer und Gabel über den Teller zu kratzen. Eine Viertelstunde später verließen Wiprecht, der Psychologe und die Polizisten die Gastwirtschaft. Gerade war die Tür hinter ihnen ins Schloss gefallen, erhob sich sofort ein wildes Stimmengewirr, alle redeten durcheinander, die Stimmen überschlugen sich. Der allgemeinen Fassungslosigkeit folgte eine lebhafte Aufarbeitung des eben Vorgefallenen.

»Das gibt's doch nicht.«

»Meint ihr, Stella hatte einen Unfall?«

»Die hat doch auf keinen Fall zu Selbstmord geneigt, lebensfroh, wie die war.«

»Vielleicht hat sie auch einer umgebracht!«

Den Spekulationen wurde freier Lauf gelassen, die Stimmen wurden immer lauter.

Simon Liske wandte sich an Hölzle.

»Was meinst du so als Kriminalbeamter?«

»Es kann alles Mögliche passiert sein, da müsst ihr wohl abwarten, was die Kollegen verlauten lassen.«

»Gut, dass wir den Frank haben, der wird uns schon berichten«, kommentierte Walter, »das ist unser Haus- und Hofjournalist«, erklärte er Hölzle.

Hölzle sah sich um, doch Frank Radegast war verschwunden, mit Sicherheit von seinem journalistischen Gespür dazu getrieben, herauszufinden, was denn nun tatsächlich passiert war.

»Netter Kerl, der Frank«, sagte Hölzle und dachte nebenbei an die Schreckgestalt eines Reporters in Bremen, der ihm immer wieder das Leben schwer machte.

Thorben Schmink war ein so ganz anderer Typ, schmierig und aufdringlich.

»Ja, das ist er, sein Bruder Thomas ist auch ganz okay, nur nicht so ein Sunnyboy wie der Frank«, klärte Erika Hölzle auf. Ihre Miene wurde ernst, und sie kam wieder auf Stella zu sprechen.

»Gott, der arme Richard, er hing so an seiner Frau. Für den gab es nichts anderes auf der Welt als Stella.«

»Ein bisschen zu viel, wenn du mich fragst, und gedankt hat sie's ihm auch nicht wirklich. Im Gegenteil«, vermeldete Walter Jenitschek.

»Wie meinst du das?«, fragte Hölzle. Er wollte sich zwar nicht dem Dorftratsch aussetzen, aber seine kriminalistische Ader zwang ihn einfach, eine solche Frage stellen.

»Na ja, hier in diesem kleinen Dorf weiß mehr oder weniger jeder, was vorgeht. Nur der Richard wollte nicht wahrhaben, dass Stella ihn bestimmt nur des Geldes wegen geheiratet hat. Die ist doch nur halb so alt wie er …«

»War«, korrigierte Simon, dessen Gesicht nach all der Aufregung die Farbe einer vollreifen Tomate angenommen hatte.

»… und sie hat ihn nicht nur einmal betrogen. Wenn du die Hörner, die sie ihm aufgesetzt hat, an die Wand hängen würdest, mein lieber Mann …«, fuhr Walter ungerührt fort.

»Ja, das stimmt, die hat nichts anbrennen lassen«, bestätigte Erika, »aber dass sie jetzt tot ist, ich kann's immer noch nicht fassen.« Sie schnäuzte sich in ein zerknülltes Papiertaschentuch.

Die Tür zur Gaststube öffnete sich erneut, und ein Mann, groß und kräftig wie ein Bär, kam herein.

»Ach, da kommt mein Mann Andreas«, raunte sie Hölzle zu, dann rief sie erschrocken:

»Andreas, um Gottes willen, du bist ja käseweiß!«

Erika stürmte auf ihren Mann zu und umarmte ihn. Sanft schob Andreas seine Frau von sich. Mittlerweile hatten sich ihm alle Augenpaare zugewandt.

»Ich hab sie gefunden«, sagte er mit zitternder Stimme, die sich für seine Statur ungewöhnlich dünn und hoch anhörte, »die Stella, meine ich.«

»Setz dich, du kippst ja gleich um. Hatte sie einen Unfall?«

Der Bär sank auf einem Stuhl zusammen, schüttelte den Kopf.

»Nein, sie wurde umgebracht.«

Dann erbrach er sich auf den Fußboden.

Des gibt's doch net, jetzt ben i em Urlaub, ond dann brengt hier jemand a Frau om, dachte Hölzle fassungslos und entsetzt.

Erika flitzte los, brachte ihrem Mann ein Glas Wasser, die junge Bedienung kam mit Eimer, Gummihandschuhen und Putzlappen, ihr Gesicht angewidert verzogen.

»Lass mal, Lea, ich mach das, geh nach Hause«, erbot sich Erika und kümmerte sich um die säuerlich riechende Masse.

Bis auf Simon Liske, Walter Jenitschek und Hölzle hatten mittlerweile alle übrigen Gäste das Lokal verlassen.

»Andreas, geht's wieder?«, fragte Erika besorgt und beseitigte den Rest des unfreiwillig aufgewärmten Mittagessens ihres Mannes.

Andreas Pohl nickte matt und leerte das Wasserglas in einem Zug.

»Schrecklich, es war so schrecklich, das könnt ihr euch gar nicht vorstellen.«

Erst jetzt entdeckte Andreas Pohl Hölzle, der sich bisher im Hintergrund gehalten hatte.

»Wer sind Sie denn, wenn ich fragen darf?«, wollte Pohl misstrauisch wissen.

Noch bevor Hölzle antworten konnte, kam ihm Erika erneut zuvor. Offenbar lebte sie in dem Irrglauben, dass sie Fragen, die an andere gerichtet waren, beantworten musste.

»Das ist Heiner Hölzle, er wohnt die nächsten zwei Wochen bei uns. Er ist von der Kriminalpolizei!«

Verwirrt starrte Pohl Hölzle an.

»Wie jetzt? Die Kripo ermittelt bei uns?«

Hölzle rang sich ein Lächeln ab.

»Nein, nein. Ich will hier nur Urlaub machen, ich komme aus Bremen.«

»Ach so, Zufall also, dass Sie gerade jetzt hier sind«, Pohl hatte sich wieder etwas gefangen, war aber immer noch kreidebleich.

»Nun erzähl doch mal«, forderte Simon Liske den Wirt auf, »wo hast du denn Stella Wiprecht gefunden?«

»Oben am Kleinen Rabenstein, wollte die Route noch mal abgehen, weil ich übermorgen eine Wandergruppe dorthin führen soll. Und da lag sie dann …« Er schluckte. »Zuerst hab ich nur durch die Bäume etwas Rotes gesehen. Das war ihre Jacke. Sie hatte eine rote Jacke an.« Andreas Pohl holte tief Luft.

»Vornüber gebeugt über einem großen Felsblock hing

sie«, er unterdrückte einen erneuten Brechreiz, »ihr Kopf lag etwa einen halben Meter daneben.«

Alle hielten mit einem erstickten Schreckenslaut den Atem an, selbst Hölzle war geschockt. Eine Enthauptung war nicht gerade der Normalfall bei Tötungsdelikten. Sämtliche Härchen stellten sich auf, Hölzle bekam eine Gänsehaut.

»Diese Augen, ich werde diese Augen nie vergessen«, stammelte Pohl. »Sie starrten mich an. Anklagend. Als ob ich ihr das angetan hätte.«

Der große Mann schlug die Hände vors Gesicht und begann hemmungslos zu schluchzen.

BUSS- UND BETTAG VOR 25 JAHREN

Es war drei Uhr morgens, und sie befanden sich auf dem Rückweg von der Geburtstagsfeier eines Freundes in Rübeland. Sebastian war 18 geworden und hatte groß eingeladen, alle Freunde und die ganze Familie. Das Autoradio war bis zum Anschlag aufgedreht. Mick Jaggers ›Satisfaction‹ füllte den Innenraum des kleinen Fahrzeugs. Die in den Türen und auf der Hutablage angebrachten Boxen wummerten mit lautem Dröhnen, bewegten sich im Rhythmus der Klänge auf und ab. Die Stimmen der jungen Leute überschlugen sich, versuchten, es dem Frontmann der Rolling Stones gleichzutun, waren heiser vom lauten Geschrei und von in Unmengen geflossenem Alkohol. Sie kamen von einer Fete, und morgen – nein heute! – war Buß- und Bettag, und sie konnten ausschlafen.

›*When I'm drivin' in my car and that man comes on the radio he's tellin' me more and more about some useless information supposed to fire my imagination. I can't get no, oh no, no, no hey – hey – hey, that's what I say…*‹

Gerade schrien sie das erste ›hey‹, der dumpfe Aufprall ging in dem lautstarken Gegröle völlig unter. Erst als der Wagen so stark holperte, dass aus einer der geöffneten Bierflaschen der Inhalt heraus quoll, bremste der junge Mann hinter dem Steuer scharf ab.

»Scheiße, ich glaub', ich habe eben ein Reh oder so was angefahren.« Mit einem Schlag war er nüchtern.

»Mensch, fahr weiter, ist doch egal, dem Vieh kannst du eh nicht mehr helfen, taugt bestimmt noch nicht mal mehr zum Sonntagsbraten, so zermatscht, wie es wahrscheinlich ist. Prost und Waidmannsheil.«

»Und wenn es nur leicht verletzt ist? Wir könnten doch wenigstens nachschauen und es vielleicht in den Kofferraum packen. Wir klingeln beim alten Lenz, der Kuhdoktor ist es gewohnt, aus dem Schlaf gerissen zu werden.«

»Da hat aber einer ein weiches Herz. Du bist doch sonst nicht so ein Mädchen. Und wenn das Tier unterwegs zu schreien anfängt und dann krepiert, möchte ich dich mal erleben. Nix da, fahr weiter.«

Doch der Fahrer hatte schon seine Tür geöffnet und war dabei, mit zitternden Beinen aus dem Auto zu klettern.

»Mensch, ist mir schlecht. Ich muss sowieso pinkeln. Und kotzen muss ich auch gleich.«

Nur Sekunden später steckte er den Kopf in das Wageninnere. »Ich kann null sehen, vor dem Auto liegt nix«, er stieg wieder ein.

»Wie auch? Du hast das Vieh komplett überrollt, liegt wohl direkt unter deinem Schraubenhaufen. Setz einfach noch mal ein Stück zurück, dann ist es wirklich platt, und wir können weiter. Aber warte mal, ich muss auch. Fahr du zurück, während ich pissen geh, dann guck ich mir den Schaden an. Hoffentlich hat das blöde Vieh dir nicht noch den Auspufftopf ruiniert.«

Er schälte sich aus dem Fond, wo er es sich auf der Rückbank mit seinem Bier – bestimmt das achte oder neunte an diesem Abend – bequem gemacht hatte, zwängte sich aus dem Wagen und verschwand schwankend im Abwassergraben rechts neben der Straße.

»Scheiße, unter dem Laub ist der Graben voll Wasser, ich steh bis zu den Knien drin und es ist arschkalt«, hörte man ihn vor sich hin fluchen.

Der Fahranfänger, er war gerade vor einem halben Jahr 18 geworden, startete den Motor, fuhr langsam ein paar Meter zurück. Wieder holperte das Auto, als es mit den Vorderreifen über das Hindernis rollte.

»So, was ist denn nun? Tot oder nicht tot, das ist hier die Frage?«, rief er aus dem geöffneten Fenster hinaus in die Dunkelheit des Grabens. Der junge Mann hatte sich wieder beruhigt. Dem Reh war ganz sicher nicht mehr zu helfen, was sollte er sich da noch groß den Kopf zerbrechen.

»Na hopp, steig wieder ein. Wir wollen weiter. Was ist los, willst du das Tier wieder zum Leben erwecken?«

Wie erstarrt stand der andere, der eben aus dem Graben mehr oder weniger gekrochen war, nun mit bis zu den Knien durchnässter und schlammverschmierter Hose im Scheinwerferlicht des Wagens. Zuerst schüttelte er unmerklich den Kopf, griff sich mit den Händen vor den Mund und rannte zurück zum Graben. Nur das würgende Geräusch war zu hören, als er sich darin übergab.

»Na, wer ist denn hier jetzt das Weichei?«

Der Fahrer hatte sich über den Beifahrersitz gebeugt und die Autotür aufgestoßen.

»Jetzt stell dich nicht so an. Hey, was ist denn los mit dir?«

Kreidebleich taumelte der Beifahrer zurück zum Auto. An seiner Jacke hafteten Spuren von Erbrochenem.

»Scheiße! Steig aus, du hast einen totgefahren! Kein Reh, ein Typ liegt vor deinem Wagen. Schau dir an, was du angerichtet hast.«

Unbeherrscht begann er zu schreien, trommelte mit seinen Fäusten auf die Motorhaube.

»Sag mal, bis du bekloppt? Lass das! Was soll das heißen, ich hab einen totgefahren?«

Für einen Moment presste er seinen Kopf auf die gekreuzten Arme, die auf dem Lenkrad lagen, und schloss die Augen, wobei ihm sofort schwindelig wurde. Lieber die Augen wieder öffnen, dann ließ der Schwindel nach. Er sammelte sich einen Moment, atmete tief die kühle Nachtluft ein, stieg wieder aus.

Im Scheinwerferlicht des Autos lag ein zusammengedrücktes Bündel, dass nur noch mit großer Vorstellungskraft als Mensch zu identifizieren war. Ein Mensch, ein Mann in dunkelblauen Jeans, brauner gefütterter Winterjacke und nur einem braunen Schnürschuh am rechten Fuß. Der linke Schuh lag knapp einen Meter entfernt. Als habe sich der Mann zum Schutz wie ein Igel zusammenrollen wollen, war das Bündel auf der Straße kaum länger als 1,20 Meter. Ein Stück neben dem Kopf lag der Rest einer rahmenlosen Brille. Der Mann hatte eine Vollglatze, seine Augen waren geschlossen.

»Los bück dich, hat der Typ noch einen Puls? Mensch, mach schon!«, forderte ihn sein Mitfahrer auf. Merkwürdig, wie ruhig und überlegt der plötzlich angesichts der Tatsache reagierte, dass soeben wahrscheinlich ein Mensch ins Jenseits befördert worden war. Vor zwei Minuten hatte er noch gekotzt. Doch der Fahrer machte keine Anstalten, sich zu rühren.

»Mein Gott, Jammerlappen, dann mach ich es halt selber.«

Er beugte sich zu dem Toten hinunter. Doch bevor er noch nach dessen Handgelenk greifen konnte, zuckte er zurück und sprang auf.

»Das gibt's doch nicht, das ist der Hartmann, Sebastians Onkel! Der war doch auch auf dem Fest. Ich hab noch mitgekriegt, dass er zu Fuß heimlaufen wollte, er wollte versuchen, unterwegs vielleicht ein Auto anzuhalten, wenn's ihm zu viel wird. Scheiße, der muss versucht haben, uns zu stoppen, wahrscheinlich ist der Idiot uns einfach vor den Kühler gesprungen. Ich fass es nicht. Was machen wir denn jetzt?«

Er bekam keine Antwort.

»Wenn wir jetzt die Polizei holen, ist dein Führerschein weg, und zwar auf ewig. Scheiße, du hast den Wagen doch erst seit zwei Monaten, und jetzt das hier.«

Der Unfallfahrer wimmerte nur vor sich hin, schloss die Augen und wiegte seinen Oberkörper auf und ab. Als hätte man plötzlich einen Schalter umgelegt, fuhr sein Beifahrer ihn mit eiskalter Stimme an:

»Hör bloß auf zu jammern. Um den Alten ist es eh nicht schade. Der ehrenwerte Herr Doktor war doch im Grunde genommen ein Dreckschwein, kaum jemand wird dem eine Träne nachweinen. Der hat doch die letzte Zeit dauernd Dreck am Stecken gehabt, und keiner hat sich wirklich drum gekümmert. Haben doch nur alle weggeschaut, wenn das hochverehrte Gemeinderatsmitglied seine Griffel unter den Rock eines kleinen Mädchens geschoben hat. Ich hab sogar mal beobachtet, wie er die Svenja Luksch in sein Auto locken wollte; als er mich gesehen hat, hat er schnell die Tür zugemacht und ist weiter gefahren. Und Ungeborene hat er auch immer wieder getötet. Das ist das Schlimmste überhaupt. Da hat es mal endlich den Richtigen erwischt.«

Langsam hatte er sich richtig in Rage geredet, war am Ende davon überzeugt, dass das Schicksal endlich einmal Gerechtigkeit hatte walten lassen. Ein Zeichen sozusagen. Doch das Problem blieb. Wohin mit der Leiche? Im Kofferraum des Wagens wollte er den Mann auf keinen Fall transportieren. Also blieb nur die Möglichkeit, ihn an Ort und Stelle zu entsorgen.

»Los, pack mit an! Wir schleppen den Hartmann in den Graben, drücken ihn noch soweit wie möglich unter Wasser und decken ihn mit dem Laub ab. In den nächsten Tagen sollen die Temperaturen unter den Gefrierpunkt fallen, und wenn dann erst eine Eisschicht drüber ist oder, noch besser, Schnee, findet den keiner vor dem nächsten Frühjahr.«

»Und wenn sie ihn suchen?«, die Angst war deutlich in der Stimme des Fahrers zu hören. »Irgendjemand wird ihn ja wohl vermissen. Verdammte Scheiße, die finden den doch sofort! Schließlich ist er den direkten Weg an der Straße gegangen.«

»Das Risiko müssen wir eingehen. Wahrscheinlich werden wir sogar befragt, ob wir ihm begegnet sind. Wir müssen dann nur übereinstimmend aussagen, dass wir dem Doktor noch angeboten haben, ein Stück mitzufahren, er aber abgelehnt hat.«

»Und mein Auto?«

»Keine Ahnung. Übermorgen bringen wir die Kiste zu Jupps Werkstatt, erklären ihm, du hättest irgendein Vieh erwischt«, übernahm er nun endgültig das Kommando. »Der fragt nicht lange, glaub mir. Ist ja auch nicht wirklich viel kaputt, so wie's aussieht. So, los jetzt, hilf mir gefälligst. Wenn wir noch länger warten, kommt noch einer hier vorbeigefahren, und dann ist Sense. Moment, ich hab noch Arbeitshandschuhe hinten im Kofferraum.«

Gemeinsam schleppten sie den Frauenarzt, der nun wieder, an Armen und Beinen gezerrt, seine normale Größe von 1,75 Meter erlangt hatte, zum Graben und ließen ihn die Böschung hinabrollen. Mit einem Plumps landete der Körper in dem durch aufgelöste Blätter modrig gewordenen Wasser. Schuh und Brille warfen sie hinterher. Die jungen Männer stiegen hinab in den Graben, häuften eine dünne Schicht Erde über den Toten und deckten ihn soweit mit Laub und kleineren Zweigen ab, bis kein Fitzelchen von Herrn Dr. Werner Hartmann mehr sichtbar war.

Allerdings war der Wettergott nicht auf ihrer Seite. Statt der erwarteten Eiseskälte brachte das Tiefdruckgebiet Helmut nicht nur ausgiebigen Regen, sondern auch milde Temperaturen mit sich. Der Dauerregen führte dazu, dass das Laub sich auf den Weg zu einem weiteren Entwässerungsgraben machte, die Erde weggespült wurde, und Hartmanns Leiche nach nur drei Tagen von einem aufmerksamen Landwirt entdeckt wurde. Hartmanns Schwester, mit der er zusammengelebt hatte, hatte ihn bereits als vermisst gemeldet. Die Gemeinderatssitzung mit dem Hauptthema ›Neufestsetzung der Friedhofsgebühren‹ war verschoben worden, bis Dr. Hartmann wieder anwesend war. Was nun nie mehr der Fall sein würde.

Die Tagespresse griff den Leichenfund am nächsten Tag auf, widmete dem Frauenarzt und Gemeinderatsmitglied Dr. Werner Hartmann eine ganze Seite, auf der seine Verdienste in allen Facetten gewürdigt wurden. Skandalös, dass man den armen Mann einfach wie ein Stück Müll im Graben entsorgt hatte und die böse Tat auch noch vertuschen wollte. Die Polizei ermittelte wegen Unfall mit fahrlässiger Tötung und Fahrerflucht. Die stumpfen Verletzungen an der Leiche ließen klar auf eine Kollision mit einem Auto schließen. Fahrzeugtyp und Farbe seien bis zum jetzigen Zeitpunkt noch unbekannt.

Eine Woche später teilte die Polizei mit, dass Hartmann laut Obduktionsbericht noch gelebt haben musste, als man ihn in den Graben geworfen hatte. Die Trauer um den Frauenarzt hielt sich bei der Bevölkerung allerdings in Grenzen. Natürlich war es nicht in Ordnung, dass man Leute über den Haufen fuhr und sich dann aus dem Staub machte. So etwas war schlimm und ganz klar zu verurteilen. Aber wenigstens hatte es keinen Unschuldigen getroffen, tuschelte man hinter vorgehaltener Hand.

Als der Arzt vor zwei Jahren in den Gemeinderat gewählt worden war, war er ein geachteter Mann gewesen. Doch viele hatten im Laufe der folgenden Monate den Verdacht, dass er seine Stellung in jeder Hinsicht ausgenutzt hatte. Hatte er nicht erst jüngst ein Stück Land erworben, das nur ein paar Tage später Bauland wurde? Hatte er nicht beim Kauf seines Neuwagens mindesten 35 Prozent herausgehandelt? Hatte er nicht seiner Schwester diesen lukrativen Job besorgt, für den sie überhaupt nicht qualifiziert war? Und hatte er nicht heimlich kleine Mädchen begrapscht? Zu allem hatte man geschwiegen. Die meisten Leute im Ort hatten sowieso nichts übrig für Gynäkologen, die Abtreibungen befürworteten und durchführten.

Hier hatte jemand seine gerechte Strafe erlangt. Und mancher zollte insgeheim demjenigen Respekt, der für den Heimgang des Herrn Dr. Hartmann verantwortlich war.

2. URLAUBSTAG

Frank Radegast hatte es noch geschafft, kurz vor Redaktionsschluss des Harzer Bote einen kurzen Artikel zum Leichenfund in den Lokalnachrichten unterzubringen. Der Mord an Stella Wiprecht war *das* Thema des Tages.

Hölzle, der keine große Lust hatte, sich schon morgens um sieben damit auseinanderzusetzen – schließlich befand er sich im Urlaub –, schob die Zeitung, die Erika ihm neben den Frühstücksteller gelegt hatte, zunächst zur Seite. Dann überflog er den Artikel, immerhin war er hautnah am Geschehen dabei gewesen. Nichts Neues hatte Radegast zu berichten, er zählte lediglich die Fakten auf, die auch Hölzle bereits bekannt waren. Er faltete die Zeitung wieder zusammen und widmete sich seinem Sechsminutenei.

Für heute hatte er geplant, zu den Wolfsklippen zu wandern. Die Route war für eine erste Tour perfekt. In Ilsenburg würde er sein Auto abstellen. Die Wanderung verlief entlang des Heinrich-Heine-Wegs, dann weiter über den Ilsestein und zu den Ilsefällen. An der Bremer Hütte müsste er den Weg in Richtung Wolfsklippen verlassen und käme dann über die Plessenburg zurück nach Ilsenburg. Eine ordentliche Wanderung, bei der er mehrere Stunden unterwegs sein würde. Allerdings sollten sich die Steigungen in Grenzen halten, was seiner eher vernachlässigten Kondition sicherlich zugutekommen würde. Er freute sich auf die körperliche Anstrengung, die klare Luft und den Wald, den er in Bremen schon mehr als einmal schmerzlich vermisst hatte. Wenn er da mal nicht den Kopf freibekommen würde. Endlich abschalten, nicht an Christiane denken müssen oder an seine Arbeit.

Hölzle wanderte los, zunächst ganz konzentriert auf die Schönheiten der Natur. Doch das seltsame, unwirkliche Gefühl, das ihn seit der Nachricht von Stella Wiprechts Tod beschlichen hatte, wollte nicht weichen. Erneut überlief ihn eine Gänsehaut bei der Erinnerung an den gestrigen Abend. Enthauptung. So was kannte man eigentlich nur aus Büchern oder Filmen oder Computerspielen, bei denen sich die Spieler nichts dabei denken, wenn sie ihre Gegner reihenweise einen Kopf kürzer machen. Neuerdings allerdings wurde man sogar in den Tagesnachrichten mit diesen grauenhaften Szenen konfrontiert, wenn Dschihadisten ihre Geisel vor laufender Kamera enthaupteten. Da war er nun in Urlaub gefahren, um zu entspannen, und in seinem Kopf hatten sich Bilder unsäglichen Grauens festgesetzt.

Auch die wilde Romantik des Ilsetals, das zu den schönsten Wandergebieten des Harzes zählte, änderte nichts daran, ließ ihn die Szenen, die sich am Vorabend in der Gaststube abgespielt hatten, nicht vergessen. Die Angst in Wiprechts Augen, sein Entsetzen und die Fassungslosigkeit, nachdem die Polizei ihm die schreckliche Nachricht überbracht hatte, Andreas Pohl, dieser Bär von einem Mann, der wie Espenlaub zitternd auf seinem Stuhl saß und sich erbrach.

Den Kopf abhacka, reinschtes Mittelalter, dachte Hölzle. Er versuchte, sich erneut auf die Umgebung zu konzentrieren und die Stille zu genießen. Nur gut, dass hin und wieder Tafeln mit Zitaten von Heinrich Heine entlang des Weges aufgestellt waren. Die lenkten ihn dann endlich für einige Zeit ab. Zu Hause würde er sich Heines Betrachtungen über den Harz anschaffen und sie auch – irgendwann – lesen. Am Ilsefall entdeckte er ein weiteres Zitat.

›*Es ist unbeschreiblich, mit welcher Fröhlichkeit, Naivität und Anmut die Ilse sich hinunterstürzt über die abenteuerlich gebildeten Felsstücke … Ja, die Ilse ist eine Prinzessin, die lachend und blühend den Berg hinabläuft.*‹

So etwa stellte er sich die ermordete Stella Wiprecht nach den Beschreibungen der Stammtischrunde vor. Eine hübsche Prinzessin, den Tod auf einem merkwürdig geformten Felsbrocken findend. Fast kam ihm das Zitat wie ein Hinweis vor. Hölzle schüttelte den Kopf, um die dunklen Gedanken nun aber endgültig daraus zu verbannen.

Er kam gut voran, seine alten Wanderschuhe, mit denen er vor Jahren, als er noch sportlich aktiver war und im Süden der Republik lebte, bereits unzählige Kilometer zurückgelegt hatte, waren bequem und Blasen an den Füßen daher nicht zu befürchten. Nach einer viertelstündigen Rast an der Bremer Hütte, wo er sein belegtes Brot aus dem Rucksack kramte und mit Appetit verschlang, setzte er seinen Weg fort. Sein nächstes Ziel war der Aussichtsturm, der auf den Wolfsklippen thronte.

Der Reiseführer hatte zu berichten, der Name der Klippen ginge darauf zurück, dass angeblich hier der letzte Wolf des Harzes erlegt worden war. Offenbar war das Büchlein nicht mehr auf dem neuesten Stand. Soweit Hölzle wusste, war der Wolf entweder schon wieder im Harz ansässig oder sollte dies zumindest in naher Zukunft sein. Der Luchs war bereits seit Jahren im Nationalpark Harz wieder heimisch geworden, nachdem man ein paar Exemplare ausgewildert hatte.

Die andere Erklärung zur Namensgebung der Anhebung passte schon besser in die geheimnisvolle Welt des Harzes. Der Sage nach war ein Mädchen der Hexerei bezichtigt worden und hielt sich, um einer Verurteilung zu entgehen, bei einer Wölfin versteckt. Hölzle gefiel diese Vorstellung, sie entsprach der fast unwirklichen mystischen Stimmung, die ihn während seiner Wanderung gefangen genommen hatte. Er klappte das Buch zu und setzte seinen Weg fort. Der Anstieg war steiler und anstrengender, als er angenommen hatte. Hölzle war froh, dass er ordentlich gegessen hatte. Trotz der kühlen Witterung kam er ins Schwitzen, Berge war er nach den Jahren in Bremen, wo man immer nur über das platte Land marschierte, nicht mehr wirklich gewohnt. Morgen würde er mit Sicherheit einen ordentlichen Muskelkater haben. Aber das Wandern und Alleinsein taten Körper und Seele gut.

Der Pfad zur Wolfsklippe führte in eine Sackgasse, an deren Ende der stählerne über 100 Jahre alte Aussichtsturm die Granitfelsen beherrschte. Etwas außer Atem bestieg Hölzle den Turm in der Hoffnung auf einen weiten Blick in die Landschaft. Doch leider bot der Turm aufgrund des hochgewachsenen Fichtenbestandes nicht den erhofften Ausblick. Nur ein kleines Fenster war noch zwischen den Bäumen frei geblieben, von dem aus man in Richtung Wernigerode schauen konnte.

Schade, dachte Hölzle, als er vom Turm herunterstieg, des hätt i mir au schpare könne. Vielleicht würde es Sinn machen, hier einmal den Borkenkäfer auszusetzen, dann wäre die freie Sicht in wenigen Jahren garantiert. Egal, er kostete trotzdem jeden Moment seiner Wanderung aus. Sein Kopf wurde mit jedem Meter freier, die frische, klare Luft befreite seine Atemwege. Forsch schritt er voran, noch hatte er nicht alles gesehen, was er sich für heute vorgenommen hatte. Am Ende seiner Tour würde ihn ein weiteres Naturschauspiel erwarten, ein wahres Natur*denkmal*, so der Reiseführer enthusiastisch. Die Steinerne Renne. Zahlreiche kleine Wasserfälle, die über Granitblöcke in eine Schlucht mündeten und tosend in die Tiefe stürzten. Direkt am großen Wasserfall sei ein gutes Gasthaus, hatte Erika ihm empfohlen, als sie ihm am Morgen den Kaffee gebracht hatte.

Hölzle hielt einen Moment inne, erfreute sich an dieser nahezu unberührten Natur. Auf seinem einsamen Weg begegnete ihm nur ein Reh, das ihn mit aufgerissenen Augen für eine Sekunde lang anstarrte, um dann schnell in großen Sprüngen das Weite zu suchen. Er war nicht mehr weit entfernt von Ilsenburg, als ihm ein großer Stein, der etwas abseits des Weges stand, auffiel. Wahrscheinlich noch ein Naturdenkmal, vermutete Hölzle, vielleicht ein Findling, ein Relikt aus der Eiszeit vor Jahrmillionen. Er trat näher und entdeckte eine kleine Gedenktafel aus Messing, die auf den Stein geschraubt war.

Bernhard Ries. Warum?

Außer einer Jahreszahl stand sonst nichts dabei. Hölzle rechnete nach. Vor zwölf Jahren war an dieser Stelle offenbar jemand zu Tode gekommen, und man hatte ihm zum Gedächtnis entweder diesen Stein aufgestellt oder die Tafel an einem bereits vorhandenen Stein angebracht. Erneut beschlich ihn dieses merkwürdige Gefühl, das schon gestern Abend von ihm Besitz ergriffen hatte. Die Härchen auf seiner Haut standen zu Berge, und dies hatte nichts mit den kühlen Temperaturen und dem auffrischenden Wind zu tun. Er konnte dieses Gefühl nicht wirklich greifen, und schon gar nicht hätte er es erklären können. Es musste mit dieser geheimnisvollen Stimmung, der Besonderheit dieser Gegend, zusammenhängen. Hölzle musste für ein paar Sekunden die Augen schließen, ihm war kurz schwindlig.

Ein Flattern ließ ihn die Augen wieder öffnen. Eine Rabenkrähe hatte sich auf dem Stein niedergelassen, hielt den Kopf etwas seitwärts geneigt und musterte Hölzle mit ihren schwarz glänzenden Augen. Viele Menschen mochten die Rabenvögel nicht, doch Hölzle war immer wieder von ihrer Intelligenz beeindruckt. In diesem Moment wurde ihm, dem Realisten, bewusst, dass er sich auf sein Innerstes verlassen konnte. Er spürte geradezu mit jeder Faser seines Seins, dass hier ein Mensch auf unnatürliche Weise ums Leben gekommen war. Was war hier passiert? Der Vogel verlor das Interesse und schwang sich in die Lüfte. Noch einen Moment verharrte Hölzle, sah der Rabenkrähe nach, horchte in sich hinein. Dann setzte er gedankenverloren einen Fuß vor den anderen, folgte dem Weg. Hatte sich dieser Mann an diesem Ort das Leben genommen? War es ein Unfall gewesen? Nein, kein Unfall. Die Ahnung, dass es sich bei Bernhard Ries um ein Mordopfer handeln musste, wurde ihm bei jedem Schritt mehr und mehr zur Gewissheit.

Der Wind hatte den Himmel aufreißen lassen, und eine fahle Novembersonne stahl sich zwischen den Bäumen hervor, zauberte Licht auf die grün bemoosten Baumstämme und Steine, betupfte den Waldboden mit einem interessanten Schattenspiel. In den Sonnenstrahlen tummelten sich die letzten kleinen Mücken des schwindenden Herbstes. Fasziniert schaute Hölzle ihnen zu, streifte wieder einmal die trüben Gedanken ab. Er freute sich über das Rascheln des Laubs, das seine Schritte hervorriefen, und fühlte sich zurückversetzt in seine Kindheit, als er mit wachsender Begeisterung in Laubhaufen sprang, sehr zum Leidwesen seines Vaters, der diese mühsam zusammengerecht hatte. Zu dieser Zeit gab es keine ohrenbetäubenden, Staub aufwirbelnden Laubbläser, die jedem Düsenjet Konkurrenz machten.

Stimmen drangen an seine Ohren, die dazugehörigen Menschen waren noch nicht zu sehen. Der Gesang kam beständig näher, und bei genauem Hinhören konnte Hölzle das Lied erkennen. Ein bisschen schräg gesungen, aber definitiv handelte es sich um das Wanderlied ›Die Lust hat mich bezwungen‹. Hölzle schmunzelte, war gespannt auf die Gruppe, die ihm da entgegen kam. Nach der nächsten Biegung erstarrte er für einen

Moment, als er die Sänger zu Gesicht bekam. Fünf ältere Männer kamen auf ihn zu, einzig bekleidet mit Wanderschuhen und Bommelmützen. Sonst nichts. Auf dem Rücken trug jeder der Herren einen kleinen Rucksack, aus einem davon lugte eine Thermosflasche hervor. Vermutlich enthielten die Rucksäcke auch die abgelegte Kleidung, schließlich mussten die Freikörperkulturanhänger ja irgendwann wieder in die Textilwelt zurückkehren.

Beim Anblick des sanften Schaukelns ihrer besten Stücke fielen Hölzle spontan einige Verse aus einem Gedicht Heinrich Heines ein:

›Gott den Menschen zwiefach schuf
Augen, Ohren, Arm' und Bein',
Während er ihm gab nur ein
Exemplar von Nas und Mund –
Doch nun sage mir den Grund:
Gott, der Schöpfer der Natur,
Warum schuf er einfach nur
Das skabröse Requisit,
Das der Mann gebraucht, damit
Er fortpflanze seine Rasse
Und zugleich sein Wasser lasse?
Teurer Freund, ein Duplikat
Wäre wahrlich hier vonnöten,
Um Funktionen zu vertreten,
Die so wichtig für den Staat
Wie fürs Individuum,
Kurz fürs ganze Publikum.
Zwei Funktionen, die so greulich
Und so schimpflich und abscheulich

Miteinander kontrastieren
Und die Menschheit sehr blamieren.
Eine Jungfrau von Gemüt
Muß sich schämen, wenn sie sieht,
Wie ihr höchstes Ideal
Wird entweiht so trivial!
Wie der Hochaltar der Minne
Wird zur ganz gemeinen Rinne!
Psyche schaudert, denn der kleine
Gott Amur der Finsternis,
Er verwandelt sich beim Scheine
Ihrer Lamp – in Mankepiß.‹

Hölzle nickte den Nacktwanderern zu und versuchte, einen drohenden Lachanfall zu unterdrücken. Dann waren die nackten Sänger vorbei, langsam entfernte sich der Gesang, und Hölzle atmete tief durch. Nacktwandern. Na ja, wer's brauchte, sein Ding war das jedenfalls nicht. Allerdings zollte er den Männern ein wenig Respekt, denn angesichts der kühlen Temperaturen unbekleidet durch den Wald zu streifen war sicher auch nicht so angenehm.*

Ein munter plätscherndes Bächlein begleitete seinen Pfad, und nach insgesamt fast fünf Stunden Marsch war er wieder bei seinem Auto angelangt und fuhr in Richtung Wernigerode. Etwa 20 Minuten später kam der Gasthof in Sicht. Gott sei Dank, so allmählich verspürte er Hunger. Seine kleine Zwischenmahlzeit war ja bereits einige Stunden her, und er hatte sich ordentlich

* In der Realität befindet sich der Naturistenstieg zwischen Wippra und Dankerode.

angestrengt, die Kalorien waren wahrscheinlich schon radikal verbrannt.

Wie Erika versprochen hatte, gefiel Hölzle das idyllisch gelegene Waldgasthaus auf Anhieb. Direkt neben dem roten Fachwerkhaus stürzte die Holtemme, nicht wie beschrieben in einem tosenden Wasserfall, in die Tiefe. Die Wasserläufe, die sich hier zusammenfanden, strömten eher gemütlich dahin. Hölzle trat so dicht wie möglich heran, kleinste Wasserspritzer benetzten sein Gesicht. Er war trotzdem beeindruckt, doch hier wohnen würde er nicht wollen. Für eine Weile sah er den sprudelnden Wassern zu, dann trieb ihn der Hunger hinein. Nachdem er sich in dem gemütlichen Gastraum mit einem schmackhaften Erbseneintopf gestärkt hatte, fiel es Hölzle zwar schwer, aber er gab sich einen Ruck und stieg noch die Renneklippen hinauf. Der mühsame Aufstieg mit einer ordentlichen Kletterpartie über Granitbrocken wurde mit einer atemberaubenden Aussicht über das Rennetal belohnt.

BUSS- UND BETTAG VOR ZWÖLF JAHREN

Aus dem Tagebuch eines Scharfrichters. Den 6.November, 1685.

Cuntz Sandmann, ein Zirckhelschmiedt, alhie, wegen das er mit Barbara Zeylnerin Unzucht trieben. Barbara ein Kind von Mosch Judt mit dem Kopf heraußen in ein Grub gelegt, cunz außgnaden mit dem Schwerdt gericht und tot in Grub gelegt.

Die beiden Gruben lagen eng nebeneinander. Zuerst sollte es nur eine große Grube werden, doch die beiden, auf die er es abgesehen hatte, getrennt zu begraben, verlieh dem Ganzen das gewisse Etwas.

Bernhard Ries war kein großer Mann. Vielleicht 1,72 Meter groß, eher schmal, drahtig, verfügte aber über viel Kraft. Wenn er auf ein Dach kletterte, sah es aus, als würde ein Äffchen mit hoher Geschwindigkeit herumturnen. Auf dem Dach bewegte er sich sicher, war absolut schwindelfrei.

Die Gruben hatten eine Tiefe von etwa 50 Zentimetern. Aus ihnen gab es kein Entrinnen, vor allem nicht, wenn Hände und Füße gefesselt waren, der Mund verklebt war und schwere Erde auf dem Körper lastete. Auch Nesrin, Ries' Frau, war klein, von zierlicher Statur. Mehr als 1,60 Meter maß sie nicht. Wenn sie 50 Kilo auf die Waage brachte, wäre dies viel. Mit ihr würde man leichtes Spiel haben.

Es war nicht einfach gewesen, die passende Stelle zu finden. Einsame Orte gab es massenhaft, aber einen Ort, der so abgeschieden lag, und dessen Boden das Schaufeln der Gräber erlaubte, hatte ein immenses Problem bereitet. Obendrein musste der Platz so gewählt sein, dass man die beiden leicht dorthin transportieren, oder noch besser, vielleicht direkt hinlocken konnte. Die Stelle war letztendlich hervorragend gewählt. Bernhard musste durch den Wald fahren, keine 150 Meter an seinem zukünftigen Grab vorbei, wenn er zu Roman Otten wollte, von dem er seine Holzschindeln bezog.

Dachdeckermeister Bernhard Ries deckte mit allen Materialien, aber er war mittlerweile ein Spezialist im Decken mit Holzschindeln, einem alten Werkstoff, der wieder im Kommen war. Natürlich und nachwachsend. Das war das Schlagwort heutzutage: Nachhaltigkeit. Wenn ein Kunde sich nicht sicher war, pries er die hohen ästhetischen Ansprüche des Materials, das Ausdruck der Naturverbundenheit des Bauherrn sein würde und dazu noch mit der Landschaft harmonierte. Über die Widerstandsfähigkeit der Holzschindeln brauchte erst gar nicht diskutiert zu werden.

Oft begleitete Nesrin ihren Mann auf seinen Touren. Seit knapp einem Jahr waren sie nun verheiratet, und Bernhard war der glücklichste Mensch in Darlingerode, wenn nicht sogar im ganzen Harz. Er hatte die Türkin Nesrin in Istanbul kennengelernt. Lange Jahre hatte er davon geträumt, Istanbul und seine Architekturen kennenzulernen, die Hagia Sophia oder den Topkapi Palast. Bernhard hätte gerne Architektur studiert, aber die finanziellen Verhältnisse seiner Eltern hatten es nicht zugelassen. Doch heute war er zufrieden damit, ein anerkannter und gesuchter Dachdeckermeister zu sein. Erst neulich hatte einer seiner Lehrlinge einen Preis erhalten. Acht Mitarbeiter standen bei ihm in Lohn und Brot, und Aufträge hatte er genug.

In Istanbul hatte er eine deutschsprachige Stadtführung gebucht, die mit der Besichtigung der Süleymaniye Moschee begonnen hatte. Nesrin war seine Fremdenführerin gewesen, und Bernhard Ries hatte sich Hals über Kopf in sie verliebt. Und Nesrin gefiel die freundliche und zurückhaltende Art, mit der Bernhard sie die ganze Zeit über anschmachtete. Nachdem Bernhard sich dazu durchgerungen hatte, Nesrin nach der Führung auf einen Kaffee einzuladen, war das Eis gebrochen. Von da an trafen sie sich während Bernhards restlichem Aufenthalt in Istanbul täglich, und am Ende des Urlaubs stand fest, dass die junge Türkin den Deutschen in sein Heimatland begleiten würde.

Nesrin stammte zwar aus einem einigermaßen liberalen Haus, jedoch mit einem Deutschen in den Harz zu gehen und dort künftig zu leben, missfiel den Eltern und vor allem ihren drei Brüdern, die kein Hehl daraus machten, dass sie die Verbindung nicht akzeptierten. Der standesamtlichen Hochzeit, die wenige Monate später folgte, waren die fünf Familienmitglieder ferngeblieben. Und auch Bernhards Familie stand der Verbindung eher skeptisch gegenüber.

Bernhard war es gleich. Und dass Nesrin Muslimin war,

war ihm so was von egal. Er selbst war konfessionslos, hatte mit Religion nichts am Hut. Nesrins Verzicht auf Schweinefleisch und Alkohol beeinträchtigten das Eheleben nun überhaupt nicht. Wenn Bernhard sich ein riesiges Schweineschnitzel einverleibte, rümpfte Nesrin zwar die Nase, aber was akzeptierte man nicht alles aus Liebe. Bernhard hätte lediglich ein Problem damit gehabt, wenn sie darauf bestanden hätte, ein Kopftuch zu tragen, jedoch Nesrin war eine moderne junge Frau, der auch in Istanbul nie in den Sinn gekommen war, ihr Haar zu bedecken.

Dass ihre Eltern sich für ihre Tochter einen türkischen Partner gewünscht hatten, verstand Nesrin insgeheim, war aber glücklich, dass diese sie letztendlich mit dem *gavur, dem Ungläubigen,* in dessen Heimat hatten reisen lassen. Ihre Brüder hatten es allerdings wie immer übertrieben. Die drei hatten sich mit allem Nachdruck gegen die Heirat ausgesprochen, hatten sogar gedroht, Bernhard fertigzumachen, wenn er nicht die Finger von ihrer Schwester lassen würde.

Bernhard hatte Nesrins Familie mehrfach eingeladen, sie in Deutschland zu besuchen, doch die Eltern lehnten weiterhin höflich ab, und die Brüder, offensichtlich von Vater Kenan an die Kandare genommen, beließen es bisher bei ihren Drohungen. Bernhard und Nesrin hofften nun, dass die Familie einlenkte, denn Nesrin war im fünften Monat schwanger. Das freudige Ereignis sollte doch sicherlich dazu beitragen, alle miteinander zu versöhnen. Nesrins Mutter hatte bereits, vermutlich in aller Heimlichkeit, ihrer Tochter einen kurzen Brief geschrieben, ihr mitgeteilt, wie überglücklich sie sei, bald ein Enkelkind zu haben.

Sie hatte Nesrin vorgeschlagen, sie bald in Istanbul besuchen zu kommen, allerdings im Moment noch besser alleine, da der Vater immer noch seinen Argwohn gegenüber Bernhard nicht abgelegt habe. Nesrin äußerte den Verdacht, dass ihre Brüder sie dann nicht mehr aus dem Land ließen. Doch ihre Mutter konnte ihre Bedenken aus dem Weg räumen. Die drei hätten sich beruhigt, eingesehen, wenn auch zähneknirschend, dass sie mit Bernhard einen guten, fürsorglichen Ehemann hatte. Das hörte sich für Nesrin zwar nicht danach an, dass ihre Brüder ihre Ehe mit dem Deutschen jetzt akzeptierten, aber sie hoffte auf ein echtes Einlenken, wenn sie als Onkel ihren kleinen Neffen – das Ultraschallbild hatte es klar gezeigt – in den Armen hielten. Nesrin hatte mit Bernhard über ihren Wunsch, die Familie zu besuchen, gesprochen.

Bernhard wäre gerne mitgereist, aber ein großer Auftrag hielt ihn in der Firma fest, und nach Nesrins Einschätzung war die Zeit für ein neuerliches Zusammentreffen mit seinen Schwägern vielleicht doch noch nicht reif. So war sie alleine nach Istanbul geflogen.

Der Dachdeckermeister summte vor sich hin, als er seinen Kastenwagen über den Waldweg steuerte.

Links und rechts lagen Baumstämme aufgeschichtet, die in den nächsten Tagen zur Weiterverarbeitung abgeholt werden würden. Dieser Teil des Waldes gehörte nicht zum Nationalpark Harz. Ries ließ das Fenster herunter und atmete tief den Duft von frisch geschlagenem Holz, der sich mit dem Geruch der vom gestrigen Regen noch feuchten Erde vermischte. Vor seinem Termin mit Otten um 16 Uhr wollte er noch einen potenziellen Neukunden besuchen, der ihn letzte Woche angerufen und es sehr dringlich gemacht hatte.

Der Hof des Kunden befand sich in der Nähe von Ilsenburg und war ziemlich abgelegen. Die Wegbeschreibung, die ihm der Mann am Telefon gegeben hatte, lag auf dem Beifahrersitz. Bernhard dachte an seine schwangere Frau, die nun am Flughafen Hannover war. Am frühen Abend würde Nesrin in Istanbul landen, und er konnte es jetzt schon kaum erwarten, ihre samtweiche Stimme am Telefon zu hören.

So ein Mist! Bernhard Ries bremste. Was war das denn? Wieso lag einer der Baumstämme quer über dem Weg? Das machte keinen Sinn, wäre er vom Stapel heruntergerollt, würde er ja wohl parallel zu den anderen Stämmen liegen. Es war Gott sei Dank keiner von den Riesenbrocken, sondern ein dünnerer Stamm, den er hoffentlich von Hand zur Seite packen konnte. Wenn nicht, blieb ihm immer noch die Möglichkeit, ihn mit dem Wagen, in dem immer Stricke und Werkzeug lagen, zur Seite zu ziehen.

Stirnrunzelnd hielt er an und stieg aus. Von der hinteren Ladefläche nahm er ein paar dicke Arbeitshandschuhe. Der Stamm war vielleicht sieben Meter lang. Bernhard Ries bückte sich und packte den Stamm an einem Ende, doch er war schwerer, als gedacht. Gerade einmal zehn Zentimeter konnte er ihn anheben. Aber das würde reichen. Langsam ging er rückwärts, den Baumstamm ruckelnd hinter sich herziehend. Er schnaufte angestrengt, überlegte erneut, warum der Stamm wohl quer auf dem Weg lag.

Doch bevor er eine vernünftige Erklärung dafür fand,

ließ ihn ein Geräusch herumfahren, der Stamm fiel zu Boden. Sein Atem stockte, sein Körper befahl ihm, sofort die Flucht zu ergreifen, doch es war bereits zu spät. Eiskalte, gnadenlose Augen starrten ihn an. Reflexartig riss Bernhard seine Arme hoch, um den Schlag seines Angreifers abzuwehren. Keine Chance! Die Wucht, mit der sein Gegner zuschlug, war unglaublich. Der Dachdecker ging zu Boden wie ein gefällter Baum, schlug mit dem Kopf gegen den Stamm und kam daneben zu liegen. Dann wurde alles schwarz.

Bernhard Ries hatte einen furchtbaren Albtraum. Er holperte mit seinem Pritschenwagen auf einem unebenen Feldweg entlang. So hatte er sich immer die anatolische Hochebene vorgestellt. Kahl und karg, nur ein paar Schafe waren die einzigen Lebewesen in dieser unwirtlichen Gegend. Bei jedem Schlagloch schrie Nesrin auf, die auf dem Beifahrersitz saß und sich die Hände schützend vor ihren Bauch hielt. Plötzlich sprang ihm eines der Tiere direkt vor den Kühler. Er bremste, wich aus, doch der Wagen überschlug sich, blieb auf dem Dach liegen. Als er sich zu Nesrin umdrehte, war seine Frau verschwunden.

Ein unglaublicher Druck lastete auf seinem Oberkörper, seinen Armen und Beinen. Das Atmen wurde zur Qual, krampfhaft bemühte er sich, sich freizustrampeln. Doch ohne Erfolg. Trotz der Atemnot versuchte er verzweifelt, nach Nesrin zu rufen, doch nur ein krächzender Ton entrang sich seiner ausgetrockneten Kehle. Sein Mund fühlte sich an, als habe ihn jemand mit Watte oder Mull gefüllt.

Sein Bewusstsein erreichte die Oberfläche, und langsam kam er zu sich, entschlossen, den grässlichen Albtraum abzuschütteln. Wo war er überhaupt? Er war auf dem Weg zu Ottens Betrieb gewesen, nein, zuvor hatte er sich doch noch zu dem Neukunden aufgemacht. Hatte er einen Unfall gehabt? Nein, es lag nur ein Baumstamm im Weg, den er wegzerren wollte. Dann setzte die Erinnerung ein. Jemand hatte ihn angegriffen, und er war zu Boden gegangen. Bernhard riss die Augen auf, erblickte den blassen, kränklich aussehenden Novemberhimmel über den Tannenspitzen. Rasende Kopfschmerzen peinigten ihn, sein Versuch, die dicke Beule zu ertasten, scheiterte kläglich. Keinen Millimeter konnte er seine Arme heben, eine Zentnerlast lag auf ihnen, versagten ihm den Dienst. Erneut verlor der Dachdeckermeister das Bewusstsein.

Als Bernhard Ries wieder aus seiner Ohnmacht erwachte, war es dämmrig geworden. Die Kopfschmerzen waren zu einem dumpfen Klopfen übergegangen, immer noch war er bewegungsunfähig. Jeder Atemzug folterte seine Lunge, der Druck auf den Brustkorb war unerträglich. Ries' Gehirn versuchte vergeblich, die grauenhafte Realität, die sich seinen Augen offenbarte, zu negieren.

In einer halb liegenden, halb sitzenden Position war er bis zum Hals eingegraben worden, er konnte die feuchte, kalte Erde riechen. Winzige Lebewesen krabbelten direkt vor seiner Nase. Entsetzen machte sich breit, füllte jede Zelle seines Körpers mit Panik. Todesangst. Lebendig begraben. Nur sein Kopf schaute heraus, kaum in der Lage, sich zu bewegen. In seinem Mund steckte ein Knebel, der Speichel, der sich sammelte, drohte ihn zu ersticken, weil das Schlucken kaum möglich war. Vergeblich versuchte er, das Tuch oder was immer es war, mit der Zunge herauszudrücken. Es ging nicht, offenbar hatte man ihm den Mund zugeklebt. Die Panik, zu ersticken, gewann die Oberhand, und nur mit beinahe unmenschlicher Kraft zwang sich Ries zur Ruhe. Selbst wenn er diesen verdammten Knebel loswerden würde, wer zum Teufel würde denn hier in dieser Einöde seine Hilferufe hören? Vermutlich würde er sowieso kaum schreien können, denn die tonnenschwere Erde auf seinem Brustkorb ließ ihm ja kaum genug Möglichkeit zu atmen.

Nach einigen Minuten, in denen er seine Todesangst gewaltsam niederkämpfte, bewegte er mühsam seinen Kopf einige Zentimeter nach links. Was er sah, ließ die Panik erneut aufbranden wie eine fast erloschene Glut, die ein Sturm wieder entfachte, um eine Feuersbrunst zu schaffen. Ein weiteres Grab, direkt neben ihm. Nesrin! Sollte sie genauso grausam sterben wie er? Denn genau das würde er. Die Gewissheit seines nahenden Todes vor Augen, stellte er sich endlich diese Frage: warum? Er hatte doch niemandem etwas getan! Und Nesrin schon gar nicht! Wer war so sadistisch, dass er einem anderen so etwas Unmenschliches antat? An das Gesicht seines Angreifers konnte er sich nicht erinnern, nur an diese völlig kalten, ausdrucklosen Augen. Wer wollte ihn und offenbar auch seine Frau umbringen? Dass er kein Zufallsopfer eines durchgeknallten Psychopathen war, bewies die zweite Grube. Jemand hatte sich viel Mühe gemacht.

Doch Nesrin war auf dem Weg nach Istanbul. Eine unglaubliche Welle der Erleichterung durchströmte ihn.

Nesrin war in Sicherheit. Bei ihrer Familie. Bevor ihn ein letztes Mal das Bewusstsein verließ, galten Bernhards Gedanken seiner Frau und seinem ungeborenen Kind.

Der Mercedes-Kastenwagen von Bernhard Ries wurde Tage später in Braunlage gefunden, die Leiche seines Besitzers zwei Tage darauf. Die Notiz mit der Wegbeschreibung des Neukunden, die auf dem Beifahrersitz gelegen hatte, war jedoch verschwunden.

*

Als Hölzle schließlich wieder an seiner Herberge ankam, dämmerte es bereits, und er war total erledigt. Von den Kletterpartien schmerzten ihn die Kniegelenke, und seine Füße waren angeschwollen, die Schuhe drückten ihn nun doch. Die Beinmuskulatur kündigte den bevorstehenden Muskelkater bereits an. Er musste die Wanderschuhe unbedingt loswerden und sich auf seinem Zimmer etwas ausruhen. Doch daraus wurde nichts. Er grüßte Erika, die an der Rezeption saß, ganz kurz – nicht, dass sie noch auf die Idee kam, ihn in ein längeres Gespräch zu verwickeln –, ging vorbei und wollte gerade die Treppe hinaufsteigen, als sie ihm hinterher rief.

»Den Richard haben sie festgenommen! Er soll die Stella umgebracht haben. Seine eigene Frau! Ich kann's kaum glauben, der Richard, ein Mörder. Gestern hab ich noch neben ihm gesessen, da läuft's mir ja eiskalt den Rücken runter.«

Hölzle ergab sich in sein Schicksal und ging zurück.

»Mal nicht so voreilig. Bewiesen ist doch noch nichts, oder?«

Erika kam um die Rezeption herum, fasste ihn am Arm und zog ihn zur Gaststube. Unter Berührungsängsten litt diese Frau definitiv nicht.

»Komm mit und hör dir an, was die Männer erzählen. Frank war dabei, als die Polizei Richard mitgenommen hat.«

Widerstand war zwecklos, und Hölzle ließ sich in die Gaststube dirigieren. Am Stammtisch saßen Simon Liske, Walter Jenitschek, Frank Radegast und zwei weitere Männer, die gestern Abend nicht dabei gewesen waren. Allerdings sah der eine Frank ziemlich ähnlich, und Hölzle schloss daraus, dass er Radegasts Bruder sein musste. Frank Radegast bestätigte Hölzles Annahme, indem er den Mann neben sich als seinen Bruder Thomas vorstellte.

Der zweite, nie hätte Hölzle ihn für einen Fleischer gehalten, denn er war dünn und lang wie eine Bohnenstange, die Wangen in dem hageren Gesicht eingefallen, entpuppte sich als Hans-Werner Würselen, genannt Würstel. Ein Typ, zu dem Hölzle nur das Wort asketisch einfiel. Oder Spargeltarzan. Jedenfalls nicht Fleischermeister.

»Los, Frank, erzähl Heiner, was sich heute bei Richard abgespielt hat«, forderte Erika und setzte sich gemeinsam mit Hölzle an den Tisch.

»Ja los, ich kann's immer noch nicht glauben, dass ich das gestern verpasst habe. War ich doch tatsächlich bei dieser stinklangweiligen Innungssitzung, und hier vor unserer Haustür passiert so ein grauenhaftes Verbrechen«, spornte Würstel Würselen den Reporter an. Hölzle fühlte sich an Gaffer erinnert, die zu einem Unfall kamen und lieber das Geschehen auf ihr Handy bannten, als Erste Hilfe zu leisten. Zum Kotzen.

»Tja, es ist wirklich schwer zu begreifen«, Frank ordnete seinen Pferdeschwanz, aus dem sich ein paar Strähnen gelöst hatten, »ich war bei Richard, wollte mit ihm reden und versuchen, mit ihm akribisch durchzugehen, wo und wann er Stella das letzte Mal gesehen hat, über was die beiden gesprochen hatten und so weiter. Das bin ich meinen Lesern schuldig, sie sollen korrekt informiert werden. Natürlich hatte ich Richard vorher gefragt, ob er sich überhaupt in der Lage fühlte, mir Fragen zu beantworten, aber er meinte, das wäre okay. Vielleicht würde ihm ja auch irgendwas einfallen, was einen Hinweis auf Stellas Mörder geben könnte.«

Die Männer hingen an seinen Lippen, obwohl er die Geschichte heute bestimmt nicht zum ersten Mal erzählte. Auf wundersame Weise stand plötzlich ein Glas Bier vor Hölzle, und er wechselte einen kurzen Blick mit Erika, die ihm zuzwinkerte. Dankbar nahm er einen Schluck und wischte sich mit dem Handrücken ein paar Schaumflocken vom Mund.

»Auf jeden Fall hatten wir uns gerade hingesetzt, als es klingelt und die Polizei ins Haus schneit. Sie hätten die Mordwaffe gefunden, und Richard werde des Mordes an seiner Frau verdächtigt …«

»Wieso?«, fragte Hölzle dazwischen. »So einfach geht's ja eigentlich nicht.«

»Ja, pass auf. Richard hat die Angewohnheit, alle seine Werkzeuge mit seinem Namen zu kennzeichnen, und auf der Axt, also der, mit der Stella der Kopf abgehackt worden ist, stand eindeutig: Richard Wiprecht. Es sei Stellas

Blut, sagt die Kripo. Gefunden haben sie die Axt wohl unter einem Laubhaufen, etwa 400 Meter vom Tatort entfernt. Dann haben sie Richard Handschellen angelegt und ihn mitgenommen.«

Hölzle rieb sich die Augen, um die Müdigkeit nach seiner langen anstrengenden Wanderung zu vertreiben. Mehrmals schon hatte er ein Gähnen unterdrücken müssen.

»Spricht natürlich schon gegen ihn, aber bewiesen ist gar nichts. Auch die Blutspuren müssen erst verglichen werden, und dann gibt es Fingerabdrücke am Griff der Axt und so weiter. Sofern man überhaupt Abdrücke nehmen kann, die verwertbar sind.«

»Wieso?«

»Nur mal so zur Info: Fingerabdrücke von einer hölzernen Oberfläche zu nehmen, ist meist nicht von Erfolg gekrönt, weil sie zu uneben ist. Auf glatten Materialien sieht man die Papillarleisten der Oberhaut, also auf gut Deutsch, die Rillen, deutlicher.«

Er trank einen Schluck Bier.

»Ah, merk dir das Würstel«, warf Simon augenzwinkernd ein, »falls dir Babette mal zu sehr auf den Wecker geht, dann weißt du ja jetzt Bescheid.«

»Blödmann«, war Würstels einziger Kommentar.

»Richards Axt hat aber einen gummierten Griff«, bemerkte Simon, »das weiß ich genau, weil er mir mal einen Vortrag darüber gehalten hat, dass man dadurch einen viel besseren Grip hätte. Wie bei seinen Golfschlägern.«

»Aber sind die Griffe bei Golfschlägern nicht noch zusätzlich mit Noppen versehen? Dann ist die Oberfläche nämlich auch nicht glatt«, überlegte Walter.

»Beim Putter nicht. Hat Richard mir gezeigt.«

»Was sagt Richard Wiprecht denn selbst zu den Vorwürfen?«, kam Hölzle auf das ursprüngliche Thema zurück.

Radegast zog die Mundwinkel nach unten.

»Nichts. Kein Wort hat er gesagt, ich glaube, der war viel zu geschockt, um irgendwas von sich zu geben.«

»Also jetzt mal im Ernst, Leute, einem Huhn den Kopf abzuschlagen, ist schon nicht so einfach. So ein Tierchen soll ja auch nicht leiden, da musst du präzise und sicher arbeiten. Ich weiß, wovon ich rede. Als ich noch in der Lehre war, hat mein Lehrherr mich mal gezwungen, einer Ziege den Kopf abzuschlagen. Entsetzlich, sage ich euch. Und ihr kennt doch den Richard, der ist zartbesaitet ohne Ende. Niemals würde er seine Frau auf diese Art ins Jenseits befördern«, gab Würselen seinen Senf dazu.

Auch Hölzle konnte nicht glauben, dass Wiprecht seine Frau auf so bestialische Weise umgebracht hatte. Alles, was er auf der Polizeischule gelernt, alles, was er gelesen hatte und alles, was ihm in seiner bisherigen Laufbahn begegnet war, widersprach dem. Häusliche Gewalt endete meist anders. Totgeprügelt, erwürgt oder erschossen. Aber enthaupten war etwas ganz anderes. Dazu gehörte eine Kaltblütigkeit, die ihresgleichen suchte. Das hier war keine spontane Tat gewesen, der Mörder musste sein Verbrechen genau geplant haben. Und es gehörte eine gehörige Portion Kraft und Können dazu, wollte man mit einer gewöhnlichen Axt den Kopf in einem Schlag vom Rumpf trennen. Die Planung setzte allerdings voraus, dass der Mörder sein Opfer und dessen Angewohnheiten, wie das regelmäßige Joggen, gekannt hatte. Heiner Hölzle behielt seine Meinung für sich, er würde den Teufel tun, und sich in Ermittlungen von Kollegen einmischen.

Erika Pohl merkte, dass ihr Gast nicht wirklich darüber glücklich war, dass man ihn in die Geschichte hineinzog. Und sie hatte ihn auch noch in die Gaststube geschleppt. Sie versuchte, das Thema zu wechseln, und ermunterte Hölzle, von seiner Wanderung zu berichten.

»Hat mir gut gefallen, ihr wohnt hier wirklich in einer wundervollen Landschaft. Aber ich muss gestehen, ich bin ganz schön kaputt. Deshalb werde ich mich auch bald zurückziehen.«

»Möchtest du noch was essen?«, fragte Erika und schlug ihm das Tagesgericht, Hirschgulasch mit Knödeln und Salat, vor.

Hölzle seufzte tief und lehnte ab.

»Danke, so schwer es mir auch fällt, zu widerstehen, aber ich bin noch satt von dem Eintopf, den ich in der Wirtschaft am Wasserfall gegessen habe. Danke übrigens für den Tipp.«

Wie schon am Abend zuvor kündete ein kühler Windstoß davon, dass sich die Tür zur Gaststube geöffnet hatte. Ein Hut, der am Garderobenständer neben der Eingangstür hing, wehte hinunter. Für einen Moment verstummte das Gespräch, und alle wandten sich erschrocken zur Tür. Blitzschnell bückte sich ein junger Mann, der eben mit seiner Begleitung eingetreten war, und hängte den Hut wieder an seinen Platz. Hölzle wäre an dieser Situation nichts Merkwürdiges aufgefallen, wenn Würselen nicht gezischt hätte:

»Jetzt haben wir schon die Bimbos in unserer deutschen Wirtschaft. Erika, sag denen, hier gibt's keine gegrillten Heuschrecken.«

Tatsächlich war einer der jungen Männer ein Schwarzer, in Bremen nichts Aufregendes, aber für den offenbar rassistischen Fleischermeister Würselen ein Ärgernis. Die beiden jungen Leute suchten sich einen freien Tisch in der Nähe der Tür, und schon eilte flott und freundlich die Bedienung herbei. Dieser Würselen war ja wohl ein Ewiggestriger. Mit dem würde Hölzle hier sicherlich nicht so richtig warm werden. Erika warf Würstel einen vernichtenden Blick zu, sagte aber nichts.

Hölzle schob den Stuhl zurück und wollte sich gerade verabschieden, als ihm der Gedenkstein in den Sinn kam.

»Sagt mal, ich bin an einem Stein mit Gedenktafel vorbeigekommen. Ries hieß derjenige, dem die Tafel gewidmet ist. Wisst ihr, was dem passiert ist?«

»Wieso willst du das wissen?«, fragte Simon Liske mit einem Stirnrunzeln.

»Reine Neugierde, man macht sich halt so seine Gedanken. Nur der Name, ein Datum, und dann dieses ›Warum?‹. Schon merkwürdig«, entgegnete Hölzle und rückte seinen Stuhl wieder an den Tisch.

Liske und Jenitschek sahen sich an, Würselen glotzte an die Decke, dann ließ Walter Jenitschek zögernd verlauten:

»Das war 'ne schreckliche Sache damals. Der Bernhard Ries wurde begraben. Lebendig, meine ich.«

Hölzle glaubte, nicht richtig gehört zu haben. Wo, zur Hölle, war er denn hier gelandet? Hatte er nicht auf den Prospekten und im Internet was gelesen von Romantik,

Entspannung, Seele baumeln lassen? Hier ging es allerdings alles andere als romantisch zu. Im Gegenteil, der Harz schien viele Geheimnisse zu bergen, und Gräueltaten gehörten wohl zur Tagesordnung. Und hatte ihn nicht dieses schaurige Gefühl beschlichen, war er nicht in der Gewissheit weitergewandert, dass an dieser Stelle etwas Grauenhaftes passiert sein musste?

»Lebendig begraben? Das ist jetzt nicht dein Ernst.«

Jenitschek sah allerdings nicht aus, als ob er scherzte, und Hölzles Gänsehautgefühl kehrte zurück. Es hatte ihn also nicht getrogen, als er heute Nachmittag die Gedenktafel entdeckt hatte.

»Habt ihr den gekannt?«, wollte er dann wissen.

Die Anwesenden schüttelten die Köpfe, nur Frank sagte: »Der war nicht von hier, der war aus Darlingerode. Das ist nicht weit von Ilsenburg«, fügte er erklärend hinzu.

»Und weiter?«

»Ries war Dachdeckermeister. Sogar ein ausgezeichneter Dachdecker, hat für seine Meisterprüfung einen Preis erhalten von der Handwerkskammer. Er war einer der wenigen, der Dächer auch auf Wunsch mit Holzschindeln deckte. Diese Holzschindeln erleben so eine richtige Renaissance, egal, ob als Dach oder Wandverkleidung. Ries hatte einen kleinen Betrieb mit acht Mitarbeitern, der auch durch seine Auszubildenden glänzte. Ein Lehrling war mal Landessieger, und fast alle Auszubildenden nahmen an Leistungswettbewerben des Deutschen Handwerks teil«, erzählte Radegast.

»Du weißt aber ziemlich gut Bescheid über diesen armen Kerl«, bemerkte Hölzle.

Frank grinste schief.

»Ich bin Journalist, schon vergessen? Ich hatte erst ein paar Monate vor Ries' Tod einen kurzen Artikel über den Betrieb geschrieben, also eben über den erwähnten Lehrling und diese ganze Landessiegergeschichte. Außerdem habe ich ein fantastisches Gedächtnis.«

»Und wer hat den Dachdecker so gehasst, dass er ihn lebendig begraben hat? Dieser Ries muss ja jemandem gewaltig auf die Nerven gegangen sein, um so elendig zu sterben.«

»Der Mörder wurde nie gefasst«, meldete sich Thomas Radegast erstmals zu Wort. »Die meisten hier in der Gegend glauben, dass er von der Familie seiner Frau umgebracht worden ist.«

»Ach ja? Weswegen?«

»Er war mit einer Türkin verheiratet«, kam Frank seinem Bruder zuvor, »und die Muslime haben ja, wie man weiß, so ihre verschrobenen Ansichten, was eine Verbindung zwischen ihnen und Andersgläubigen anbelangt.«

Thomas nickte zustimmend.

»Ich hatte ein Mädchen in der Klasse, das war urplötzlich verschwunden. Dann erklärten mir die Eltern, die Kleine, sie war erst 15, sei jetzt in der Türkei, würde einen Cousin heiraten. Ein Deutscher wäre für die nie infrage gekommen.« Er spielte nebenbei mit seinem Bierdeckel, den er auf der Kante stehend immer wieder drehte.

»Ja genau, Ehrenmord und so. Das sagt doch schon alles«, warf der dicke Liske ein. »Allein der Begriff ist doch paradox.«

Und Würselen fügte grummelnd hinzu, sodass es kaum zu hören war: »Das hat man davon, wenn man sich mit Ausländern einlässt, vor allem, wenn sie noch aus dem hintersten Anatolien kommen. Hätte er sich besser vorher überlegt, wen er sich da ins Bett holt. Als ob es keine deutschen Mädchen geben würde.«

Hölzle ging nicht darauf ein, das war ja nun wirklich das reinste Stammtischgewäsch. Er erhob sich, um nun endgültig dem drängenden Schlafbedürfnis seines Körpers nachzugeben. Eine letzte Bemerkung konnte er sich jedoch nicht verkneifen.

»Also, irgendwie hab ich mir den Harz anders vorgestellt. Weniger blutrünstig, meine ich. Gute Nacht zusammen.«

3. URLAUBSTAG

Am nächsten Morgen erwachte er später als gedacht, er hatte außerordentlich gut geschlafen. Musste wohl an der Harzluft liegen. Er duschte heiß und ausgiebig und freute sich auf einen heißen Kaffee und ein ordentliches Frühstück. Die Treppe nach unten ließ seine Muskeln kurz aufheulen. Niemand war in der Gaststube anzutreffen. Hölzle spähte in die Küche. Leer. Das Frühstück würde wohl noch etwas auf sich warten lassen.

Die Fotos an der Wand hinter der Eckbank hatten ihn gestern schon neugierig gemacht. Ob da ein Bild von Stella Wiprecht dabei war? Er kniete sich auf die Eckbank, damit er einen genaueren Blick auf die Fotos werfen konnte. Ein Teil der Bilder musste fast 100 Jahre alt sein. Auf ihnen war der Gasthof Harzer Krug zu sehen, davor ein Pferdegespann, mit dem Bierfässer transportiert worden waren. Ein weiteres altes Foto zeigte den Gasthof, im Vordergrund die stolzen Besitzer. Der Mann hatte unverkennbar Ähnlichkeit mit Andreas Pohl. Vermutlich Pohls Großvater. Auch Dorffeste oder ähnliche Vergnügungen waren wohl in diesen Mauern gefeiert worden, mehrere Aufnahmen zeigten die Gaststube geschmückt mit Lampions und Girlanden.

Hölzle interessierten vor allem die Fotos neueren Datums. Jedoch war auf keinem eine junge Frau zu sehen, auf die die vage Beschreibung, die er von Stella Wiprecht besaß, gepasst hätte. Die Bilder, die eindeutig aus den 50er oder 60er Jahren stammten, konnte er getrost übergehen. Da waren die jetzigen Stammtischbrüder zumeist wohl noch nicht einmal auf der Welt oder noch zu klein gewesen, um an einem Stammtisch zu sitzen. Ein grobkörniges Farbfoto betrachtete er genauer. Hier schien die aktuelle Stammtischgruppe versammelt zu sein, Frank Radegast stand ganz links, ganz rechts sein Bruder Thomas, dazwischen Richard Wiprecht, Simon Liske, Walter Jenitschek, Hans-Werner Würselen und zwei junge Männer, die er nicht kannte. Wahrscheinlich war einer davon der Pfarrer. Andreas Pohl fehlte.

Auf einem weiteren Bild, das die ganze Truppe, dieses Mal war auch Erika dabei, deutlich jünger zeigte, war noch ein junger Mann zu erkennen, der sonst auf keinem Bild zu sehen war. Erika, damals gertenschlank, fast mager, trug hohe Stiefel mit Plateausohlen, schwarze Strumpfhosen, ein knappes enganliegendes Kleidchen, dazu eine kurze Lederjacke mit Pelzkragen, ihre dunklen Haare locker nach oben gesteckt, sodass seitlich einige Strähnen herausfielen.

Hölzle beugte sich noch näher. Wie alt mochten die Männer auf diesem Foto sein? Den Klamotten nach zu urteilen war die Aufnahme schätzungsweise Anfang der 90er Jahre gemacht worden. Die Jungs trugen schlabbernde Hüfthosen, T-Shirts oder Sweatshirts, die auf den damaligen Trend, ›zerrissen und kaputt‹ getrimmt waren. Die Säume nach außen gekehrt, hier und da eine gerissene Naht. Die Haare der Jungs kinn- bis schulterlang, einige trugen einen Dreitagebart. Fast alle hatten Zigaretten zwischen den Fingern klemmen.

Seltsam waren die ernsten Gesichter und die verkniffenen Münder. Niemand lachte oder lächelte auch nur ansatzweise auf dem Foto. Thomas Radegast blickte zu Boden, Würselen hatte den Kopf zur Seite gedreht, flüsterte seinem Nebenmann gerade etwas ins Ohr. Frank starrte ins Leere. Bis auf Würselen fand Hölzle die Stammtischrunde eigentlich ganz nett, an diesem Tag der Aufnahme schien ihnen aber irgendeine Laus über die Leber gelaufen zu sein. Eigentlich eine ganz interessante Studie. Die Jungs waren wohl alle in unmittelbarer Umgebung zueinander aufgewachsen. Eine verschworene Gemeinschaft, jeder kannte jeden, wie es eben auf dem Dorf so ist.

Die anderen Aufnahmen waren eher dafür geeignet, eine Dorfchronik aufzuwerten. Ein Schützenverein, der im Gasthof feierte, Thomas Radegast der Schützenkönig. Ein Bild vor einer Autowerkstatt, deren zehnjähriges Jubiläum gefeiert wurde. Die jetzige Stammtischgruppe hatte den Jubilar in die Mitte genommen, auch weitere Leute waren darauf zu sehen. Der Werkstattbesitzer lächelte trotz des erfreulichen Anlasses seltsam gequält. Ein neueres Foto mit einem Weihnachtsbasar im Gastraum, wie die Anwesenheit eines Tannenbaums verriet, aufgenommen, noch bevor die Besucher kamen. Alles in allem nichts Aufregendes.

Hölzles Waden vermeldeten ein unangenehmes Ziehen, und er setzte sich an einen Tisch, in der Hoffnung, dass bald jemand käme, um ihm sein Frühstück zuzubereiten. An der Theke hatte er doch Zeitungen liegen sehen, also mühte er sich wieder hoch, holte den Harzer Bote, die Goslarsche Zeitung und den Harzer Anzeiger.

Andreas Pohl erschien in der Gaststube, fragte, ob er gut geschlafen hätte, und bot ihm schon mal einen Kaffee an. Mit dem Frühstück müsse Hölzle noch kurz warten, bat er entschuldigend, denn Erika wäre noch einkaufen. Es könne aber nicht mehr lange dauern, bis sie wieder zurück wäre.

Die regionalen Zeitungen hatten nur ein Thema und waren voll mit Berichten über den Mord an Stella Wiprecht und der Festnahme ihres Mannes Richard. Für die Journaille und die Bevölkerung stand jetzt bereits unumstößlich fest, dass es nur der Ehemann gewesen sein konnte. Die blutverschmierte Axt, auf der Wiprechts Name stand, und Wiprechts Verhalten – er hatte sich noch nicht zu den Vorwürfen geäußert – sprachen gegen Richards Unschuld. Auch der große Altersunterschied – war doch klar, dass so was nicht gut geht‹ oder ›der war doch viel zu alt für die junge Frau‹ – spiegelte deutlich die Meinung der Leute wider. Ein Reporter stellte Stella gar sofort in eine Ecke, ganz mit dem Tenor ›sie hat Wiprecht nur des Geldes wegen geheiratet‹ und ›wie man hört, hat sie nichts anbrennen lassen‹.

Eine widerwärtige Berichterstattung, wie Hölzle fand, als er bei seiner zweiten Tasse Kaffee saß und den Artikel im ›Harzer Anzeiger‹ las. Die boshafte Art und Weise, wie hier über die ermordete Stella Wiprecht geschrieben wurde, erinnerte ihn an Thorben Schmink, den Lokalreporter des ›Weser-Blitz‹ in Bremen. Er faltete das Käseblatt zusammen und nahm sich den Harzer Bote vor, als Erika Pohl erschien, vollgepackt mit Einkäufen. Schwer atmend stellte sie ihre Taschen ab, kam an Hölzles Tisch und wünschte ihm einen guten Morgen.

»Na, und wohin geht's heute?«, fragte sie neugierig.

»Ich weiß noch nicht genau, mal sehen. Vielleicht nach Quedlinburg.«

»Ja, gute Idee, muss man einfach gesehen haben. Quedlinburg ist eine wirklich schöne Stadt, wie die meisten Städte bei uns im Harz. Wernigerode musst du dir auch unbedingt anschauen, ja und Bad Harzburg und Goslar, ach, ich kann sie gar nicht alle aufzählen. Quedlinburg ist übrigens UNESCO-Weltkulturerbe, ganz was Besonderes, genau wie Goslar«, informierte Erika ihren Gast wie ein Reiseführer auf zwei Beinen. »Jetzt bekommst du aber erst mal was zu essen. Bin gleich wieder da.«

Sie schnappte sich eine der Einkaufstüten und verschwand damit in der Küche. Hölzle trank den letzten Schluck Kaffee und vertiefte sich wieder in seine Lektüre. Es dauerte tatsächlich nicht lange, und Erika kam mit frischen Brötchen, einem großen Teller mit Käse und Schinken, Marmelade und Butter an.

»Oh je, jetzt habe ich gar nicht gefragt, ob du vielleicht ein Frühstücksei möchtest. Bin völlig durcheinander heute.«

»Nein, schon gut. Wie lange brauch ich, um nach Quedlinburg zu fahren?«

Das erste Brötchen landete auf seinem Teller, und er belegte es mit Käse und Schinken.

»Halbe Stunde, länger nicht.«

Erikas Blick fiel auf den Harzer Bote und den Artikel, den Frank Radegast über den Mord und die Verhaftung Wiprechts geschrieben hatte.

»Ich kann das immer noch nicht glauben, dass Richard das getan haben soll. Der ist eigentlich ein ganz Ruhiger. Tut keiner Fliege was zuleide. Geht regelmäßig in die Kirche, pflegt das Grab seiner Eltern. Aber das heißt ja eigentlich auch nichts. Man steckt ja nicht wirklich in den Menschen drin, nicht wahr?«

»Es ist noch nichts bewiesen«, wiegelte Hölzle ab, »bisher hat er sich ja nicht mal zu den Vorwürfen geäußert.«

»Ja, aber wenn er sie nicht umgebracht hat, wieso sagt er's dann nicht? Warum sagt er überhaupt nichts? Versteh ich nicht. Also für mich ist sein Schweigen schon mehr ein Geständnis, wahrscheinlich will er sich erst mit einem Anwalt besprechen. Kennt man doch aus dem Fernsehen. Schweigen tagelang, dann sagt der Anwalt, was man sagen darf und wozu man besser den Mund hält, und dann haut einen der Herr Anwalt raus. Unter den Rechtsverdrehern ist doch auch so mancher Verbrecher, meinst du nicht auch?«

Erika wartete eine Antwort erst gar nicht ab. Sie stützte sich mit beiden Handflächen auf die Tischplatte und beugte sich zu Hölzle hinunter, der automatisch seinen Kopf etwas zurückzog.

»Die Stella war schon ein heißer Feger, also wundern würd's mich nicht, wenn dem Richard die Sicherungen durchgebrannt sind. Vor drei Jahren war sie Grasekönigin …«

»Sie war was?«, fragte Hölzle stirnrunzelnd.

»Grasekönigin. Jedes Jahr im August wird hier seit ewigen Zeiten, ich glaube seit 1885 oder so, das alljährliche Grasedanzfest gefeiert und eine Grasekönigin gewählt, oder besser ausgelost. Uralte Tradition nach der Heuernte. Egal, was ich eigentlich erzählen wollte, war, dass Stella nach ihrer Auslosung zur Grasekönigin nicht Richard zum Tanz holte, sondern einen der jungen Burschen. Der hat sie auch bei der Heuversteigerung ersteigert und in den großen Heuhaufen gelegt. Dabei war sie doch schon zwei Jahre mit Richard zusammen, wenn auch noch nicht verheiratet. Sonst hätte sie nicht Königin werden können«, erklärte Erika, richtete sich auf, zog einen Stuhl heran und setzte sich.

»Na ja, so schlimm ist das ja wohl auch nicht, wenn sie mit einem anderen tanzt. Oder seht ihr das hier ein bisschen zu eng?«

Hölzle schob den letzten Bissen seines Brötchens in den Mund und kaute genüsslich. Ein Bild erschien vor seinem inneren Auge: Adlerblick alias Dr. Sabine Adler-Petersen im tief ausgeschnittenen Dirndl, auf dem Kopf eine Blumenkrone, zieht ihn in einen Heuhaufen. Christiane steht mit erhobener Sense und böser Miene daneben. Ja doch, seine Ex hätte bestimmte Dinge auch sehr eng gesehen.

»Nein, nein. Aber Stella hat es übertrieben … Hörst du mir noch zu?«, Erika riss Hölzle aus seinem gedanklichen Heuschober.

»Ja klar. Erzähl weiter.«

Skeptisch blickte Erika ihn an, fuhr dann aber kommentarlos fort:

»Sie hatte ein Trachtenkleid an, und ich sage dir, den Männern sind beinahe die Augen aus dem Kopf gefallen. Einen tieferen Ausschnitt hätte sie nicht haben dürfen, und das Kleid war auch zu kurz. Ich meine, sie hat es sich ja leisten können, die Stella, aber die meisten fanden ihren Aufzug ein bisschen zu offenherzig, um es mal gelinde auszudrücken.«

»Vor allem die anderen Frauen, kann ich mir vorstellen, waren nicht gerade amused«, grinste Hölzle verschmitzt.

»Na klar. Stella hatte schon Modelmaße, und mit ihren Reizen hat sie nicht gegeizt. Sie war bildhübsch, das muss ich sagen. Den ganzen Abend bis tief in die Nacht hat sie mit dem jungen Mann getanzt und gelacht. Richard hat sich total betrunken, und mein Mann hat ihn schließlich nach Hause gebracht«, fuhr Erika fort, während Hölzle das zweite Brötchen mit Butter und Marmelade bestrich.

»Selbst gemacht«, wies Erika Pohl auf die Marmelade hin, um dann mit ihrer Aufklärung über die Maaroder Tradition fortzufahren.

»Die Grasekönigin übernimmt für ein Jahr repräsentative Aufgaben bei Festen, die in der Gegend gefeiert werden. Auch dazu kam sie immer ziemlich offenherzig, aber nie so, dass ihr jemand hätte sagen können, sie solle sich etwas züchtiger anziehen. Auch bei diesen Veranstaltungen hat sie mehr mit den Jungs getanzt als mit Richard. Der ist dann nach einiger Zeit gar nicht mehr mitgegangen und lieber zu Hause geblieben.«

»Woher weißt du das? Übrigens sehr lecker, deine Marmelade.«

Erika war offenbar die wandelnde Dorfchronik und wusste über alles und jeden Bescheid.

»Von meinem Mann. Andreas ist mit Richard seit ewigen Zeiten dick befreundet.«

»Was sagt denn dein Mann dazu, dass Wiprecht seine Frau umgebracht haben soll?«

Sie seufzte.

»Er weiß gar nicht, was er glauben soll. Andreas ist völlig durch den Wind. Einerseits kann er sich nicht vorstellen, dass Richard Stella umgebracht hat. Den Kopf abgeschlagen! Mein Gott, wie brutal. Ich darf überhaupt nicht dran denken. Andererseits weiß er, wie sehr Richard darunter gelitten hat, dass Stella sich einen Dreck um ihn scherte und nur ihren Spaß haben wollte.«

»Was ist der eigentlich von Beruf, dieser Wiprecht?«

Quedlinburg konnte warten. Es war noch früh am Tag, und Hölzles kriminalistische Neugierde war geweckt.

»Richard ist Immobilienmakler. Hat Büros in Leipzig und Berlin. Geld wie Heu hat er. Jetzt fragst du dich sicher, warum er in so einem kleinen Kaff wohnt.« Sie zuckte mit den Achseln. »Richard mag's ruhig und beschaulich. Er ist schon oft unterwegs, aber vieles regelt er auch von hier aus. Als er damals mit Stella zusammenkam, haben viele hinter vorgehaltener Hand getuschelt. Du weißt schon, was ich meine. Dass Stella Richard eben nur seines Geldes wegen geheiratet hat.«

»Kann ich noch einen Kaffee bekommen?«, bat Hölzle.

»Klar.«

Erika stand auf und erschien wenige Minuten später mit zwei Tassen. Kaffeeduft erfüllte den Raum. Ihre restlichen Einkäufe hatte sie wohl vergessen, denn sie setzte sich wieder zu Hölzle und rührte gedankenverloren in ihrer Tasse.

»Und die Stella, wo hat er sie kennengelernt?«

Hölzle nahm einen Schluck des schwarzen Gebräus und verbrannte sich prompt die Zunge.

»Au!«

»Hast dich verbrannt?«

»Ja, ist aber nicht schlimm. Also, woher kannten sich die beiden?«

»Stella und er haben sich in Leipzig getroffen. Er gab dort irgendeine Party, ich glaube sein 10-jähriges Firmenjubiläum in Leipzig oder so. Egal, Stella hat bei dem Cateringservice, den er bestellt hatte, gearbeitet. So haben sie sich kennengelernt. Jedenfalls hat es nicht lange gedauert, und er hat sie mit nach Maarode gebracht. Seither ist sie hier, macht eigentlich nichts. Braucht sie auch nicht, Geld genug ist ja da. Ach, sie ist ja tot! Dort, wo sie jetzt ist, gibt es kein Geld.«

»Aber so eine junge Frau – wie alt war sie denn eigentlich? – musste sich doch furchtbar langweilen. Von Leipzig hierher …, also nichts für ungut, es ist ja ganz nett hier …«

Erika lächelte.

»Schon gut. Es stimmt ja. Hier ist mehr oder weniger der Hund begraben. Stella war 26. Zweimal die Woche hat sie irgendwelche Fitnesskurse gegeben. In Blankenburg, hier gibt es keinen Sportverein«, fügte sie hinzu, »aber mehr hat sie nicht gemacht. Zumindest soweit ich weiß. Ach nee, stimmt gar nicht. In Braunlage hat sie noch Spinning-Kurse gegeben. Zweimal war ich da, aber das ist nichts für mich, und zu weit weg ist mir Braunlage auch.«

Hölzle sah auf die Uhr. So allmählich sollte er sich auf die Socken machen, wenn er noch was von Quedlinburg sehen wollte, schließlich wurde es ja um diese Jahreszeit früh dunkel. Andererseits hätte er gerne noch mehr über die Wiprechts erfahren. Aber das konnte er immer noch. Er trank den Kaffee aus.

»Jetzt will ich aber los. War nett, mit dir zu plaudern.«

»Ja, fand ich auch«, freute sie sich. »Ich hab auch noch genug zu tun. Heute Abend gibt es nur eine einfache Karte, der Koch hat sich freigenommen, also muss ich an den Herd.«

Hölzle war begeistert. Der Weg nach Quedlinburg hatte sich wirklich gelohnt. Die Aussicht vom Münzenberg über die Stadt und der Blick auf das Schloss waren trotz des grauen Novemberhimmels überwältigend. Unten in der Stadt spazierte er vom Kornmarkt weiter in Richtung Mathildenbrunnen, freute sich an den schönen alten Fachwerkbauten, die ihn an seine Heimat in Schwaben erinnerten. Sein Blick blieb an einem Hotel hängen, das den merkwürdigen Namen ›Vorhof zur Hölle‹ trug. Das Haus war denkmalgeschützt, wie ihn eine Tafel am mit Wein bewachsenen Haus – um diese Jahreszeit leider blattlos – informierte.

Hier begegnete einem das Unheimliche ja auf Schritt und Tritt. Im Vorhof zur Hölle sollten ja wohl die Bösen, die Missetäter und Mörder schmoren, zumindest machten einem die Katholiken das weis, und keine müden Touristen. Gehörte Wiprecht zu den Bösen? Hölzle kam, obwohl er sich fest vorgenommen hatte, sich ausschließlich auf die Schönheiten des Harz zu konzentrieren, sofort der schreckliche Mord, der Maarode erschütterte, in den Sinn. Er war sich sicher, dass die Kollegen der Kriminalpolizei Blankenburg den Falschen verdächtigten. Egal wie gut oder schlecht die Ehe der Wiprechts gewesen war: Dass ein Mann seiner Ehefrau den Kopf abschlug, die Leiche ebenso wie den davon gerollten Kopf liegen ließ, nein, das passte einfach nicht zu einem eskalierten ehelichen Streit. Doch andererseits: Konnte er sich wirklich so sicher sein? Felsenfest war er auch überzeugt gewesen, als er glaubte, das kleine Mädchen bei der Mutter in sicherer Obhut zu wissen. Verdammt!

Hölzle schüttelte die Gedanken ab, verließ sozusagen den Vorhof zur Hölle. Sein Ziel war der Schlossberg, wo hoch oben auf dem steilen Sandsteinfelsen die aus dem frühen 12. Jahrhundert stammende Stiftskirche St. Servatii und die Stiftsgebäude des ehemaligen Frauenstifts thronten. Bereits mehr als 200 Jahre zuvor hatte König Heinrich I. mit der Bebauung des Felsens begonnen, hatte hier Anfang des 10. Jahrhunderts eine Pfalz errichtet. Hölzle kam ganz schön ins Schnaufen, als er den steilen Anstieg bewältigte, sein Muskelkater erinnerte ihn unangenehm an die gestrige Wanderung. Doch durch die erneute Anstrengung würde der Muskelkater schneller verschwinden.

Oben angekommen bot sich ihm zur Belohnung ein grandioses Panorama, die Altstadt mit den Kirchtürmen von St. Mathilde und der Marktkirche, die aneinandergebauten windschiefen Häuser, die teilweise so schmal waren, dass sie nur zwei winzigen Fenstern auf der gesamten Hausbreite Platz boten. Eifrig informierte er sich in seiner Touristenbroschüre über das, was ihm zu Füßen lag. Ein letztes Mal ließ er seine Augen über die Stadt schweifen, dann verspürte er ein Grummeln in seinem Magen und schaute auf seine Armbanduhr. Schon nach zwei, kein Wunder, dass er Hunger bekam, das Frühstück war schon wieder eine Weile her.

Für die Schlossführung war es jetzt sowieso zu spät, und er wollte sich unbedingt noch weitere Sehenswürdigkeiten ansehen. Also erst mal zurück in die Altstadt und irgendwo was Leckeres essen. In seiner Broschüre hatte er doch etwas von einem Brauhaus gelesen. Dort gab es sicher einen zünftigen Mittagstisch und hoffentlich auch ein schmackhaftes hausgebrautes Bier.

Er ging die Blasiistraße entlang, und da war es auch schon. Das war doch genau nach seinem Geschmack. Im urigen Schankraum mit seinen rot geklinkerten Wänden bestellte sich Hölzle ein besonderes Braunbier, eines der Traditionsbiere der Brauerei mit dem witzigen Namen ›Pubarschknall‹. Es hatte einen niedrigen Alkoholgehalt, was Hölzle sehr entgegenkam, da er sich noch hinter das Steuer seines Wagens setzen musste. Zu seinem Bier orderte er ein Schnitzel mit buntem Salat, beides verputzte er in Windeseile. Im Anschluss daran bestellte er noch einen Espresso.

Frisch gestärkt setzte er eine knappe Stunde später seinen Stadtrundgang fort und gelangte zum Schreckensturm, einem starken Wehrturm an der Stadtmauer von Quedlinburg. Hölzle vertiefte sich erneut in seinen Reiseführer. Der Turm hatte in früheren Zeiten auch als Gefängnis gedient, und hier mussten sich Frauen, die der Hexerei bezichtigt worden waren, der hochnotpeinlichen Befragung, wie es damals hieß, unterziehen. Eine gelungene Umschreibung für jegliche grauenvolle Art der Folter. Hölzle fragte sich, ob es so etwas heute in Europa noch geben könnte, Hexenglauben, und vor allem die gnadenlose Verfolgung und Ermordung von Frauen, die man für solche hielt. Er musste unwillkürlich grinsen, denn, wenn er genauer nachdachte, hätte er ja fast eine Art Hexe als Schwägerin bekommen, zumindest eine spinnerte Esoterikanhängerin war Carola schon. Hölzle blickte am Wehrturm hoch. Die steinernen Zeugen des Mittelalters waren nicht zuletzt auch Zeugen von Mord und Grausamkeit.

Erneut beschlich ihn dieses seltsame Gefühl, ähnlich wie schon gestern, als er auf den Gedenkstein für den Dachdeckermeister Bernhard Ries gestoßen war. Wenn er es hätte beschreiben sollen, hätte er gesagt, es fühle sich an wie ein Ziehen in der Magengegend gepaart mit einem Frösteln, dass sich die Haare sträubten. Verdrossen, dass er sich nun gar nicht mehr von den Gedanken an Ries und Wiprecht befreien konnte, marschierte er weiter. Um sich abzulenken, blieb er an dem einen oder anderen Schaufenster eines der vielen Lädchen stehen, besah sich die Auslage und überlegte, welches Andenken an seine Reise er vielleicht mitnehmen könnte.

Vorhin war er doch an einer Buchhandlung in unmittelbarer Nähe des Schreckensturms vorbeigekommen. Er machte kehrt.

Im Schaufenster der Buchhandlung mit dem schlichten Namen Müller-Buch lagen die aktuellen Bestseller, aber auch bunt aufgemachte Bücher mit den Sagen und Märchen des Harz. Hölzle liebte Buchhandlungen. Schon, wenn man hineinkam, umgab einen dieser Geruch nach Papier, es war meist angenehm ruhig, niemand stürzte sofort auf einen zu, man konnte blättern, sich in Ruhe mit einem Buch anfreunden.

Die Fassade hatte noch die alte Holzrahmung um Schaufenster und Eingangstür, und als er sie öffnete, erklang ein melodisches Geräusch, als irgendwelche hohlen Holzröhrchen aneinanderstießen. Er betrat den Buchladen und blätterte in einem der Sagenbücher, das er von einem Stapel mit einer Auswahl an Regionalliteratur genommen hatte. Die Inhaltsangabe klang vielversprechend, und er begann, ein paar Geschichten zu lesen. Bald stellte er fest, dass in vielen Sagen offensichtlich der Teufel eine Rolle spielte. Den Teufel gab es wirklich, davon war er überzeugt; der Teufel steckte in jedem Menschen – und nicht nur im Detail, wie man so oft scherzhaft sagte – nur bei den einen kam er zum Vorschein, bei den anderen schlummerte er, bis sein ›Wirt‹ irgendwann das Zeitliche segnete.

Hölzle legte das Buch zurück, stöberte in einem zweiten Sagenbuch, das fast identisch mit dem ersten war, und widmete sich dann einem Regalbrett, auf dem historische Abhandlungen über den Harz standen. Ein schmales Bändchen ganz in Rot erregte seine Aufmerksamkeit. Altertümliche schwarze Lettern verkündeten den Titel. Der Harzer Henker. Interessiert zog er das Buch heraus. Es war der Nachdruck des Tagebuchs eines Harzer Scharfrichters, der im 16. Jahrhundert sein blutiges Handwerk verrichtet hatte. Nach den ersten Seiten war Hölzle gleichermaßen fasziniert wie abgestoßen, konnte sich trotzdem kaum davon losreißen.

Ein dezentes Räuspern aus der Ecke, in der die Kasse stand, beförderte ihn wieder ins Heute. Knappe 13 Euro sollte das Büchlein kosten. Das würde er auf jeden Fall mitnehmen. Die Geschichte des Mittelalters hatte ihn schon immer interessiert. Und wenn er nun schon mal ein Buch über oder besser von einem Henker kaufte, dann würde er sich auch endlich einmal den Hexenhammer – Malleus maleficarum – zulegen, ein Buch, das er sich schon immer anschaffen wollte. Wie konnte wohl die Rechtfertigung der Kirche zur Vernichtung Zigtausender Frauen, aber auch von Männern und sogar Kindern aussehen?

Hölzle bezahlte, bekam eine praktische Stofftasche von der netten Verkäuferin ausgehändigt, und steuerte zufrieden mit seinen Einkäufen sein nächstes Ziel an. Das Rathaus, im Kern ein Renaissancebau, am Rande des Markts, wartete an einer Ecke mit einer Rolandstatue auf. Mehr ein Roländchen, ging es Hölzle durch den Kopf, denn trotz seiner Höhe von 2,75 Metern war er gerade mal halb so groß wie der stattliche Roland vor dem Bremer Rathaus. Trotzdem ein beeindruckendes Ensemble. Schade, dass die 45-minütige Führung durch das Rathaus nur einmal am Tag stattfand, die hätte er jetzt liebend gerne mitgemacht, denn es begann zu nieseln. Mit dem Regen war es spürbar kühler geworden, und Hölzle beschloss, zurück nach Maarode zu fahren.

Für heute hatte er wieder genügend Kilometer zurückgelegt und war um einiges klüger, was die Geschichte, zumindest die von Quedlinburg, anging. Er freute sich schon darauf, es sich in seinem Zimmer mit den neu erworbenen Büchern gemütlich zu machen. Sofern gemütlich der richtige Ausdruck für die Beschäftigung mit Folter und Hinrichtungsmethoden sein konnte.

Hölzle änderte zum wiederholten Mal die Sitzposition auf seinem Bett. So allmählich tat ihm das Kreuz weh, aber er konnte nicht aufhören, zu lesen. Dieses Tagebuch war echt seinen Preis wert. Eine Gänsehaut jagte die nächste, als Hölzles Augen über den Text flogen, begierig, immer mehr Buchstaben aufzusaugen. Das hätte er nicht für möglich gehalten. Scharfrichter war ein richtiger Lehrberuf gewesen, inklusive Meisterprüfung.

Im zarten Alter von elf oder zwölf Jahren mussten die Lehrlinge dem Scharfrichter – meist war es der eigene Vater – bei Hinrichtungen behilflich sein. Henkersknoten knüpfen, Übungen mit dem Schwert oder Beil an Kohl- oder Schweineköpfen, aber auch an lebenden Tieren, gehörten zur Ausbildung, genauso wie die Aneignung medizinischer Kenntnisse, schließlich sollte nicht gleich jeder Verurteilte unter der Folter sterben. Man musste schon wissen, wie viel so ein menschlicher Körper aushielt. Und es wurde Wert darauf gelegt, dass der Kopf nach einem Schlag rollte, und nicht erst nach mehreren Schwertstreichen. Das war man dem Opfer schuldig. Und für den Henker selbst war es auch gesünder. Patzte der Scharfrichter, kam es vor, dass ihn das gleiche Schicksal ereilte wie den Verurteilten. Das Volk liebte ordentliche Arbeit, keine Schlamperei.

Nach der Hinrichtung zerlegten die Henker oft die Leichen, um Knochen, Haut, Organe oder auch ausgelassenes Körperfett interessierten Käufern, wie etwa Apothekern, anzubieten. Und interessierte Abnehmer gab es im Überfluss, glaubte man doch damals, dass den Leichenteilen magische Heilkräfte innewohnten.

Hölzle schlug das Büchlein zu, für heute reichte der Gruseleffekt erst mal. Zu lange hatte er im Schneidersitz gesessen, seine Knie nahmen es ihm übel, als er die Beine wieder durchstreckte. Trotz der schaurigen Geschichten war ihm nicht der Appetit vergangen, und er freute sich auf ein kleines Abendessen. Bis jetzt hatte ihn die hiesige Küche noch nicht enttäuscht. Er ging ins Bad, wusch sich das Gesicht, fuhr mit dem Kamm durch die dunklen Haare, befand sein Aussehen für akzeptabel, verließ das Zimmer und stapfte die Treppe hinunter in die Gaststube.

Am Stammtisch saß Simon Liske alleine vor einem Glas Bier und studierte das Lokalblättchen. Anscheinend mussten die anderen noch ihrer Arbeit nachgehen, oder die Ehefrauen hatten sie zu einem gemeinsamen Abend vor dem Fernseher verdonnert.

»Darf ich mich dazusetzen?«, fragte Hölzle den dicken Mann.

Liske sah auf, nickte, brummte ein ›klar, doch‹ und faltete seine Zeitung zusammen.

»Und wie geht's?«

Auf dem Tisch lag ein DIN-A4-Blatt, das sich als die aktuelle Speisekarte entpuppte. Hölzle erinnerte sich, dass Erika heute in der Küche stand, weil der Koch frei hatte. Er winkte der Bedienung und antwortete Simon:

»Danke, prima. Ich war heute in Quedlinburg, tolle Stadt. So viel Flair. Eigentlich ist ein Tag viel zu kurz, aber das Meiste hab ich besichtigt. Und das, was ich gesehen habe, hat mir echt gut gefallen.«

»Schön. Was hast du sonst noch so vor?«

Hölzle bestellte einen Roten und sah sich kurz die Speisekarte an.

»Ich nehme Klöße, Birnen und Speck«, teilte er der Bedienung mit.

»Eine gute Wahl, macht die Chefin perfekt«, raunte sie ihm zu und verschwand in Richtung Tresen.

»Was ich sonst noch machen will? Alles Mögliche, einen großen Plan habe ich gar nicht. Ein paar Städtchen wollte ich mir schon noch anschauen und natürlich noch ein paar Wanderungen machen. Mal sehen. Vielleicht fahre ich morgen zum Brocken.«

Liske schürzte die Lippen.

»Für morgen ist totales Scheißwetter angesagt, da würde ich lieber nach Goslar fahren. Oder noch besser, nach Bad Harzburg, dort gibt es die Sole-Therme. Tolles Bad mit Saunawelt und allem Schnickschnack. Kann ich nur empfehlen.«

Hölzles Rotwein kam mit dem Kommentar, dass er sich mit dem Essen noch etwas gedulden müsste. Als die Bedienung am Nebentisch die Bestellung aufnahm, fragte Hölzle sein Gegenüber:

»Gibt's schon was Neues von eurem Freund Richard?«

Liske schüttelte den Kopf und leerte sein Bierglas.

»Ich glaub nicht, aber Frank kommt später, der weiß vielleicht mehr. Also ehrlich, es fällt mir ja schon etwas schwer, das zu glauben, aber wer soll denn sonst die Stella ermordet haben?«

»Sag du's mir, ich kenn ja keinen hier.«

Hölzle probierte den Rotwein und genoss den vollmundigen Geschmack.

»Du bist doch von der Kripo«, Simon sah ihn aus seinen Schweinsäuglein aufmerksam an, »alles spricht gegen ihn, oder nicht? Seine Frau hat ihn mehrfach betrogen, die Axt ist seine. Ist doch alles klar? Oder? Also, so wie die Stella ihn verarscht hat …, da brennen doch jedem Mann irgendwann die Sicherungen durch. Und der Richard, der konnte schon jähzornig werden.«

Jähzornig? Hatte nicht gestern noch einer behauptet, Wiprecht wäre zartbesaitet? Bevor Hölzle nachhaken konnte, polterte eine schnarrende Stimme los.

»Quatsch, der Richard war's nicht. Das war keiner von uns, das war einer von außerhalb. Da waren wir uns doch alle darüber einig, oder?«

Hölzle fuhr zusammen. Wie aus dem Boden gestampft stand plötzlich Würstel neben seinem Stuhl. Am liebsten hätte sich Hölzle an einen anderen Tisch gesetzt. Dieser Mann war ihm definitiv unsympathisch.

»Jetzt reg dich doch nicht gleich so auf«, Liske strich sich mit seiner fleischigen Hand über seine noch fleischigere Wange.

Doch Würselen schien sich gerade erst warmzulaufen, denn er fuhr mit gehässiger Stimme fort:

»Schaut sie euch doch nur an, die ganzen Ausländer. Bald siehst du in Maarode nur noch Neger, Schlitzaugen oder noch schlimmer, diese Taliban oder IS-Schwachmaten mit ihren vermummten Frauen. Die sind es doch, die einem kurzerhand den Kopf abhacken. Mich würde nicht wundern, wenn sie uns bald noch ein Asylantenheim aufs Auge drücken würden. Die in ihrem schönen Blankenburg haben weiterhin Ruhe, und wir können uns mit den ganzen Islamisten rumärgern. Und wenn die erst mal hier sind, dann kriegen die alles nachgeworfen, wofür unsereins hart arbeiten muss. Zurückschicken sollte man die, dort wo sie herkommen. Zu Fuß natürlich, nicht mit dem Flugzeug auf Steuerzahlers Kosten!«

»Mensch, Würstel, jetzt komm mal wieder runter, setz dich her, trink ein Bier mit uns«, versuchte Simon, den aufgebrachten Metzger zu besänftigen.

»Nee, muss jetzt los, hab Babette versprochen, mit ihr die Quizshow zu gucken. Hab nur Andreas Fleisch vorbeigebracht«, erklärte er seinen kurzen Auftritt und verschwand so plötzlich, wie er aufgetaucht war. Hölzle war froh, Würstels weiteren Kommentaren zu entgehen.

Das Essen kam, er war gespannt auf die hiesige Spezialität. Das Gericht schmeckte ausgezeichnet, die Klöße waren von einer tollen Konsistenz, und die Birnen hatten noch etwas Biss. Hölzle war die nächsten Minuten damit beschäftigt, Klöße, Birnen und Speck zu vertilgen.

»Ich dachte, Richard ist so ein ruhiger Mensch. Hat mir zumindest die Erika erzählt«, sagte er schließlich und schob den Teller von sich. Ein halber Kloß war übrig geblieben, mehr ging einfach nicht rein. Zudem hatte er heute spät zu Mittag gegessen.

»Jaja, das stimmt schon. Aber ich bin auch mal mit ihm aneinandergeraten. Wir hatten beide ordentlich was getrunken, und ich hab ihm gesagt, dass er ein Schlappschwanz ist, weil er es sich gefallen lässt, dass sein Weib mit anderen rummacht. Frag nicht nach Sonnenschein, der ist hoch wie eine Rakete und hat mich angebrüllt, ich solle mein Maul halten, das ginge mich nichts an, und Stella würde so etwas nie tun. Ich hab natürlich noch einen draufgesetzt und ihm auf den Kopf zugesagt, dass er das doch selbst nicht glaubt und ganz Maarode sich darüber das Maul zerreißt. Paff! Da hat er mir echt eine gelangt! War nicht so schlimm, ich kann was ab. Wir waren ein paar Tage später wieder zusammen bei einer Geburtstagsfeier, da war alles wieder im Lot. Ich bin nicht nachtragend und Richard auch nicht.«

»Hmm, na ja, aber seiner Frau den Kopf abschlagen, da gehört schon was dazu, findest du nicht?«

Liske zuckte mit seinen speckigen Schultern.

»Wenn einen der Jähzorn packt, wer weiß schon, zu was Menschen alles fähig sind.«

Menscha send zu allem fähig, des isch mei täglich Brot, dachte Hölzle bei sich.

»Dein Freund Würstel ist da aber ganz anderer Meinung.«

»Ach, den darfst du nicht so ganz ernst nehmen. Eigentlich ist er harmlos, lässt jeden leben. Er hat's halt nicht leicht. Seiner Frau Babette gehört die Metzgerei, hat sie von ihrem Vater geerbt.« Simon erwärmte sich für das Thema.

»Würstel war erst der Lehrling und später Geselle. Alle wissen, dass er Babette nur wegen des Betriebs geheiratet hat. Bestimmt nicht wegen ihrer Schönheit. Ich habe selten so ein hässliches Weib gesehen. Ein lebender Fleischklops auf zwei Beinen. Und unfreundlich ohne Ende. Meine Frau hat schon gar keine Lust mehr, dort einzukaufen. Aber das kann man ja nicht machen. Man kennt sich gut, und außerdem macht der Würstel gute Ware. Ich kenn kaum jemanden, der so geschickt mit dem Messer umgehen kann. Der zerlegt dir ein Schwein oder Rind in Null-Komma-Nix in saubere Teile.

Babette ist jedenfalls dauernd am Rumkeifen. Mich wundert, dass sich Würstel nicht schon mal nach einer anderen umgedreht hat. Weißt du, trennen kann er sich von Babette nicht, aber mal ein Betthäschen für nebenbei ... So eine Stella, was fürs Auge eben. Na ja, vielleicht hat er ja was am Laufen, wer weiß.«

Er winkte der Bedienung und hielt sein leeres Bierglas in die Höhe.

»Auf der anderen Seite hat Würstel aber auch gar nicht so unrecht. Mir wär's auch lieber, es wär einer von diesen Ausländern. Eigentlich glaubt keiner von uns so wirklich dran, dass es der Richard gewesen sein könnte. Wir kennen uns alle schon seit ewigen Zeiten. Und, Heiner, wenn ich ehrlich sein soll, würde jeder von uns, wenn es wirklich drauf ankäme, für den anderen die Hand ins Feuer legen.«

Noch ehe Hölzle auf dieses Eingeständnis reagieren konnte, erschien Frank Radegast in der Wirtsstube und steuerte auf den Stammtisch zu. Auf halber Strecke stoppte er die Bedienung und bestellte sich ein dunkles Bier. Direkt nach ihm kam Walter Jenitschek herein, der ebenfalls seinen Getränkewunsch kundtat, und Hölzle fragte sich erneut, ob die Männer kein Zuhause hatten und jeden Abend hier verbrachten.

Walter und Frank klopften zur Begrüßung kurz mit den Fingerknöcheln auf die Tischplatte und setzten sich dazu. Die Bestellung der beiden Neuankömmlinge wurde gebracht, und die vier prosteten sich zu.

»Richard hat seinen Anwalt eingeschaltet«, wusste Frank Radegast zu berichten und wischte sich umständlich den Schaum von der Oberlippe.

»Ja, und weiter?«, drängte Simon den Journalisten, fortzufahren.

»Richard hat angegeben, am Tag von Stellas Verschwinden in der Kirche gewesen zu sein. Norbert, Norbert Krause, unser Pastor«, fügte er für Heiner erklärend hinzu, »hat das bereits bestätigt.«

»Kirche? Was macht er denn in der Kirche mitten in der Woche?«, fragte Hölzle, der es mit dem Kirchgang nicht wirklich hatte. Früher war er zu Weihnachten und Ostern in die Kirche gegangen, aber eigentlich nur seiner Mutter zuliebe.

»Buß- und Bettag«, klärte Walter ihn auf.

»Wie? Den gibt's hier noch? Ich dachte, der Feiertag wäre schon längst überall abgeschafft worden.«

»Nur nicht in Sachsen«, Walter drehte sein Glas in den Händen. »Unser Richard ist sehr gläubig. Verpasst keine Predigt«, kam er dann auf Hölzles ursprüngliche Frage zurück.

»Die Sachsen haben's gut«, seufzte Hölzle, »in Baden-Württemberg haben wir auch mehr Feiertage als in Bremen. Da bist du echt angeschmiert, was die Feiertage anbelangt, dort gibt es nur die offiziellen. Richard Wiprecht war ja sicher nicht den ganzen Tag in der Kirche, oder? Übrigens sind wir hier doch in Sachsen-Anhalt«, wandte er sich an Radegast.

Der Journalist schüttelte den Kopf.

»Ja, sind wir. Und nein, natürlich nicht. Ich mein jetzt den Richard. Der Gottesdienst hat um zehn Uhr morgens angefangen, war um kurz nach elf zu Ende. Der Pastor hat angegeben, dass Wiprecht danach noch etwa eine gute Stunde mit ihm gesprochen hat. Und Richard hatte wie immer an Buß- und Bettag den Kirchengemeinderat zum Abendbrot bei sich eingeladen. Weiß ich von Berti.«

»Und was wollte Richard von Norbert?«, fragte Liske neugierig.

»Keine Ahnung, das wird Norbert auch sicher nicht

erzählen. Geht ja auch keinen was an«, erwiderte Frank, »und außerdem fällt das unter die Schweigepflicht.«

Norbert Krause, das war also das weitere Mitglied der Stammtischrunde. Hölzle wunderte sich überhaupt nicht. Wie war das noch, wer gehörte so dazu? Der Lehrer, der Pastor, der Metzger, der Journalist. Der Apotheker? Der fehlte eigentlich noch in der Maaroder Runde. Und was machten eigentlich Walter Jenitschek und Simon Liske?

»Vielleicht hat er, also der Richard, seine Frau schon vorher umgebracht und ist dann in die Kirche gegangen, um Buße zu tun. Ich meine, würde doch passen, so an Buß- und Bettag, oder nicht?«, gab nun Walter seinen Senf dazu.

»So ein Quark! Haben wir doch alles schon durchgekaut. Nie im Leben hackt Richard ihr den Kopf ab und geht dann seelenruhig zur Messe. Jetzt bleib mal realistisch. So eiskalt kann niemand sein«, fuhr Simon ihn an und erntete dafür ein zustimmendes Raunen und ein Kopfnicken von Radegast.

»Weiß man schon, wann Wiprechts Frau zuletzt lebend gesehen wurde?«, mischte sich Hölzle wieder ins Gespräch ein. »Das ist ja erst mal das Wichtigste. Wenn irgendjemand die Frau zwischen zehn und zwölf gesehen hat, dann hat ihr Mann ein hieb- und stichfestes Alibi.«

Jenitschek und Liske starrten ihn an.

»Daran hab ich noch gar nicht gedacht«, meinte Liske und schlug sich mit der flachen Hand gegen die Stirn.

Walter echote: »Ja, ich auch nicht. Aber klar, du hast recht! Frank, darüber hast du ja offenbar auch nicht nachgedacht, oder?«

Radegast verdrehte die Augen.

»Liegt ja wohl auf der Hand. Logisch hab ich daran gedacht. Dann hat Richard vielleicht ein Alibi für zwei Stunden. Und was ist mit nach der Kirche? Er gibt an, zu Hause gewesen zu sein. Nur das Dumme ist, das kann keiner bestätigen.«

»Und *wann* hat er seine Frau zuletzt gesehen?«, fragte Hölzle.

Frank hob sein leeres Glas, um der Bedienung, die gerade zu ihnen herüberschaute, ein Zeichen zu geben, er wünsche ein weiteres Bier.

»Richard gibt an, Stella hätte schon früh morgens das Haus verlassen, um joggen zu gehen. Sie hätte das Auto genommen. Was ja stimmt, doch von ihrem Auto fehlt seither jede Spur. Natürlich kann man auch direkt von hier aus loslaufen, aber Richard sagte, Stella wollte nicht immer dieselbe Strecke laufen, daher ist sie hin und wieder auch woanders hingefahren. Mal nach Ilsenburg, mal Richtung Wernigerode, keine Ahnung.«

Er nickte der Kellnerin dankend zu, die sein Bier brachte.

»Und es gibt bisher niemanden, der Stella Wiprecht auf der Strecke gesehen hat?«, hakte Hölzle nach.

Radegast, der Hölzle immer sympathischer wurde, schüttelte bedauernd den Kopf.

»Die Polizei lässt heute über Radio und Presse nach Zeugen suchen. Bisher ohne Erfolg.«

»Du hast offenbar gute Kontakte zur Polizei«, meinte Hölzle anerkennend.

»Tja«, grinste Frank achselzuckend, »deine Kollegen mögen mich, da kann ich gar nichts dafür.«

»Ich wünschte, ich hätte mehr von deiner Sorte in Bremen. Ich sage dir, da gibt's welche … insbesondere einen. Der bringt mich manchmal echt zur Weißglut«, seufzte der Kriminalhauptkommissar und dachte an den Bremer Reporter Thorben Schmink.

4. URLAUBSTAG

Nach Quedlinburg hatte Hölzle sich Goslar mit seiner beeindruckenden Kaiserpfalz vorgenommen, die ebenfalls mit der gesamten Altstadt von Goslar zum Weltkulturerbe gehörte. Von Maarode würde er eine gute Dreiviertelstunde brauchen. Er war früh losgefahren, damit er am Nachmittag vielleicht noch eine Wanderung in der Nähe unternehmen konnte. Zwischen Maarode und Blankenburg kam ihm Frank Radegast entgegen, der ihm fröhlich zuwinkte. Hölzle grüßte erst im letzten Moment zurück, da er den Journalisten erst spät hinter dem Steuer erkannte.

Netter Kerl, dachte Hölzle und fummelte am Radio herum, auf der Suche nach einem Sender, der Musik nach seinem Geschmack spielte. Er hörte noch die letzten Klänge von Manfred Mans ›Blinded by the light‹, dann ertönte die Stimme einer Nachrichtensprecherin. Hölzle hörte nur mit halbem Ohr hin. Die üblichen Querelen zwischen Regierung und Opposition, ein Flugzeugabsturz irgendwo in Afrika, ein Zyklon, der auf den Nordwesten Australiens Kurs nahm. Im Anschluss folgten Informationen zur Region. Als Hölzle plötzlich »und hier ein Aufruf des Revierkommissariats Wernigerode« hörte, drehte er lauter.

»Im Fall der ermordeten jungen Frau aus Maarode, deren Leiche am Kleinen Rabenstein gefunden wurde, bittet die Polizei um die Mithilfe der Bevölkerung. Am vergangenen Mittwoch hat die Ermordete gegen acht Uhr ihr Zuhause verlassen und fuhr mit ihrem Mini-Cabrio nach Ilsenburg. Das Fahrzeug hat eine sehr auffällige Lackierung, pink mit schwarzen Blockstreifen an beiden Seiten. Wer hat die junge Frau oder das Fahrzeug letzte Woche am frühen Mittwochmorgen gesehen? Hinweise bitte an das Revierkommissariat Wernigerode unter …«

Acht Uhr. Zeit genug für Richard Wiprecht, seiner Frau zu folgen, ihr aufzulauern und sie zu töten, um dann pünktlich um zehn Uhr wieder in Blankenburg beim Gottesdienst zu sein? Nie im Leben hat er das geschafft, schoss es Hölzle durch den Kopf, nun noch mehr von Wiprechts Unschuld überzeugt. Die ganze Geschichte machte für ihn keinen Sinn. Warum Stella auflauern und dann mit der eigenen Axt töten? Das hätte er auch zu Hause erledigen können. Durch die Axt fiel natürlich der Verdacht auf Wiprecht, aber so blöd konnte der nicht sein. Und eine Affekthandlung? Ausgeschlossen, das war definitiv eine gut geplante Tat gewesen. Hier passte wirklich überhaupt nichts zusammen.

Es folgten der Wetterbericht und der Verkehrsfunk, dann dudelte das Radio einen Song der Sportfreunde Stiller. Hölzle suchte sich einen anderen Sender.

In Goslar folgte Hölzle dem Parkleitsystem, entschied sich für das Parkhaus in der Marktstraße. Seinen Rundgang durch die Stadt begann er am Marktplatz. Was fir a scheene Schtadt, stellte er begeistert fest und bewunderte den strahlenförmig gepflasterten Platz, dessen Mitte ein Brunnen zierte, auf dem zuoberst ein goldener Adler thronte. Um den Marktplatz reihte sich ein wunderschönes geschichtsträchtiges Gebäude an das andere, Bauten, die Hölzle regelrecht ins Mittelalter versetzten: das gotische Rathaus mit seinen Arkaden, das über 600 Jahre alte Gildehaus, das schieferverkleidete Kämmereigebäude. Er hob den Blick zu dessen Zwerchgiebel. Schade, es war schon weit nach neun, das Glockenspiel hatte er gerade verpasst, erst um zwölf Uhr würden die Figuren wieder dort oben erscheinen, sich zum Steigerlied drehen und die Geschichte des Rammelsberger Bergbaus erzählen.

Hölzle schoss einige Fotos mit seinem Handy und machte sich, nachdem er noch einen Blick in die mittelalterliche Marktkirche mit ihren unterschiedlichen Türmen geworfen hatte, gemächlich schlendernd auf den Weg zur Kaiserpfalz. Das gewaltige, fast 1000 Jahre alte Bauwerk lag am Fuße des Rammelsberges, umgeben von Kirchen und Kapellen.

Reiterstandbilder von Barbarossa und Kaiser Wilhelm I. und die mächtigen Bronzestatuen der Braunschweiger Löwen begrüßten den Besucher. Hölzles Handy bekam zu tun. Nach einem Cappuccino in einem Café in unmittelbarer Nähe setzte er anschließend seine Stadtbesichtigung fort. Auch in Goslar gab es viele Fachwerkbauten, oft waren ihre Wetterseiten mit Holzschindeln verschalt, die Dächer damit gedeckt. Vor einem besonders schönen Exemplar eines mit Schindeln verkleideten Hauses musste er wieder an den armen Kerl denken, der vor so vielen Jahren einen grausamen Tod hatte sterben müssen. Hölzle erinnerte sich daran, dass Radegast erzählt hatte, der Mann sei ein Spezialist für diese Holzschindeldächer gewesen. Bernhard Ries.

Womöglich hatte der Dachdecker auch in Goslar gearbeitet. Heute existierten nur noch die Knochen des Dachdeckermeisters oder gar nichts mehr, sollte seine Familie die Leiche dem Feuer überantwortet haben, Bernhards Arbeiten würden jedoch noch Jahrzehnte, vielleicht Jahrhunderte überdauern.

Hölzle setzte seinen Stadtbummel fort, der ihn zu einem mächtigen Turm, dem Zwinger, führte. Der ehemalige Batterieturm beherbergte heutzutage ein Museum. Da es just in diesem Moment mal wieder zu nieseln begann, beschloss Hölzle spontan, den Exponaten einen Besuch abzustatten.

Das reinste Waffenarsenal war hier untergebracht. Neben Schwertern und anderen Hieb- und Stichwaffen, Belagerungsgeräten, römischen Geschützen und japanischen Samuraischwertern, sowie Rüstungen aus diversen Jahrhunderten, zogen vor allem die unterschiedlichsten Folterinstrumente Hölzles Aufmerksamkeit auf sich. Bildliche Darstellungen diverser Foltermethoden hingen an den Wänden, in den Glasvitrinen lagerten Exponate von Daumenschrauben, Mundbirnen, Schandmasken. Hölzle fröstelte. Ein grausiges Sammelsurium. Und doch konnte man den Blick nicht abwenden. Da erging es ihm ähnlich wie beim Lesen im Henkertagebuch. Ein Holzschnitt ließ ihn den Atem anhalten. Das Werk aus dem Mittelalter stellte eine Enthauptung dar. Der Scharfrichter hielt den abgetrennten Kopf des Opfers an den Haaren hoch, um ihn der Menge, die gaffend um den Richtblock herumstand, zu präsentieren. Blut floss aus dem kopflosen Rumpf, bildete einen kleinen dunklen See auf dem Boden. Rabenvögel kreisten über der grauenhaften

Szene. Die Bildlegende informierte darüber, dass die aufgemauerte Richtstätte im Volksmund oft auch Rabenstein genannt wurde, weil sich die schwarzen Vögel dort versammelten, um sich nach Vollzug der Strafe an den blutigen Resten gütlich zu tun.

Stella Wiprecht wurde am Kleinen Rabenstein enthauptet. Der kopflose Körper hatte auf einem Felsblock gelegen, es sah beinahe so aus, als habe jemand ein Opfer dargebracht, wie Andreas Pohl fassungslos berichtet hatte. Hölzle starrte auf das Scharfrichterschwert, das in einer Vitrine unterhalb des Bildes lag. Diese Fälle schienen ihn regelrecht zu verfolgen. Die Schindeldächer, die ihn an den lebendig begrabenen Dachdeckermeister erinnerten, ein zufälliger Museumsbesuch, der ihn erneut mit der Ermordung der jungen Frau konfrontierte. Das unangenehme Ziehen machte sich in seinem Magen bemerkbar. Hunger war das nicht. Der fühlte sich anders an.

Als Hölzle den Zwinger verließ, hatte der Regen aufgehört, und die Sonne versuchte, sich zwischen den Herbstwolken durchzukämpfen. Wenn er noch etwas wandern wollte, musste er seine Stadtbesichtigung wohl beenden. Hölzle entschloss sich, zum Parkhaus zu gehen und von Goslar aus quer durch den Harz zu fahren, um die Landschaft noch ausgiebiger kennenzulernen und auszukosten. Unterwegs würde sich bestimmt die Möglichkeit ergeben, an einem besonders schönen Punkt auszusteigen und noch ein, zwei Stunden den Harz zu Fuß zu erkunden. Es waren ja überall Parkplätze für Wanderer ausgeschildert, wo man sich auf Schautafeln darüber informieren konnte, welche Wanderungen von dort ausgingen, wie lange sie dauerten und welcher Schwierigkeitsgrad einen erwartete. Den Brocken würde er zwar heute zeitlich nicht mehr schaffen, aber zumindest einen Blick auf den imposanten Berg würde er erhaschen können.

Seine Fahrt führte ihn über Bad Harzburg, Torfhaus und Oderbrück nach Braunlage, wo er eine Pause einlegte, um sich ein gemütliches Lokal zum Mittagessen zu suchen. Auch in diesem Städtchen begegnete einem auf Schritt und Tritt die Welt der Sagen und Märchen des Harz. Ein Esoterikladen mit Büchern über Magie und Hexerei in der Auslage und Elfen, die an silbrig glänzenden Fäden im Schaufenster schwebten, ein Spielwarengeschäft, das hässliche Plüschtrolle und Minihexen auf Minibesen auf ihrem Ritt zur Walpurgisnacht im Angebot hatte, ein kleines Lokal, das sich ›Zum Hexenkessel‹ nannte. Eine Bäckerei warb mit ihren Drachenfruchtschnitten. Hölzle entschied sich für ein bodenständiges Restaurant mit eigener Fleischerei, da konnte man eigentlich nie etwas falsch machen.

Außer ihm saß nur noch ein älteres Ehepaar im Wirtsraum, hoffentlich bekam er überhaupt noch etwas zu essen, denn es war schon beinahe zwei Uhr, und viele Lokale hatten um diese Zeit die Küche schon geschlossen. Doch er hatte Glück. Er bestellte bei der freundlichen Bedienung eine Brotzeit und eine Apfelsaftschorle. Fast sah die Frau mit ihren roten Haaren und dem schwarzen Outfit aus wie eine, zugegebenermaßen attraktive, Hexe. Ob sie die Haare absichtlich rot gefärbt hatte?

Während er auf seine Mahlzeit wartete, schnappte sich

Hölzle den Harzer Bote, den vermutlich ein Gast am Nebentisch hatte liegen lassen. Bereits auf der dritten Seite war das Farbfoto einer jungen Frau, daneben ein Zeugenaufruf der Polizei. Stella Wiprecht war tatsächlich bildhübsch gewesen. Lange blonde Haare, tiefblaue Augen, hohe Wangenknochen, schön geschwungene leicht geöffnete Lippen, hinter denen blendend weiße Zähne zu erkennen waren.

Sein Getränk wurde gebracht, durstig trank Hölzle einen großen Schluck und beschäftigte sich wieder mit dem Bild. Beinahe engelsgleich und irgendwie unschuldig, dieses Gesicht.

Bisch du wirklich so a Luder gwesa, wie alle saget?

Wenn man das Foto betrachtete, war es schwer vorstellbar. Vielleicht hatte sie einfach den großen Fehler begangen, den weitaus älteren Richard zu heiraten und dann erkennen müssen, dass sie sich das Leben mit ihm anders vorgestellt hatte? Nicht in einem langweiligen Dorf, das einer jungen Frau nichts zu bieten hatte, sondern öfter unterwegs in attraktiven Städten, Fernreisen, Theaterbesuche, shoppen, schick ausgehen. Aber dann hätte sie ihren Mann ja auch einfach verlassen können, die Scheidung einreichen und versuchen, von vorne zu beginnen. Doch wahrscheinlich hatte sie es vorgezogen, bei Richard, vielmehr bei seinem Geld, zu bleiben, und sich lieber ab und an einen Flirt gegönnt.

Die Bedienung kam mit seiner Brotzeit, die appetitlich auf einem Brett angerichtet war, und Hölzle schob die Zeitung ein Stück nach links.

»Guten Appetit«, meinte sie und wollte sich gerade umdrehen, als ihr Blick auf Stellas Bild fiel.

»Ist das nicht schrecklich? Auch hier gibt es fast kein anderes Thema mehr.«

Hölzle nahm eine der drei Scheiben Brot, die in einem Extrakörbchen lagen, und bestrich sie dünn mit Butter.

»Ja, das ist es. Ausgerechnet in dem Dorf, in dem die Tote lebte, mache ich Urlaub. Können Sie sich das vorstellen? Ich kam vor einigen Tagen an, und gleich am ersten Abend erfahre ich von einem Mord. Nicht zu fassen.«

So redselig war er sonst nie, die ›Hexe‹ musste wohl seine Zunge gelockert haben. Er legte sich eine Scheibe wunderbar duftenden Wacholderschinken auf sein Brot, garnierte das Ganze mit einem Stück Gurke und einer Tomatenscheibe und schnitt sich ein mundgerechtes Stück ab.

»Oh je, ich hoffe, Sie behalten den Harz trotzdem in guter Erinnerung, wenn Sie wieder nach Hause fahren«, lächelte die Frau ihn an. »Woher kommen Sie denn, wenn ich fragen darf?«

»Aus Bremen«, antwortete Hölzle zwischen zwei Bissen, »köstlich übrigens dieser Schinken. Und das Brot ist auch klasse.«

»Das backt immer noch meine Großmutter. Familienbetrieb eben, ich schätze, da brauche ich nicht viel dazu sagen«, erwiderte sie mit einem Augenzwinkern. »Bremen kenne ich überhaupt nicht, in Hamburg war ich schon einige Male. Dabei liegen die beiden Städte ja ziemlich nah beieinander.«

»Schöne Stadt, gemütlich, sehr grün durch die großen Parks, nette Leute. Sie sollten einfach mal hinfahren, ist ja nicht weit. Und in knapp zwei Wochen wird der Weihnachtsmarkt eröffnet. Er ist wirklich toll, kann ich

Ihnen nur empfehlen. Aber darf ich Sie etwas fragen?« Auf die zweite Brotscheibe wanderte eine dunkle Salami, laut Speisekarte aus Hirschfleisch.

»Kommt auf die Frage an. Nur so mal vorweg: Ich bin schon verheiratet, und das glücklich«, scherzte sie.

Hölzle lachte.

»Schade. Dann hat sich die zweite Frage schon erledigt. Nein, im Ernst. Es wäre natürlich der reinste Zufall, aber kannten Sie das Opfer? Sie hatte hier in Braunlage Fitnesskurse angeboten. So etwas wird doch von jungen Frauen gerne angenommen«, er nickte mit dem Kopf in Richtung Zeitung, »oder kennen Sie vielleicht den Ehemann der Toten? Als Immobilienmakler ist er auch sicher hier regelmäßig unterwegs.«

Irritiert runzelte sie die Stirn.

»Wieso wollen Sie das wissen? Ich mag sensationsgeile Menschen nicht, falls Sie darauf aus sind, eine Gruselstory zu hören. Sind Sie von der Presse?« Ihr Lächeln war verschwunden, und ihr Gesicht hatte einen abweisenden Ausdruck angenommen.

»Oh Gott, nein, rein berufliches Interesse. Ich bin bei der Polizei, Hauptkommissar bei der Kripo Bremen …«

»Entschuldigung, könnten wir bezahlen?«, tönte es von dem kleinen Tisch in der Ecke am Fenster, an dem das Ehepaar saß.

»Bin gleich bei Ihnen« nickte sie in Richtung Fenstertisch, »und Sie, könnten Sie mir bitte einen Dienstausweis vorlegen? Nur so aus Neugier«, schob sie augenzwinkernd zu Hölzle hinterher.

Rasch ging sie zu dem älteren Herren, der bereits sein Portemonnaie gezückt hatte. Sie wechselte noch ein paar nette Worte mit den Gästen und verabschiedete sich dann, um an Hölzles Tisch zurückzukehren, zog sich einen Stuhl heran und setzte sich.

»So, dann lassen Sie mal sehen«, forderte sie. »Wie war die Hirschsalami?«

»Sagenhaft, Frau …«

»Lammer. Bianca Lammer«, stellte sie sich vor.

Hölzle schob das fast leergeputzte Brett von sich, nur ein kleines Stück Gurke und eine halbe Scheibe Brot waren übrig geblieben. Dann fummelte er seinen Dienstausweis aus dem Geldbeutel und reichte ihn weiter. Sie warf einen kurzen Blick darauf und gab ihn zurück.

»Okay, Herr Hölzle, oder muss ich Kriminalhauptkommissar sagen?«

Hölzle verneinte mit einer knappen Kopfbewegung.

»Also eigentlich kennt nur mein Schwiegervater den Richard Wiprecht. Na ja, was heißt kennt. Die beiden waren zusammen auf dem Gymnasium. Ich glaube, bis zur zehnten oder elften Klasse. Wiprechts Eltern sind dann von Braunlage nach Maarode gezogen. Sie haben sich im Grunde dann nur immer einmal im Jahr beim Grasedanz gesehen, erzählt Philipp. Philipp ist mein Schwiegervater«, fügte sie erklärend hinzu. »Seine Frau, also die, die jetzt tot ist, nicht meine Schwiegermutter«, sie zwinkerte verschmitzt, »hat er nur ein- oder zweimal gesehen. Philipp ist ganz entsetzt darüber, dass er mit einem Mörder die Schulbank gedrückt haben soll.«

Hölzle sah sie mit hochgezogenen Augenbrauen an.

»Das ist jetzt doch etwas drastisch. Schließlich ist Wiprecht bisher nur verdächtig.«

»Also ich weiß nicht. Die Zeitungen schreiben, er war's. Es war doch seine Axt, oder nicht?«

»Doch schon, aber …«

»Na sehen Sie.«

»… das heißt noch gar nichts. Jemand kann die Axt ja gestohlen haben, damit der Verdacht auf den Ehemann fällt.«

»Glauben Sie das ernsthaft?« Ungläubig starrte sie ihn an.

Hölzle entschloss sich, ehrlich zu antworten.

»Wenn Sie meine Meinung hören wollen: ja. Seiner eigenen Frau den Kopf abzuschlagen, ist mir persönlich zu viel des Guten. Das gleicht einer Hinrichtung. Ein Mord unter Eheleuten wird eher mit einer Stichwaffe begangen oder durch Erwürgen. Reine Erfahrungswerte.«

Es war eigentlich nicht Hölzles Naturell, eine ausgiebige Plauderei anzufangen, doch wenn er sich redselig gab, erfuhr er vielleicht mehr. Es war schon merkwürdig, wie schnell die Leute, auch die, die Wiprecht offensichtlich näher kannten, bereit waren, in ihm den Mörder seiner Frau zu sehen. Wenn er sich ein genaueres Bild über das Ehepaar machen wollte, musste er einfach mehr erfahren.

Für kurze Zeit herrschte Schweigen zwischen ihnen, dann sagte Bianca Lammer langsam:

»Das hat jetzt nichts mit Wiprecht und seiner Frau zu tun, aber wissen Sie, als Sie ›Hinrichtung‹ sagten, ist mir etwas eingefallen. Ich war damals nicht hier, als das passierte, ich habe einige Jahre in Bayreuth gelebt, und es ist auch schon lange her, aber hier ist schon mal eine

Frau umgebracht worden. Sie hatte einen Laden hier in Braunlage.«

»Und warum erinnert Sie das an Stella Wiprecht?«, fragte Hölzle gespannt.

»Die Leute haben damals auch von einer Hinrichtung gefaselt. ›Hexenverfolgung‹, sagten manche.«

Hölzle konnte kaum fassen, was er da hörte.

»Und was war passiert?«

»Jemand hat die Ärmste ertränkt.«

BUSS- UND BETTAG VOR ACHT JAHREN

Aus dem Tagebuch eines Scharfrichters. Den 12. October, 1689.

Anna Thaler, eine Baurnmagt, wegen mit der Hexerey veruebten Uebelthaten, in dem Sie erstlichen Gott den Allmechtigen und dem ganzen Himmlischen Heer erschrecklich und unchristlich abgesagt, dem Laidigen Sathan sich mit Laib und Seel ergeben, auch anders Uebel und Unheil mehr gestifftet. Wegen ihrer Uebelthaten, so Sie mit der heiligen Hostien veruebt, andern zur Abscheü, so offt Sie dießelbe dishonorirt, soviel Zwiekh mit glüenden Zangen gegeben. Allßdann, weil immer noch nit gestandig der andern Uebelthaten, auf dem Wasser getunket, bis nit mer aufgetaucht.

Pia Dürr schaute auf ihre Armbanduhr. Dazu musste sie den weiten Ärmel ihres mittelalterlich anmutenden Gewandes nach oben schieben. Mit Absicht sollte der Ärmel die Uhr verbergen; sie hätte sie auch in der Schublade verstauen können, aber es war eine fixe Idee von Pia, regelmäßig die genaue Uhrzeit zu kennen. Jedoch war eine moderne Uhr am Handgelenk der reinste Anachronismus, verkörperte sie doch für ihre Kundschaft eine sogenannte Weiße Hexe, die nicht nur durch die

Wahl ihrer Kleidung dem Mittelalter entsprungen zu sein schien.

Das dunkelblaue Kleid mit den silberfarbigen Spitzenbesätzen an Ausschnitt und Ärmeln reichte ihr bis über die Füße, endete hinten in einer kurzen Schleppe. Diese war, als Pia sich das Kleid genäht hatte, ursprünglich länger gewesen, da sie die bequemen Birkenstocks, in denen ihre Füße bei der Arbeit steckten, verbergen sollten. Als die Schleppe sich jedoch zunehmend als Stolperfalle und Staubfänger erwiesen hatte, hatte Pia sie um die Hälfte gekürzt und war auf, wie sie es nannte, zeitneutrale Ledersandalen umgestiegen.

Der einzige Schmuck, den Pia heute trug, war ein schmaler silberfarbener Gürtel und ein ebensolcher Haarreif, der das lange blond gefärbte Haar zurückhielt. Bis auf ihre Augen, die sie mit einem Kajalstift ausdrucksstark betont hatte, war Pia ungeschminkt.

Ihren Laden betrieb sie seit drei Jahren. Kurz vor der Wende hatte Pia mit ihrer Ausbildung im Büro einer LPG* begonnen, nach der Wende hatte sie das Glück, eine Lehre zur Bürokauffrau in einem Sanitärfachgeschäft machen zu können. Nachdem die neuen Bundesländer ihre Bäder saniert hatten, musste der kleine Betrieb schließen, und Pia saß auf der Straße.

Zu dieser Zeit war sie längst Anhängerin der Gothic-Kultur, sehr zum Leidwesen ihres ehemaligen Chefs. Ihre Haare waren schwarz gefärbt, und ihre langen, ebenfalls schwarz lackierten Fingernägel ließen so manchen Kunden zuerst erschauern, wenn Pia mit einer eleganten Handbewegung die Vorzüge eines Waschbeckens oder

---

* Landwirtschaftliche Produktionsgenossenschaft

einer Toilettenschüssel unterstrich. Doch Herr Wigbert Schmidt hatte sie gewähren lassen, denn trotz ihrer ihm etwas unheimlichen Ausstrahlung war Pia bei Kollegen und Kunden beliebt und ein wahres Verkaufsgenie. Kaum ein Kunde verließ das Geschäft, ohne zur herkömmlichen Toilette noch das passende Urinal gewählt zu haben.

Mittlerweile war sie Mitte 30, und es war für Pia fast unmöglich geworden, eine Arbeit zu finden, die sie zufriedenstellte. Der Bürojob in einer Autowerkstatt war schon zum Scheitern verurteilt gewesen, als sie den Kalender mit den nackten Frauen entdeckte, die auf diversen Hochnobelkarossen posierten.

Einen einzigen Lichtblick hatte es gegeben, als sie im Büro einer Rechtsanwaltskanzlei als Schwangerschaftsvertretung aushalf. Dr. Tobias Hagen war nicht unattraktiv und ledig. Es war dann allerdings bei einer heißen Nacht, der einige Restaurantbesuche vorangegangen waren, geblieben. Überhaupt hatte Pia bisher mit den Männern kein Glück gehabt. Eine Verlobung mit grade mal 16! – wie sonst hätte man hoffen können, an eine der begehrten Zweiraumwohnungen zu kommen – hatte sie nach nur zwei Monaten gelöst, die einzige Langzeitbeziehung zu einem Kunden der Sanitärfirma war in die Brüche gegangen, als sich herausstellte, dass er nun doch die Mutter seiner nunmehr sechsjährigen Zwillinge heiraten wollte.

Pia schaute nochmals auf die Uhr. In 20 Minuten würde sie schließen. Mittwochnachmittags machte sie den Laden immer früher zu. In dem winzigen Nebenraum, der ihr zugleich als Lager, Waschgelegenheit und

Umkleide diente, lagen Jeans und Pullover bereit. Dazu ein Paar stabile Schuhe mit fester Sohle. Pia war keine große Spaziergängerin, ihre Freizeit verbrachte sie lieber mit einem Buch, aber heute würde sie nach langer Zeit mal wieder zu einem ausgedehnten Spaziergang aufbrechen.

Endlich hatte sie wieder jemanden kennengelernt, einen wahren Naturburschen, der sie nach Ladenschluss zu einer kleinen Wanderung am Silberteich abholen würde. Sie kannten sich nun schon seit beinahe drei Monaten, und bisher hatte er noch keine Anstalten gemacht, sie ins Bett zu bekommen. Er war, so machte es den Anschein, einfach ein anständiger Kerl, gebildet, ungebunden – hoffte sie –, und er sah, wie Pia fand, ziemlich gut aus.

Mitte August hatte er sie im Laden angesprochen, direkt und geradeheraus. Eigentlich war er auf der Suche nach einem Buch über alternative Heilmethoden gewesen. Und er interessierte sich zudem für mittelalterliche Gerichte, um sie nachzukochen. Pia hatte ihm großzügig verschiedene Buchexemplare zur Ansicht bestellt, und er hatte sie dafür spontan zu einem Abendessen eingeladen. Pia fieberte der Verabredung wie ein frisch verliebter Teenager entgegen. Vielleicht würde sich ihr Umzug nach Braunlage in jeder Beziehung als Glücksfall erweisen.

Als Pia Dürr vor drei Jahren das leer stehende Ladengeschäft entdeckt hatte, stand nichts mehr darin außer ein paar staubbedeckten Regalen und einem einzigen Buch, das verdreckt in der Auslage lag. Mehr aus Neugierde versuchte Pia, den Titel des Buches zu entziffern. Der Laden war wohl so etwas wie ein Antiquariat gewesen. An der Außenfassade hing kein Schild mehr, lediglich die Vorrichtung zur Aufhängung war in der Wand zu erkennen. Allerdings klemmte im Briefschlitz noch die Postsendung einer antiquarischen Nürnberger Buchhandlung, die Pia, ebenfalls aus Neugierde, herausgezogen hatte.

Schon immer hatte sie sich von altertümlichen geheimnisumwitterten Dingen angezogen gefühlt, und dieser Laden, der noch eine uralte Holzvertäfelung rund um sein Schaufenster besaß, gehörte dazu. Pia rieb mit ihrem Ärmel ein kreisrundes Stück der Fensterscheibe frei, um den Buchtitel mit zusammengekniffenen Augen entziffern zu können. Es war ein ziemlich ramponiertes Taschenbuch. ›Von Zauberei und Hexenwahn‹, so der verheißungsvolle Titel.

Ihren Hang zur Gothic-Kultur hatte Pia zwar schon längst wieder abgelegt – wie sie sich selbst eingestanden hatte, eine reine Modeerscheinung, mit der sie nichts mehr anfangen konnte – jedoch der Glaube an das Übersinnliche begleitete sie seit ihrer Kindheit. Hatte sie nicht ihre Großmutter im Traum gesehen, einen Tag, bevor diese gestorben war? Und aus ihrer Gothic-Phase waren einige Sachen hängen geblieben: ihre Faszination für das Mittelalter, für Zauberei, Geschichten über Teufel und Hexen, der Glaube an Reinkarnation und esoterische Symbole in Form von Silberschmuck. Und mit einem Mal hatte Pia Dürr gewusst, worin ihr weiteres Leben bestehen sollte: in einem eigenen Laden, in dem sie Kräutertees, Heilsalben, Bücher über Magie und Hexenkunst, und Kristallkugeln, die die Zukunft zeigen sollten, verkaufen würde. Und sie würde sich die Kunst des Tarotkartenlesens aneignen.

Als Erstes belegte sie einen Kursus über ›Heilkräuter – ein Gewinn für Seele und Körper‹ bei der Volkshochschule in Goslar. Der Schmöker ›Weiße Magie – Praktische Anleitung für zu Hause‹ mit einem Extrateil zum richtigen Lesen von Tarot-Karten bildete den Einstieg zu ihrer Ausbildung zur Weißen Hexe während eines Wochenendseminars bei Düsseldorf. Sie wäre auch gerne nach England gereist, um einen siebentägigen Kurs am Arthur Findlay College zu belegen, aber ihr schmales Budget hatte eine solch exorbitante Ausgabe nicht hergegeben.

Für den Aus- und Aufbau ihres Ladens konnte Pia Dürr auf ihr Erspartes zurückgreifen, und nach knapp acht Wochen feierte ›Datura – Magie und mehr‹ Eröffnung. Und den Zulauf, den Pias Esoterikladen verzeichnen konnte, hatte sie sich in ihren kühnsten Träumen nicht vorgestellt.

Die Kundschaft und die Befriedigung ihrer Wünsche bewiesen Pia einmal mehr, wie ausgewogen ihr Sortiment war, das jeden angehenden Magier, jeden Esoterik-Anhänger, jeden Kräuterteetrinker und jeden Kristallkugelgläubigen glücklich machte. Auch heute war wieder so ein Tag gewesen, an dem nur lächelnde Gesichter ihren Laden verlassen hatten. Bis auf eine Ausnahme!

Bereits um zehn Uhr hatte sie für die Frau von Bäckermeister Backhaus deren geliebte Kräutermischung ›Sanfte Umarmung‹ gemischt. Laut Frau Backhaus der einzige Weg, dem cholerischen Temperament ihres Gatten mit Ruhe zu begegnen. Im Moment liefen auch die Heilsteine der Hildegard von Bingen bestens. Für die Kunden, die der Weißen Hexerei skeptisch gegenüber standen, war Hildegard von Bingen geradezu zur Kultfigur geworden, und eine Lieferung australischer Karneole, die nach Hildegard Probleme rasch und einfach lösen sollten, ging weg wie warme Semmeln. Natürlich hatte die gute Hildegard von Bingen zu ihrer Zeit von Australien keine Ahnung gehabt – schließlich hatte sie mehrere Jahrhunderte vor der Entdeckung des Landes gelebt – und bestimmt Karneole aus Bad Bergzabern in Rheinland-Pfalz verwendet.

Pia ging noch einmal in den kleinen Lagerraum, um noch kurz den Bestand an Himalayasalz zu überprüfen. Halb Braunlage schien unter geschwollenen Füßen zu leiden. Auch hier hatte Frau Backhaus die Initialzündung gegeben. Das stundenlange Stehen hinter der Theke hatte ihr schmerzhafte Füße bereitet. Schmerzen, die durch ein Solebad mit dem rosafarbenen Salz sofort abgeklungen waren. Am nächsten Tag hatten sämtliche Kundinnen der Bäckerei das Salz gekauft, denn es galt nicht nur als hochwertiges Speisesalz, es wirkte auch hautpflegend bei Neurodermitis, Warzen und Akne.

Vorhin hatte sie allerdings einen weniger angenehmen Kunden gehabt. Rüdiger. Den Nachnamen kannte sie nicht, aber Rüdiger war ein Begriff in Braunlage. Leicht unterbelichtet und unter Alkoholeinfluss zudringlich werdend, mit den entsprechenden verbalen Ausfällen. Pia hatte ihn lautstark aus dem Laden geworfen, ihn mit den Händen vor die Brust gestoßen, und Rüdiger hatte sie mit allen widerlichen Kraftausdrücken überhäuft, die sein Gehirn gespeichert hatte.

Pia notierte sich eben die Menge an Salzen, die noch diese Woche zu bestellen waren, als sie spontan an Nele dachte, ein junges Mädchen, das unter starker Akne gelitten hatte, und bei dem die Anwendung des Himalayasalzes wahre Wunder gewirkt hatte. Ein dezentes ›Palimm, Palimm‹ ertönte. Wer kam denn jetzt noch kurz vor Geschäftsschluss? Aber da Pia an die Kraft der Gedankenübertragung glaubte, wunderte sie sich nicht, als Nele in den Laden trat.

»Frau Dürr, ich brauche Ihren Rat. Und es ist wirklich dringend.«

Schüchtern stand das Mädchen vor dem Tisch, auf dem Pia Räuchergefäße, Räucherstäbchenhalter und Räucherwerk aufgebaut hatte. Nele hatte einen hochroten Kopf, ihre Akne würde bestimmt wieder aufblühen. Pia seufzte. Sie ahnte schon, um was es ging. Wahrscheinlich war Nele frisch verliebt und wollte von ihr wissen, ob *er* auch so empfand.

»Frau Dürr, ähm, also, wissen Sie, da gibt es einen Jungen, eine Klasse über mir …«, druckste das Mädchen herum.

Aha, hatte Pia es doch gewusst.

»Und jetzt möchtest du wissen, ob er sich nicht vielleicht auch in dich verlieben könnte, stimmt's?«

Pia strahlte Nele an, und die strahlte zurück.

»Frau Dürr, Sie sind unglaublich, woher wussten Sie? Sie sind eine echte Hellseherin.«

Pia musste schmunzeln. Nele hatte doch bereits im ersten Satz verraten, um was es ging. Aber sie sollte die Leute wohl besser in dem Glauben lassen, dass sie allwissend war. Und ihre Ausbildung zur Weißen Hexe sollte ja auch nicht umsonst gewesen sein.

»Und du möchtest, dass ich dir die Karten lege.«

Bewundernd nickte Nele.

»Ja, bitte, ich weiß, Sie wollten eigentlich schon schließen.«

»Kein Problem, ich muss noch kurz telefonieren, dann schauen wir, was die Karten sagen.«

Pia zog sich in den Nebenraum zurück und drückte flink auf die Tasten ihres Handys.

»Ja du, bitte nicht böse sein, es wird 'ne halbe Stunde später. Ich muss einer Kundin noch die Karten legen. Ja, prima. Wir treffen uns dann dort. Ich muss gestehen, ich bin echt neugierig. Ich glaube, am Silberteich war ich zuletzt vor zehn Jahren. Und du hast eine Überraschung für mich? Du bist vielleicht süß. Ja, ich freu mich auch. Bis nachher.«

Pia fühlte sich mindestens so verliebt wie ihre junge Kundin.

Nele hatte bereits an einem Korbtischchen Platz genommen, das in der hinteren Ecke flankiert von zwei kleinen Sesseln stand. Hier konnte man in Ruhe in den Ratgebern schmökern, bevor sie über den Ladentisch wanderten. Pia nahm den Satz ihrer Rider-Waite Tarot-Karten und begann, sie zu legen. Vier Karten. Es begann zunächst günstig für Nele. ›Die Zwei der Stäbe‹ war die Karte der Stärke, doch bereits die zweite Karte zeigte ›die Neun der Stäbe‹, diese bedeutete Misstrauen, erhöhte Achtsamkeit. Die Karte ›Drei der Schwerter‹ – Liebeskummer. Immer zappeliger saß das Mädchen Pia gegenüber. Jetzt kam es auf die letzte Karte an. Pias Gesicht wurde ernst, als sie die Karte ›Der Turm‹ aufdeckte. Nele, die verstohlen die Kartenlegerin beobachtet hatte, blickte erschrocken auf, und sofort füllten sich ihre Augen mit Tränen.

»Es tut mir leid, Nele. Aber die Karten sagen mir und dir, dass du mit einem Fehlschlag rechnen musst. Lass die Finger von dem Jungen. Es kommt eine endlose Kette von Enttäuschungen auf dich zu. Ich würde ja gerne, aber ich kann dir keine günstige Prognose liefern. Und die Karten irren sich nicht.«

Mit zitternden Beinen stand Nele auf. An der Tür drehte sie sich um.

»Ach, hab ich fast vergessen. Was bin ich Ihnen schuldig?«

»Nichts, mein Kind. Und glaub mir, du wirst darüber hinwegkommen. Deine erste Karte war die Stärke. Und die wird dich dein Leben lang begleiten.«

Nele wirkte nicht überzeugt. Doch sie nickte und verschwand.

Pia Dürr packte ihre Tarot-Karten ein. Eine Karte lag falsch herum im Stapel. Ordnung musste sein, und Pia zog die Karte heraus, um sie richtig herum einzusortieren. Einen Moment erfasste sie das Grauen. Dann schüttelte sie den Kopf. Sie sollte sich nicht vor dieser Karte fürchten, denn sie stand auch für einen Neubeginn. Gebannt starrte sie auf die Szene, obwohl sie diese schon so oft betrachtet hatte: In voller Rüstung trabte ein Skelett auf seinem Pferd durch das Land. Pia hielt den Tod in der Hand.

Wenig später war sie mit ihrem roten Nissan unterwegs, brauchte keine zehn Minuten bis zum Silberteich. Das Gewässer, ehemals ›Brunnenbacher Teich‹ oder ›Andreasberger Teich‹ genannt, war Mitte des 18. Jahrhunderts zur Wasserversorgung der Erzgruben im nahen Odertal angelegt worden.

Und genau dort hatte sie sich mit ihrem neuen Freund verabredet, um ein paar Kilometer auf dem Teichdamm zu wandern, von dem man einen herrlichen Blick über die Wasserfläche hatte. Baden war nicht drin, denn zum einen war es verboten, die geschützten Uferbereiche zu betreten, und zum andern war es viel zu kalt. Schließlich war November. Pia parkte ihr Auto auf einem ausgeschilderten Parkplatz, der zu einem Ausflugslokal gehörte, das aber um diese Jahreszeit geschlossen hatte. Die Fenster und die Eingangstür waren mit Brettern verrammelt, als würde in den nächsten Tagen ein Tornado erwartet. Die Eigentümer des Lokals waren mit dieser Maßnahme auf Nummer sicher gegangen, denn in den letzten Wochen hatten sich die Einbrüche in der Gegend gehäuft. Angeblich waren Diebesbanden aus dem Osten unterwegs, die auch nicht davor haltmachten, die Leute anzupöbeln, um an ein paar Euro zu kommen.

Pia war ein klein wenig mulmig, als sie feststellte, dass außer ihr niemand hier parkte. Suchend schaute sie sich um. Sollte er mit dem Fahrrad gekommen sein? Zuzutrauen wäre es ihm. Noch einmal beschlich sie ein vages Angstgefühl. Pure Einbildung. Ein starker Mann wartete ganz in der Nähe auf sie, und warum sollten sich ein paar Jugendliche, die einen Bruch machen wollten, heute gerade hier herumtreiben, wo es überhaupt nichts zu holen gab.

Sie hatte einen kleinen Rucksack mit einer Picknickdecke, einigen Leckereien, einer kleinen Flasche Rotwein und zwei Bechern bestückt, den sie sich lässig über die rechte Schulter hängte. Im Grunde würden es ja nur einige Kilometer zu gehen sein, aber sie hatte gedacht, der Ungemütlichkeit des Novembers zum Trotz könnten sie sich kurz am Teich niederlassen. Es würde bestimmt romantisch sein, vor allem dann, wenn die Nebelschwaden über dem Wasser aufzogen und die Natur in eine geheimnisvolle Stimmung hüllten.

»Hey, Pia, hier bin ich.«

Pia drehte sich um. Da stand er ja. Jetzt entdeckte sie auch sein Fahrrad, das an einen Baum gekettet war. Wie sie selbst war auch ihr Freund abmarschbereit. Er trug einen grünen Rucksack – offenbar hatte er eine ähnliche Idee gehabt wie Pia – und ein Fernglas baumelte um seinen Hals. Mit erhobenen Armen zur Begrüßung winkend, steuerte Pia auf ihn zu, gespannt, welche Überraschung er für sie parat hatte. Zunächst jedoch verblüffte er sie mit zwei flüchtigen Begrüßungsküsschen rechts und links auf die Wangen. Wow! So nah waren sie sich bisher noch nie gekommen. Sein Eau de Toilette roch angenehm. Warm und herb. Nach Weihrauch. Genau, wie Männer für Pias Nase riechen sollten. Passage d'enfer fiel ihr ein, das Parfum aus der Werbung. Ein Duft für Männer und Frauen, erst kürzlich hatte sie es in einer Parfümerie aufgesprüht. Sie hatte das Wässerchen als sehr angenehm empfunden, doch war ihr der kleine Flacon am Ende zu teuer gewesen.

Mit zügigen Schritten machten sie sich auf den Weg. Kein Mensch begegnete ihnen, aber das hatte Pia auch nicht erwartet. Sie unterhielten sich angeregt über dieses und jenes, und Pia wurde sich nicht zum ersten Mal bewusst, was für ein angenehmer Mensch er war. Hoffentlich würde sich endlich mehr ergeben als eine reine Freundschaft. Vielleicht schon heute Nacht, hoffte sie, und dachte daran, dass es kein Problem wäre, wenn sie die Nacht zum Tag machten, sie waren beide noch jung genug, um mal eine schlaflose Nacht wegzustecken.

Das blasse Tageslicht hatte einige Mühe, zwischen den hohen Fichten durchzudringen, erste Nebelschwaden zogen bereits herauf, und Pia empfand es beinahe als unheimlich. Allein hätte sie hier nicht gehen wollen. Aber in der Nähe ihres Begleiters fühlte sie sich sicher. Was sollte denn auch passieren? Hier gab es ja schließlich keine hungrigen Bären.

Der Kies unter ihren Schuhen knirschte bei jedem Tritt unnatürlich laut in Pias Ohren, was aber nur der Todesstille des Waldes geschuldet war. Als sie sich dem Ausfluss des Silberteiches in den Brunnenbach näherten, schlug er vor, an der kleinen Holzbrücke Rast zu machen.

»Du weißt ja, ich habe noch eine Überraschung für dich«, grinste er sie schelmisch an. Dass das Lächeln seine Augen überhaupt nicht erreichte, fiel Pia nicht auf.

»Okaaay«, antwortete sie in freudiger Erwartung, »aber lass mich zuerst meine Picknickdecke auspacken, damit wir es uns gemütlich machen können. Ich hab uns auch ein paar leckere Sachen und einen Rotwein eingepackt. Was hältst du davon?«

»Oh, ich sehe, du hast an alles gedacht.«

Voller Vorfreude setzte Pia ihren Rucksack ab, bückte sich und begann darin herumzukramen.

Der brutale Tritt in die Seite kam völlig unerwartet, ließ sie nach links fliegen und ihren Kopf gegen das Geländer der kleinen Holzbrücke knallen, sodass ihr minutenlang die Sinne schwanden. Sie bekam weder mit, wie ihr die Kleider vom Leibe gerissen, noch wie Hände und Füße gebunden wurden.

Eiskaltes Wasser brachte sie wieder zu Bewusstsein. Ihr Herz knallte wummernd gegen ihre Rippen. Luft! Sie brauchte Luft. Nach oben! Nur nach oben! Atmen! Die Erkenntnis, dass ihr Schwimmen unmöglich gemacht worden war, ließ die Panik in vollkommenen Irrsinn übergehen. Wie ein tollwütiges Tier zappelte sie mit den Füßen, und tatsächlich, sie schaffte es, die Fesseln abzustreifen.

Kräftig ruderte sie mit den Beinen, um an die Oberfläche zu kommen. Jede Zelle ihres Körpers gierte mit brennenden Schmerzen nach Sauerstoff.

Etwas stieß nach ihr. Eine Stange oder ein Stock. Traf sie in den Rücken, drückte sie nieder, hielt sie unter Wasser. Nach endlosen Minuten grausamer Todesangst und Höllenqualen, übernahm Pias Hirnstamm endgültig das Kommando und ließ sie den Mund öffnen. Ihr letzter Gedanke galt der verdrehten Tarotkarte, die ihr ihren bevorstehenden Tod prophezeit hatte.

*

Hölzle fuhr auf der B27 von Braunlage zurück nach Maarode. Ein Ortsschild ließ ihn schmunzeln. Elend. Na, das war ja mal ein Name für ein kleines Dorf. Dabei sah Elend gar nicht elend aus, sondern richtig idyllisch. Er fuhr an einer pittoresken kleinen Holzkirche vorbei, und ein Hinweisschild ließ ihn wissen, dass man vom Elender Bahnhof mit der Brockenbahn bis zum gleichnamigen Berg fahren konnte. Wenige Minuten später passierte er erneut das Ortsschild, nun mit rotem Diagonalbalken, und Elend lag hinter ihm.

Der Brocken war von überall zu sehen, und Hölzle genoss die ruhige Fahrt, obwohl seine Gedanken unwillkürlich wieder zu dem Gespräch mit Bianca Lammer zurückkehrten. Seine innere Stimme forderte immer dringlicher, sich der seltsamen Vorkommnisse, auch wenn sie schon Jahre zurücklagen, anzunehmen. Bianca Lammers Erzählung über die Frau, die vor Jahren im Silberteich einen grausamen Tod gestorben war, ließ ihn nicht los. Das alles konnte doch kein Zufall sein. Wiprecht, Ries und nun auch noch diese junge Frau, alle diese Toten waren geradezu hingerichtet worden, anders konnte man die Todesarten beim besten Willen nicht bezeichnen. Je mehr Hölzle darüber nachdachte, desto stärker wurde seine Überzeugung, dass diese Morde auf irgendeine Art zusammenhängen mussten.

Pia Dürr, so hieß die Ermordete aus Braunlage, hatte einen kleinen Laden betrieben. Sicherlich so ähnlich wie der, an dem er in Braunlage vorbeigekommen war, mit esoterischem Schnickschnack, Tees, Naturkosmetik, Kartenlegen und ähnlichem Humbug, wie er es nennen würde. Und wahrscheinlich, auch dies eine Mutmaßung Hölzles, mit der gleichen merkwürdigen Kundschaft, die auch den Esoterikladen seiner Fastschwägerin Carola in Bremen heimsuchte.

Vor etwa acht Jahren war Pia Dürr am Auslauf des Silberteichs in den Brunnenbach von einer Forsthüterin gefunden worden. Ihre unbekleidete Leiche hatte sich an einem Stützbalken der kleinen Holzbrücke verfangen. Ob Pia vergewaltigt worden war oder nicht, wusste

Bianca Lammer nicht sicher. Aber ihrer Meinung konnte es gar nicht anders sein, schließlich war die Leiche ja nackt gefunden worden. Ertränkt wie eine junge Katze, keine Seltenheit auch heutzutage noch auf so manchem Bauernhof. Hölzle verabscheute Menschen zutiefst, die zu so etwas fähig waren. Sollten sie doch ihre Tiere sterilisieren lassen, wenn sie keinen Nachwuchs haben wollten. Aber das war ein anderes Thema.

Seine Gedanken schlugen Kapriolen. Pia Dürr – ertränkt. Stella Wiprecht – enthauptet. Bernhard Ries – lebendig begraben. Hexen. Scharfrichter. Henkermethoden. Oder hatte er vielleicht doch zu viel in diesem Tagebuch und im Hexenhammer herumgeblättert?

Maarode kam in Sicht, Hölzle nahm den Fuß vom Gas und rieb sich müde die Augen. Besser, er ginge heute früher zu Bett. Einfach nur noch ein bisschen fernsehen, um auf andere Gedanken zu kommen. Morgen sollte der Himmel bedeckt bleiben, aber Regen war nicht angesagt. Sein Plan für den nächsten Tag war eine Rundwanderung auf dem Mythenweg bei Thale, ein Vorschlag, der ihm in seinem Reiseführer ins Auge gesprungen war. Germanische Sagen hatten ihn schon als Junge begeistert, und möglicherweise würde ja Göttervater Wotan ihm einen Schluck aus dem Brunnen der Weisheit, der beim Rathaus in Thale stand, abgeben. Den konnte er wirklich gebrauchen.

Im Harzer Krug saßen bereits die üblichen Verdächtigen am Stammtisch, als Hölzle das Gasthaus betrat. Nur Würselen schien wieder unter dem Schlappen seiner Babette zu stehen. Wahrscheinlich hatte er heute Ausgehverbot. Leider war auch der Pastor, Norbert Krause, nicht da. Ihn hätte Hölzle gerne kennengelernt. Vielleicht wäre ja der Kirchenmann der geeignete Gesprächspartner zum Thema Hexen und Folter.

Radegast hatte ihn schon entdeckt und an den Tisch gewinkt. Auch Franks Bruder Thomas war da, den Hölzle so gar nicht in dieser Runde einordnen konnte, er war ganz anders in seiner Art als die anderen Stammtischmitglieder. Vor allem war er das genaue Gegenteil seines Bruders Frank. Thomas besaß im Vergleich zu diesem, zumindest das eine Mal, als Hölzle ihn gesehen hatte, einen melancholischen, ja fast schon missmutigen Gesichtsausdruck, und seine Teilnahme an den Gesprächen war äußerst spärlich. Thomas Radegast rückte seinen Stuhl etwas beiseite, damit Hölzle noch Platz am Tisch fand.

»Und, welche Gegend hast du heute unsicher gemacht?«, wollte Walter Jenitschek wissen und bedeutete Andreas Pohl, der hinter der Zapfanlage stand, mit erhobenem Daumen an, dass er ein weiteres Bier wollte. Pohl nickte, zeigte fragend auf Hölzle, der grinste und zustimmend den Kopf bewegte.

»Ich war heute zuerst in Goslar. Also, ehrlich, Leute, diese Städtchen hier im Harz sind schon sehenswert. Gefällt mir gut hier.«

Die Männer brummten mit zurückhaltendem Stolz ihre Zustimmung, und Hölzle gab einen detaillierten Bericht über den Auftakt seiner Tagestour ab. Andreas Pohl brachte zwei Gläser Bier mit perfekten Schaumkronen, stellte sie bei Walter und Hölzle ab und legte Hölzle noch die Speisekarte hin. Als er von seinem Besuch im Zwinger berichtete und seiner gebannten Zuhörerschaft schilderte, was ihm beim Anblick des Holzschnittes durch den Kopf gegangen war, erntete er ein ungläubiges Kopfschütteln von Liske. Walter Jenitschek zog angewidert die Mundwinkel nach unten, und Thomas Radegast zuckte für einen Moment zusammen.

»Gut, dass die mittelalterlichen Methoden passé sind«, kommentierte Simon Liske, »grauenhaft, was die damals den Menschen angetan haben.«

»Na ja«, wandte Frank ein, »heutzutage sind die Foltermethoden nur etwas moderner geworden, sprich Stromschläge oder Psychofolter, oder sie haben wohlklingende Namen.«

»Wie meinst du das denn?«, fragte Walter.

»Waterboarding. Hört sich doch an wie eine Sportart. So nennen jedenfalls die Amis die Wasserfolter. Das ist doch nix anderes, als das, was die Folterknechte früher mit den Hexen gemacht haben. Stimmt doch, Thomas, oder?«

Thomas Radegast überlegte kurz, legte dann die Hände zur Merkelschen Raute und begann im Ton eines seit Jahren emeritierten Professors zu dozieren und verbesserte, was sein Bruder gerade behauptet hatte.

»Die Wasserfolter im Mittelalter gestaltete sich doch etwas anders. Man band die Angeklagten auf einen Tisch, nähte ihnen After und Harnröhre zu oder verstopfte beide Ausgänge. Dann wurden die Ärmsten gezwungen, literweise Wasser zu trinken, bis sie entweder durch die Wassermenge erstickten oder gar zerplatzten. Meistens jedenfalls. Wenn sie dabei nicht umkamen, dann endeten sie im Feuer. Eine Chance, sich zu rehabilitieren, gab es für Hexen ja nicht. Einmal in den Händen der Inquisition, und Ende Gelände.«

Er schien sich richtiggehend für das Thema zu erwärmen, und der sonst eher schweigsame Thomas Radegast hielt einen minutenlangen fundierten Vortrag über das Vorgehen der katholischen Kirche, wie sie es schaffte, Menschen, die sie im Verdacht hatte, Anhänger der Schwarzen Magie zu sein oder mit dem Teufel im Bunde zu stehen, nicht wieder aus ihren Fängen gelassen hatte.

Hölzle hörte aufmerksam zu, blätterte nebenbei in der Speisekarte und entschied sich dann für die Maaroder Maronencremesuppe. Mehr wollte er heute nicht mehr.

»Du kennst dich aber gut aus damit«, wandte er sich dann an seinen Nebenmann.

Thomas zog seine Mundwinkel kaum wahrnehmbar nach oben, was wohl ein Lächeln sein sollte, seinen melancholischen Gesichtsausdruck allerdings noch weiter vertiefte.

»Ich unterrichte Geschichte und Deutsch und im Nebenfach Religion. Das Mittelalter ist zudem noch ein Hobby von mir«, erklärte er Hölzle sein Wissen.

»Ja, der Thomas ist ein ganz Schlauer«, mischte sich Simon ein, »hatte fast immer nur Einsen im Zeugnis und steckte die Nase lieber in Bücher, als mit uns die Gegend unsicher zu machen.«

Alle lachten, Hölzle blickte fragend in die Runde.

»Simon, mein Bruder, und Andreas haben zusammen die Schulbank gedrückt«, klärte Frank Hölzle auf.

»Und heute steht er hinterm Pult und quält die Kinder«, fügte Andreas, der wieder an den Tisch gekommen war, um Bestellungen aufzunehmen, mit einem Augenzwinkern hinzu.

»Musst du heute zapfen und bedienen?«, fragte Frank und sah zu dem großen breitschultrigen Mann auf, der beinahe wie ein Berg neben dem Sitzenden emporwuchs.

»Nee, die Erika kommt gleich. Ist noch nach Braunlage zu ihrer Mutter gefahren.« Andreas Pohl notierte, was Walter, Thomas und Hölzle zu essen wünschten, und verschwand.

»Braunlage. Da war ich heute schon«, sagte Hölzle dann.

»Ich dachte, du warst in Goslar«, Simon Liske wirkte irritiert.

»Danach. Und habe dort eine schaurige Geschichte gehört. Eine Geschichte, die es echt in sich hat und zudem passend zu unserem Thema von gerade eben ist.«

»Ach ja? Und was für ein Märchen ist das?« Frank lächelte spöttisch. »Du weißt ja, der Harz ist voller Sagen und Geheimnisse. Und die sind alle wahr. Stimmt doch, Jungs, oder?«

»Na klar«, bekräftigten die anderen am Tisch einstimmig.

Hölzle schürzte die Lippen und schüttelte bedauernd den Kopf. »Das ist tatsächlich eine wahre Geschichte. Vor Jahren wurde in Braunlage eine Frau ermordet. Ertränkt. Also wie gesagt, passend zu unserem Thema.«

Liske runzelte die Stirn, die anderen zuckten mit den Schultern, um ihr Nichtwissen kundzutun. Nur Walter sagte langsam:

»Das stimmt. Ich erinnere mich daran. Die Leiche wurde damals im Silberteich gefunden. War 'ne ziemlich üble Sache. Aber die Polizei hat den Mörder geschnappt. Es war einer, der sie nicht alle hat«, zur Unterstreichung seiner Worte ließ er den rechten Zeigefinger neben seiner Schläfe kreisen, »der Braunlager Dorfdepp sozusagen. Den haben sie weggesperrt, auf ewig hoffentlich.«

5. URLAUBSTAG

Aus seinem Plan, nach Thale zu fahren, sollte nichts werden. Hölzle hatte schlecht geschlafen, vielleicht war die Maaroder Maronensuppe schuld gewesen, sein Gedärm hatte sich lautstark beschwert, und er hatte zweimal aufstehen müssen, um die Suppe wieder loszuwerden.

Die Schlaflosigkeit hatte dafür gesorgt, dass seine Gedanken zum x-ten Mal um die Morde gekreist waren, sie ließen ihm einfach keine Ruhe. Und als er dann endlich doch in einen unruhigen Schlaf gefallen war, dann nur, um direkt wieder hochzuschrecken, weil sich vor seinem geistigen Auge grauenhafte Szenen mit kopflosen und ertränkten Frauen und Bilder von Gräbern, aus denen noch eine Hand herausgestreckt wurde, abspielten.

Er musste unbedingt Näheres erfahren. Alle Gespräche brachten ihn nicht weiter. Es wurde wild spekuliert, jeder hatte seinen Senf beigesteuert, aber das nutzte ihm alles nichts. Er musste sich aktenkundig machen. Zum Fall Stella Wiprecht würde er keine Akteneinsicht bekommen, aber die Fälle Ries und Dürr waren lange her und abgeschlossen. Zumindest der Fall Pia Dürr. Nachdem er geduscht und gefrühstückt hatte, rief er seinen Freund und Kollegen Harry in Bremen an.

»Heiner! Ist dir schon langweilig im Harz?«, posaunte Harry zur Begrüßung ins Telefon.

Hölzle lachte.

»Sicher nicht. Ich kann dir sagen, hier sterben sie an allen Ecken und Enden. Schlimmer als in Bremen.«

»Wie darf ich das denn verstehen? Willst du den Job wechseln, weil bei uns nicht genug los ist?« In seine Stimme hatte sich eine gewisse Unruhe eingeschlichen.

»Keine Sorge. Aber im Ernst. Ich komm hier an, und prompt ist kurz zuvor eine Frau ermordet worden. Sie stammt ausgerechnet aus dem kleinen Kaff, wo ich mich gemütlich eingerichtet habe.«

»Okaaay«, dehnte Harry das Wort, »und was soll das jetzt heißen? Du ermittelst doch nicht etwa, oder? Du erinnerst mich fatal an einen gewissen Pfarrer Braun, der auch in jedem Ort, in den er versetzt wurde, nie seine Finger von Verbrechen lassen konnte. Ich hoffe nur, du bist nicht schon so auseinandergegangen wie eine Dampfnudel.«

»Na ja, kann man so nicht sagen. Also, beides nicht. Aber das hier ist so eine unglaubliche Geschichte, die interessiert mich einfach. Und damit nicht genug. Ich hab noch von zwei weiteren Morden, die aber ewig zurückliegen, erfahren. Und irgendwie, ja, ich weiß auch nicht so richtig … Ich hab da so ein merkwürdiges Gefühl. Es steckt einfach mehr hinter diesen Fällen, und mich würde nicht wundern, wenn es da irgendwie zwischen all diesen Verbrechen einen Zusammenhang gibt.«

»Großer Gott, schalt mal ab. Du bist im Urlaub.« Harry machte eine kleine Pause, dann fragte er: »Wieso rufst du überhaupt an?«

»Du musst mir einen Gefallen tun. Guck mal nach, in welcher Stadt sich das Polizeiarchiv für den Teil des Harz, der in Sachsen-Anhalt liegt, befindet.«

»Nicht dein Ernst, oder?«

Hölzle konnte förmlich sehen, wie sein Freund die Augen verdrehte, und schwieg.

Endlich sagte Harry: »Jaja, ich merke schon, dir ist es wichtig. Ich schick dir 'ne SMS. Aber es wäre besser, du erholst dich. Wenn du wieder in Bremen bist, gibt es noch eine Menge zu tun. Privat, meine ich. Ich hab vorgestern Christiane und Carola in der Stadt getroffen, war nicht so witzig. Deine Ex lässt dir freundlichst ausrichten, du sollst deinen übrigen Kram endlich abholen, sonst wirft sie alles auf den Sperrmüll.«

Hölzle seufzte.

»Oh scheiße, ich bin einfach nicht mehr dazu gekommen. Wollte ich noch vor meinem Harz-Trip erledigt haben. Nein, das ist gelogen, ich hatte keinen Bock mehr. Ich ruf sie an, sie muss eben noch ein bisschen warten.«

»Ja, mach das. Ich melde mich dann bei dir, muss jetzt los. Ciao.«

Hölzle starrte minutenlang sein Handy an. Christiane. Er hatte tatsächlich kaum einen Gedanken an sie verschwendet, seit er hier gelandet war. Mit einem ordentlichen Seufzer wählte er Christianes Nummer. Nur die Mailbox. Er hinterließ eine kurze Nachricht, beendete den Anruf und war insgeheim froh, dass sie nicht erreichbar gewesen war. Eine halbe Stunde später traf eine SMS von Harry ein, und Hölzle machte sich auf den Weg nach Halberstadt zum Polizeiarchiv.

Die Kollegen in Halberstadt waren zwar etwas irritiert, doch gewährten sie Hölzle Einblick in die Akten der Mordfälle Bernhard Ries und Pia Dürr. Zuerst nahm er sich die Akte der Frau aus Braunlage, die vor acht Jahren ermordet aufgefunden worden war, vor.

Name und Alter des Opfers: Pia Dürr, 35 Jahre und acht Monate alt, wohnhaft in Braunlage, Am Gretchenkopf 26 a. Fundort der Leiche: Ausfluss des Silberteichs bei Braunlage. Fundort des PKW, zugelassen auf Pia Dürr: Parkplatz zur Waldschänke. Anmerkung: Ausflugslokal, wird nur von Mai bis Oktober betrieben. Es haben sich keine Zeugen gemeldet, die das Opfer auf dem Parkplatz gesehen haben. Letzte Person, die mit dem Opfer gesprochen hat: Nele Braun, 13 Jahre alt, wohnhaft in Braunlage, Anemonenweg 14. Die Zeugin gibt an, Pia Dürr gegen 13 Uhr in deren Laden aufgesucht zu haben und befand sich dort ca. 15 bis 20 Minuten zusammen mit dem Opfer. Name und Adresse des Geschäftes: Datura – Magie und mehr, Elbingerödestr. 128, Braunlage.

Im Bericht folgten noch weitere Personenangaben von Leuten, die Pia Dürr danach noch lebend gesehen hatten. Laut dieser Aussagen waren es aber nur Personen, die das Opfer auf dem Weg zu seinem Auto oder bereits im Auto gesehen hatten. Danach nichts mehr. Eine Forsthüterin hatte die unbekleidete Leiche gefunden, laut Obduktionsbericht war Pia Dürr zu diesem Zeitpunkt bereits zwischen 18 und 20 Stunden tot gewesen.

Befragungen von Angehörigen, Freunden und Bekannten des Opfers förderten keinen Verdächtigen zutage. Eine Woche nach dem Mord meldete sich jedoch eine Frau, die sich erinnerte, dass ein Mann gegen zwölf Uhr am Tag von Pias Ermordung den Laden des Opfers wütend verlassen hatte. Bei dem Mann handelte es sich um einen 40 Jahre alten Gärtnereigehilfen, der schon mehrfach unangenehm in der Öffentlichkeit aufgefallen und angezeigt worden war.

Hölzle zog die Augenbrauen zusammen und legte seine Stirn in Falten. Dieser Gärtnereigehilfe war offenbar mental retardiert, eine Gutachterin hatte ihm eine leichte Intelligenzminderung bescheinigt, die einem IQ von 50 bis 69 entsprach. Allerdings stand auch in dem Gutachten, dass ihm eine solche Gewalttat nicht zuzutrauen sei, der Mann nicht zu exzessiver Gewaltbereitschaft neige und zu einer solchen Tat, die ein bestimmtes Maß an Planung und Umsicht verlangte, nicht fähig sei.

Rüdiger Lommetz, so der Name des Gehilfen, hatte allerdings bereits drei Anzeigen wegen sexueller Belästigung, zwei wegen leichter Körperverletzung und je eine Anzeige wegen Erregung öffentlichen Ärgernisses und Voyeurismus. Die kriminaltechnische Untersuchung hatte ergeben, dass Lommetz tatsächlich im Laden gewesen war. An einem Kleid von Pia Dürr, das in einem kleinen Lagerraum gefunden worden war, hatte man Haare, Speicheltröpfchen und Hautzellen von Rüdiger Lommetz gefunden. Dieses lange Kleid hatte Pia Dürr am Tag ihrer Ermordung getragen, wie die junge Zeugin bestätigte. An der Leiche selbst hatte die KTU nichts mehr entdeckt, allerdings hatte sich der Körper ja auch unbekleidet stundenlang im Wasser befunden.

Die Kleidung des Opfers, die es nach Verlassen seines Geschäftes getragen hatte, war nie aufgetaucht. Ebenso wenig wie Pias Handy, mit dem sie laut Aussage der Zeugin Nele Braun noch telefoniert hatte. Schlussendlich wurde Lommetz in Haft genommen, angeklagt und verurteilt. Aufgrund seiner psychischen Störung saß er seither in einer geschlossenen Anstalt.

Ein reiner Indizienprozess, Lommetz hatte immer

seine Unschuld beteuert, aber zugegeben, dass er bei Pia Dürr gewesen war. An welchem Tag jedoch genau, konnte er nicht angeben. In Hölzle regte sich leiser Zweifel. Lommetz war ein passender und willkommener Verdächtiger gewesen. Erschwerend war allerdings dazugekommen, dass in seiner Wohnung eine offenbar selbst gebastelte Puppe gefunden worden war. Die Puppe verfügte über sehr ausgeprägte Brüste aus Knetmasse, trug einen Halbedelstein um den Hals, ähnlich der Steine, die Pia Dürr im Laden anpries, und lag mit dem Gesicht nach unten in einer Wasserschüssel. Mit dem Begriff Voodoo konnte Lommetz jedoch nichts anfangen, die Puppe habe er einfach so gebastelt. Sie hätte ihm nicht mehr gefallen, daher hätte er sie in die Schüssel geworfen.

Hölzle schlug die Akte des ermordeten Dachdeckermeisters Bernhard Ries auf. Ries' Leiche war vor zwölf Jahren von einem Lkw-Fahrer, der Holz aus dem Wald abtransportieren wollte, gefunden worden, nachdem dieser sich wegen einer Magenverstimmung in die Büsche schlagen musste. Als Hölzle den Obduktionsbericht las, wurde ihm selbst flau im Magen. Der Dachdeckermeister musste einen grauenhaften Tod gestorben sein. Die Tatsache, dass neben Ries' Grab eine weitere Grube ausgehoben worden war, ließ die damaligen Ermittler darauf schließen, dass auch die Ehefrau hätte sterben sollen. Dazu war es aber glücklicherweise nicht gekommen.

In den Akten fand Hölzle auch einen späteren Bericht zu einem Anschlag auf Nesrin Ries, die von einem Unbekannten angegriffen worden war, aber keinerlei Aussage zum Täter machen konnte. Zum Zeitpunkt des Angriffs war es dunkel gewesen, der Täter habe schwarze oder eben dunkle Kleidung getragen und eine Kapuze über dem Kopf gehabt. Als Nesrin Ries sich energisch gewehrt und laut geschrien hatte, war der Angreifer geflohen.

Nachdem die Ermittler seinerzeit die Familiengeschichte durchleuchtet hatten, waren sie zu dem Schluss gekommen, dass sehr wahrscheinlich der Vater oder die Brüder Nesrins die Hände mit im Spiel gehabt hatten – jemand hatte handschriftlich an dieser Stelle das Wort ›Ehrenmord?‹ hingekritzelt – und auch für den Tod von Bernhard Ries verantwortlich zeichneten. Doch nachweisen konnte man keinem der Familienmitglieder irgendeine Verbindung zu den beiden Verbrechen. Außerdem legten alle Alibis vor, an denen nicht zu rütteln war. Der Fall wurde als Cold Case zu den Akten gelegt.

Hölzle hatte sich einige Notizen gemacht, gab die Akten zurück und fuhr in Richtung Blankenburg, als sein Handy klingelte.

»Hölzle«, meldete er sich über die Freisprechanlage.

»Ich bin's, Christiane. Hallo«, sie bemühte sich um einen neutralen Ton, »wann kommst du wieder nach Bremen?«

»Ach, du. Weiß nicht genau, auf jeden Fall nicht vor Ende nächster Woche. Kann sein, ich bleibe noch ein wenig länger, schließlich hab ich genug Urlaub.«

»Na toll«, jetzt klang sie angesäuert, »ich will, dass du endlich deine restlichen Sachen abholst, damit ich hier in der Wohnung mal alles umändern kann.«

»Das verstehe ich ja, aber auf zwei Wochen kommt's ja nun nicht an, oder? Außerdem steht ja nicht mehr sooo viel bei dir rum.«

»Hauptsache, dir geht's gut, oder?«, zickte sie Hölzle

an. »Wie's mir geht, ist dir doch völlig egal. Ich sitze hier, muss deine Sachen anstarren, wie soll ich denn bitteschön so den Kopf wieder freikriegen?« Jetzt zitterte ihre Stimme auf einmal verdächtig.

Hölzle holte tief Luft und zählte innerlich bis zehn.

»Christiane, das hatten wir doch bereits. Bitte. Wir haben oft genug darüber geredet, es ist besser so, dass wir einen Schlussstrich gezogen haben. Und fang jetzt bitte nicht an, zu weinen. Ich frage Harry, ob er mit Peter vorbeikommen kann und meinen Kram abholt. Okay?«

Hölzle hörte, wie Christiane die Nase hochzog.

»Ja okay«, klang es erstickt, offenbar drängte sie die Tränen zurück. Gut so.

»Mach's gut, Christiane.«

Harry würde sich bedanken, wenn er nun Hölzles Sachen abholen sollte. Nun, er, Hölzle, würde es irgendwie wiedergutmachen. Er war zwischenzeitlich in Blankenburg angekommen und wollte eben in die Marktstraße abbiegen, als ihm plötzlich ein großes Gebäude ins Auge sprang, über dessen Eingangstür wie eine Leuchtreklame der Schriftzug Harzer Bote angebracht war. Spontan entschloss er sich, einen Abstecher bei der Zeitung zu machen und auch dort im Archiv zu stöbern in der Hoffnung, noch einiges Material zu den Morden zu finden, die ganz sicherlich seinerzeit in der Presse ein riesiges Echo hervorgerufen hatten.

Nachdem er sein Auto in der Nähe geparkt hatte, betrat er das Gebäude, dessen Architektur den Charme der 50er Jahre besaß. Typischer sozialistischer Klassizismus. Hölzle fragte sich, wen oder was zu Zeiten der DDR das Gebäude beherbergt hatte.

Ein junger Mann, dessen Kinn von Pickeln übersät war, ließ ihn auf seine Nachfrage hin wissen, dass alle Artikel – seit der Harzer Bote existierte – mittlerweile digitalisiert worden waren und erklärte ihm, wie er am geschicktesten die Schlagwortsuche gestalten sollte, um möglichst schnell zu einem Ergebnis zu kommen. Hölzle zahlte eine Gebühr und nahm vor einem der vier für Nutzer bereitgestellten Bildschirme Platz. Praktischerweise gab es auch gleich noch einen Drucker auf einem kleinen Nebentisch. Rechts neben dem Drucker lagen zwei Packen Papier.

Er zog seine Notizen heraus und machte sich an die Arbeit. Fasziniert blätterte er durch digitale Zeitungsartikel, schweifte manches Mal von seiner eigentlichen Suche ab, wenn er etwas entdeckte, das ihn interessierte. Nach zwei Stunden hatte er einiges zusammengetragen und ausgedruckt. Eigentlich hatten seine Augen genug vom Starren auf den Bildschirm, doch Hölzle hatte plötzlich die Eingebung. Er änderte seine Schlagwortsuche und fügte unter anderem das Wort ›Unfall‹ dazu. Nach weiteren zwei Stunden und inzwischen geröteten brennenden Augen war er dann tatsächlich auf einen Artikel gestoßen, bei dem sein Bauchgefühl einkickte.

Der Zeitungsbericht beschäftigte sich mit dem Tod eines 14-jährigen Jungen aus Rumänien. Beim Lesen meldete sich Hölzles Instinkt, den er schon verloren geglaubt hatte, mit Nachdruck zurück. Er konnte es kaum erwarten, bis der Drucker seine Arbeit beendete. Hier in Blankenburg gab es sicher ein Internet-Café. Hölzle wollte unbedingt wissen, was die Goslarsche Zeitung zu diesem Unfall geschrieben hatte.

BUSS- UND BETTAG VOR DREI JAHREN

Aus dem Tagebuch eines Scharfrichters. Den 10. December, 1645.

Hannß Popp, Rotschmied-former, ein Dieb 22 Jahr alt, welcher viel Krem und Gewölb mit darzu gemachten falschen Schlüßeln aufgespört und darauß gestolen, die Schlüßel uff den Galgen geworffen, ihm die Finger abgeschlagen, seiner Rauberey halben mit dem Schwert gericht.

»Bleib stehen, du Drecksack. Wenn ich dich erwische, Bürschchen, dann kannst du dein Testament machen, ich mach Hackfleisch aus dir.«

Der Mann rannte hinter dem Jungen her. Doch gegen den Vierzehnjährigen hatte er keine Chance. Der Junge war flink wie ein Wiesel. Und das nicht nur auf seinen Beinen, sondern vor allem mit seinen Fingern.

In dem Souvenirladen in Wernigerode hatte Hochbetrieb geherrscht. Georg Bühler war alleine im Geschäft, seine Mitarbeiterin Daniela Werner hatte einen grippalen Infekt, und seine Frau Ruth war im rückwärtigen Anbau, um Ansichts- und Wanderkarten zu holen. Der Ständer war fast leer, und vor allem die Karten für Rad- und Wandertouristen fanden reißenden Absatz.

Einen Moment hatte Georg Bühler nicht aufgepasst. Er hatte den Jungen im Blick behalten, seit dieser den kleinen Laden betreten hatte. Das schmuddelige T-Shirt unter der schwarzen Jacke, die dunklen zerzausten Haare, der dunkle Teint des Jungen waren dem Geschäftsinhaber sofort aufgefallen.

Ein Zigeuner, da muss ich aufpassen wie ein Luchs, dass die Dinge hier keine Beine bekommen, war ihm gleich in den Sinn gekommen. Bühler war es bewusst, dass es politisch nicht korrekt war, so zu denken, und schämte sich dafür. Aber nur für einen kurzen Moment, nämlich so lange, wie er den Jungen dann tatsächlich aus den Augen gelassen hatte. Ein Tourist, der kurz nach dem Jugendlichen hereingekommen war, wollte wissen, welchen der Reiseführer er ihm empfehlen könne, und Georg musste wohl oder übel einen Blick in selbige werfen.

Diese Unaufmerksamkeit nutzte der Junge, um rasch eine Jutetasche mit dem Aufdruck ›Hier passt alles rein‹, die er aus der Hosentasche seiner riesigen Jeans, die ihm fast in den Kniekehlen hing, gezogen hatte, mit allem zu füllen, was ihm in die Finger kam: zwei Tassen mit dem Aufdruck des Rathauses von Wernigerode, drei Miniatur-Wohltäterbrunnen, drei kleine Gläser mit einer Kräutermischung zum Würzen von Wildgerichten, vier Kugelschreiber mit dem Aufdruck ›Auf Wiedersehen in Wernigerode‹ und ein Taschenbuch ›Sagen und Märchen aus dem Harz‹.

Kaum schaute Georg Bühler auf, hatte er die Situation erfasst. Tatsächlich wieder ein Dieb in seinem Laden. Der Junge reagierte blitzschnell, rannte zur Tür, riss sie auf, dass die Glöckchen, die oben angebracht waren, nur so schepperten, und weg war er. Sein Kunde zeigte bis auf ein erstauntes Kopfschütteln überhaupt keine Reaktion, und bis Georg Bühler draußen auf der Straße stand, war der Junge schon fast außer Sichtweite.

Georg Bühler hatte es satt. Der Schaden war zwar nie groß, aber das war nun schon der dritte Diebstahl in diesem Sommer. Und er wurde den Verdacht nicht los, dass es immer derselbe Junge war. Beim ersten Mal hatte er eine speckige Baseballkappe auf dem Kopf gehabt, beim zweiten Mal trug er eine riesige Sonnenbrille. Und jetzt war er sogar so frech, ganz ohne Vermummung aufzutauchen. Eigentlich tat der Junge ihm fast leid. Bestimmt wurde er von einer Diebesbande gezwungen, entweder zu betteln oder zu stehlen. Die geraubten Souvenirs würde der Bursche wahrscheinlich auf dem Marktplatz schnell an Touristen verticken.

Georg Bühler runzelte ärgerlich die Stirn. Was war nur los mit der heutigen Jugend? Und die Politik kümmerte sich nicht die Bohne um das Problem. Er würde am Abend beim Stammtisch der Gewerbetreibenden erneut auf die Diebstahlserie aufmerksam machen. Vielleicht konnte man ja gemeinsam dagegen vorgehen, wenn schon Polizei und Politik so kläglich versagten.

In der Tat hatte der 14-jährige Vlad Robaniuc seine Beute innerhalb kürzester Zeit an den Mann beziehungsweise an die Frau gebracht. Allerdings gehörte der Junge keiner Diebesbande an, wie Georg Bühler vermutete. Die Familie Robaniuc war vor beinahe zehn Jahren nach Deutschland gekommen und hatte sich nach anfänglichen Schwierigkeiten gut integriert. Vlads Eltern gingen einer geregelten Tätigkeit nach, seine Mutter putzte im

Evangelischen Zentrum Kloster Drübeck, sein Vater verdiente dort als Gärtner und mit hausmeisterlichen Tätigkeiten den Unterhalt für die Familie Robaniuc. Vlads älterer Bruder Adrian hatte vor Kurzem seine Lehre als Mechatroniker abgeschlossen, seine Schwester Ilena würde nächstes Jahr das Abitur machen. Das Sorgenkind der Familie war Vlad, der nichts von der Schule hielt, ein notorischer Rumtreiber war und wegen kleinerer Diebstähle schon öfter von der Polizei aufgegriffen worden war.

Nach seinem Ausflug in Bühlers Souvenirladen gönnte sich Vlad einen Hamburger und eine Cola. Auf dem Marktplatz hatte er einige Touristen angebettelt, war allerdings von einem Kellner aus einem der zahlreichen Restaurants, die draußen noch ein paar Tische stehen hatten, vertrieben worden. Zärtlich strich der Junge über seine Hosentasche. In dieser verbarg sich ein wohlgefüllter Geldbeutel, den er beim Verlassen des Marktplatzes einem Touristen aus dem Rucksack geklaut hatte.

Er trollte sich in eine ruhigere Gasse, die abseits der Urlauberströme lag, und begutachtete seine Beute. Scheiße. Der Touri war wohl Amerikaner, nur Dollars im Portemonnaie. Mit denen konnte er nichts anfangen. Wenn er damit bezahlte, würden die Leute misstrauisch werden, dasselbe würde passieren, wollte er das Geld in Euros tauschen. Und zur Bank konnte er schlecht damit gehen. Missmutig warf er das Portemonnaie samt Geld, Kreditkarten und anderen Plastikkärtchen in den nächsten Mülleimer. Das Risiko, die Kreditkarte zu nutzen, wollte er nicht eingehen. Auf jeden Fall würde Mister Francis Scott heute noch einen spannenden Tag haben.

Ob er es mal in der Apotheke versuchen sollte, an der er eben vorbeigekommen war? Er drehte sich um und spähte durch das Schaufenster, in dem eine Puppe, die aussah wie ein alter Mann, an einem Reck turnte. Der Alte, Ilja Rogoff, warb für Knoblauchpillen. Dieser Rogoff war vielleicht ein Landsmann gewesen. Ein Zeichen, es dort zu versuchen.

Vlad betrat die Apotheke, in der reger Betrieb herrschte. Er marschierte zu den Regalen, in denen Gesichtswässerchen, Antifaltenprodukte und Cremes für einen reinen Teint von verschiedenen Anbietern aufgereiht waren. Diese hier kamen dem Namen nach zu urteilen aus Frankreich und waren ziemlich teuer. Vlad würde versuchen, das Zeug bei der Freundin seines großen Bruders loszuwerden. Und die wiederum hatte bestimmt Freundinnen, die das Zeug auch gebrauchen konnten. Geschickt ließ Vlad ein Schächtelchen nach dem anderen in seiner Jutetasche verschwinden und behielt nebenbei die Kunden und Apothekenangestellten im Blick. Nun sollte er aber aufhören, bevor er doch noch entdeckt wurde. Zu spät.

»He, Junge, was machst du da? Lässt du wohl deine Finger da weg!«

Und schon wälzte sich eine dicke Frau hinter dem Verkaufstresen hervor. Zu dick und zu langsam für einen Meisterdieb wie Vlad Robaniuc. Die anderen Kunden drehten sich nur um und glotzten dumm aus der Wäsche. Nur einer reagierte, versuchte, ihn am Ärmel festzuhalten, doch Vlad befreite sich mit einem Ruck. Bevor die Dicke auch nur schnaufend überhaupt in seine Nähe kam, war Vlad schon längst draußen, rannte das Kopfsteinpflaster hinunter, bog zweimal nach rechts ab, um dann gemächlich weiterzugehen, nach neuen Möglichkeiten Ausschau haltend.

Hervorragend. Hier war er goldrichtig. Eine Gruppe von Schlitzaugen stand dicht beieinander im Halbkreis und lauschte gebannt den Ausführungen eines Fremdenführers, der ausdrucksvoll schilderte, was es hier alles zu sehen gab.

Bald würden die Japaner oder Chinesen – wo auch immer sie herkamen, Vlad war es egal – auch den Turm der Liebfrauenkirche besteigen, um von oben auf die Stadt zu starren. Der Junge schlängelte sich kaum merklich zwischen die Asiaten, griff hier in eine Hosentasche, dort in eine Handtasche. Hoffentlich hatten die wenigstens Euros dabei. Als sich die Gruppe auf den Weg in die Kirche machte, spazierte Vlad gelassen weiter, seine Beute wohl verstaut zwischen den Schachteln aus der Apotheke. Heute war sein echter Glückstag!

Dachte er. Denn sein diebisches Treiben war von jemandem beobachtet worden. Und dieser jemand folgte ihm unauffällig.

Vlad blickte hoch zur Kirchturmuhr. Zeit, dass er sich vom Acker machte. Er hatte seinen Eltern Besserung gelobt. Und wenn er vor ihnen zu Hause sein wollte – sie wohnten, seitdem die Familie Rumänien verlassen hatte, in einer winzigen Wohnung in Ilsenburg – musste er sich beeilen. Gott sei Dank war sein Bruder Adrian vor Kurzem aus- und bei seiner Freundin Steffi eingezogen, sodass Vlad das Zimmer nicht mehr mit ihm teilen musste.

Mit dem Bus waren es von Wernigerode bis Ilsenburg gerade mal 25 Minuten. Vlad verzichtete wie immer auf ein Ticket. In all der Zeit hatten sie ihn erst einmal beim Schwarzfahren erwischt, die Penner.

Vlad sprang am Bahnhof in die 288. Der Bus fuhr über Darlingerode und Drübeck bis zur Haltestelle Mühlenstraße in Ilsenburg, wo er aussteigen musste. Frech lümmelte er sich auf einen Behindertenplatz. Fast wäre er eingeschlafen, als er kurz vor der Haltestelle Drübeck-West eine schnarrende Stimme hörte, die die Businsassen aufforderte, ihre Tickets vorzuzeigen. Sofort war er hellwach. In weniger als einer Minute mussten sie doch an der Haltestelle sein! Vlad stand auf und brachte sich schon einmal unauffällig in Position. Sobald der Bus hielt und die Tür aufging, sprang er heraus und rannte los. Ihm würde so ein Bus-Bulle nicht hinterherrennen können. Schon öfter musste Vlad an dieser Haltestelle wegen der Kontrolleure aussteigen. Das bewies doch nur, wie bescheuert die waren, kontrollierten immer am selben Streckenabschnitt. Von hier brauchte er allerdings eine halbe Stunde zu Fuß bis Ilsenburg, was bedeutete, er käme wieder zu spät nach Hause.

Gemeinsam mit Vlad war ein weiterer Fahrgast ausgestiegen, der offensichtlich denselben Weg hatte. Das Wegstück entlang des Feldes zog sich immer enorm. Dann kam der Wald, und dahinter begann eigentlich schon Ilsenburg. Im Wald war es deutlich kälter als gerade noch im fahlen Novembersonnenschein. Vlad fröstelte in seiner zu dünnen Jacke.

Die Person, die mit ihm ausgestiegen war, hatte wohl immer noch denselben Weg. Allerdings ging sie langsamer als Vlad, war hinter ihm geblieben, folgte ihm aber mit ziemlichem Abstand. Merkwürdig. Wenn die Person nach Ilsenburg wollte, hätte sie doch einfach mit dem Bus weiterfahren können. So gemächlich, wie sie den Bus verlassen hatte, war die Person auch sicherlich kein Schwarzfahrer gewesen, sonst wäre größere Hektik angesagt gewesen.

Vlad zuckte mit den Schultern. War ihm aber auch so was von egal. Sollte der Idiot doch laufen. Er schmiedete Pläne für das nächste Wochenende, ging langsamer. Sein Verfolger kam näher, hatte offenbar sein Tempo gesteigert. Ein ungutes Gefühl beschlich den Jungen. Hatte man jemanden auf ihn angesetzt? War ein Bulle in Zivil hinter ihm her? Na, dazu war er ja wohl doch noch nicht kriminell genug. Was sollte das werden? Vlad fürchtete sich eigentlich vor nichts und niemandem. Doch wollte er wissen, warum ihm jetzt plötzlich jemand auf den Fersen war. Denn das war nun eindeutig der Fall.

Vlad verlangsamte seinen Schritt, schlich wie eine Schildkröte weiter, drehte sich immer wieder um. Der Mann kam näher. Den würde er zur Rede stellen. Das ließ er sich nicht gefallen! Nicht mit ihm, nicht mit Vlad Robaniuc!

Er blieb stehen, wartete, bis der Mann auf seiner Höhe war. Irgendwie kam der ihm bekannt vor. Er war sicher, dass er den Mann schon mehrfach gesehen hatte.

»He, was willst du, du schwule Socke?«, quatschte er ihn rotzfrech an, als ihm der Duft des Parfums, das den Mann umgab, in die Nase stieg.

Scheiße, was hatte der denn plötzlich in der Hand? Vlad wusste instinktiv, dass er in diesem Moment um sein Leben fürchten musste. Ein Schrei wollte sich aus seiner Kehle lösen, doch nichts drang über seine Lippen. Blitzschnell rannte der Junge los, schlug einen Haken zurück in Richtung offenes Feld, strauchelte, fiel auf die Knie. Dieses Mal schaffte er es nicht, seinem Häscher zu entkommen.

Vlad wurde am Kragen gepackt, erhielt einen Faustschlag in den Magen, sodass er sich vor Schmerzen zusammenkrümmte. Keine Chance, sich zu wehren, sein Gegner war zu stark für einen 14-Jährigen. Gnadenlos zerrte ihn dieses Monster in die Büsche, eine Hand presste ein süßlich riechendes Tuch auf Vlads Mund und Nase, betäubte ihn.

Als er ganz langsam wieder zu sich kam, hatte er höllische Schmerzen. Seine Augen brannten, und er merkte, dass er geweint hatte. Seine Hose war feucht, offenbar hatte seine Blase ihren Inhalt einfach abgegeben. Aber das alles war nichts gegen den unsäglichen Schmerz, den er in seinen Händen verspürte.

Wild sah er sich um, wollte schreien, doch das war unmöglich, denn ein grobes Tuch war um seinen Mund gewickelt und im Nacken zusammengebunden worden. Erst jetzt realisierte er, dass er auf dem Boden hockend an einen Baum gefesselt war, die Hände hinter dem Stamm zusammengebunden. Auch seine Beine waren fest geschnürt. Das war auch nicht die Stelle, an der er ohnmächtig geworden war, soweit er sich erinnern konnte. Nein, ganz sicher. Der Wald war hier dichter. Hatte man ihn betäubt?

Der süßliche Geruch stieg ihm wieder in die Nase, der offenbar von dem Tuch herrührte. Ekelhaft. Vlad versuchte, ganz flach zu atmen, um nicht erneut das Bewusstsein zu verlieren. Wieder suchten seine Augen nach bekannten Punkten, aber hier war er noch nie gewesen. Vor ihm ragte die Spitze eines enormen Felsens auf. Er musste sich tief im Wald befinden, abseits eines jeden Spazierwegs. Wieso hatte dieser Mann ihn angegriffen, und wozu hielt er ihn jetzt hier fest? Grausame Vorstellungen von Kinderhändlern geisterten durch seinen Kopf. Und warum nur schmerzten seine Hände so fürchterlich? Der Versuch, seine Finger zu bewegen, ließ den Schmerz geradezu explodieren. Etwas Warmes floss über seine Hände. War das sein Blut?

Hinter sich hörte er plötzlich ein Geräusch. Schritte. Aus dem Augenwinkel sah er schwarze grobe Schuhe. Bevor er den Kopf noch weiterdrehen konnte, um den Schuhbesitzer zu sehen, traf etwas mit enormer Wucht seinen Schädel.

Als Vlads Körper am Fuße der Stumpfrückenspitze, einem im Sommer beliebten Kletterfelsen, zu liegen kam, war er längst tot. Vlad Robaniuc würde nie wieder jemanden bestehlen.

*

Goslarsche Zeitung

Teenager tot aufgefunden

In einem Waldgebiet nahe Ilsenburg wurde gestern die Leiche eines Jungen gefunden. Wie er zu Tode kam, ist noch ungeklärt. Eine Wandergruppe hatte die Leiche am Fuß eines Felsens am späten Vormittag entdeckt. Der Notarzt konnte nur noch den Tod des Jungen feststellen.

Harzer Bote

Zerschmetterte Jungenleiche
von Wanderern gefunden

Den grausig entstellten Körper eines Jungen entdeckte eine Wandergruppe am gestrigen Vormittag an der Stumpfrückenspitze bei Ilsenburg.

»Es war furchtbar. Da lag das Kind, auf dem Rücken, Arme und Beine weggestreckt, wie in einem Krimi. Wir sind alle zu Tode erschrocken, als wir ihn da haben liegen sehen. Wir haben sofort geschaltet und über Handy den Notruf gewählt. Die waren auch schnell da«, erklärte Reinhold M., der Wanderführer.

Zu einer Stellungnahme war die Polizei gestern noch nicht bereit.

Goslarsche Zeitung

Identität des toten Jungen geklärt

Bei dem Jungen, der vorgestern tot in einem Waldgebiet bei Ilsenburg aufgefunden worden ist, handelt es sich um einen Vierzehnjährigen aus Ilsenburg. Seine Leiche war gestern von einer Wandergruppe entdeckt worden (wir berichteten). Der Körper des Jungen lag zerschmettert am Fuße der Stumpfrückenspitze, einem steil aufragenden Granitfelsen von knapp 13 Metern Höhe, der bei Kletterern sehr beliebt ist. Die Polizei geht nach ersten Ermittlungen von einem Unfall aus. Auffällig sind jedoch Schnittverletzungen an beiden Händen der Leiche. Nach neuesten Informationen unserer Zeitung handelt es sich bei dem Toten um den jüngsten Sohn einer rumänischen Einwandererfamilie, die seit Jahren in Ilsenburg ansässig ist.

Vlad R., der immer wieder durch kleinere Delikte auffällig geworden ist, hatte den Nachmittag in Wernigerode verbracht, von wo er am frühen Abend nach Ilsenburg mit dem Bus aufgebrochen war. Warum er den Bus vor der Haltestelle in Ilsenburg, von der es nur wenige Meter zur elterlichen Wohnung sind, frühzeitig verlassen hat, ist unklar. Sachdienliche Hinweise nimmt die Revierstation Ilsenburg und jede andere Polizeidienststelle entgegen.

Zwei Tage nach dem Leichenfund stand im Harzer Boten:

Toter Junge der Polizei kein Unbekannter

Bei dem vor drei Tagen tot aufgefundenen Jungen (wir berichteten), handelt es sich um den 14-jährigen Vlad R. aus Ilsenburg. Er war von einer Wandergruppe an der Stumpfrückenspitze entdeckt worden, für alle ein grauenhaftes Erlebnis. Für die Polizei ist Vlad R. kein Unbekannter. Die Familie R. lebt seit mehreren Jahren in Ilsenburg, geht dort einer geregelten Tätigkeit nach. Doch schon öfter mussten die Eltern von Vlad R. bei der Polizei vorstellig werden. Seit geraumer Zeit ist der Junge immer wieder bei Diebstählen erwischt worden. Noch am Tage seines Todes wurde er vom Betreiber eines kleinen Souvenirladens in Wernigerode ertappt.

»Es war ja nicht viel, was der Junge geklaut hat. Aber das geht doch so nicht. Doch dass er dann am selben Tag so zu Tode kommt, nein, das ist ja ganz furchtbar, so was wünscht man doch keinem«, sagte Georg B. unserer Zeitung.

Die Polizei geht nach eingehenden Untersuchungen von einem Unfall aus. Hier kann nur spekuliert werden, denn laut Obduktionsbericht hatte der Rumäne Schnittverletzungen an den Händen. Sicher ist, dass Vlad R. mit dem Bus von Wernigerode nach Ilsenburg fahren wollte. Ist er vielleicht vorzeitig ausgestiegen, weil er der Fahrscheinkontrolle, die zu dieser Zeit im Bus stattgefunden hatte, entgehen wollte? Hat er dann den Fußweg gewählt? Warum ist er auf den Felsen geklettert?

Hier kann nur jugendlicher Leichtsinn im Spiel gewesen sein. Der 13 Meter hohe Felsen mit seiner markanten Spitze ist nach Aussage eines Nationalparkmitarbeiters ausschließlich etwas für geübte Kletterer. Sicher ist nur, dass es hier zu dem tragischen Unglück kam, bei dem Vlad R. sein Leben verlor.

Selbstmordabsichten ihres Sohnes lehnt die Familie strikt ab. Vlad hätte wohl hin und wieder über die Stränge geschlagen, doch ansonsten sei er ein fröhlicher Junge gewesen.

Hölzle druckte sich die Zeitungsberichte über den verunfallten Jungen aus, legte sie zu den anderen Artikeln und verließ das Gebäude. Etwas an diesem Bericht hatte ihn massiv gestört. Warum hatte sich niemand mit den Handverletzungen näher beschäftigt? Merkwürdig. Wenn der

Junge *nur* abgestürzt wäre, hätte er doch keine Schnittverletzungen, sondern Schürfwunden.

Hölzle verließ mit seinen Fundstücken den Harzer Boten. Er schaute zum Himmel. Dicke Unwetterwolken jagten einander, und das schlechte Wetter lud nicht wirklich zu einer kleinen Nachmittagswanderung ein. Hölzle fuhr nach Maarode und verkrümelte sich auf sein Zimmer, um weiter in dem Scharfrichtertagebuch herumzustöbern. Neben ihm auf dem Nachttisch lag eine große Tafel Noisetteschokolade, und ein Kännchen Kaffee, das er sich vom Schankraum mit nach oben genommen hatte, stand in Reichweite. Nun hatte er alles, was er für einen verregneten Spätnachmittag brauchte. Was zum Naschen, das heiß geliebte schwarze Gebräu und genug Lesestoff.

Es war einfach unglaublich, wegen welcher Delikte die Menschen im Mittelalter ihr Leben lassen mussten. Pferde- und Viehdiebstahl – gut, das kannte er aus Westernfilmen, die Diebe wurden gnadenlos aufgeknüpft. Getreidediebstahl, auch hier galt die Todesstrafe, die waren nicht gerade zimperlich gewesen. Auch Plündern hatte den Tod zur Folge. Aber auch das gab es heute noch. Vom Plündern eines Geschäfts, beispielsweise während eines Bürgerkriegs, bis hin zum Brotdiebstahl wurde alles gnadenlos mit dem Tod bestraft.

Die Schilderung einer Hinrichtung durch den Scharfrichter ließ ihn aufhorchen: Ein Dieb hatte einem frommen Mann nach dem Kirchgang in die Jackentasche gegriffen. Man hatte dem jungen Mann zuerst die Finger abgeschnitten und ihn anschließend mit dem Schwert hingerichtet. Hölzle blätterte weiter auf der Suche nach

Delinquenten, die sich des Raubes schuldig gemacht hatten. Nicht immer war man derart gnadenlos gewesen. Anderen Dieben wurden zwar die kompletten Hände abgehackt, aber man ließ sie am Leben.

Hölzle dachte an den jungen Rumänen, der an dem Kletterfelsen abgestürzt sein sollte. Laut Zeitungsartikel war der Junge bereits öfter durch Diebstahl aufgefallen. Hatte sich hier einer zum Richter aufgeschwungen? Sollte jemand versucht haben, dem Jugendlichen die Hände abzuschneiden, um ihn dann im Anschluss an den misslungenen Versuch in den Abgrund zu stoßen? Der Gedanke erschien Hölzle geradezu grotesk. Aber Perversionen jeglicher Art waren ihm nichts Unbekanntes.

Ein Stück Schokolade wanderte gedankenverloren zwischen Hölzles Zähne und wurde dann mit einem Schluck Kaffee hinuntergespült. Er überflog weitere Seiten des Buches auf der Suche nach Vergehen, die das Begraben bei lebendigem Leibe zur Folge hatten. Zunächst fand er nur Berichte über Tiere, die solch einen schrecklichen Tod durch Eingraben sterben mussten. Ihr Vergehen bestand darin, dass sie von ihren Besitzern rein zur Befriedigung ihrer Lust hatten herhalten müssen oder auch einfach als Opfer, wenn eine Tierseuche grassierte, um so den Rest der Herde vor Unheil zu bewahren. Selbstverständlich wurden auch die Sodomiten zum Tode verurteilt, meist starben sie aber auf dem Scheiterhaufen.

Die armen Viecher, dachte Hölzle. Um die Sodomiten tat es ihm weniger leid. Natürlich war Verbrennen keine angemessene Strafe, aber Unzucht mit Tieren fand er doch mehr als widerlich. Er wollte schon weiterblättern, als seine Augen an einer Fußnote hängen blieben. Geschlechtsverkehr zwischen Christen und Andersgläubigen war für die Rechtsprechung der damaligen Zeit nichts anderes als Sodomie gewesen. War nicht die Frau des ermordeten Dachdeckermeisters eine Türkin? Zu gerne hätte sich Hölzle mit ihr unterhalten. Ob Frau Ries wohl noch in der Gegend lebte?

Er sah auf die Uhr und war überrascht, dass es schon so spät geworden war. Hölzle packte das Buch und die angebrochene Tafel Schokolade beiseite, schlüpfte in seine Schuhe und nahm das Tablett mit dem Kaffeegeschirr mit nach unten. Bestimmt war Frank da, vielleicht konnte der Journalist ihm ja Auskunft über Frau Ries geben.

Erika lächelte ihn dankbar an, als er das Tablett an der Theke abgab, und ließ ihn wissen, dass das Tagesgericht heute sehr zu empfehlen sei. Geschmorter Zickleinbraten mit Rosmarinkartoffeln und Schwarzwurzelgemüse.

»Hört sich klasse an, das nehm' ich«, freute sich Hölzle. Heute war die Gaststube gut besucht, alle Tische waren besetzt. Hölzle ging hinüber zum Stammtisch, an dem die Männerrunde schon Platz genommen hatte. Gut, dass Würstel noch nicht da war, denn am Nebentisch saß eine Familie offensichtlich muslimischen Glaubens, wie die Kopftücher der Frau und der Tochter verrieten. Was der Fleischermeister über diese Leute so von sich gegeben hätte, mochte sich Hölzle lieber nicht vorstellen.

»'n Abend zusammen, was gibt's Neues?«, begrüßte er die Runde und nahm neben Frank Radegast Platz.

»Übermorgen wird Stellas Beerdigung sein, die Leiche wurde von der Staatsanwaltschaft freigegeben«, berichtete Frank. »Richard wird wohl angeklagt werden.«

Die Männer blickten betreten vor sich hin. Einen Kommentar wollte keiner dazu abgeben.

Hölzles Essen kam, begleitet von einem gut gekühlten goldfarbenen Grauburgunder. Es duftete herrlich, und Hölzle langte tüchtig zu.

»Sag mal, Frank«, wandte er sich zwischen zwei Bissen des wunderbar zarten Fleisches an seinen Nachbarn, »weißt du vielleicht, ob die Frau dieses Dachdeckermeisters – du weißt schon, der mit dem Gedenkstein – noch hier in der Gegend lebt?«

Frank starrte ihn verwundert an.

»Was willst du denn von der?«, quakte Simon Liske dazwischen, bevor Radegast eine Antwort geben konnte.

»Ich würde mich gerne mit ihr über ihren ermordeten Mann unterhalten.«

»Weswegen?«, fragte Frank, fügte aber gleich hinzu: »Ist aber auch egal, denn soweit ich mich erinnere, ist sie zurück in die Türkei. Die Firma ihres Mannes hat sie damals, glaube ich, verkauft.«

»Was würdest du sie denn fragen wollen, wenn sie noch hier wäre?« Walter Jenitschek sah Hölzle aufmerksam an.

Eine Gabel voll der würzig-nussig schmeckenden Schwarzwurzeln wanderte in Hölzles Mund. Ein Gedicht.

»Ob es noch andere Leute außer den Mitgliedern ihrer Familie gab, die mit ihrer Ehe ein Problem hatten«, antwortete er ruhig.

»Was soll das bringen? Der arme Kerl ist tot, und außerdem ist das ewig her.«

Simon unterdrückte ein Rülpsen, sein Blick flog für einen Moment zu der Familie am Nebentisch, musterte sie abschätzig.

Hölzle hatte Liskes Gesichtsausdruck mit Interesse registriert. Also war Würstel wohl nicht der Einzige in dieser Runde, der mit Fremden ein Problem hatte.

»Vielleicht hatte ihre Familie ja gar nichts mit dem Mord an ihrem Mann zu tun?« Dem Schwarzwurzelgemüse folgte ein Stück Rosmarinkartoffel.

»Sag mal, meinst du, die hiesige Polizei kann nicht ermitteln, und deshalb hat uns der liebe Gott jetzt dich geschickt, oder was?« Frank lächelte spöttisch, »Glaub mir, du bist auf dem Holzweg.«

Hölzle schüttelte den Kopf und trank einen Schluck Wein.

»Nein, ja, ich weiß auch nicht. War nur so eine Idee, weil ich heute so viel Merkwürdiges gelesen habe, und da kam mir eben der Gedanke, dass nicht jemand aus der Familie von Ries' Frau, sondern ein Außenstehender den Dachdecker umgebracht hat.«

»Wieso sollte ein Fremder das tun?«

Hölzle beendete seine Mahlzeit.

»Weil Ries mit einer Andersgläubigen verheiratet war.«

Radegast zog die Augenbrauen zusammen und nahm einen Schluck von seinem dunklen Bier. Automatisch wanderte sein Kopf zum Nachbartisch. Er wirkte verärgert.

»So ein Quatsch. Wie kommst du denn darauf? Wer hat denn heutzutage mit so was noch ein echtes Problem?«

»Zu viele, wenn du mich fragst. Auf jeden Fall befasse ich mich grade mit den Tagebuchaufzeichnungen eines Scharfrichters aus dem Mittelalter, der hier im Harz gelebt und seinen Beruf ausgeübt hat. Und wenn ihr drüber nachdenkt, dann passiert es damals wie heute noch immer wieder, dass Menschen wegen ihrer Liebe zu Andersgläubigen umgebracht werden.«

Hölzle blickte ernst in die Runde.

Walter, Frank und Simon brachen in Gelächter aus.

»Der Harz und seine Sagen und Mythen«, prustete Liske, »ich sag's ja immer: Die Geschichten des Harz lassen keinen kalt. Die *machen* einen kalt.«

Erneutes Gelächter erschallte.

»Schon gut, schon gut«, Hölzle hob abwehrend die Hände, »vielleicht ist das ein bisschen weit hergeholt in diesem Zusammenhang. Aber den Henker gab es wirklich, den, der das Tagebuch geschrieben hat, meine ich. Hat im Harz gewirkt und alle seine Hinrichtungen und Bestrafungen in eben diesem Tagebuch festgehalten. Er hatte mehr als 30 Jahre sein Amt innegehabt. Und die Leute sind, wenn man es aus der heutigen Zeit heraus betrachtet, zum Teil wegen Kinkerlitzchen vom Leben zum Tod befördert worden.«

»So absurd finde ich deine Idee gar nicht.«

Thomas Radegast stand plötzlich am Tisch, offenbar hatte er die letzten Sätze mitgehört, ohne dass einer der Männer bemerkt hatte, dass er überhaupt in die Gaststube gekommen war.

»Thomas, jetzt unterstütz doch nicht noch unseren guten Kommissar in seinen wahnwitzigen Ideen«, erwiderte sein Bruder.

Thomas lächelte dünn, sagte aber nichts mehr und winkte Erika, die auch sogleich herbeieilte und seine Bestellung entgegennahm.

Die Männer wandten sich einem anderen Thema zu, doch Hölzle bemerkte, dass Thomas Radegast nicht ganz bei der Sache war. Mit dem muss i mi mol allein unterhalte, dachte er bei sich.

BUSS- UND BETTAG VOR EINEM JAHR

Aus dem Tagebuch eines Scharfrichters. Den 23. Junius, 1645.

Cuntz Sandmann, si schul gehalten, mit 16 seiner Schulmeidtlein Unzucht trieben, dieselben nothzwengt, so sechs, sieben, acht, neun, die Eltesten zu aylff Jahrn gewesen, dieselben eines Theilß mit der Ruten zustreichen bedrohet, darunter er zwy verderbet, das ein kein Wasser halten, außgnaden mit dem Rath gericht, vorher zween Griff mit einer glüendten Zanngen in seyn Unterleib.

Die Herbstfreizeit war seit dem Antritt des Pfarrers Klemens von Butzenbach in der kleinen evangelischen Christophorus-Gemeinde von Clausthal-Zellerfeld Tradition. Bereits im ersten Amtsjahr hatte er angeregt, mit den Kindern in den Herbstferien ein langes Wochenende in einem der zahlreichen Feriencamps der Umgebung zu verbringen. Die Eltern waren begeistert gewesen. Endlich mal ein Pfarrer, der es mit der Seelsorge auch ernst meinte, der sich der Jugend annahm, die ansonsten nichts Besseres zu tun hatte, als auf der Straße, vor der Glotze oder dem Computer herumzulungern.

Anfangs war es noch eine kleine Schar gewesen, meist die Messdiener, die Klemens von Butzenbach erstmals für die evangelische Gemeinde in die Pflicht genommen hatte. Was den Katholiken recht war, sollte ihm nur billig sein, und er umgab sich gerne mit Kindern und Jugendlichen.

Die Schüler, die zu alt für den Kindergottesdienst wurden und noch nicht am Konfirmandenunterricht teilnahmen, übernahmen sowohl im Erwachsenen- als auch im Kindergottesdienst kleine Aufgaben, zündeten Kerzen an, sprachen Psalmen oder kündigten an, wofür an der Kirchentür Geld gesammelt wurde.

Von Butzenbach war kritisch bei der Auswahl seiner Schäfchen, und er bevorzugte die Jungs. Der Grund erschien der Gemeinde äußerst plausibel: Gerade Jungs in dieser Phase neigten dazu, eher Unsinn zu treiben als Mädchen, und sollten unter den Fittichen der Kirche auf den richtigen und wahren Weg gebracht werden. Die Eltern vertrauten dem Geistlichen ihre Kinder nicht ohne Stolz an, gehörten sie doch zu von Butzenbachs Auserwählten.

Nur wenige Kilometer vom Ort entfernt hatte von Butzenbach auf Kosten der Gemeinde drei Blockhütten gemietet, eine für sich alleine und zwei für jeweils vier Buben.

Ob er denn alleine mit den Rabauken fertig werden würde?, fragten besorgte Eltern. Der Pfarrer konnte darüber nur schmunzeln.

»Keine Angst, die werden spuren. Zum Unsinn machen bleibt gar keine Zeit. Wir werden eine Schnitzeljagd veranstalten, Fußball spielen, den Wald erkunden, am Lagerfeuer singen und grillen. Sie werden lernen, welche Vogelarten hier leben, welche unterschiedlichen

Pflanzen hier verbreitet sind und so weiter. Natürlich gibt es auch Pflichten, die zu erfüllen sind. Kochen, abwaschen, den Tisch decken, Holz sammeln für das Lagerfeuer, eben alles, was dazugehört. Bitte achten Sie darauf, dass keine Handys oder andere elektronische Spielereien eingepackt werden. Und natürlich warme Kleidung. Wenn Sie Ihre Kinder wieder zurückbekommen, werden sie sanft wie die Lämmchen sein und mindestens eine Woche lang spätestens um acht ins Bett wollen.«

In den Ohren der Eltern klang das sehr gut, diesem Mann konnte man mit bestem Gewissen vertrauen, und den Kids würde es nicht schaden, wenn sie mal ein paar Tage eine ganz andere Welt kennenlernen würden. Ganz im Gegenteil. Von Butzenbach verfügte über ein sehr angenehmes und überzeugendes wie auch vertrauenerweckendes Wesen. Und nicht nur das. Er sah auch noch sehr gut aus, wie die weiblichen Gemeindemitglieder hinter vorgehaltener Hand tuschelten. Warum so ein Mann nicht verheiratet war, gab der einen oder anderen zwar Rätsel auf, doch auch mancher Mann dachte flüchtig darüber nach. Wahrscheinlich war dem Pfarrer einfach noch nicht die Richtige über den Weg gelaufen.

Moritz Reinders hatte die allererste Herbstfreizeit mitgemacht. Die Kinder zeigten sich begeistert von der ersten Freizeit. Nur Moritz erklärte seiner Mutter kategorisch, dass er so etwas nicht mehr mitmachen wolle. Er war ein zartes Kind, jünger als der Altersdurchschnitt der Jungs in seiner Klasse. Ein wohlerzogener Junge, der immer wieder von seinen Eltern ermahnt oder vielmehr erinnert wurde, zu den Erwachsenen höflich und hilfsbereit zu sein. Damit meinten Lia und Marco Reinders, dass er im voll besetzten Bus aufzustehen hatte, um seinen Platz einem älteren Fahrgast anzubieten oder, dass er einer mit Einkaufstüten bepackten Frau die Tür aufhalten sollte.

Gewiss meinten sie nicht das, was Klemens von Butzenbach unter einer ›kleinen Gefälligkeit‹ verstand, wenn er Moritz bereits am ersten Abend, als alle schon in ihren Betten lagen, in seine Blockhütte kommen ließ.

Moritz Reinders verlor kein Wort über das Vorgefallene, weigerte sich jedoch vehement, weiterhin Messdiener zu sein. Hinzu kamen Hänseleien, er sei Butzenbachs Schätzchen und würde bevorzugt. Das stimmte. Für den Pfarrer. Aber nicht für Moritz. Das plötzlich einsetzende Bettnässen von Moritz rief den Kinderarzt auf den Plan, doch organisch war mit dem Jungen alles in Ordnung. Ob es denn Probleme in der Schule oder daheim gäbe? Nein, zu Hause wäre alles wie immer, klar gab es mal Streit zwischen Moritz und seiner um fünf Jahre älteren Schwester, aber sonst? Nein, die Schulnoten wären auch zufriedenstellend.

So führten seine Eltern die nächtliche Enuresis darauf zurück, dass er aufgrund seines kleinen Wuchses von den mittlerweile pubertär werdenden Mitschülern permanent aufgezogen wurde. Als im folgenden Jahr Marco Reinders seinen Job vor Ort verlor, und sich für ihn eine neue Stelle in Wolfsburg ergab, zog die Familie um. Das Bettnässen hörte von heute auf morgen auf.

Neben der Herbstfreizeit entwickelte Klemens von Butzenbach zahlreiche weitere Ideen, die Kinder und Jugendlichen für den Schoß der Kirche zu gewinnen. Und für seinen. Eine Pfadfindergruppe war der nächste

Schritt, und auch hier waren die Jungs in der Überzahl. Bei den nachmittäglichen Treffen ging es manchmal recht wild zu, und Klemens von Butzenbach ließ es sich nicht nehmen, wie ein junger Hund mit den Kindern herumzutollen, das ein oder andere Gerangel auszutragen. Selbst bei einem Ausflug in den Hochseilgarten von Braunlage legte er Sturzhelm und Handschuhe an, kletterte so hoch es nur ging. Den Mädchen wurden diese Treffen bald zu ›jungshaft‹, und sie blieben nach und nach weg.

Den ersten Verdacht, dass Klemens von Butzenbach mehr als nur seelsorgerisches Interesse an den Jungen haben könnte, schöpfte die alleinerziehende Tanja Wülfers, Mutter einer Tochter.

Emma, ein aufgewecktes Mädchen von zehn Jahren, hatte es geschafft, als einziges Mädchen zum Messdiener auserkoren zu werden. Sie war mit Leib und Seele dabei, fühlte sich wohl im Kreise der Jungs, sie spielte auch lieber mit Autos als mit Puppen. Von den Jungen, die schon länger dabei waren, schaute sie sich vieles ab, wie man während des Gottesdienstes zu stehen hatte, gerade, ohne in der Nase zu bohren, immer den Blick zum Pfarrer gewandt, um nicht zu verpassen, was dieser als Nächstes von ihnen erwartete.

Emma hatte beobachtet, wie von Butzenbach, von den meisten Jungs übrigens nur Klemens genannt, den neunjährigen Benjamin bat, nach der Messe noch kurz zu bleiben, er müsse ihm noch zur Hand gehen. Das Mädchen war empört, immer nur durften die Jungs ihm ›zur Hand gehen‹, wie er es nannte. Sie wollte ihrem Ärger Luft machen und mit dem Klemens – auch sie nannte ihn insgeheim so – reden, der war ja eigentlich ganz nett.

Benjamin war in der Sakristei verschwunden, in welcher der Pfarrer unter anderem Bibel und Messgewand aufbewahrte. Emma hatte die Hand schon an der Klinke, als sie ein merkwürdiges Geräusch hörte, so, als ob der Pfarrer eine Gräte verschluckt hätte. Fast wäre ihre Oma mal an einer Gräte erstickt, daher kam ihr der Vergleich in den Sinn, denn das hatte sich so ähnlich angehört. Das Mädchen traute sich aber nicht, hineinzugehen, und zog sich zurück. Nach einigen Minuten des Wartens öffnete sich die Tür, und sie sah Benjamin herauskommen. Der Junge erschrak fürchterlich, als er sie bemerkte. Emma sah eben noch, wie er einen Geldschein in der Hosentasche verschwinden ließ. Dann gab Benjamin Fersengeld, als ob der Teufel hinter ihm her wäre.

Noch etwas war Emma aufgefallen: Benjamin hatte geweint, seine Augen waren rot und verschwollen. Das Mädchen machte, dass es nach Hause kam, sein Zorn, als Mädchen hinter den Jungs zurückstehen zu müssen, war vergessen. Zu Hause erzählte Emma ihrer Mutter, was sie gesehen hatte. Zwischen den beiden gab es keine Geheimnisse. Tanja Wülfers wurde sofort hellhörig, hätte den Pfarrer am nächsten Tag zur Rede gestellt, wenn nicht Klemens von Butzenbach die Sache noch am selben Abend klargestellt hätte.

Wie es der Zufall wollte, war am Abend Presbyteriumssitzung, und Tanja Wülfers war Mitglied des Kirchengemeinderates. Mit offenem Blick bat von Butzenbach die Mitglieder, deren Kinder Messdiener waren, darum, ob diese nicht ab und zu sich ein wenig Geld dazu verdienen dürften, indem sie Blumenschmuck für Taufen oder Hochzeiten arrangierten, oder, so wie Benjamin heute, die Kerzenleuchter putzten. Das erklärte zwar nicht, warum Benjamin geweint hatte, aber Tanja Wülfers sagte nichts dazu. Hätte sie doch lieber mal …

Im Nachhinein waren alle fassungslos gewesen. Wie hatte dieses Tier nur jahrelang sein Unwesen treiben können? Unbemerkt von allen!

Viktor Ladsew war das erste Missbrauchsopfer, das sich seinen Eltern Monate nach der Kirchengemeinderatssitzung anvertraute. Anfangs waren alle skeptisch, ob der Sohn russischer Einwanderer sich nicht irgendetwas zusammenfantasierte. Viktors Eltern hatten zunächst geschwiegen. Zu groß war ihre Angst, dass man sie in der Gemeinde nicht mehr willkommen hieß. Auch kannten sie die überbordende Fantasie ihres Sohnes, der sich jeden Tag in einen anderen Comic-Helden verwandelte.

Als Viktor jedoch zum dritten Mal berichtete, der Pfarrer berühre ihn, und auch er solle den Mann anfassen, sprachen sie mit Viktors Klassenlehrerin darüber, einer jungen Frau, deren Eltern ebenfalls vor Jahren aus Russland nach Deutschland gekommen waren. Die Lehrerin nahm die Sache sehr ernst, berief zunächst einen Elternabend ein. Natürlich konnten die Eltern der älteren Kinder, denen der Pfarrer vor Jahren ihre Kindheit geraubt hatte, nichts dazu sagen, denn schließlich wussten sie von den aktuellen Anschuldigungen nichts. Klemens von Butzenbach verlor grundsätzlich das Interesse an den Jungs, wenn sie älter als zwölf Jahre waren.

Nachdem die Lehrerin den anwesenden Eltern den Verdacht, den Viktors Erzählung hervorgerufen hatte, geschildert hatte, gab es zunächst lautstarke Gegenstimmen, denn die meisten Erwachsenen schenkten dem Jungen keinen Glauben. Allerdings gab es einen Vater, dem das seltsame Verhalten seines Sohnes Micha in den letzten Monaten aufgefallen war. An der kommenden Herbstfreizeit – so berichtete er – wollte auch Micha nicht mehr teilnehmen, und wenn er ihn fragte, warum, brach der Junge in Tränen aus und rannte in sein Zimmer. Kein Wort sei aus ihm herauszubekommen. Wie schon bei Moritz Reinders – ihren früheren Nachbarn – hätten er und seine Frau vermutet, Micha würde von älteren Kindern wegen seiner Brille mit den dicken Gläsern gemobbt. Daraufhin wurde es stiller im Klassenzimmer. Ganz still.

Zitternd erhob sich Tanja Wülfers, der erst jetzt klar geworden war, wofür der kleine Benjamin Geld bekommen hatte, und enthüllte die Beobachtungen ihrer Tochter Emma. Benjamins Mutter war einer Ohnmacht nahe, brach in Tränen aus, stand kurz vor einem Nervenzusammenbruch. Dass ihr Sohn in der Schule nachließ und sein fröhliches Wesen sich seltener zeigte, war ihr schon geraume Zeit aufgefallen. Doch dass Benni Opfer eines Pädophilen sein könnte, daran hatte sie nicht im Traum gedacht. Einstimmig beschloss die Elternschaft, sich sofort mit den Vorgesetzten von Klemens von Butzenbach in Verbindung zu setzen und mit dem schrecklichen Verdacht zu konfrontieren. Manche Väter hätten dem Pfarrer am liebsten sofort den Prozess gemacht, einige gingen sogar so weit, lautstark zu fordern, solche Typen müssten kurzerhand kastriert werden.

Pfarrer Klemens von Butzenbach war entsetzt, als er von den Vorwürfen erfuhr, verbat sich jeden Verdacht.

Man wisse doch, welche Geschichten Kinder in diesem Alter so erzählten. Man würde ja gar nicht glauben, welche Fantastereien in ihren Köpfen herumspuken würden. Das käme alles durch das Internet, viele Eltern würden ihre Computer einfach nicht richtig gegen einschlägige Seiten schützen.

In der Tat hatte die Kreissynode außer Viktors Aussage nichts in der Hand. Der Superintendent sprach mit den Eltern, die den regen Erfindungsreichtum ihres Sohnes zwar bestätigten, aber darauf pochten, ihr Kind sei kein Lügner. Einen Psychologen wollten sie aber nicht hinzuziehen, um ihrem Sohn weitere unangenehme Fragen zu ersparen. Nur in die Kirche ging Viktor fortan nicht mehr.

Die Bemühungen von oben, weitere Opfer ausfindig zu machen, blieben halbherzig. Nach einigen Wochen war zumindest ein Teil der Gemeinde davon überzeugt, dass man den guten Ruf, den Klemens von Butzenbach nun seit Jahren als Seelsorger genoss, zerstören wolle. Man stellte sich hinter den Pfarrer. Die, die weiter hinter vorgehaltener Hand munkelten, der Mann Gottes habe sich an kleinen Jungs vergangen, wurden einfach ignoriert. Es würde schon Gras über die Sache wachsen.

Erstaunt musste die Gemeinde dann jedoch zur Kenntnis nehmen, dass Klemens von Butzenbach versetzt werden sollte. War doch etwas an den Anschuldigungen dran? Mitnichten, wie ihnen der Pfarrer von seiner Kanzel entgegendonnerte, er werde Dekan im Hochsauerlandkreis und sich neuen Herausforderungen stellen.

»Ich bin sehr glücklich darüber, der Christophorus-Gemeinde gedient haben zu dürfen und habe dabei solch prächtige Menschen wie Sie kennengelernt. Mit einem weinenden und einem lachenden Auge werde ich von Ihnen scheiden und fühle mich Ihnen in meiner Seele auf ewig verbunden. Bald steht der Herbst vor der Tür, und ein letztes Mal begleite ich meine kleine Herde zur traditionellen Herbstfreizeit. Doch dieses Mal lade ich alle Gemeindemitglieder ein, mich und die Kinder zu begleiten. Es soll ein Abschied inmitten aller werden, die ich in all den Jahren so lieb gewonnen habe.«

So manchem Kirchgänger standen an diesem Vormittag die Tränen in den Augen. Nur die Eltern der betroffenen Kinder saßen mit versteinerter Miene da, als die übrigen Gemeindemitglieder ihnen von Klemens' schwülstigen Abschiedsworten berichteten.

Eine Woche vor der geplanten letzten Herbstfreizeit erhielt Pfarrer Klemens von Butzenbach einen Anruf, der ihn zwar einigermaßen in Erstaunen versetzte, gleichzeitig fühlte er sich aber auch außerordentlich geschmeichelt. Dass einer der Jungs nach so langer Zeit den Kontakt zu ihm suchte! Das war doch mindestens sieben Jahre her. Natürlich war er jetzt ein junger Mann, eigentlich nicht das, was Klemens von Butzenbach interessierte. Aber das Angebot war so außergewöhnlich, dass von Butzenbach es nicht ablehnen konnte.

»Was ich bin, Klemens, habe ich dir zu verdanken.«

Noch immer klangen die warmen Worte des Anrufers in ihm nach. Das hatte dem Pfarrer noch niemand gesagt. Erst später fiel Klemens auf, dass der junge Mann seinen Namen nicht genannt hatte. Nun gut, er würde schon sehen, wer aus seiner ehemaligen Herde sich mit ihm an dieser ungewöhnlichen Stelle treffen wollte. Das machte die ganze Geschichte noch prickelnder, noch abenteuerlicher.

Pünktlich zum verabredeten Termin, am Abend vor Buß- und Bettag, parkte Klemens von Butzenbach seinen Wagen auf dem Parkplatz in der Nähe des Schachtes Kaiser Wilhelm II. Um diese Zeit war natürlich kein Besucher mehr zu sehen, doch das Baubetriebsgelände der Harzwasserwerke war frei zugänglich. Das UNESCO-Weltkulturerbe mit seinem Fördergerüst, der Maschinenhalle und der Nachbildung der beiden riesigen Wasserräder war so manches Mal von Butzenbachs Ziel der Ausflüge mit den Jungs gewesen.

Geduldig wartete Klemens von Butzenbach auf seinen jungen Freund, voller Erwartung, um wen es sich tatsächlich handelte. Ob er ihn wohl erkennen würde? Wenn sein ehemaliger Messdiener einen Vollbart trug, würde es verdammt schwer sein. Klemens malte sich aus, was der junge Mann genau von ihm wollte. Seine Andeutungen waren geheimnisvoll und teils anzüglich gewesen. Vielleicht würde Klemens ja Geschmack daran finden. Wer konnte das schon wissen? Klemens von Butzenbach war aufgeregt wie ein Teenager beim ersten Rendezvous.

Der Pfarrer betrachtete interessiert den Nachbau des riesigen Rades, mit welchem früher Unmengen Wasser geschöpft worden waren, obwohl er es schon oft gesehen hatte. Es war einfach beeindruckend.

Ein leises Rascheln ließ ihn herumfahren.

»Sie?«

Statt einer Antwort erhielt er einen gewaltigen Schlag mit einer Eisenstange auf beide Knie. Mit einem Aufschrei brach von Butzenbach zusammen. Die unbändige Brutalität des Schlages hatte sofort die Knochen splittern lassen, die Kniescheiben waren nur noch ein Trümmerhaufen. Der nächste Schlag, nicht weniger wuchtig als der erste, traf die Oberschenkelknochen, ließ sie knackend entzwei brechen. Die unerträglichen Schmerzen beförderten von Butzenbach in eine gnädige Ohnmacht. Doch nur für kurze Zeit. Als er zu sich kam und die unendliche Pein ihn erneut aufschreien lassen wollte, zerschmetterte Schlag Nummer drei seine linke Schulter, Sekunden später gefolgt von Schlag Nummer vier, der zielgenau das rechte Schulterblatt in mehrere Teile zerlegte. Von Butzenbachs unmenschlicher Schrei zerriss für einen Augenblick die Dunkelheit, doch setzte der Angreifer diesem mit dem letzten, tödlichen Schlag ins Genick ein Ende.

Sein ursprünglicher Plan, den zertrümmerten Körper des Pfarrers am Wasserrad zu befestigen, scheiterte am Gewicht der Leiche. Schade. Zu gerne hätte er Klemens von Butzenbach aufs Rad geflochten. So zerrte er ihn bis zur Schautafel, die den Mechanismus des Rades erklärte, band mit einem Seil die Hände über dem Kopf der Leiche zusammen, zog das Ende des Seils durch die hölzerne Konstruktion des monströsen Kehrrades, bis sich von Butzenbach in einer Position befand, die dem Richter und Henker gefiel.

Mit ein wenig gutem Willen musste selbst der größte Idiot erkennen, dass hier dem alten Richtspruch für Kindesmissbrauch Genüge getan worden war. Einen Augenblick betrachtete er kühl sein Werk, dann schnitt er mit einer eleganten Bewegung den ›kleinen Klemens‹, der so vielen Kindern Schmerz und Leid verursacht hatte, ab und drückte ihn der Leiche in die linke Hand.

6. URLAUBSTAG

Hölzle hatte gut geschlafen. Heute stand Clausthal-Zellerfeld auf seinem Programm. Von Maarode waren es gut 50 Kilometer zu fahren, den Teil der Strecke, der über Braunlage führte, kannte er bereits. Nach dem Frühstück, das heute nur aus zwei Tassen Kaffee bestanden hatte – das Zicklein von gestern Abend mähte noch in Hölzles Gedärm und stritt sich mit den Schwarzwurzeln – war er losgefahren. Mit fast abgestorbenen Fingern hatte er mit seinem Eisschaber allerdings zuerst die Scheiben seines Autos freikratzen müssen. Es war eine sternenklare und deshalb bitterkalte Nacht gewesen, doch wenigstens würde heute die Sonne wieder scheinen.

Nach einer Stunde Fahrt über zum Teil serpentinenreiche Straßen mit rechts und links aufstrebenden Granitfelsen erreichte er die ehemalige Bergbaustadt. Im Grunde waren es zwei Städte, die vor Jahrhunderten entstanden waren und seit 1924 durch den Zusammenschluss eine neue Einheit bildeten. Hölzle war besonders auf den Teil Zellerfeld gespannt, das nach einem Brand im 17. Jahrhundert einen neuen symmetrischen Grundriss erhalten hatte, eine moderne und außerordentliche Leistung der damaligen Stadtplaner.

Hölzle parkte und schlenderte durch die Stadt, deren Trennung heute am ehemaligen Grenzfluss, dem Zellerbach, immer noch ablesbar ist. Bewundernd betrachtete er die vielen bunten Haustüren, die meist doppelflügelig und mit Schnitzereien versehen waren. Einige besonders schöne Türen bannte er mit der Kamera auf sein Handy. Weiter ging es zum Bergwerksmuseum. Hier bekam man noch was für sein Geld. Im Preis für die Eintrittskarte, lediglich sechs Euro, wie der Schwabe in ihm begeistert feststellte, waren ein geführter Rundgang durch das Schaubergwerk und eine elektronische Führung durch das Außengelände mit inbegriffen.

Mit vier weiteren Besuchern wurde Hölzle über die Über- und Untertagestätten und das Außengelände mit den historisch getreuen Gebäuden informiert. Er war beeindruckt. Schade, dass die Schächte nur bis Ende Oktober geöffnet waren, sonst hätte er weitere sechs Euro investiert, um mit der Tagesförderbahn in den Ottiliae-Schacht, der sich westlich von Clausthal-Zellerfeld befand, einzufahren.

Doch die Stadt hatte noch mehr zu bieten. Zuvor verlangte es Hölzle allerdings nach einem Kaffee, und sein Reiseführer schlug passenderweise ein Café ganz in der Nähe vor. Es war im Kunsthandwerkerhof untergebracht. Ein geschichtsträchtiges Gelände, das ab 1673 die Münze beherbergt hatte. Ein Schild wies darauf hin, dass hier, ›*dass beste und schönste Geldt in gantz Teutschland*‹ hergestellt worden war.

Der Kaffee war stark und aromatisch, und die Kellnerin empfahl Hölzle, sich die Glasbläserei anzusehen, die auf dem Gelände angesiedelt war. Als Hölzle sich wenig später die mundgeblasenen Kreationen anschaute, überkam ihn doch eine gewisse Melancholie, denn hier hätte er Christiane mit Sicherheit einige Dinge gekauft. Sie liebte diesen Schnickschnack, Vasen, Tierchen aus Keramik oder Glas – das Wohnzimmer glich einer Miniaturausgabe des Ladens. Doch diese Zeiten waren vorbei. Er musste Harry unbedingt bitten, seine Sachen bei ihr abzuholen. Das hatte er ganz vergessen gehabt.

Einige der Besucher versuchten sich selbst als Glasbläser und standen mit geblähten Backen und roten Köpfen da. Hölzle verzichtete darauf, selbst Mund anzulegen und seine eigene Vase zu kreieren, dabei wäre sicher nichts herausgekommen, was er sich hätte in die Wohnung stellen wollen. Und auch sonst niemand. Er verließ die Glasbläserei und klingelte bei Harry durch.

»Harry, ich bin's. Du musst mir einen Gefallen tun. Kannst du meinen Kram bei Christiane abholen?«

»Sonst geht's dir gut, oder? Also mal im Ernst, kann sie nicht warten, bis du wieder da bist?«

»Wohl nicht. Hab' gestern mit ihr telefoniert. Sie meint, solange meine Sachen noch bei ihr stehen, könnte sie keinen Neuanfang machen.«

»Ja toll, und ich kann mir zusätzlich dann noch das Gejammer anhören, während ich deine Kisten schleppe, und wenn ich Pech habe, ist ihre Schwester auch grade da. Und mal ehrlich, ich habe keine große Lust, schon wieder auf Carola zu treffen.«

»Harry, komm schon, du hast was gut bei mir«, bettelte Heiner seinen Freund an.

Harry Schipper, der kaum jemandem einen Gefallen abschlagen konnte, gab nach.

»Ich hab da so eine Idee, wie du das wiedergutmachen kannst.«

»Und die wäre?«, fragte Hölzle skeptisch.

»Ich habe nächste Woche zwei Tage frei, und da dachte ich spontan, ich könnte dich besuchen kommen, und wir machen einen drauf. Natürlich auf deine Kosten, versteht sich.«

Hölzle konnte Harrys breites Grinsen deutlich vor sich sehen.

»Okay, abgemacht. Ich lass dir ein Zimmer reservieren. Wann kommst du denn?«

»Donnerstag. Sprich, ich habe ein langes Wochenende vor mir.«

»Stopp mal, ich spendiere dir eine Nacht inklusive Frühstück und ein Abendessen. Alles Weitere musst du selbst übernehmen, sonst finde ich das als Gegenleistung etwas übertrieben.«

»Da spricht der Schwabe«, spottete Harry, »nein, schon gut, keine Sorge, ich wollte dann vom Harz aus weiter nach Dresden fahren, meine Cousine besuchen, die hat vor drei Monaten ein Baby bekommen.«

»Gebongt. Ich muss gestehen, ich freu mich drauf. Bis dahin habe ich vielleicht auch herausgefunden, was hier für seltsame Dinge vor sich gehen.«

Harry räusperte sich.

»Jetzt mach mal halblang mit deinen Ahnungen und genieß deinen Urlaub. Wo muss ich denn genau hinfahren? Gib mir mal die Adresse durch.«

Hölzle nannte Name und Anschrift des Harzer Krugs, bedankte sich und legte auf. Er war froh, dass er in Harry so einen guten Freund gefunden hatte. Der Kontakt zu Markus Rotenboom von der Spurensicherung war leider weniger geworden, seit Markus ein Haus baute und in wenigen Monaten Vater werden würde.

Hölzles nächstes Ziel war die Technische Uni, die eine beeindruckende Geosammlung beherbergte. Früher hatte er mit seinem Vater auf der Schwäbischen Alb hin und wieder nach Ammoniten und anderen Versteinerungen gesucht. Sein Vater hatte immer Hammer und Meißel dabei gehabt, um die Funde seines Sohnes nach Spuren der Urzeit zu untersuchen. Einmal hatte die Familie Hölzle eine Kanutour im Altmühltal gemacht und bei dieser Gelegenheit auch den Steinbruch in Solnhofen besucht. Selbst seiner Mutter und seiner Schwester Babsi hatte die Klopferei dort Spaß gemacht. Als seine Mutter bierernst vorgeschlagen hatte, sie könnten hier regelmäßig herfahren und sich peu à peu Solnhofener Fliesen für den Keller zu Hause selbst klopfen – schließlich würde man so eine Menge Geld sparen – war Vater Siegfried kurz dem plötzlichen Herztod nahe gewesen, bis er merkte, dass seine Frau ihn auf die Schippe genommen hatte. Verblüffend, an wie vielen Orten Hölzle sich hier in seine Kindheit zurückversetzt fühlte.

Der Stadtplan zeigte, dass er, um zur Uni zu gelangen, zurück zu seinem Auto gehen und dann ein Stück fahren musste. Dabei würde er noch an einer ganz besonderen Sehenswürdigkeit vorbeikommen, die er sich nicht entgehen lassen wollte.

Die Sonne strahlte von einem wolkenlosen Himmel und ließ das Blau der Heilig-Geist-Kirche noch kräftiger erscheinen. Hölzle hatte in seinem Reiseführer gelesen, dass die Marktkirche zum Heiligen Geist aus der Mitte des 17. Jahrhunderts die größte Holzkirche in Deutschland ist. Er fühlte sich an die bunte Vielfalt der Schwedenhäuser erinnert. Der Glockenturm endete in einer Kugel, auf der eine vergoldete Wetterfahne steckte. Neben dem Turm trug das Dach einen Dachreiter mit der Turmuhr. Die Kirche gefiel Hölzle auf Anhieb. Sie war wirklich etwas ganz Besonderes. Hoffentlich war sie offen, er war gespannt, wie sie wohl von innen auf ihn wirken würde. Hölzle stellte seinen Wagen auf einem der Parkplätze für Kirchenbesucher ab. Er hatte Glück, die Kirche war geöffnet.

Bewundernd stand er wenige Augenblicke später vor dem herrlich geschnitzten Altar, der dahinter aufstrebenden Orgel und der Kanzel, die vom selben Künstler wie der Altar stammte. Er entschloss sich, das Auto stehen zu lassen und zu Fuß weiter zur nun nahe gelegenen Uni zu gehen. Auf halber Strecke zu seinem Ziel musste er den Friedhof durchqueren. Hölzle genoss die Stille, den Frieden, den dieser Ort ausstrahlte. Einen Augenblick setzte er sich auf eine der Holzbänke, die an den Wegen standen und den meist alten Menschen, die den Friedhof besuchten, zum Ausruhen dienten. Er schloss die Augen. Auf dem Friedhof war der Tod allgegenwärtig, und so wanderten seine Gedanken, auch wenn er heute durch die Museumsbesuche davon abgelenkt gewesen war, zu den grausamen Morden, die einen dunklen Schatten auf seinen eigentlich der Entspannung dienenden Harzurlaub warfen. Trotz der Sonne, die mit gleißendem Licht vom Himmel schien, war die Luft bitterkalt.

Hölzle spürte, wie die Kälte unangenehm an ihm hochkroch, und stand wieder auf, bevor er noch festfrieren würde. Gleich am Friedhofseingang leitete eine von hohen Bäumen gesäumte Allee den Besucher zu einem Rondell mit einer steinernen Christusfigur. Historische Grabstätten erinnerten an Bergleute und Familienmitglieder des Nobelpreisträgers und Entdeckers des Tuberkuloseerregers Robert Koch, der in Clausthal geboren worden war. Interessant, er hatte nicht gewusst, dass der berühmte Mediziner und Mikrobiologe aus dem Harz stammte.

Hölzle wandelte an alten Grabsteinen vorbei, deren Inschriften kaum noch lesbar waren, und stand plötzlich vor einer schwarz glänzenden Grabstele neueren Datums. Am linken unteren Rand des polierten Steins funkelten goldene Sternchen, die wie eine Milchstraße in einem Bogen in die linke obere Ecke strebten, in welcher sich ein goldener Mond befand. Die schlichten ebenfalls goldfarbenen Lettern gaben bekannt, wer unter der Stele ruhte.

Pfarrer Klemens von Butzenbach

Dem Geburts- und Sterbedatum war zu entnehmen, dass der gute Klemens nicht alt geworden war. Mit nur 45 Jahren hatte er letztes Jahr das Zeitliche gesegnet.

Ein Friedhofsgärtner harkte den Kiesweg und näherte sich Hölzle, der gerade überlegte, was den Pfarrer wohl dahingerafft hatte. Ohne lange zu überlegen, sprach er den älteren Mann an.

»Hallo, Entschuldigung, darf ich Sie mal was fragen?«

Der Gärtner lehnte sich auf seine Harke und blinzelte Hölzle gegen die Sonne an.

»Ja, fragen Sie nur.«

»Mich würde interessieren, warum der Pfarrer so jung gestorben ist. 45 ist ja noch kein Alter, war er krank?«

»Wieso?«

Hölzle zuckte mit den Schultern.

»Nur so. Diese Stele hat mich einfach angesprochen, und da frage ich mich, warum er in der Blüte seiner Jahre abtreten musste.«

Der Mann wechselte sein Standbein, ein schmales Lächeln huschte über das Gesicht des Älteren.

»Da hatten einige einen Grund. Der von Butzenbach hat sich gerne mal die Chorknaben auf den Schoß geholt. Wenn Sie verstehen, was ich meine. Und das hat dem lieben Gott nicht gefallen, und er hat ihn zu sich geholt oder an seinen gefallenen Engel weitergegeben.«

Hölzle pfiff leise durch die Zähne. Ein pädophiler Priester also.

»Da ist er ja nicht der Einzige unter den Pfarrern, der sich mit Minderjährigen vergnügt. Gut, meist sind die aber von der Konkurrenz.«

Der Mann nickte zustimmend.

»Es ist eine schlechte Welt geworden«, sinnierte er vor sich hin, »finden Sie nicht?«

Hölzle lächelte traurig.

»Die Welt kann nichts dafür. Die Menschen sind's, die sie schlecht machen. Das war schon immer so.«

Er machte eine kleine Pause und fragte dann: »Und der Täter?«

Der Gärtner schüttelte den Kopf.

»Bisher gibt's keinen Täter. Ein paar Verdächtige, aber bis heute keine Verhaftung. Natürlich wurden die Eltern und weitere Verwandte der betroffenen Kinder verhört …«

»Bei der Polizei sagen wir ›vernommen‹«, unterbrach ihn Hölzle spontan.

»… aber es gab keine einzige Verhaftung«, fuhr der Mann fort. »Sie sind von der Polizei?«

»Ja. Aber ich mache hier nur Urlaub. Reise überall herum, schaue mir so viel wie möglich an. Tolle Gegend zum Wandern. Und die Sehenswürdigkeiten in den Städtchen – ich komm manchmal aus dem Staunen nicht mehr raus.«

Der Friedhofsgärtner nickte zufrieden, solche Gäste hatte man im Harz gerne. Hölzle hatte vom Rumstehen mittlerweile kalte Füße bekommen und trat von einem Bein aufs andere.

Dem Älteren fiel das offenbar auf, denn er schlug vor: »Wenn Ihnen kalt ist, dann fahren Sie mal nach Altenau. Dort gibt's ein Thermalbad. Und den weltgrößten Kräutergarten. Da können Sie dann weiterstaunen. Ist auch nicht weit von hier, zehn, zwölf Kilometer.«

»Danke für den Tipp, vielleicht mache ich das noch, solange ich da bin, und vor allem, wenn es noch kälter wird.«

Er erinnerte sich, dass auch Simon Liske ihm ein Thermalbad empfohlen hatte, doch das war in Bad Harzburg gewesen. Im Harz mussten ja ganz schöne Temperaturen unterhalb der Erde herrschen, denn er verfügte über eine Reihe von Thermalquellen.

»Tja, dann will ich hier auch weitermachen, einen schönen Urlaub noch«, verabschiedete sich der Gärtner und nahm das Harken wieder auf.

Hölzle spazierte weiter in Richtung Uni, als ihm einfiel, dass er den Gärtner gar nicht gefragt hatte, auf welche Weise Klemens von Butzenbach ermordet worden war. Und warum er diese im Nachhinein betrachtet merkwürdige Formulierung gewählt hatte, der liebe Gott habe ihn geholt oder sein gefallener Engel. Er kehrte um und marschierte zurück zum Friedhof, doch der Mann war nicht mehr zu sehen.

Seine Neugierde war geweckt. Hölzle gab sein eigentliches Vorhaben, sich die Geosammlung der Technischen Uni anzuschauen, auf. Schon wieder ein Toter. Was hatte der Alte nur gemeint? Wollte der vielleicht andeuten, dass beim Tod des Pfarrers ein Gottesurteil vollstreckt worden war? Wie, um alles in der Welt, war dieser Butzenbach zu Tode gekommen? Er musste unbedingt einen Blick in das Archiv der überregionalen Tagespresse werfen. Wenn es Merkwürdigkeiten gab, dann hatten die Reporter sie garantiert ausgegraben. Hölzle eilte zu seinem Wagen zurück und fuhr umgehend nach Goslar.

Die Goslarsche Zeitung war die größte Zeitung hier in der Gegend, und Hölzle wollte mehr über den ›vom Weg abgekommenen‹ ermordeten Pfarrer und seinen Eintritt in das Reich der Toten erfahren.

Er bezahlte ein Entgelt für die Nutzung des digitalen Archivs. Das hier würde wesentlich schneller gehen als die Suche nach Bernhard Ries im Harzer Boten. Der Priester war gerade mal ein Jahr tot, und Hölzle hatte sich das Sterbedatum gemerkt, was den Zeitraum eingrenzte und die Suche erheblich vereinfachte. Der Mord an einem Geistlichen, hier musste sich die Presse doch förmlich überschlagen haben, vor allem, wenn man bedachte, aus welchem Grund der Gute vielleicht ins Jenseits befördert worden war. Hölzle sollte recht behalten, denn es dauerte tatsächlich keine fünf Minuten, und er wurde fündig.

Nun war er beinahe eine Woche in Maarode, doch Hölzle hatte das Gefühl, als habe er bereits vor erheblich längerer Zeit Bremen verlassen. Christiane und das Präsidium schienen Lichtjahre entfernt, ein gutes Zeichen dafür, dass er sich hier im Harz – trotz des Mordes an Stella Wiprecht drei Tage vor seiner Ankunft und den merkwürdigen Todesfällen, die ihm zu schaffen machten –, ganz allmählich erholte.

Es war bereits dunkel, als er von Goslar zurück nach Maarode fuhr. In seinem Auto fiepte es kurz, und das Display warnte ihn, dass draußen lediglich ein Grad plus herrschte, und die Straßenverhältnisse dementsprechend schlecht sein könnten. Doch die Straßen waren trocken, von daher würde das Fahren kein Problem sein. Auf dem Beifahrersitz ruhten einige ausgedruckte Artikel über Klemens von Butzenbach. Die würde er sich nach dem Essen zu Gemüte führen. So viel war aber schon klar, der Geistliche war beileibe keine Zierde seiner Zunft gewesen.

Seine Unterkunft kam in Sicht, im Licht der Laternen sah der Harzer Krug noch einladender aus als bei Tag und wirkte geradezu festlich illuminiert. Fast direkt vor dem Eingang parkte ein Mercedes CLA. Das Jupiterrot des Lacks schimmerte edel im Laternenlicht, und Hölzle musste keinen Blick auf das Nummernschild werfen, um trotzdem genau zu wissen, welches Kennzeichen das Auto trug. Bremer Nummer. Er schaute dann doch hin, als er ausstieg, allerdings mehr in der Hoffnung, dass er sich vielleicht doch täuschte. Tat er aber nicht.

Bevor er sich Gedanken darüber machen konnte, warum zum Teufel die Besitzerin des Autos in seiner

Ferienunterkunft auftauchte, erklang Queens ›Friends will be friends‹ auf seinem Handy. Harry.

»Harry, du glaubst es nicht …«, begann er ohne weitere Begrüßung.

»Heiner, ich hab Mist gebaut«, wurde Hölzle unterbrochen, »mir ist da was rausgerutscht, und ich wollte dich vorwarnen. Vielleicht ist es ja auch gar nix, aber zur Sicherheit. Ich dachte, du musst das wissen. Ich will's ja nicht heraufbeschwören, aber zutrauen würde ich's ihr, du weißt schon.«

Was redete Harry denn da für einen Stuss zusammen? Allerdings ging Hölzle ganz allmählich ein Licht auf, und ihm dämmerte, wem er es zu verdanken hatte, dass das Auto mit dem Markenzeichen in Form eines dreistrahligen Sterns nun vor ihm stand und seine Besitzerin in den vier Wänden der Pension verschwunden war.

»Harry, entweder du redest jetzt Klartext, oder ich tu's für dich«, bemerkte er frostig, passend zu den Außentemperaturen, »ich kann mir nämlich denken, was du mir schonend beizubringen versuchst.«

Er ließ Harry einen Moment Zeit, und tatsächlich gab sein Freund zögernd zu, was Hölzle bereits befürchtete.

»Ich hab dem Adlerblick erzählt, wo du bist«, begann er kleinlaut, »beziehungsweise, dass ich mich nächste Woche mit dir dort treffe. Ist einfach so passiert. Blöd, ich weiß. Aber vielleicht hat sie mich einfach nur verarscht, als sie sagte: ›Ach, schau mal an, im Harz war ich auch lange nicht mehr. Das würde mir auch mal gut tun.‹ Bestimmt hat sie mich veralbert, sie hatte so ein schelmisches Glitzern in den Augen, du weißt, was ich meine. Ich wollte dich nur vorwarnen, nur damit du keinen Infarkt bekommst, falls sie tatsächlich auftaucht«, sprudelte Harry weiter, von kleinlaut keine Spur mehr.

Eisernes Schweigen.

»Heiner? Bist du noch dran?« Jetzt klang Harry verunsichert. »Sei doch nicht sauer deswegen. Die kommt bestimmt nicht.«

»Zu spät, mein Lieber. Du kannst schon mal den Rettungswagen schicken, und der Notarzt soll den Defibrillator nicht vergessen. Ich stehe vor einem roten Mercedes mit Bremer Kennzeichen. Alles klar?«

»Ohhhhhhhh Scheiße! Das darf doch nicht wahr sein«, stöhnte Harry. »Ich glaub's einfach nicht. Tut mir echt leid. Ich hätte im Leben nicht gedacht, dass sie das wahr macht.«

»Schon gut. Ich werd's überleben. Bis dann, Harry.«

Seufzend steckte Hölzle sein Handy ein. Was wollte Dr. Sabine Adler-Petersen, genannt der Adlerblick, denn überhaupt von ihm? Die Rechtsmedizinerin hatte mit ihrer saudämlichen Aktion vor einigen Monaten Hölzles Beziehung letztlich den Todesstoß versetzt. Er hatte Sabine zwar längst verziehen, schließlich hätte er ja nicht auf ihr Ansinnen, nämlich ihren Lover zu spielen, eingehen müssen. Aber trotzdem, vielleicht wäre er heute nicht hier im Harz, wo ihm die Leichen geradezu um die Ohren flogen, sondern im schönen warmen Australien, gemeinsam mit seiner zukünftigen Frau, wenn Sabine nicht diese schwachsinnige Idee gehabt hätte. Hätte, wäre, wenn. Es änderte ja nichts. Tief sog er die kalte Luft ein, ließ sie langsam wieder in Form eines Wölkchens entweichen und drückte die Klinke zur Gaststube herunter.

Lachen schallte ihm entgegen, unverkennbar unter all den dunklen Männerstimmen, das helle Lachen des Adlerblicks. War ja klar, dass Sabine schon von den Männern des Stammtischs umschwärmt wurde. Frau Doktor zog die Männer an wie das Licht die Motten. Hölzle grinste in sich hinein, als er sich eingestehen musste, dass es ihm beim ersten Zusammentreffen ähnlich gegangen war. Sabine Adler-Petersen war eine faszinierende Frau, dabei jedoch wandelbar wie ein Chamäleon.

Frank Radegast entdeckte Hölzle und winkte ihm zu. »Hallo, komm rüber, du hast Besuch.«

Hölzle nickte nur und ging zum Stammtisch.

»Tag, Sabine«, begrüßte er sie trocken, um gleich ein sarkastisches »was für ein Zufall« hinterherzuschieben.

»Hallo. Ich erklär dir später, warum ich hier bin. Okay?« Ihre bernsteinfarbenen Augen bargen trotz ihrer fröhlichen Miene eine tiefe Traurigkeit.

Hölzle zuckte mit den Schultern. »Musst du nicht.«

Sabine schwieg einen Moment. Ihr war sehr wohl bewusst, dass Heiner mit ihrer Ankunft im Harz ein Problem hatte. Dann wandte sie sich wieder der Stammtischgruppe zu.

Er bestellte ein dunkles Hefeweizen und einen Teller Kartoffelsuppe. Das war jetzt genau die richtige Mahlzeit, um seine durchgefrorenen Glieder wieder zu wärmen. Als die Suppe kam, aß er betont langsam, nur um sich nicht groß am Gespräch beteiligen zu müssen. Doch das fiel den anderen gar nicht auf, denn Sabine unterhielt die Männer mit schaurigen Geschichten aus ihrem Obduktionssaal.

Plötzlich lachte Frank laut auf: »Ja, dein Freund hier,

der gruselt uns auch. Gestern hat er uns glauben machen wollen, dass hier ein Henker, wahrscheinlich bereits seit Jahren, sein Unwesen treibt.«

»Ach ja?«, Sabine wandte sich Hölzle zu. »Erzähl doch mal. Hört sich ja direkt unheimlich an.«

Hölzle winkte ab.

»Nicht so wichtig, ich lese gerade nur in einem Buch. Einem Tagebuch, genauer gesagt, dem Tagebuch eines Henkers, der hier im Mittelalter seiner Profession nachging.«

»Und wie kommst du darauf, dass der hier herumspukt? Lag hier 'ne kopflose Leiche vor der Wirtschaft, oder was?«

Die Fröhlichkeit, die bis gerade am Tisch geherrscht hatte, war schlagartig vorbei.

»Fast, Sabine, fast. Nur nicht direkt vor der Tür, aber ansonsten hast du den Nagel auf den Kopf getroffen.«

Ausnahmsweise fiel Sabine dazu nichts ein, und sie hielt den Mund. Abwechselnd wurde sie von Frank, Simon und Andreas Pohl, der sich heute dazugesellt hatte, ins Bild gesetzt. Obwohl der Rechtsmedizinerin nichts fremd war, hörte sie mit wachsendem Entsetzen zu. Auch ihr fiel es schwer zu glauben, dass Wiprecht seine eigene Frau enthauptet haben sollte.

Es war spät geworden, und Hölzle stand, nachdem er ein letztes Bier getrunken hatte, auf, um sich in sein Zimmer zu verziehen. Urplötzlich fiel ihm ein, dass er überhaupt nicht gefragt hatte, wo Adlerblick untergekommen war. Hier doch bestimmt nicht, Sabine ging sicher lieber in ein Viersternehotel.

»Wo übernachtest du denn? In Blankenburg?«

Sie schüttelte den Kopf.

»Nein, hier. Das ist ja so gemütlich, und fahren dürfte ich so oder so nicht mehr. Ich hatte ja schon zwei Gläser Wein, und bevor mich die Polizei noch erwischt …«, versuchte sie Hölzle zu einem Lächeln zu bewegen.

Hölzles Mundwinkel versuchten ein Schmunzeln, doch mehr als ein klägliches Zucken brachten sie nicht zustande.

»Ich hab die Nummer drei«, fügte die Rechtsmedizinerin hinzu.

»Na dann. Gute Nacht allesamt.« Hölzle drehte sich um und verschwand eilig nach oben.

Eine Stunde später, Hölzle lag gemütlich unter der warmen Daunendecke und las, klopfte es zaghaft an seine Tür. Zuerst glaubte er, sich verhört zu haben, doch dann wurde das Klopfen stärker.

»Ja?«, rief er vom Bett aus.

»Ich bin's, Sabine. Kann ich reinkommen?«, klang es dumpf durch die Zimmertür.

Warum ben i net wirklich iberrascht?, schoss es Hölzle durch den Kopf.

Er hätte das Klopfen einfach ignorieren sollen, verdammt. Jetzt konnte er nicht mehr so tun, als hätte er nichts gehört.

»Moment.«

Seufzend schlug er die Bettdecke zurück, schlüpfte hurtig in Jeans und Socken und zog sich seine dunkelbraune Fleecejacke über das T-Shirt, das er zum Schlafen benutzte. Als er öffnete, blieb ihm für einen kurzen Moment die Luft weg. Sabine trug einen flauschigen Bademantel, hatte eine Flasche Wein in der Hand, eine zweite hatte sie unter den anderen Arm geklemmt. Ihre Augen waren verdächtig gerötet. Offenbar hatte sie geweint. Auch das noch.

»Ich kann nicht schlafen«, jammerte sie und drängte sich an ihm vorbei. Dann stand sie unschlüssig mitten im Zimmer, wusste nicht, wohin mit sich und den Flaschen.

Hölzle schloss die Tür, räumte die kleinen Sessel am Fenster, auf denen ein paar Klamotten der letzten Tage lagen, frei und nahm Sabine die Flaschen ab. Sie setzte sich, zog ihre schlanken Beine unter sich und lächelte ihn zaghaft an. Hölzle blieb stehen, schaute auf sie herunter.

»Und jetzt?«

»Nichts. Ich dachte, ich nehme jetzt mit dir einen Schlaftrunk, dann geh ich rüber und fertig.«

»Ah ja, klar. Schon mal drüber nachgedacht, dass ich vielleicht müde bin, keinen Schlaftrunk möchte und meine Ruhe haben will? Jetzt mal ehrlich, wieso bist du überhaupt hierhergekommen?«

»Jetzt mach' die Flasche auf, der Wein ist echt lecker, dann erzähl ich dir alles.«

Ihr eindringlicher Blick ließ keine Widerrede zu.

»Und aus was sollen wir trinken? An Gläser hast du wohl nicht gedacht«, brummte er, während er das Etikett der Flasche studierte. Nicht schlecht. Ein Shiraz, Jahrgang 2010 aus dem McLaren Vale in Südaustralien, zwei Goldmedaillen hatte der Wein bereits errungen, wie die Aufkleber zeigten. Australischer Wein. Was wollte Sabine ihm damit sagen? Oder war das Zufall? So wie er diese Frau kannte, wohl eher nicht. Hölzle beschloss, kein Wort darüber zu verlieren.

»Nimm Zahnputzbecher, die Gläser habe ich vergessen«, schlug sie vor.

Ungläubig starrte er sie an.

»Was nimmst du denn für Pillen? Du kannst doch einen solchen Wein nicht aus einem Zahnputzbecher trinken. Ich dachte immer, du hättest Stil.« Hölzle war empört.

»Hast du einen besseren Vorschlag? Aus der Flasche geht ja wohl auch nicht.«

Hölzle stellte die Flasche zurück auf den Tisch.

»Entweder du besorgst jetzt anständige Gläser von unten oder du kannst mitsamt deinem Rotwein wieder in dein Zimmer marschieren.«

Sabine verzog den Mund, hütete sich aber, Widerworte zu geben, stand auf und verließ wortlos das Zimmer. Fünf Minuten später stand sie wieder da, zwei große Rotweingläser in der Hand und mit einem triumphierenden Grinsen im Gesicht. Sie hatte offensichtlich keine Probleme damit, nur im Bademantel und barfuß nachts durch den Harzer Krug zu schweben auf der Suche nach angemessenen Gläsern.

»So, dann mach mal auf.«

Hölzle drehte am Verschluss, es knackte laut und vernehmlich, und er goss den dunkelroten Wein in die Gläser. Sabine saß wieder in ihrer alten Position, nahm ihr Glas entgegen und prostete ihm zu.

»Auf die Sitzengelassenen.«

Hölzle verdrehte die Augen, stieß mit ihr an. Der Wein hielt alles, was die Goldmedaillen versprachen. Fruchtig, trocken, schwer, beerig. Es fehlte nur noch ein Stück Bitterschokolade dazu, aber darauf würde er wohl verzichten müssen, denn sein Vorrat an dunkler Schokolade war aufgebraucht.

»Im Gegensatz zu dir bin ich nicht verlassen worden, nur mal fürs Protokoll. Und das ist also der Grund, warum du hier bist«, stellte Hölzle fest und genoss den Geschmack des Weines auf seiner Zunge.

Sabine schaute in ihr Glas, nahm einen weiteren Schluck, dann gab sie zu: »Ja, ich musste raus. Wollte aber nicht alleine sein, und als Harry mir erzählte, dass du hier bist, dachte ich …«

»Du dachtest. Mal wieder. Das mit dem Denken klappt bei dir aber nur, wenn du bei einer Leiche stehst. Im Privatbereich sieht die Sache anders aus. Das letzte Mal ging das verdammt schief«, unterbrach er sie und ließ den samtweichen Rotwein die Kehle hinunterrinnen.

Sabines Glas war schon fast leer, und sie hielt es Hölzle auffordernd hin.

»Mein lieber Mann, du hast aber einen guten Zug drauf«, konstatierte er während des Einschenkens. »Hast du eigentlich keine Freunde, mit denen du wegfahren kannst? Oder welche, wo du hinkannst, wenn du nicht alleine sein willst?« Er machte eine kleine Pause, dann setzte er gehässig nach: »Ach so, nee, ich vergaß, jemand, der so biestig sein kann wie du, hat bestimmt keine Kumpels.«

Das hatte gesessen. Sabines Augen füllten sich mit Tränen, sie nahm einen großen Schluck, zog die Nase hoch. Hölzle bereute, was er gerade gesagt hatte.

»Tut mir leid, war nicht so gemeint.«

»Doch war's«, kam es trotzig zurück, »und wahrscheinlich hast du sogar recht. Letzten Montag war der Scheidungstermin. Und weißt du, was mich so aus der

Bahn geworfen hat? Ole hat gestern gleich geheiratet und mich, oder vielmehr uns, per SMS eingeladen. Pass auf, ich zeig sie dir.«

Ihre schlanken Finger verschwanden in einer der tiefen Taschen des weißen Bademantels und förderten ein Handy zutage. Sabine suchte die Nachricht, und Hölzle füllte wieder die Gläser auf. Die erste Flasche war schon beinahe leer, wie er verwundert feststellte. Wobei, so erstaunlich war es dann auch wieder nicht, denn er spürte, dass er ein wenig angetrunken war.

»Da. Lies mal«, sie reichte Hölzle das Handy, »das ist dermaßen unverschämt!«

Auf dem Display war zu lesen:

Mein liebes Bienchen, nun sind wir offiziell geschiedene Leute, aber wir sollten trotzdem gemeinsam feiern. Daher laden Aliya und ich dich und deinen neuen Traummann Heiner – dahinter erschien ein augenzwinkernder Smiley – zu unserer Hochzeit ein.

Es folgten die Adresse eines Lokals mit afrikanischer Küche, Datum und Uhrzeit und noch ein Hinweis für Hölzle:

Schnitzel und Spätzle wird es dort nicht geben, ich bedaure.

Und wieder ein Smiley, aber eines, das vor Lachen Tränen in den Augen hatte.

»Regt dich das nicht auf, wenn er so was über dich schreibt?«, fragte sie zögernd.

Hölzle schüttelte verächtlich den Kopf und reichte Sabine das Handy zurück.

»Und das wirft dich so aus der Bahn, dass du mit zwei teuren Flaschen Wein im Gepäck hierher fährst? Da hätte ich dich aber echt tougher eingeschätzt«, war alles, was er zu der SMS zu sagen hatte.

»Nein, er hat mir noch eine MMS geschickt. Auf dem Foto ist er mit dieser kaffeebraunen Weinkönigin im Dornröschenschloss bei Hofgeismar«, erzählte sie zornig und verletzt.

»Und?«

»Er war mit *mir* dort, mit *mir*, fast zehn Jahre ist das jetzt her. Dort hat er mir damals den Antrag gemacht. Auf der Sababurg. Dieser wunderschönen Burg. Das Dornröschenschloss eben.«

Ihr Blick glitt an Hölzle vorbei, schien die zauberhaft im Reinhardswald gelegene Burg in Nordhessen vor sich zu sehen, beschwor glückliche Zeiten mit Ole herauf.

»Wir hatten ein schönes Zimmer mit Himmelbett inklusive Sternenhimmel, ein Badezimmer mit Whirlpoolbadewanne, ein Sieben-Gänge-Menu vom Feinsten …, es war so romantisch und wunderschön …«, Wehmut schwang in ihrer Stimme mit, »und auf meinem Rosenchampagnersorbet thronte der Ring.«

Sabine wechselte ihre Position, ließ eines ihrer langen Beine untergeschlagen, das andere baumelte über der Sesselkante. Dabei gab der Bademantel den Blick auf ihren wohlgeformten Oberschenkel frei. Hölzle versuchte, nicht hinzustarren, und trank sein Glas leer, um sich sofort den letzten Rest der Flasche einzuschenken.

»Wir wollten an unserem zehnten Hochzeitstag wieder hinfahren … ich versteh es einfach nicht. Wie kann er mir so etwas antun?«

Wieder rutschte sie auf dem Sessel hin und her. Schließlich zog sie das rechte Bein unter sich hervor, setzte sich weit nach vorne gelehnt hin, sodass Hölzle nun einen Blick auf den Ansatz ihrer Brüste erhaschen konnte, und angelte nach der zweiten Flasche Wein. Sie schraubte den Verschluss auf und goss sich großzügig nach.

»Mit Verlaub, dein Ole ist ein Arschloch. Ich hab schon damals nicht verstanden, was du an dem findest. Und mal ganz ehrlich, wie einfallsreich ist das denn? Er macht dir auf der Sababurg den Antrag mit allem, was dazugehört, und dann fällt ihm nix Besseres ein, als mit seiner Neuen genau dorthin zu fahren? Billig ist der Typ, ganz billig.«

Hölzle tippte mit seinem großen Zeh gegen ihr rechtes Schienbein, lächelte spitzbübisch.

»Frau Doktor, hätte nicht gedacht, dass ausgerechnet du so eine romantische Ader hast.«

»Jede Frau möchte einmal Dornröschen sein. Gut, das mit den 100 Jahren Schlaf bräuchte ich jetzt auch nicht. Aber ein Prinz, der einen wachküsst, wär schon nicht so schlecht.« Ein kleines Lächeln stahl sich auf ihr Gesicht.

»Weißt du was? Wenn ich mal Zeit habe, fahre ich mit dir zum Rapunzelturm, ich stell mich unten hin und rufe: Rapunzel, Rapunzel, lass dein Haar herab«, er machte eine kleine Pause, betrachtet Sabines kurz geschnittene Haare, »ach nein, das geht ja mit deiner Pixiefrisur gar nicht! Na ja, rufen könnte ich schon, aber mit dem Herablassen wird's schwierig.«

Hölzle prustete los, fragte sich, was er da für einen Schwachsinn von sich gab, konnte sich aber kaum wieder einkriegen. Lag wohl am Wein.

»Sehr witzig, Hölzle, sehr, sehr witzig. Ich lach mich tot.« Sie zog einen Schmollmund, spielte die Beleidigte, lachte dann selbst. Hölzle war froh, dass er sie offenbar aus ihrer melancholischen Stimmung herausgeholt hatte. Plötzlich nahm Sabine ihr Glas, stand auf und setzte sich auf Hölzles Bett, steckte ihre nackten Füße unter die Decke.

»Ich hab kalte Füße«, bemerkte sie, es klang aber mehr wie »Ich hab kalte Füsche.«

Der Shiraz zeigte offensichtlich auch bei Sabine seine Wirkung.

»Ja, Ole kann schon manchmal ätschend sein, aber ich bin trotschdem gansch schön traurig«, kam sie wieder auf ihren Ex-Mann zu sprechen.

Sie klopfte neben sich auf die Bettdecke.

»Komm her, die Sesschel sind auf Dauer gansch schön unbequem.«

Als Hölzle nicht reagierte, forderte sie ihn energisch auf.

»Na losch, ich beißsch schon nicht.«

Hölzle stemmte sich aus dem Sessel, nahm sein Glas und die Flasche, setzte sich auf die Bettkante, allerdings mit so viel Abstand zu Sabine wie möglich. Flasche und Glas stellte er auf dem Nachttisch ab.

»Sei froh, dass du den los bist. 'Ne Frau wie dich hat der gar nicht verdient.«

Schlurrte seine Stimme nun auch? Und was redete er da überhaupt? Womöglich verstand sie das falsch und glaubte nun, er wollte was von ihr. Er drehte ihr den Rücken zu und schenkte sich nach, obwohl noch ein Schluck in seinem Glas war. Dann hörte er hinter sich ein ersticktes Schluchzen. Oh nein, jetzt weinte sie. Er drehte sich um, legte zaghaft eine Hand auf ihre.

»Komm schon, das ist es doch nicht wert. Außerdem kannst du sowieso nix dran ändern. Er hat jetzt seine afrikanische Weinkönigin, lass ihn doch.«

Sabines Glas war schon wieder leer, und sie lehnte sich an Hölzle vorbei, um an die Flasche zu gelangen.

»Gib mir noch einen Schluck Shirasss«, murmelte sie. Der Duft ihrer Haare stieg in Hölzles Nase, sie rochen wie eine Blumenwiese im Frühling.

»Ich glaube, du hast genug. Und ich auch«, entgegnete Hölzle und nahm ihr das leere Glas ab. Als Sabine sich zurückhangelte, griff sie plötzlich mit der rechten Hand in Hölzles Nacken, zog ihn zu sich heran und küsste ihn.

BUSS- UND BETTAG VOR ELF JAHREN

Aus dem Tagebuch eines Scharfrichters. Den 8. Juni, 1645.

Lienhardt Wolff, ein Brenner, so vor 10 Jahrn de Mertz einem Stadel voler Gedrayts ohne alle Ursachen abgebranndt, und vor einem Jahr, einem Bauren, so der Krauß genannt, ohn alle Ursachen, seinen Hoff, mit sambt dem Gedrayts, Viehe und Fütterung abgebranndt, derowegen auß sonderer Begnadung mit dem Schwerdt gericht worden. Nachmals den Körper verbranndt.

Fasziniert starrte der junge Mann in die züngelnden Flammen. Noch war das Feuer ein winziges an den mit Spiritus getränkten Lappen leckendes Flämmchen, bald würde die ganze Scheune, die bis oben hin mit Heu gefüllt war, in rot glühendes Licht getaucht sein.

Herbert Ritter hatte noch vor ein paar Tagen großmäulig kundgetan, kein anderer Halm könne es mit der Qualität seines Heus in diesem Jahr aufnehmen. Tja, da musste man schon achtgeben, musste zur richtigen Zeit die Mähmaschine aufs Feld bringen. Die meisten würden zu lange warten, und wenn es dann regnete, na dann würden die Gesichter lang werden. *Er* aber beobachte ständig das Wetter, achte auf jede Veränderung des Satellitenbildes, und dann, ja dann gab es Heu der Extraklasse. Kein Mensch hatte ihm mehr zugehört, solche Monologe von Herbert Ritter wiederholten sich zu jeder Erntezeit aufs Neue.

Aber jetzt würde Herbert selbst mal ein langes Gesicht machen. Der junge Mann packte den Brandbeschleuniger in eine Plastiktüte und beeilte sich, zu seinem Wagen zu kommen. In ein paar Minuten würde man die Flammen vielleicht schon aus der Entfernung bemerken. Bis dann die Feuerwehr anrückte, wäre alles nur noch ein Haufen glühender Asche. Im Kofferraum lagen die Einkäufe, die er vorher für seine Mutter getätigt hatte. Mittlerweile besaß er wirklich Nerven, und darauf war er mächtig stolz. Zuerst den Wocheneinkauf im Supermarkt erledigen, dann das Ziel ansteuern, mit der Arbeit beginnen, nach Hause fahren, den Pieper abwarten, der ihn alarmierte, dass ein Feuer ausgebrochen war, und die begonnene Arbeit zufrieden beenden. Arbeit. So nannte er das Feuerlegen insgeheim.

Chris Sommer schmunzelte in sich hinein. Aus dieser Perspektive betrachtet war es doch logisch: Das Legen des Brandes war der Auftakt zu seiner Arbeit, denn wo kein Brand, gab es ja auch keine Not, zu löschen.

Im Supermarkt war wenig los gewesen, und er fuhr dann schnell nach Hause, nachdem er den Brand gelegt hatte. Vor der Garage brachte er das Auto zum Stehen, lud die zwei Kästen Wasser aus dem Kofferraum, schleppte sie zur Haustür und schloss auf.

»Mama, ich bin wieder da, ich bring eben die Sprudelkästen in den Keller.«

Gleichzeitig hörte er seine allmählich schwerhörig

werdende Mutter ins Telefon plärren. Offenbar redete sie mit einer ihrer Freundinnen vom Landfrauenverein.

»Chris kommt eben vom Einkaufen, ja, ich sag ihm Bescheid. Ja, ja, nein, er hilft uns sicher an Buß- und Bettag.«

Die Wohnzimmertür öffnete sich, und seine Mutter stand im Türrahmen, öffnete gerade den Mund, um etwas zu sagen, als Chris' Pieper losging.

»Weiß, was du mir sagen willst, Mama, muss mich aber jetzt beeilen, irgendwo brennt's.«

Das Gebäude der Freiwilligen Feuerwehr Cattenstedt war von Chris' Wohnhaus nur 500 Meter entfernt. Er war kaum angekommen, da steckte er schon in seiner Einsatzkleidung, und der Löschwagen war mit vier weiteren Feuerwehrmännern unterwegs. Ein zweiter Wagen der Ortsfeuerwehr Börnecke war ebenfalls schon gestartet. Der Brand war von einem Spaziergänger gemeldet worden. Als die beiden Löschfahrzeuge eintrafen, war jedoch nichts mehr zu retten. Die riesige Scheune samt Inhalt war bereits niedergebrannt. Es war ein Glück, dass die Flammen bisher nicht auf das umliegende abgeerntete Feld übergegriffen hatten. Einige kleine Brandherde, der Wind hatte brennendes Heu auf das Feld geweht, konnten sofort gelöscht werden.

»Menschenskinder, das ist bereits das dritte Großfeuer in vier Monaten. Ich sage euch, da war wieder dieser Feuerteufel am Werk.«

In Gerald Schneiders Stimme klang unbändige Wut mit.

»Wenn ich diesen Wichser erwische, mach ich Hackfleisch aus ihm.«

Sein Kollege Georg Esper stimmte dem Wehrführer zu. Dessen Gesicht war knallrot, einerseits vor Zorn, andererseits vor Anstrengung, denn sie hatten die Schläuche, obwohl es kaum noch etwas zu löschen gab, im Eiltempo ausgerollt.

»Ich weiß, ihr wollt es nicht hören. Aber das gibt's, und ihr wisst das auch, es gibt Feuerwehrmänner, die die Brände selbst legen, ihren Spaß dran haben und beim Löschen dann mit Eifer dabei sind. Auf jeden Fall ist dieser Brand bestimmt nicht durch einen dummen Zufall ausgebrochen, oder glaubt ihr, einer ist so blöd und lässt aus Versehen seine Zigarette in einer Heuscheune fallen? Da steckt Absicht dahinter. Die Polizei wird's schon rausfinden.«

»Halt bloß die Klappe, Georg. Ich, für meinen Teil, leg für jeden unserer Jungs die Hand ins Feuer.«

Gerald räusperte sich, diese Formulierung war doch irgendwie fehl am Platze.

»Das würden wir sicher merken, so einer ist doch nicht normal im Kopf. Wie oft hat er bis jetzt gezündelt, unser Brandstifter? Achtmal, neunmal die kleineren Brände? Dazu die großen Feuer. So jemand, wenn er aus unseren Reihen kommen würde, bliebe doch nicht unentdeckt«, erwiderte Chris Sommer, der Georg mit den Schläuchen geholfen hatte, mit zitternder Stimme.

»Ist ja schon gut, Chris, jetzt heul mal nicht gleich los. Keiner glaubt wirklich, dass es einer von uns ist. Und wenn es tatsächlich ein Feuerwehrmann ist, dann kommt der von außerhalb, aus Hattorf oder Pöhlde.«

Georg Esper war auf die Männer dort im Moment nicht gut zu sprechen. Seine Frau hatte ihn nach dem

Sommerfest der Harzer Löschzüge wegen eines Kollegen aus Pöhlde verlassen.

»Wir können nur von Glück sagen, dass bis jetzt niemand zu Schaden gekommen ist. Also Leute, packen wir wieder zusammen.«

Oberbrandmeister Gerald Schneider gab den Befehl zum Einrollen der Schläuche und notierte in Kürze den Ablauf des Einsatzes. Später würde er ein detailliertes Protokoll anfertigen müssen. Manchmal wünschte er sich eine elektronische Dokumentation, doch die Software war der Gemeinde zu teuer.

Chris Sommer schmeckte an diesem Abend sein Bier besonders gut. Es war selbst ihm beinahe unheimlich, dass ihm noch niemand auf die Schliche gekommen war. Seinen ersten Brand hatte er gelegt, als er schon fünf Jahre bei der Freiwilligen Feuerwehr im Einsatz war. Mit 19 hatte er sich in Cattenstedt bei der FFW beworben. Zuvor hatte er an mehreren Dienstabenden teilgenommen und dann ein Aufnahmegespräch mit Gerald geführt, der ihn über Rechte und Pflichten im Feuerwehrdienst aufgeklärt hatte. Er war ohne Probezeit aufgenommen worden und hatte mit hervorragenden Ergebnissen seine Ausbildung durchlaufen.

Warum hatte er eigentlich überhaupt mit der Zündelei angefangen? Es gab diese Krankheit, Pyromanie. Aber er war nicht krank. Vielleicht begann alles aus Wut über seine Verlobte Chantelle, die ihm permanent Hörner aufgesetzt hatte, oder aus Ärger über das ewige Gezeter seiner Mutter, er wusste es nicht. Vielleicht wegen der beiden Weiber zusammen. Vor zwei Jahren jedenfalls war es plötzlich losgegangen, dieser unaufhaltsame Drang, mit einem Streichholz, einem Feuerzeug ein winziges Flämmchen zum Leben zu erwecken, es wachsen zu sehen und dann mit vollem Einsatz sein Ersticken herbeizuführen. Danach fühlte er sich rundum zufrieden, genoss das Wohlgefühl und das Schulterklopfen der Feuerwehrmänner, wenn er sich mal wieder hervorgetan hatte. Letztes Jahr war er Gruppenführer geworden, nachdem er mehrere Sonderlehrgänge belegt hatte. Nächstes Jahr würden vier weitere folgen, dann konnte er Zugführer werden und trüge den Dienstgrad Brandmeister.

Liebend gerne wäre er länger an den Orten geblieben, die er in Schutt und Asche legte, aber dieses Spiel wäre zu gefährlich geworden. Einmal hatte er eine Garage angezündet, hatte geglaubt, sie würde langsam vom Feuer verschlungen werden. Doch er hatte sich getäuscht. In nur wenigen Augenblicken stand das Ding lichterloh in Flammen, und er musste zusehen, dass er rechtzeitig verschwand. Was er nicht bedacht hatte, war, dass der Garagenbesitzer – sein ehemaliger Grundschullehrer Dietmar Frosch – wie so viele Leute alte Spraydosen, Lacke, Farben und einen Ölkanister in der Garage gebunkert hatte. Das zusammen war wirksamer als jeder Brandbeschleuniger.

Mit dem heutigen Feuerchen in der Scheune kam er nun tatsächlich auf stattliche elf Brände. Neun Mal war er beim Löscheinsatz dabei gewesen, und, um nicht vielleicht doch einmal in Verdacht zu geraten, zwei Mal, sehr zu seinem Leidwesen, war er abwesend gewesen. Beide Male hatte er einen Wochenendtrip zu einem Kumpel in Halle unternommen. Als seine Kollegen einmal den brennenden Traktor, das andere Mal einen alten in Flammen stehenden Wohnwagen gelöscht hatten, saß er schon in der Innenstadt von Halle bei einem Bier.

Auch heute war es verdammt schnell gegangen. Chris hatte gehofft, dass wenigstens noch ein paar Heuballen brannten, aber leider war außer Asche und Qualm nichts mehr zu bewundern gewesen. Das nächste Mal musste er es geschickter anstellen, denn der echte Lohn für seine Arbeit war doch, den Wasserschlauch auf die Feuerwand zu halten und ihr den Garaus zu machen. Und für die Vorbereitungen eines solchen Einsatzes brauchte er einfach mehr Zeit. Vielleicht sollte er sich einen Sonntag aussuchen, auf jeden Fall einen Tag, wo alle lange in den Betten lagen, kein Verkehr auf den Straßen herrschte und die Spaziergänger erst nach dem Mittagessen aufbrachen. Die Idee gefiel ihm.

»Chris, Chriiis«, die zeternde Stimme seiner Mutter riss ihn aus seinen Gedanken, »Chris, denk dran, der Landfrauenverein trifft sich Buß- und Bettag in der Turnhalle wegen dem Jubiläum. Nicht zu fassen, schon seit 15 Jahren gibt es unseren Landfrauenverein Blankenburg. Sogar die Zeitung war schon da, und morgen kommen die Leute wieder und machen Bilder. Ist das nicht schön?«

»Wegen *des* Jubiläums, Mama.«

Chris war jetzt schon genervt. Seit Wochen löcherte ihn seine Mutter deswegen. Am Abend vor dem Jubiläumstag sollte er mit ein paar Kumpels Bierzeltgarnituren, einen Bierausschank, Gulaschkanone und weiß der Teufel was zur Turnhalle karren. Nur damit die Weiber dort den ganzen Nachmittag rumstehen konnten und ihren selbst gehäkelten Mist für einen guten Zweck an die Frau bringen konnten. Was so nicht ganz stimmte. Das Jubiläum würde eine Großveranstaltung werden, denn der Heimatverein, der ebenso lange bestand, hatte sich mit den Landfrauen zusammengetan. Vor der Wende konnte nie richtig gefeiert werden, weil einem ständig irgendwelche Stasispitzel über die Schulter guckten.

»Ja, Mama, ich denk an nichts anderes.«

Und plötzlich sah er sie vor sich, die brennende Turnhalle der Grundschule. Und er hatte alle Möglichkeiten, den Brand akribisch vorzubereiten. Das würde sein bislang größter Einsatz werden. Und er würde der Held sein, der versuchte zu retten, was zu retten war. Chris öffnete eine weitere Bierflasche und begann zu planen. Dass er längst ins Visier eines Mörders geraten war, davon hatte Chris Sommer nicht die leiseste Ahnung.

Die Tage bis Buß- und Bettag zogen sich für Chris dahin wie zäher Teig. Einmal musste er mit dem Löschfahrzeug ausrücken, aber mit diesem Feuer hatte er nichts zu tun. Eine Pfanne mit Öl war auf dem Herd vergessen worden, das Öl hatte begonnen zu brennen, und der dämliche Pfannenbesitzer hatte versucht, mit Wasser zu löschen. Eine explosive Mischung. Wie behämmert musste man eigentlich sein? Das wusste doch eigentlich jeder, oder sollte es wissen, dass man Öl nicht mit Wasser löschen konnte. Die Küche war nicht mehr zu retten gewesen. Aus jedem Schrank tropfte das Wasser, die Möbel waren rußgeschwärzt. Der Rest der Wohnung war allerdings vom Feuer verschont geblieben.

Seine Arbeit in der Touristeninformation in Blankenburg, mit der Chris seine Brötchen verdiente, erschien ihm als nicht enden wollende Qual. Viel war in dieser Jahreszeit nicht los, und das Erstellen von Tabellen, wie viele Betten in der Hauptsaison belegt und welche Wanderungen gebucht worden waren, war schnell erledigt. Die Handvoll Rentnertouristen, die ihn heimsuchten, quatschten ihm ein Ohr ab, wollten dies und wollten das, und meist zogen sie, ohne etwas zu buchen, wieder ab. Ungeduldig sehnte Chris Buß- und Bettag herbei. Und endlich war es dann soweit.

In mehreren Touren hatte Chris gemeinsam mit anderen Männern, die über starke Arme verfügten, die von den Landfrauen gewünschten Sachen zur Turnhalle gefahren und aufgebaut. Die Schlüssel zur Turnhalle hatte man ihm anvertraut.

Absichtlich hatte der junge Mann auch die beiden Kartons, die seine Mutter mit Papiertischdecken, Papptellern und Plastikbesteck für die zu erwartende Kuchenflut gefüllt hatte, in der Garage stehen lassen, um später einen plausiblen Grund zu haben, noch einmal das Haus verlassen zu müssen.

Nach dem Abendessen hatte er sich vor den Fernseher gelegt und sich einen Film angeschaut. Immer wieder hatte er auf die Uhr gesehen. Bis elf würde er wohl warten müssen. Die Zeit verrann sooo langsam. Seine Mutter werkelte noch immer in der Küche herum, wahrscheinlich backte sie schon den fünften Kuchen. Chris wusste es nicht. Dann endlich näherte sich der Uhrzeiger der Elf.

»Oh verdammt. Mama? Mama, ich hab die beiden Kartons vergessen, die müssen doch noch zur Turnhalle. Ich fahr mal eben flink hin und stell sie noch ab, dann hast du alles beisammen.«

Seine Mutter holte gerade ein letztes Blech mit Apfelkuchen aus dem Backofen, als er Aufregung vortäuschend in die Küche kam.

»Ja, mach das mal, nicht dass wir sie morgen vergessen. Ach Gott, es ist ja schon so spät, meinst du nicht, es reicht noch morgen früh?«

»Nein, nein. Ich muss doch morgen noch einen halben Tag arbeiten. Ich bin sowieso noch nicht müde.«

»Mein lieber Junge«, sie tätschelte seinen Arm.

Chris schnappte sich seinen Autoschlüssel und ging pfeifend zur Garage. Er packte die beiden Kartons für den Kaffeenachmittag, der nicht stattfinden würde, in den Kofferraum. Die notwendigen Utensilien für seinen nächsten Einsatz hatte er bereits unauffällig in einer Plastiktüte in einem Spind im Umkleidebereich der Turnhalle deponiert und diesen mit einem Vorhängeschloss gesichert.

Die Turnhalle der Grundschule lag nur zwei Kilometer von Cattenstedt entfernt. Im Schutz der Dunkelheit parkte Chris sein Auto hinter der Schule, direkt an der Halle. Den ersten Karton schleppte er in eine der Umkleiden, wo schon ein großer Teil des Handarbeitszeugs lagerte. Als er den zweiten Karton aus dem Kofferraum heben wollte, bemerkte er einen weiteren Wagen, der ohne Licht in der Nähe der Turnhalle geparkt hatte. War der vorhin schon da gewesen, und er hatte ihn nicht bemerkt? Einen Zuschauer konnte er nun überhaupt nicht gebrauchen.

Unauffällig schlenderte er hinüber zu dem Wagen. Niemand saß drin. Chris zog am Türgriff, Fehlanzeige. Abgeschlossen. Er umrundete das Auto, spähte angestrengt in die Dunkelheit. Vergeblich. Es war viel zu dunkel, um irgendwas zu erkennen. Vielleicht war jemand zum Pinkeln ausgestiegen. Doch Chris konnte niemanden entdecken. Eine leichte Unruhe überfiel ihn. Sollte er sein Vorhaben besser abbrechen? Aber er hatte doch alles so schön vorbereitet. Nein. Auf gar keinen Fall. Er würde seinen Plan durchziehen, dessen Vorbereitung ihn einige Mühe gekostet hatte. Sogar einen Zeitzünder hatte er sich gebastelt, der an ein Wegwerfhandy gekoppelt war. Chris hatte Ahnung von elektronischen Dingen, und es war ihm nicht schwergefallen, Handy, Transistor, Zünder und Sprengsatz zu verbinden. So brauchte er nur zu einem passenden Zeitpunkt das Wegwerfhandy anklingeln und … bumm! Dieses Mal wäre er sogar endlich dabei, denn bei solch einer Veranstaltung wurden auch für alle Fälle die FFW und das Rote Kreuz angeheuert. Den Spaß würde er sich nicht durch irgendjemanden verderben lassen!

Er nahm den zweiten Karton aus dem Kofferraum und bugsierte ihn ebenfalls in die Umkleide. Vorsichtshalber würde er die Eingangstür von innen abschließen, nicht dass ihn doch noch jemand bei seinen Vorbereitungen störte. In diesem Moment hörte er, wie die schwere Glastür, die er offen gelassen hatte, ins Schloss fiel. Wahrscheinlich hatte der Wind sie zufallen lassen.

Chris öffnete das Vorhängeschloss des Spinds und nahm die Plastiktüte mit dem Sprengsatz heraus. Das

Vorhängeschloss schob er in die Hosentasche. Seine Bombe würde er bei der Sprossenwand in der Halle hochgehen lassen, denn direkt neben der Sprossenwand lagerte ein Stapel Turnmatten. Alles lief nach Plan. Jetzt musste er nur noch die wenigen Stunden aushalten, bis er am nächsten Morgen den verhängnisvollen Anruf tätigen konnte. Die Polizei würde auch dieses Mal keinen Hinweis auf ihn finden. Den Transistor hatte er in einem großen Elektrofachgeschäft in Goslar gekauft und bar bezahlt, das Handy war so oder so nicht zurückzuverfolgen. Den Treibsatz hatte er aus einer Modellrakete ausgebaut, die er schon letztes Jahr gekauft, aber nie gezündet hatte.

Nachdem er den Sprengsatz bei den Turnmatten deponiert und das Handy angeschaltet hatte, sah er sich noch ein letztes Mal um. Alles bestens. Chris begab sich zum Ausgang und versuchte sich gerade auszumalen, wie schnell und heftig die Turnhalle nach der Zündung des Sprengsatzes brennen würde, als ihn ein wuchtiger Schlag zwischen die Schulterblätter wenige Meter von der Hallentür entfernt niederstreckte. Er sackte zusammen, klatschte auf den Bauch und rang schnappend nach Luft. Die flache Seite eines Schwertes traf ihn einen Augenblick später seitlich an die Schläfe. Der Schwertführer sah hinunter auf sein bewusstloses Opfer, schob die Waffe in die Scheide, entfachte in aller Seelenruhe ein Feuerchen und verschwand.

Wenig später erlangte Chris Sommer ein letztes Mal kurz das Bewusstsein. Flatternd öffneten sich seine Augenlider, zu einer weiteren Regung war er nicht in der Lage. Ungläubig starrte er auf die Flammen, die mit ihren heißen Zungen an seinen ausgestreckten Armen leckten. So fühlte es sich also an, wenn man den Flammentod starb.

Dann explodierte der Sprengsatz.

7. URLAUBSTAG

Hölzle erwachte langsam aus seinem Shirazkoma, der erotische Traum – er und der Adlerblick in dem Kamasutra entsprungenen Verrenkungen verbunden – entschwand. Schade. Dann dachte Hölzle, dass es so besser war und es sich, Gott sei Dank, nur um einen Traum gehandelt hatte.

Träge öffnete er die Augen, die etwas erblickten, was ihn veranlasste, sie sofort wieder zu schließen. Das konnte nicht sein! Noch mal. Augen auf. Doch, es war wahr. Heiliger Strohsack! Neben ihm lag Sabine, ihren blonden Schopf tief in einem Kissen vergraben. Der Shiraznebel hob sich, und die Erinnerung an den gestrigen Abend kehrte schlagartig zurück.

Sabine hatte einen Heulkrampf bekommen, dann hatten sich ihre Hände plötzlich in seinem Nacken vergraben, Hölzles Kopf zu sich herangezogen, und sie hatte ihn geküsst. Hölzle hatte sich nicht gewehrt, was er vielleicht doch besser hätte tun sollen. Vorsichtig schälte er sich aus der Decke, stand auf, schlich ins Bad und duschte heiß und lange. Tausend Gedanken gingen ihm durch den Kopf. Das wäre besser nicht passiert. Er wusste absolut nicht, wie er damit umgehen sollte. Und wie Sabine damit umgehen würde. Vielleicht sollte er überhaupt kein Wort darüber verlieren. Ja. Gute Idee. Die Nacht konnte er zwar nicht ungeschehen machen, aber er konnte sie einfach negieren.

Hölzle drehte das Wasser ab, angelte nach seinem Handtuch, trocknete sich ab und schlang das Handtuch um die Hüften. Als er mit Zähneputzen und Rasieren fertig war, ging er zurück ins Zimmer. Von Sabine, den Gläsern und Flaschen keine Spur. Was das wohl zu bedeuten hatte? Hatte sie sich vorhin etwa schlafend gestellt und nur auf die Gelegenheit gewartet, schnell zu verschwinden, solange er im Bad war? Bestimmt war es ihr unangenehm, was passiert war, Sabine würde sich sicher nicht so bald blicken lassen.

Hölzle zog sich an und ging nach unten, um zu frühstücken. Als er bei seiner zweiten Tasse Kaffee angelangt war, erschien Sabine. Frisch und munter, mit einem breiten Lächeln auf dem Gesicht, dem nicht anzusehen war, dass die vergangene Nacht kurz und weingeschwängert und noch mehr gewesen war. Erika brachte flugs ein zweites Gedeck und verschwand, nachdem Sabine ihren Kaffeewunsch kundgetan hatte.

»Bist du morgens immer so wortkarg oder hast du ein Problem mit gestern Nacht?«, fragte sie gut gelaunt und schnitt sich ein Brötchen auf.

»Nee. Ja, vielleicht. Weiß nicht.«

Hölzle starrte mit glühendem Gesicht auf die schwarze Flüssigkeit in seiner Tasse. Wenn hier überhaupt jemand ein Problem hatte, dann wohl er. Sabine definitiv nicht. Da hatte er sie wohl vollkommen falsch eingeschätzt. Dabei war er immer so stolz auf seine Menschenkenntnis gewesen. Doch die hatte bei Sabine eigentlich noch nie so wirklich funktioniert.

»Was ist denn schon dabei. Wir sind erwachsene Leute, nicht gebunden, können tun, was wir wollen.«

Sie stupste ihn an. Hölzle sah auf. Ein verschmitztes Lächeln lag auf ihrem Gesicht, was sie wie ein kleines Mädchen aussehen ließ, das genau weiß, was es angestellt hat, aber dem man nicht böse sein kann.

»Stimmt schon. Aber ich glaube, wir belassen es bei diesem einen Mal.«

»So schlecht war's dann auch nicht, oder?« Jetzt grinste sie regelrecht.

Hölzle schüttelte nur den Kopf, konnte sich seinerseits aber ein breites Grinsen nicht verkneifen. Erika Pohl brachte den Kaffee für Sabine, fragte, ob sonst alles in Ordnung wäre, und ließ die beiden alleine.

»Fährst du heute wieder zurück nach Bremen?«, wechselte er das Thema.

»Nee, es ist ja Wochenende, und ich wollte ein bisschen ausspannen. Weiß nicht genau, vielleicht ins Thermalbad oder so. Was machst du denn?«

Eigentlich wollte Hölzle seine Ruhe und sich mit den Artikeln, die er ausgedruckt hatte, beschäftigen. Aber vielleicht wäre es eine gute Idee, mit der Rechtsmedizinerin über seine Vermutungen zu sprechen. Erst jetzt war ihm bewusst geworden, dass ihm der Austausch bezüglich seiner Nachforschungen mit jemandem, den er kannte und dem er vertraute, fehlte.

»Du hast ja gestern Abend gehört, was hier passiert ist. Und weißt du was? Ich glaube, dass hier ein Wahnsinniger sein Unwesen treibt. Und das schon lange.«

Sabines Augen blitzten voller Interesse auf. Und Hölzle erzählte ihr von dem Dachdeckermeister und seiner Frau, von Pia Dürr, die im Silberteich ertränkt worden war, von einem rumänischen Jungen, der seiner Ansicht nach kein

Unfallopfer gewesen war, und von dem Pfarrer, der die Finger nicht von kleinen Jungs lassen konnte.

»Wie kommst du darauf, dass all diese Toten in einem Zusammenhang stehen?«, fragte Sabine und schenkte sich den letzten Rest Kaffee aus der Kanne ein.

»Weil bei jeder einzelnen Geschichte etwas überhaupt nicht stimmt, keinen Sinn macht, viele Details immer noch Fragen aufwerfen. Und weil ich, jetzt lach bitte nicht, einfach ein merkwürdiges Gefühl habe. Ich bin der felsenfesten Überzeugung, dass Wiprecht seine Frau nicht ermordet hat, allein die Tatsache, dass sie enthauptet worden ist, passt nicht in das Schema einer ehelichen Auseinandersetzung. Das ist vielleicht noch Brauch bei diesen völlig durchgeknallten Islamisten. Das Gleiche gilt auch für den Mord an diesem Dachdeckermeister, da wirkt auch alles so aufgesetzt, so gewollt. Alles wie eine riesengroße Inszenierung.

Dieser Mann ist bestimmt auch nicht von irgendwelchen türkischen Verwandten seiner Frau lebendig eingegraben worden. Das war kein sogenannter Ehrenmord. Die hätten die Frau auf keinen Fall entkommen lassen. Und bei diesem Kind stören mich die Schnittverletzungen an den Händen. Das sind keine Schnitte durch einen Unfall gewesen, da hat jemand ein Messer angesetzt. Für mich sieht das immer mehr danach aus, dass jemand sich zum Richter und gleichzeitig zum Henker aufschwingt. Die Strafen, also die Ausführung dieser Morde, ähneln denen, die im Mittelalter für Ehebruch, Diebstahl und Sodomie angewandt wurden.«

Er rechnete nun doch mit einem kleinen Lachanfall seitens der Rechtsmedizinerin, doch wider Erwarten passierte das nicht. Ganz im Gegenteil. Sabine runzelte die Stirn und schaute ihn konzentriert an.

»So abwegig finde ich deine Mutmaßungen gar nicht. Nur mit dem vermeintlichen Ehrenmord müssten wir noch ein wenig intensiver recherchieren. Ich selbst war damals auch noch nicht in Bremen. Aber du hast bestimmt auch vom ›Bunkermord‹ gehört. Ein junges Paar, beide Kurden, sind 1999 durch Familienmitglieder der Frau getötet worden, ein Ehrenmord, weil der schwerbehinderte Mann für die Familie als Ehemann nicht infrage kam. Das Mädchen wurde im Weserschlick erstickt, ist schon so im Entfernten ähnlich wie lebendig begraben, und ihr Mann wurde vor ein Auto gestoßen und mehrfach überfahren, anschließend wurde mit einem Schraubenschlüssel auf sein Gesicht eingeschlagen. Kurz, nachdem er gefunden wurde, starb er.

Aber sonst geb ich dir vollkommen recht, hier stimmt etwas überhaupt nicht. Was ist mit weiteren merkwürdigen Unfällen oder unaufgeklärten Morden hier in der Gegend in den letzten Jahren oder Jahrzehnten? Wenn wir da noch mehr entdecken, würde das bedeuten, dass dieser Mörder schon sehr lange hier unerkannt sein Unwesen treibt. Wie du weißt, sind Psychopathen sehr erfindungsreich. Schon in der Kindheit tragen sie eine Maske, um ihr wahres Ich zu verschleiern. Sie sind manipulativ, Empathie fehlt ihnen völlig oder ist kaum vorhanden. Und trotzdem oder auch gerade deswegen fallen sie niemandem auf.«

Sie nahm sich das letzte kleine Schokocroissant und biss genussvoll hinein.

Hölzle war verblüfft, nein, mehr, es erfüllte ihn mit Freude, dass Sabine sich nicht über seine Gedankengänge lustig machte. Im Gegenteil, sie dachte sofort mit, brachte Ideen ein.

»Du meinst also auch, es könnten noch andere Dinge in seinem Umfeld passiert sein, die er als strafwürdig erachtet und die dann in seinem kranken Hirn solche mittelalterlichen Strafen rechtfertigen? Lass mich mal überlegen, welche Vergehen denn sonst früher mit dem Tod bestraft worden sind.«

Sabine leckte sich einen Krümel vom rechten Mundwinkel und lachte.

»Also mal ehrlich, die waren nicht zimperlich, damals gab's für jeden Kram die Todesstrafe.«

»Hexerei, Homosexualität, …«

»Brandstiftung«, warf Sabine dazwischen.

»… Abtreibung«

»Gotteslästerung …«

»Hochverrat. Na, hast du noch eine Idee?«

Sabine saß da, überlegte angestrengt.

»Hm, du hast gewonnen, mir fällt nichts mehr ein. Das reicht aber auch zum Frühstück.«

Hölzle lehnte sich entspannt zurück. Es tat gut, sich mit ihr zu unterhalten.

»Sag mal, also für den Fall, dass du deine Wellnesspläne nicht weiter verfolgen willst, hättest du Lust, dir diese Artikel und Polizeiberichte, die ich schon zu den Fällen gesammelt habe, anzusehen?«

Ihre Augen leuchteten.

»Oh ja, sehr gern. Aber jetzt will ich erst mal vor die Tür und frische Luft schnappen.«

Hölzle hielt das für eine ausgezeichnete Idee und schloss sich ihr an.

BUSS- UND BETTAG VOR FÜNF JAHREN

Aus dem Tagebuch eines Scharfrichters. Verurteilung bei Sodomie.

»Straff der Unkeusch, so wider die Natur beschicht. Jtem so ein Mensch mit einem Viehe, Man mit Man, Weib mit Weib Unkeusch treiben, die haben auch das Leben verwirckt. Unt man solle sy, der gemeynen Gewohnheit nach, mit dem Feure vom Leben zum Tode richten.«

Natürlich entging den beiden Frauen nicht, dass sie neugierig, zuweilen auch argwöhnisch bis hin zu offener Feindseligkeit beäugt wurden. Als Mirja Ploss bemerkte, dass ein Mann seiner Frau etwas ins Ohr flüsterte, und diese dann mit abfälligem Blick zu ihnen herüberschaute, fasste sie die Hand ihrer Lebensgefährtin Ina Weidinger noch fester.

Für die beiden Frauen aus Bayern war es der erste gemeinsame Urlaub. Seit ihrer Ankunft im Harz fragten sie sich aber fast täglich, ob sie nicht besser nach Berlin oder Köln gefahren wären, wo man mit gleichgeschlechtlichen Pärchen einen lockereren Umgang pflegte. Bereits als sie den Schlüssel zur Blockhütte bei der Ferienagentur abgeholt hatten, war ihnen in kürzester Zeit pure Feindseligkeit entgegengeschlagen.

Mit einem künstlichen Lächeln, das sie automatisch aufgesetzt hatte, als die beiden Frauen die Agentur betraten, fragte die junge Dame an der Rezeption – ihr Namensschild wies sie als Yvonne Lind aus –, wann denn die Ehemänner nachkommen würden. Wegen der Handtücher und so weiter. Als Ina und Mirja fast gleichzeitig antworteten, Ehemänner gäbe es keine, sie reisten alleine, veränderte sich das aufgesetzte Lächeln schlagartig zu einem dünnen harten Strich, und Frau Lind bezog umgehend Position.

»Bitte bedenken Sie, dass in den anderen Blockhütten auch Gäste mit Kindern das Wochenende verbringen. Die Hütten liegen zwar weit auseinander, aber Sie sollten bitte die Gefühle der anderen Gäste respektieren. Wir sind im Herbst nicht soooo stark ausgebucht, aber trotzdem.«

Ihre Finger klopften auf einen Schnellhefter mit den Buchungsunterlagen.

Den beiden Frauen verschlug es die Sprache. Ina war kurz davor, der unangenehmen Schnepfe mit ihrem sächsischen Akzent eine gepfefferte Antwort im breitesten Fränkisch zu geben, doch Mirja kam ihr zuvor. Ihre ruhige Antwort, kombiniert mit einem frechen Lächeln, sie hoffe doch, dass die Holzhütten so isoliert seien, dass man ihre Lustschreie nicht noch bis zur nächsten Hütte hören würde, ließ Yvonne Lind erstarren, ließ sie verstummen. Mirja und Ina griffen nach dem Schlüssel und dem Schnellhefter, der ganz sicher weitere Instruktionen, wie man sich als lesbisches Paar im Harz zu verhalten hatte, enthielt.

Trotz dieses unangenehmen Beginns, ließen sich Ina und Mirja den Spaß am ersten gemeinsamen Urlaub nicht verderben. Natürlich wollten sie nicht auffallen, aber sich so ganz verstecken, das käme für sie auch nicht infrage. Allerdings hielten sie sich die ersten Tage im Bereich ihrer Hütte auf, unternahmen von dort ausgedehnte Wanderungen und saßen am Abend gemütlich mit einem Glas Rotwein vor dem Kamin.

Ina Weidinger war 35 Jahre alt und stammte aus Aschaffenburg. Nach Abschluss des Studiums hatte es die Botanikerin an den Starnberger See verschlagen, wo sie eine Stelle im Park Feldafing und auf der Roseninsel, beide 1850 angelegt durch König Maximilian II. von Bayern, angetreten hatte. Dort hatte sie Mirja Ploss kennengelernt, die eigentlich aus Bremen stammte. Mirja betreute ehrenamtlich die Führungen zur Rosenblütezeit und wohnte seit zehn Jahren im zehn Kilometer entfernten Perchting.

Sie war verheiratet, leitete mit ihrem Mann einen gut gehenden Gartenbaubetrieb, der darauf spezialisiert war, neue Rosenzüchtungen für Parkanlagen in aller Welt zu entwickeln. Dabei war Mirja die Innovative gewesen, ihr Mann Stefan kümmerte sich um den geschäftlichen Bereich.

Ina und Mirja hatten sich auf Anhieb gemocht, und es war eine enge Freundschaft entstanden. Nach einiger Zeit erkannten beide, dass sie es mit einem gemeinsamen Leben versuchen wollten. Ina war sich schon früh darüber im Klaren gewesen, dass sie anders war als ihre Freundinnen. Mit Jungs auszugehen, war nie so ihr Ding gewesen.

Bei Mirja hatte diese Erkenntnis etwas länger gedauert. Für Stefan war eine Welt zusammengebrochen, als ihm seine Frau mitteilte, sie fühle sich zum anderen

Geschlecht hingezogen und wolle ihn verlassen. Das war eine Kröte, die schwer zu schlucken war, und als er merkte, dass infolgedessen auch seine Existenz auf dem Spiel stand, war Stefan Ploss vollkommen ausgerastet. Nicht nur, dass seine Freunde und Kunden hinter vorgehaltener Hand ihre Bemerkungen machten, mit dem Auszug seiner Frau wurde ihm die Basis seines Betriebes komplett entzogen. Mirja hatte zwar beteuert, ihm die gesamten Unterlagen zu den Züchtungen und Veredelungen zu überlassen, aber er konnte nicht wirklich viel damit anfangen, verstand von den komplexen Zusammenhängen so gut wie nichts.

Am schlimmsten aber trafen ihn die Kommentare seiner Freunde, die von einem peinlich berührten ›Wie ist denn so was möglich‹, bis hin zu einem unverschämten ›Na Stefan, hast du's im Bett nicht gebracht?‹, reichten. Manche hatten kommentarlos den Kontakt abgebrochen, als leide Stefan an einer hoch ansteckenden Krankheit. Nur drei seiner Freunde versuchten ihm beizustehen, so gut es eben in dieser Situation möglich war. Die übrigen hatte Stefan in die Wüste geschickt.

Als der Tag kam, an dem Mirja mit Sack und Pack auszog und von einem gemieteten Umzugswagen – hinter dem Steuer saß Ina Weidinger – erwartet wurde, war Stefan Ploss nach draußen gestürmt. Mit geballten Fäusten schlug er auf den Wagen ein und schwor Rache.

»So kommst du mir nicht davon, du widerliche Schlampe! Keinen Cent kriegst du von mir! Lieber zünde ich die Bude an!«

Mirja war tagelang nicht zu beruhigen gewesen, einerseits, weil sie irgendwie das schlechte Gewissen plagte, andererseits, weil sie wirklich Angst vor Stefan und dessen Racheschwur hatte. Daher war der Vorschlag Inas, erst einmal eine Auszeit zu nehmen und in Urlaub zu fahren, und zwar nicht gerade um die Ecke, sondern dorthin, wo sie keiner kannte, bei Mirja auf fruchtbaren Boden gefallen.

Nach den beiden ersten Tagen in der stillen Natur – kaum ein Mensch war ihnen beim Wandern begegnet –, begannen die beiden Frauen, ihre Umgebung zu erkunden. Die Kaiserpfalz in Goslar hatte auf dem Programm gestanden, ebenso ein Besuch des Luchsgeheges inklusive der Fütterung der Tiere, einer der Höhepunkte des Harz-Urlaubs.

Besonders angetan waren Mirja und Ina von Quedlinburg. Als UNESCO Weltkulturerbe konnte die Stadt bei den Frauen vor allem mit zwei faszinierenden Gartenanlagen punkten. In der Touristeninformation hatte sich Ina mit diversen Broschüren eingedeckt, während Mirja in einem benachbarten Café die Toilette aufsuchte. Ina informierte die Freundin über das Gartenreich, als sie zurückkam.

»Jetzt im November können wir eigentlich nur ahnen, wie prachtvoll die Gärten gestaltet sind. Aber wir besitzen ja genug Sachverstand und Fantasie, meine Süße, nicht wahr?«, sagte Ina.

Sie hängte sich bei Mirja ein und fing an, aus den mitgenommenen Flyern zu dozieren.

»Der Abteigarten am Fuße des Schlossberges besaß im 18. Jahrhundert neben der auf das Schloss ausgerichteten Mittelachse, Obstbäume, Nutzbeete und aufwendig gestaltete Lustparterre. Nach Auflösung der Abtei

erlangte die Gartenanlage als ein Zentrum der Saatzucht internationale Bedeutung. Der im Süden angrenzende Brühl zeigt sich als prächtige Parklandschaft. Bereits Ende des 18. Jahrhunderts war unter der letzten Äbtissin Sophie Albertine östlich des Brühls eine Gartenpartie im landschaftlichen Stil entstanden. Durch eine Schenkung des preußischen Königs Friedrich Wilhelm III. kam der Brühl 1817 in städtischen Besitz, und durch den Zugewinn weiterer Flächen entstand ein ausgedehnter Park, dessen Schönheit den beiden Gartenkünstlern Eduard Petzold und Johann Gottlieb Schoch zu verdanken ist.«

Mirja drückte Ina liebevoll an sich, obwohl, oder vielleicht auch gerade, weil sie eben eine Schulklasse vorbeilassen mussten, die mit viel Geschrei und Schubsereien ihrem wartenden Reisebus entgegenstrebte. Kinder dachten sich nichts dabei, wenn sie zwei Frauen Hand in Hand sahen, so jedenfalls hatten es Mirja und Ina immer wieder erfahren. Lediglich die Lehrkraft, natürlich eine Frau, warf ihnen einen argwöhnischen Blick zu, als ob sie sich in den nächsten Minuten über eines der kleinen Mädchen hermachen würden.

»Siehst du, nur der Weitsicht einer Frau ist es zu verdanken, dass die Gärten heute noch existieren. Hätte Sophie Albertine hier nichts anlegen lassen, würden wir jetzt durch eine Einöde stapfen«, beendete Ina ihren Vortrag.

»Ich würde eher sagen, dann wären wir jetzt nicht hier. Es würde mich echt mal interessieren, ob es damals keine Gartenexpertinnen gab. Mir ist jedenfalls aus der Barockzeit oder dem 19. Jahrhundert keine bekannt. Die

Frauen waren vielleicht die Auftraggeber, aber die Männer haben dann diese Träume verwirklicht«, erwiderte ihre Freundin.

»Siehst du, umso schöner, dass es heutzutage Frauen wie uns gibt, die diese wunderbaren Gärten erhalten. Sag mal Mirja, hast du schon mal daran gedacht, dich wieder selbstständig zu machen? So als Gärtnerin mit Schwerpunkt Zucht und Veredelung könntest du bestimmt noch mal Karriere machen. Du hast doch so viele Connections.«

Mirja Ploss schüttelte den Kopf. Es war allmählich sehr kühl geworden, und sie setzte sich ihre Strickmütze auf die kurzen dunklen Haare.

»Nee, mir reicht erst mal, was ich hab, und obendrein hab ich noch dich, mein Schatz. Natürlich reichen auf Dauer die Führungen nicht aus, schon klar. Ich bin glücklich, so wie es jetzt ist. Vielleicht ergibt sich ja eine feste Stelle auf der Roseninsel, dann könnten wir super zusammenarbeiten«, sie sah auf die Uhr. »Schlage vor, wir machen uns auf den Heimweg. In Wernigerode kaufen wir noch was Schnuckeliges zum Essen ein. Heute habe ich Appetit auf was Besonderes. Wie wäre es mit Kalbsgeschnetzeltem in einer Sahne-Weißweinsoße, feinen Bandnudeln und dazu einen leichten gut gekühlten Weißwein? Hmm, mir läuft schon jetzt das Wasser im Mund zusammen. Natürlich nur, wenn du kochst. Du weißt ja, da hab ich echt zwei linke Hände.«

»Hört sich köstlich an. Ich brauch auch noch Zigaretten, und wenn wir schon beim Einkaufen sind, es sind keine Taschentücher mehr da. Und zum Frühstück hätte ich mal Appetit auf Nutella.«

»Nutella?«, echote Mirja. »Bin ich dir etwa nicht süß genug?« Lachend setzten sie ihren Stadtrundgang fort.

Es dämmerte bereits, als die Freundinnen den kleinen Supermarkt betraten. Mehrfach hatten sie hier ihre Einkäufe getätigt, und bis jetzt hatte man sie keines Blickes gewürdigt, oder besser gesagt, hier waren ihnen noch keine abfälligen Blicke begegnet. Der Fleischer schenkte ihnen wie immer ein breites Lächeln, die Kassiererinnen verschwendeten kaum einen Blick an die Kunden. Der Laden war proppenvoll, Touristen wie Einheimische warteten geduldig vor der Brottheke und an den Kassen.

Ina stand vor den Regalen mit Toilettenpapier, Kosmetikartikeln und Taschentüchern, die Preise vergleichend. Mirja, den Einkaufskorb über ihrem Arm, stand drei Meter von ihr entfernt mitten im Gang und überlegte, was sie noch alles besorgen mussten.

»Entschuldigung, darf ich mal?«

Ein Mann drängte sie zur Seite, nicht unhöflich, aber offenbar unter Zeitdruck stehend. Sein Eau de Toilette roch angenehm, und Mirja erkannte den Duft sofort. Passage d'enfer. Tolles Zeug.

»Tut mir leid, aber ich bin etwas in Eile.«

Interessiert blieb sein Blick an Mirjas ausdrucksvollem Gesicht hängen.

»Kennen wir uns irgendwoher?«

»Kann nicht sein, ich bin hier nur im Urlaub«, erwiderte Mirja freundlich.

»Und wie gefällt es Ihnen hier?«, anscheinend hatte der Mann es nun nicht mehr so eilig.

»Tolle Gegend. Gefällt mir sehr gut.«

»Wenn Sie Lust haben, zeige ich Ihnen gerne ein paar Geheimtipps«, ein gewinnendes Lächeln umspielte seine Lippen, und Mirja stellte fest, dass der Mann richtig gut aussah. Genau ihr Typ. Na ja, früher wäre er das gewesen, nun gab es ja Ina.

Bevor sie weiter mit ihm plaudern konnte, schob sich plötzlich Ina dazwischen, die den Wortwechsel eifersüchtig mitverfolgt hatte, und küsste Mirja demonstrativ auf die Wange, nicht ohne dem Mann einen bösen Blick zuzuwerfen.

»Hier, mein Engel, heute Abend gibt es noch ein gemeinsames Rosenbad.«

Das Lächeln des Mannes verschwand, plötzlich wirkte sein Gesicht wie eingefroren, maskenhaft. Er riss eine Großpackung Toilettenpapier aus dem Regal und verschwand in Richtung Kasse.

»Na was war das denn? So kenne ich dich ja gar nicht«, neckte Mirja die Freundin. »Keine Angst, ich werde nicht rückfällig und fang was mit Männern an.«

»Ach, ich weiß auch nicht, aber mir war danach, meine Besitzansprüche mal öffentlich kundzutun.«

Ina grinste von einem Ohr zum anderen. Sie war so glücklich.

Mirja räumte den Kofferraum leer, schleppte alles in die Hütte, während Ina ein Feuer im Kamin entfachte. Als sie ein letztes Mal nach draußen ging, um das Auto abzuschließen, fiel ihr Blick auf den leeren Benzinkanister, den sie bei ihrer Ankunft vor ein paar Tagen an die Hauswand direkt unter das Schlafzimmerfenster gestellt hatte, als sie all ihre Sachen ausgeladen hatten. Mist. Den hatte sie eigentlich heute an einer Tankstelle wieder auffüllen wollen, damit ihnen unterwegs nicht das Benzin ausging. Wäre ja nicht das erste Mal, dass ihr das passierte. Der Wagen schluckte Unmengen, und ehe sie sich versah, war die Tanknadel am Ende angekommen.

»Mirja, Süße, kannst du mir bitte mal eben helfen?«, drang es von drin an ihr Ohr.

»Klar, wobei denn?«

»Du könntest das Gemüse waschen und klein schneiden, bitte.«

»Klar, das krieg ich hin, so lange ich's nicht zubereiten muss«, lachte Mirja und flitzte hinein. Der Kanister war vergessen.

Ina schnitt das Kalbfleisch in feine Streifen, würzte es nur mit etwas Zitronenpfeffer und einem Hauch Curry. Mirja schnippelte Möhren, putzte Pilze und befreite die Zuckerschoten von ihrem Faden.

»Fertig. Ich mach's mir jetzt gemütlich und schau dir zu«, sie verzog sich mit einem Glas Wein auf das Sofa, kuschelte sich unter die Decke und rekelte sich genüsslich. In ihrem früheren Leben hatte Stefan für sie gekocht. Und es war, das musste sie zugeben, immer lecker gewesen. Selig beobachtete sie nun ihre neue Liebe, die mittlerweile das Nudelwasser aufgesetzt hatte, das gerade zu sprudeln begann. Etwas ließ Mirja aufhorchen.

»Sag mal, hast du eben das Geräusch gehört?«, fragte sie.

»Was denn?« Ina drehte sich um und schaute sie an. »Ich krieg hier nix mit wegen der Dunstabzugshaube.«

»Draußen, als würde jemand um die Hütte schleichen. Ich mach mal das Außenlicht an und seh nach.«

Mirja schälte sich aus ihrer Decke und ging vor die Tür. Wenn sie schon draußen war, würde sie eben noch eine Zigarette rauchen. Schützend hielt sie die Hand vor die Flamme des Feuerzeugs, inhalierte tief und startete ihren kleinen Rundgang. Fünf Minuten später ließ sie den Zigarettenstummel fallen, trat ihn aus und schlüpfte fröstelnd wieder ins Blockhaus.

»Nix zu sehen. Wahrscheinlich ein Tier, das an der Hütte vorbeigelaufen ist. Ich glaub', gestern Morgen hab ich sogar einen Fuchs gesehen.«

Drei Stunden später lagen Mirja Ploss und Ina Weidinger satt und zufrieden im Bett. Ina war bereits eingeschlafen, und Mirja, die immer noch gerne einige Seiten in ihrem Roman las, fielen langsam auch die Augen zu. Sie legte das Buch beiseite, knipste das Licht aus. Während sie in den Schlaf hineindämmerte, glaubte sie plötzlich, wieder das Geräusch von vorhin zu hören. Als ob ein Tier auf leisen Pfoten um die Hütte streichen würde. Mirja hatte keine Angst. Die Hütte war sicher, hier konnte kein Tier rein. Und die Gegend war so einsam, trotz der nahe gelegenen anderen Blockhütten, dass sie noch nicht einmal die Haustür abgesperrt hatten. Einen Augenblick horchte sie noch einmal angestrengt. Stille. Mirja Ploss fiel in einen tiefen Schlaf.

Der enorme Druck auf ihrer Blase ließ sie zwei Stunden später erwachen. Zu viel Wein, Wasser und dann noch Kaffee. Im Halbschlaf stand sie auf und schlurfte zum Klo. Fast döste sie im Sitzen wieder ein, als ein beißender Geruch in ihre Nase drang. Der war ihr gar nicht aufgefallen, als sie aufgewacht war. Rauch. Definitiv Rauch. Hastig zog sie den Slip hoch, riss die Tür auf. Aus dem Schlafzimmer quollen dicke Schwaden, die sich bereits in der Wohnstube ausbreiteten. Himmel!

Schlagartig waren all ihre Sinne in Alarmbereitschaft, und sie flog auf die Schlafzimmertür zu. Der Qualm war schon so dicht, dass das Atmen schwerfiel. Trotzdem rannte sie weiter. Die Vorhänge an den Fenstern brannten lichterloh, auch am hölzernen Bettgestell leckten die Feuerzungen.

»Ina! Ina, steh auf!«

Ihre Stimme kämpfte mit dem beißenden Qualm, der ihre Kehle peinigte, und sie konnte kaum etwas sehen. Sie erinnerte sich an die Wolldecke, die auf dem Bett beim Einzug gelegen hatte. Wo war die nur? Da, sie hatte sie auf den Stuhl in der Nähe des Fensters geworfen. Die wenigen Schritte dahin schienen endlos. Die enorme Hitze, die von den brennenden Vorhängen ausging, ließ sie die Arme schützend vors Gesicht heben, die Härchen auf ihren Armen wurden versengt. Mirja riss die Decke an sich, hastete zurück zum Bett, versuchte verzweifelt, die Flammen, die sich am Bett zu schaffen machten, zu ersticken. Aussichtslos.

»Ina!«

Wie wahnsinnig rüttelte sie am Körper ihrer reglosen Freundin. Nichts. Keine Reaktion. Wie, um alles in der Welt, konnte überhaupt ein Feuer ausgebrochen sein und sich so schnell ausbreiten? Mirja hüllte den Körper ihrer Freundin, die sich nach wie vor nicht rührte, in die Decke.

»Ina! Es brennt! Ina!«

Sie zog und zerrte Ina aus dem Bett, konnte den Körper nicht halten, er war so schwer! Dabei wog Ina kaum

60 Kilo! Inas Kopf knallte auf den Fußboden. Sie griff unter Inas Achselhöhlen. Wir müssen hier raus! Weiter, weiter! Doch ein Entrinnen war nicht möglich. Sie konnten nicht hinaus! Wo war denn die Tür? Überall war jetzt dichter beißender Qualm, sie konnte gar nichts mehr sehen, atmen war nahezu unmöglich geworden, die Hitze unerträglich. Hustend und würgend brach Mirja zusammen, begrub Ina unter sich, die nach wie vor kein Lebenszeichen von sich gab.

Was Mirja Ploss noch mitbekam, waren Schreie von Männern und das Einschlagen der Fenster. Dann wurde alles schwarz.

*

Hölzles Handy meldete eine eingegangene Nachricht. Seine Neffen, die Zwillinge Alexander und Jerôme aus Straßburg.

Lieber Onkel Heiner – sie wussten genau, dass er es nicht mochte, Onkel genannt zu werden –, vielen Dank für das tolle Geschenk zu unserem 18. Geburtstag. Viel Spaß in down under, LG J + A. Dahinter folgten alle möglichen Smileys.

Hölzle hatte den Jungs seine Musikbox inklusive aller Flipper-Singles zum Geburtstag vermacht. Er hätte Verständnis dafür, wenn sie das Ding zu Geld machen würden. Er hatte seine selbst auferlegte Aufgabe, alle Singles der Flippers zusammenzubekommen, vor rund zwei Monaten erfüllt. Christiane hatte die Musikbox nie in der Wohnung geduldet, und so war sie mit ihm in sein Büro im Polizeipräsidium gezogen. Nicht wenige hatten ihm den Vogel gezeigt, dass er diese Musik überhaupt hörte. Und wenn er diese Leute ärgern wollte, erklangen die Flippers auch noch als Klingelton aus seinem Handy.

Sein verstorbener Vater hatte die meisten der Platten gesammelt, und für Hölzle war es Ehrensache, die Singlesammlung zu vervollständigen. Nach der Trennung von Christiane war es ihm ein Bedürfnis, einen radikalen Neubeginn zu wagen, und so waren die Flippers nach Straßburg gezogen. Nun hatte er das Erbe weitergegeben an die Zwillinge, die ihm bei ihrem letzten Besuch in Bremen einen Streich mit der Musikbox gespielt hatten. Vielleicht würde er sich irgendwann einmal, in ferner Zukunft, eine eigene Musikbox anschaffen, in die alle 85 Singles von Queen hineinkamen, eine Sammlung, die dann sein Sohn, sofern er Vater werden würde, vervollständigen musste.

Er schrieb eine kurze Nachricht, ließ die Zwillinge wissen, dass sich down under erledigt hatte. Eine Erklärung würde folgen.

»Mir ist kalt«, klagte Sabine, die neben ihm herging, »von mir aus können wir gerne zurückgehen.«

»Okay. Deine Jacke ist aber auch echt ein bisschen dünn für diese Jahreszeit. Hauptsache, schick aussehen, oder? Typisch Frau.«

Als Antwort erhielt er Sabines linken Ellbogen in die Rippen. Es war nicht mehr weit bis zum Harzer Krug, und als sie ankamen, freuten sie sich über das Kaminfeuer, das Andreas Pohl in der Gaststube entfacht hatte. Sie bestellten sich Tee, und Hölzle ging kurz nach oben, um die Polizei- und Presseberichte zu holen.

»Da, lies mal, sind chronologisch geordnet«, forderte er Sabine auf und schob ihr die Zeitungsartikel des Harzer Boten zum Fall Bernhard Ries hin.

Grausiger Fund im Wald bei Ilsenburg

Diesen Tag wird der Lkw-Fahrer Holger W. wohl nicht so schnell vergessen. In einem Waldstück bei Ilsenburg war der 57-Jährige dabei, den Anhänger seines Lkws mit Holz zu beladen, als ihn ein dringendes Bedürfnis dazu zwang, sich in die Büsche zu schlagen.

»Es war so furchtbar, was ich da entdeckt habe, ich glaube, ich werde keine Nacht mehr ruhig schlafen können«, erzählte Holger W. auf Nachfragen des Harzer Boten.

Holger W. fiel zuerst der kleine Hügel auf, der ihn sofort an eine Grabstelle erinnerte. Er habe sich dem Ganzen neugierig genähert und sei beinahe selbst in eine etwa einen halben Meter tiefe Grube gefallen, die parallel zu dem mit Erde bedeckten Grab lag. Gerade so habe er sich noch auf den Beinen halten können. Doch was Holger W. dann entdecken musste, entpuppte sich als das schiere Grauen.

»Ich musste zwei Mal hinschauen, dachte schon, Mensch, Holger, das kann doch nicht wahr sein! Liegt da etwa einer drin? Erst als ich mir das Ganze näher angeschaut habe, habe ich erkannt, dass aus dem Erdhaufen ein Kopf herausguckte. Das Allerschlimmste war, da, wo seine Augen sein sollten, sah ich nur noch in schwarze Löcher. Hatten bestimmt die Raben rausgepickt. Bin zu meinem LKW gerannt, als ob der Teufel

persönlich hinter mir her wär, hab per CB-Funk den Notruf abgesetzt.«

Noch immer ist Holger W. der Schock anzumerken, den sein grausiger Fund hervorgerufen hat.

Unsere Nachfragen bei der Polizei wurden bis jetzt mit eisernem Schweigen quittiert. Wir fragen und erwarten Antworten. Wer ist der Ermordete? Warum musste er solch einen grausamen Tod sterben? Der Harzer Bote wird seine Leser auf dem Laufenden halten.

Der nächste Artikel trug das Datum des folgenden Tages.

Identität des Toten aus dem Wald bei Ilsenburg offenbar geklärt

Wie die Polizei bei ihrer Pressekonferenz gestern Abend bekannt gab, handelt es sich bei dem Toten, der in einem Waldstück bei Ilsenburg gefunden worden ist (wir berichteten), um Bernhard Ries, einen 40-jährigen Dachdeckermeister aus Darlingerode. Sein Geselle Werner F. hatte ihn bereits als vermisst gemeldet. Ries sei auf dem Weg zu einem Neukunden gewesen. Wer dieser Neukunde gewesen sei, darüber konnten weder der Geselle noch die anderen Mitarbeiter des Dachdeckermeisters Auskunft geben. Ries hatte keine Notiz in seinem Terminbuch eingetragen.

Die Polizei bittet um Mithilfe, wer am frühen Nachmittag den Pritschenwagen des Opfers, einen weißen Mercedes Sprinter, gesehen hat. Auffällig ist das Firmen-

logo auf den Türen, ein hochgestelltes ›R‹ auf der Spitze eines Daches, im Umriss des darunterliegenden Hauses die Buchstaben RIES.

Zu weiteren Informationen war der Polizeisprecher nicht bereit. Wie wir jedoch aus zuverlässiger Quelle erfahren haben, geht die Polizei davon aus, dass die zweite Grube für die türkischstämmige Ehefrau des Opfers gedacht war. Glücklicherweise war sie zum Zeitpunkt, als ihr Mann den Tod fand, auf dem Weg in die Türkei, sodass ihr das furchtbare Schicksal ihres Mannes erspart geblieben ist.

Man darf davon ausgehen, dass Bernhard Ries, ein allseits geschätzter Bewohner Darlingerodes, das Opfer eines perfiden Racheplanes geworden ist. Nach Gesprächen mit Nachbarn und Freunden des Paares wurde die Eheschließung eines Christen und einer Muslima, vor allem von der Familie der jungen Frau nicht toleriert. Woran Bernhard Ries genau gestorben ist, wird hoffentlich bald die Obduktion ans Licht bringen. Der Harzer Bote wird weiter darüber berichten.

Der Journalist hatte gehalten, was er seiner Leserschaft versprochen hatte, denn ein weiterer Artikel war zwei Tage später erschienen.

Dachdeckermeister aus Darlingerode
starb einen qualvollen Tod

Ein Blumenmeer vor dem Wohnhaus erinnert an den beliebten Dachdeckermeister Bernhard Ries aus Dar-

lingerode, der offenbar auf grausamste Art den Tod gefunden hat. Auch vor der Firma zeigt sich dasselbe Bild. Noch tappt die Polizei im Dunkeln. Doch so viel weiß der Harzer Bote bereits: Bernhard Ries ist lebendig begraben worden. Laut Obduktionsbericht ist er langsam erstickt, da die schwere Erdlast seinen Brustkorb zusammendrückte. Kann man sich die Qualen und das Entsetzen vorstellen, einen solchen Tod erleiden zu müssen? Was waren die letzten Gedanken dieses Mannes? Galten sie seiner Frau?

Noch äußert sich die Polizei nicht dazu, in welche Richtung die Ermittlungen führen. Gibt es überhaupt schon Verdächtige? Eine Nachbarin, die nicht genannt werden will, gestand dem Harzer Boten:

»Mir kam sie schon immer merkwürdig vor, diese Nesrin. Hat selten ein Wort mit uns gewechselt. Ich glaub', die hatte sich nie ganz wohl bei uns gefühlt. Vielleicht wollte sie ja wieder zurück, und ihr Mann ließ sie nicht gehen. Da haben ihre Brüder, ich weiß, dass sie welche hat, die Sache wahrscheinlich selber in die Hand genommen. Aber man muss sich ja heutzutage nicht wundern, was alles so durch die Ausländer passiert. Früher hätte man dem Ganzen gleich einen Riegel vorgeschoben.«

Ansonsten war niemand bereit, sich zum Ehepaar Ries zu äußern. Geht die Angst jetzt um in Darlingerode? Ist der idyllische Harz zum Schauplatz eines Ehrenmordes geworden? Eine durchaus plausible Erklärung, findet der Harzer Bote.

Drei Wochen später war ein weiterer Bericht gefolgt.

Angeblich keine heiße Spur
in die Türkei im Fall Ries

Wie wir aus gut unterrichteten Quellen erfahren haben, hat die Polizei immer noch keine Spur vom Täter oder den Tätern, die das Leben des Dachdeckermeisters Bernhard Ries aus Darlingerode auf so unmenschliche und grausame Weise ausgelöscht haben. Ein Spaziergänger will mehrere vermummte Männer in dem Waldstück gesehen haben, in dem Bernhard Ries den Tod fand.

Jedoch hat die Polizei am Ort des grausigen Geschehens keinen Hinweis auf mehrere Täter gefunden. Die Ermittler gehen bisher davon aus, dass eine einzelne Person Bernhard Ries aufgelauert und ihn getötet hat. Die Kriminalpolizei bittet darum, dass sich die Personengruppe, die angeblich gesehen wurde, meldet. Möglicherweise könnten die Personen wichtige Zeugen sein.

Immer noch ungeklärt ist die Frage, ob das zweite Grab tatsächlich für die Ehefrau bestimmt war. Doch davon ist auszugehen. Natürlich kann aber auf diese Frage nur der Mörder eine Antwort geben.

Zum Stand der Ermittlungen in der Türkei war nur so viel zu erfahren, dass alle infrage kommenden Familienmitglieder von Nesrin Ries ein Alibi besitzen. Doch muss die Frage erlaubt sein, ob es in diesen Familienstrukturen nicht gang und gäbe ist, zu schweigen, sich gegenseitig zu decken. Man darf auf weitere Ergebnisse auf jeden Fall gespannt sein und kann nur hoffen, dass die Polizei der Bundesrepublik Deutschland sich nicht in der Türkei die Zügel aus der Hand nehmen lässt, und der Tod von Bernhard Ries vielleicht so auf ewig ungesühnt bleibt.

Sabine sah auf, nachdem sie die Presseberichte gelesen hatte.

»Das ist Journalismus der schlimmsten Sorte. Noch schlimmer und bösartiger, als es ein Thorben Schmink vom Weser-Blitz jemals geschafft hat. Und der hat schon eine blühende Fantasie. Doch auf eine Sache kann man sich bei Schmink verlassen, er hat immer einen guten Riecher. Und manchmal sind die Ideen, die er in seinen Artikeln entwickelt, gar nicht so weit von der Wirklichkeit entfernt. Auch dieses Geschmiere könnte ein Fünkchen Wahrheit beinhalten.«

»Ja, stimmt schon. Ich kann mir diese *nette* Nachbarin der Familie Ries genau vorstellen. Ein missgünstiges, frustriertes Weib mit definitiv rechtslastigen, rassistischen Ansichten. Aber mit einer Sache lag sie gar nicht mal so falsch. Schon immer durch die gesamte Geschichte hindurch wurden die Ehen unter Andersgläubigen nicht gerne gesehen. Man muss nur ans Dritte Reich denken. Wer mit einem Juden oder einer Jüdin verheiratet war, den ereilte dasselbe Schicksal wie den Partner. Und dies war nicht selten der Tod.«

Hölzle genoss die Wärme des Kaminfeuers und rückte seinen Sessel noch ein klein wenig näher.

»Gemessen an den reinen Fakten ist diese Schmiererei jedoch identisch mit der Berichterstattung der Goslarschen Zeitung.«

Hölzle hatte sonst nichts weiter Verwertbares mehr gefunden. Er hatte sich noch den Zeitraum aus dem Jahr vorgenommen, in dem die Ermittlungen eingestellt worden waren. Dies war dem Harzer Boten nur noch eine kurze Notiz wert gewesen. Auch der Überfall auf Nesrin Ries kurz nach ihrer Rückkehr aus der Türkei war für das Blatt kein echter Aufreger mehr gewesen. Der Artikel fand sich auf Seite fünf. Fast hatte es den Anschein, der Schreiberling sei der Meinung, dass der Überfall der armen Frau gerade recht geschehen war.

»Hier ist noch ein Artikel, es geht um den Überfall auf Ries' Frau.«

Sabine nahm das Blatt Papier entgegen und las aufmerksam.

Überfall auf junge Türkin

In der Nacht zum Montag ist eine junge Türkin aus Darlingerode mit dem Schrecken davon gekommen. Die schwangere Frau ist in der Nacht von einer dunkel gekleideten Gestalt direkt vor ihrer Haustür überfallen worden. Gegen den Angreifer hatte sie sich mit Gewalt und lauten Schreien zur Wehr gesetzt. Als aufmerksame deutsche Nachbarn ihr zur Hilfe eilten, ließ der Täter von ihr ab und verschwand in der Dunkelheit. Bei dem Opfer handelt es sich um Nesrin Ries. Ob dieser Überfall in Zusammenhang mit der Ermordung ihres Ehemannes Bernhard Ries steht, ist noch nicht geklärt.

Wie der Harzer Bote berichtete, war neben der Grube, in der Bernhard Ries lebendig begraben worden war, ein zweites Grab geschaufelt worden. Sollte dieses für seine Ehefrau bestimmt gewesen sein, so kann nicht ausgeschlossen werden, dass ein weiterer Anschlag auf die junge Frau geplant ist, denn am Montag ist der Täter nicht zum Zuge gekommen. Oder sollte das Ganze ein billiges Ablenkungsmanöver gewesen sein? Doch von wem? Alles Fragen, die die Polizei noch zu beantworten hat.

Mit diesem Artikel endete die Berichterstattung über Bernhard und Nesrin Ries.

Was ist in diesem Blatt nur für ein unsägliches Gift versprüht worden, dachte Sabine Adler-Petersen.

»Frank hat mir erzählt, dass Nesrin Ries Deutschland kurz nach dem Überfall verlassen hat und endgültig in ihre Heimat zurückgekehrt ist«, informierte Hölzle sie, »die können wir also nicht mehr befragen.«

»Hmm, schade. Dann gib mir doch noch, was du sonst gefunden hast.«

Hölzle reichte ihr die Berichte über den rumänischen Jungen, der von dem Kletterfelsen gestürzt war.

»Also«, begann Sabine, als sie zu Ende gelesen hatte, »da stimmt doch tatsächlich was nicht. Hier ist die Rede von den Schnittwunden, die kann er sich ja kaum beim Sturz zugezogen haben.«

»Ja siehst du, das hat mich auch gestört«, antwortete Hölzle.

»Schürfwunden, klar, aber Schnittwunden? Die präsentieren sich ja gänzlich anders. Vielleicht hat auch der Journalist einen Fehler gemacht. Wir sollten uns den Obduktionsbericht beschaffen, um Klarheit zu bekommen. Was meinst du?«

Sabine knabberte an dem Keks, der auf dem Rand ihrer Untertasse lag.

»Ja klar, aber meinst du, das geht so schnell? Oder überhaupt?«

Sie grinste schelmisch.

»Ich denke schon. Zuständig für diese Region ist das Rechtsmedizinische Institut in Magdeburg, und ich kenne den Leiter ganz gut. Wir haben uns schon des Öfteren auf Tagungen getroffen und uns immer gut verstanden. Wir waren hin und wieder auch gemeinsame Gutachter für einige Fälle. Den ruf' ich gleich mal an. Vielleicht sollte ich ihn auch fragen, ob er einen Job für mich hat.«

»Was soll das heißen?«, Hölzle war irritiert.

»Soll heißen, dass die Rechtsmedizin in Bremen geschlossen werden soll. Es werden ja jetzt schon viele Untersuchungen in auswärtige Labors geschickt«, informierte sie ihn. »Na ja, vielleicht mache ich mich auch selbstständig, keine Ahnung.

»Und das erfahre ich so ganz nebenbei?« Hölzle rollte mit den Augen.

»Ist ja noch nicht amtlich. Ich ruf jetzt erst mal Leif an.«

Sie zückte ihr Handy, suchte nach der Nummer von Dr. Leif Oltmann.

»Leif, rat mal, wer hier ist«, meldete sie sich. »Ja genau, Sabine. Hör mal, ich hätte da ein Anliegen …«

Sie schilderte ausführlich die Sachlage, dann sagte sie einige Zeit nichts mehr, nickte nur noch zwischendurch, begleitet von einem gelegentlichen »hmm« oder »okaaay«. Schließlich legte sie auf, nachdem sie sich herzlich bei ihrem Kollegen bedankt hatte.

Hölzle wartete gespannt, was sie ihm gleich erzählen

würde, denn ihre Miene verriet, dass sie von Leif Oltmann etwas Interessantes erfahren hatte.

»Jetzt sag schon, was hat er gesagt?«, forderte Heiner.

Bevor sie antwortete, stibitzte sie seinen Keks.

»Hmmm, lecker«, sagte sie, genussvoll und betont langsam kauend.

»Pass auf, Leif hat sich an den Fall gut erinnert, ist ja auch noch nicht so lange her …«

»Na ja, drei Jahre sind das schon«, bemerkte Hölzle.

»Drei Jahre sind nix, es ist ja nicht so, dass man als Rechtsmediziner täglich eine Obduktion, und dazu noch an einem Kind, durchzuführen hat, und die Toten sich stapeln. Da erinnert man sich gut an die besonderen Fälle. Jedenfalls hat Leif berichtet, dass es sich tatsächlich um Schnittwunden gehandelt hat. Die Polizei hat auf Selbstmord getippt, weil es keine Hinweise gab, die auf Fremdeinwirkung schließen ließen.

Der Junge hatte wohl massive Probleme in der Schule, fiel auch immer wieder durch Diebstähle auf, hatte keine Freunde. Doch die Eltern weigerten sich, an die Selbstmordtheorie zu glauben, und hatten darauf bestanden, dass in der Zeitung nicht dieser Eindruck geschürt werden sollte. Daher steht in dem Artikel nur, dass es sich um einen tragischen Unfall gehandelt haben muss.«

Hölzle trank einen Schluck Tee, der zwischenzeitlich nur noch lauwarm war.

»Einem Dieb wurden früher die Hände abgehackt, bevor man ihn ins Jenseits beförderte. Vielleicht hat das mit dem Händeabschneiden nicht geklappt, oder der Täter wurde gestört und hat den Jungen dann den Felsen runtergeworfen«, überlegte er laut.

»Gut möglich«, stimmte Adler-Petersen ihm zu. »Wie wollen wir weiter vorgehen? Ich bin dafür, dass wir uns auf die Suche nach anderen Unfällen mit Todesfolge im Zeitungsarchiv machen sollten. Damit meine ich keine Autounfälle. Eher vielleicht Sportunfälle, Hausbrände oder so, nicht so das Übliche, meine ich.«

Hölzle sah auf die Uhr.

»Dann aber los. Was ich über diesen Pfarrer gefunden habe, lesen wir später.«

Sabine hatte angeboten zu fahren und ließ den Mercedes schnurren, übertrat mehr als einmal die Geschwindigkeitsbegrenzung. Hölzle sagte nichts, schließlich stand ja nicht seine Pappe auf dem Spiel. In Rekordzeit waren sie in Blankenburg und wühlten sich im Zeitungsarchiv durch alte Artikel. Sabine nahm sich die letzten zehn Jahre vor, Hölzle beschäftigte sich mit Berichten, die länger als zehn Jahre zurücklagen. Beinahe gleichzeitig wurden sie fündig.

»Hier guck mal«, rief Sabine aufgeregt. »Da! Acht Jahre ist das her. Zwei Urlauberinnen, eine davon tot, eine lebensgefährlich verletzt. Hatten ein Blockhaus gemietet, und es hat gebrannt. Das passt, das könnte unser Psychopath gewesen sein.«

Urlaubstrip in den Tod

Für zwei Touristinnen aus Bayern endete ihr Urlaub im Harz tragisch. Bis auf die letzten Holzbohlen brannte die Ferienhütte zweier Frauen in der Nähe von Wernigerode nieder. Vergeblich hatten erste Helfer und die nur kurz nach der Meldung des Brandes eintreffende Freiwillige Feuerwehr versucht, den Flammenherd unter Kontrolle zu bringen. Für eine der Frauen, Ina W., kam jede Hilfe zu spät. Ihre völlig verkohlte Leiche wurde im Schlafzimmer der Hütte entdeckt. Ihre Freundin überlebte schwer verletzt und wurde mit einem Hubschrauber umgehend in das Schwerbrandverletztenzentrum nach Hannover gebracht, wo man sich ihrer massiven Verbrennungen annimmt. Wie es zu diesem Brand kam, ob Unachtsamkeit oder gar ein mit Absicht gelegtes Feuer die Katastrophe auslöste, ist noch nicht bekannt.

»Und hier ist noch was dazu, eine Woche später erschienen«, sagte Sabine.

Unachtsamkeit führte
zur Brandkatastrophe

Nachdem die Brandermittler und die Kriminalpolizei ihre Arbeit aufgenommen haben, konnten sie auf der Pressekonferenz der Polizei gestern Nachmittag erste Ergebnisse zur Brandkatastrophe bei Wernigerode (wir berichteten) mitteilen. Der Brand, bei dem eine Touristin den Tod fand, eine andere – wie der Harzer Bote erfahren hat, die Lebensgefährtin des Brandopfers – mit schweren Verbrennungen zum Teil 3. Grades überlebt hat, ist wohl durch Unachtsamkeit ausgelöst worden. Die Frauen haben offensichtlich einen Benzinkanister, der eigentlich in das gemeinsame Auto gehörte, vor der Blockhütte gelagert. Er scheint beim Ausräumen des Gepäcks beiseite gestellt worden zu sein. Bei den Untersuchungen wurden auch Zigarettenreste sichergestellt, sodass der Verdacht naheliegt, dass der Brand durch eine weggeworfene Zigarette, die in der Nähe des Benzinkanisters gelandet sein muss, ausgelöst wurde.

Immer wieder wird davor gewarnt, brennbare Flüssigkeiten in unmittelbarer Hausnähe aufzubewahren. Vor allem aber muss den beiden Touristinnen doch bekannt gewesen sein, dass im Wald das Rauchen, wenn auch nicht verboten, aber doch zu unterlassen ist. Alle diese Warnungen haben die beiden offensichtlich in den Wind geschlagen. Beide haben teuer dafür bezahlt, eine davon mit dem Leben.

Noch ist das zweite Brandopfer, die Überlebende der Katastrophe, Mirja P., nicht vernehmungsfähig. Wann das möglich sein wird, darüber gaben die behandelnden Ärzte bisher keine Auskunft. Die Ermittler erhoffen sich durch die Aussage von Mirja P. nähere Informationen, die Aufschluss darüber geben können, was wirklich in der Brandnacht geschehen ist.

»Ich hab hier auch mehrere Artikel«, bemerkte Hölzle. »Noch eine Brandgeschichte, junger Mann verbrennt in Turnhalle bei Blankenburg. Wochen und Monate zuvor gab es immer wieder Brandstiftungen. Elf Jahre her. Lies dir das mal durch.«

Großeinsatz bei Brand in Cattenstedt

Zu einem Großeinsatz musste die Freiwillige Feuerwehr in Cattenstedt ausrücken. Eine Scheune, in der Heu gelagert war, war aus bisher ungeklärter Ursache in Brand geraten. Einen weiten Weg hatte die Feuerwehr nicht zu bewältigen, denn die Scheune befand sich nur wenige Hundert Meter von der Garage der Freiwilligen Feuerwehr Cattenstedt entfernt. Der Großeinsatz war notwendig geworden, da das Feuer auf ein angrenzendes Gebäude überzugreifen drohte, in dem sich landwirtschaftliche Maschinen und Wintergetreide des Landwirts befinden. Anwohner wollen spielende Kinder in der Nähe des Heuschobers gesehen haben. Nicht auszuschließen ist daher, dass unachtsames Zündeln zu dem Brand geführt hat.

Erneuter Großeinsatz
der Freiwilligen Feuerwehr Cattenstedt

Bereits zum zweiten Mal in dieser Woche wurde die Freiwillige Feuerwehr Cattenstedt zu einem Brand gerufen. War es letzte Woche eine Scheune (wir berichteten), so brannten gestern Nacht zwei Pkw komplett aus, die auf dem Parkplatz eines Supermarktes über Nacht abgestellt worden waren. Wie die Autos in Brand geraten sind, ist zurzeit, ebenso wie die Brandursache, die die Scheune samt Inhalt vernichtete, ungeklärt. Im Falle der ausgebrannten Pkw liegt jedoch der Verdacht auf Brandstiftung nahe.

Brandursache geklärt

Das Feuer, das die beiden Pkw vor zwei Tagen komplett zerstört hat, ist absichtlich gelegt worden. Wie die Unter-

suchung der Autos ergeben hat, war brennbares Material auf die Reifen gelegt und angezündet worden. Obwohl die lodernden Flammen von einem aufmerksamen Spaziergänger bereits in ihrer Anfangsphase entdeckt wurden, war es bereits zu spät. Die Wagen brannten binnen weniger Minuten nahezu vollständig aus. Der Zeuge gab an, eine Gestalt gesehen zu haben, die kurz zuvor über den Parkplatz lief. Aufgrund der Dunkelheit – der Parkplatz ist nachts nur wenig beleuchtet – konnte er jedoch keine genaue Personenbeschreibung abgeben. Ob diese Tat in Zusammenhang mit der brennenden Scheune steht, werden weitere Ermittlungen zeigen.

Cattenstedt kommt nicht zur Ruhe

Gerade erst vor vier Wochen musste die Feuerwehr ausrücken, um zwei brennende Pkw zu löschen, nun gab es erneut einen Brand in Cattenstedt. Zwar war die Freiwillige Feuerwehr in nur wenigen Minuten nach Eingang des Notrufs vor Ort, konnte jedoch nicht mehr verhindern, dass die Garage eines Einfamilienhauses zerstört wurde. Nur mit knapper Not konnten die Männer den Übergriff der Flammen auf das angrenzende Wohnhaus verhindern. Das Haus stand zum Zeitpunkt des Brandes glücklicherweise leer, da die sechsköpfige Familie sich im Urlaub befand.

Innerhalb von nur fünf Wochen macht Cattenstedt durch mehrere Brände auf sich aufmerksam, was den Verdacht nahelegt, dass ein oder mehrere Feuerteufel hier ihr Unwesen treiben. Nicht selten sind es Jugendliche, die aus Langeweile zündeln, ohne sich darüber im Klaren zu sein, welchen Gefahren sie damit ihre Mitmenschen aussetzen. Bis jetzt ist in Cattenstedt durch Glück oder Zufall noch niemand zu Schaden gekommen. Die Polizei bittet die Einwohner darum, leer stehenden Gebäuden oder landwirtschaftlich genutzten Anlagen besondere Aufmerksamkeit zu widmen, da diese oft von Brandstiftern als Ziel ausgesucht werden.

Der Feuerteufel von Cattenstedt hat wieder zugeschlagen

Der vierte Einsatz der Cattenstedter Feuerwehr innerhalb weniger Wochen lässt nun keinen Zweifel mehr daran, dass ein Brandstifter umgeht. Die Lagerhalle der Holzhandlung Bilger wurde in der Nacht zum Samstag vollkommen zerstört, der Schaden geht in die Hunderttausende. Auch die Ortsfeuerwehr Börnecke wurde dazu gerufen, jedoch waren die Feuerwehrleute machtlos. Die hölzerne Lagerhalle wurde samt Inhalt ein Raub der Flammen, nichts ist mehr übrig geblieben. Auch hier gelang es Gott sei Dank, das Übergreifen der Flammen auf das Nachbargebäude zu verhindern. Die Brandermittler der Kriminalpolizei suchen fieberhaft nach einem Verdächtigen.

Die Angst geht um in Cattenstedt

Und schon wieder hat ein Großfeuer gestern die volle Einsatzkraft der Freiwilligen Feuerwehr in Cattenstedt gefordert. Gestern wurde eine weitere Halle, in der 500 Rundballen Heu und Stroh lagerten, ein Raub der Flammen.

Oberbrandmeister Gerald Schneider geht, ebenso wie die Polizei, von ein und derselben Person aus, die für die Brände verantwortlich ist.

»Man muss diesem Feuerteufel das Handwerk so schnell wie möglich legen. Noch sind kein Mensch und kein Tier zu Schaden gekommen, doch man kann eindeutig erkennen, dass sich der Feuerteufel steigert«, so Gerald Schneider zu unserer Zeitung.

Geht der Brand der Schulturnhalle
in Blankenburg auf das Konto des Feuerteufels?

Die nicht abreißende Brandserie in und um Cattenstedt hat ein erstes Todesopfer gefordert. Noch ist die Identität des Mannes, der in der abgebrannten Turnhalle der Grundschule von Blankenburg den Tod gefunden hat, unserer Zeitung nicht bekannt. Der Brand, der trotz des Einsatzes von sieben Löschfahrzeugen nicht eingedämmt werden konnte, ist der fünfte in einer ganzen Reihe, die seit Monaten die Bevölkerung von Cattenstedt in Angst und Schrecken versetzt. Unsere Zeitung möchte keinen voreiligen Verdacht schüren, doch es ist immerhin möglich, dass der Tote auch der gesuchte Feuerteufel ist. Einige Indizien, zu denen sich die Brandermittler der Polizei noch nicht äußern wollten, legen diesen Verdacht allerdings nahe.

Feuerteufel stirbt in den eigenen Flammen

In der gestrigen Pressekonferenz bestätigte der Polizeisprecher den Verdacht, dass der beim Brand der Turnhalle der Grundschule Blankenburg zu Tode gekommene Mann mit höchster Wahrscheinlichkeit der seit Monaten gesuchte Feuerteufel ist. Die Experten der Kriminalpolizei fanden einen selbst gebastelten Sprengsatz, der offensichtlich durch ein Handy gezündet werden sollte. Warum der Sprengsatz zu früh hochgegangen ist und so den Verursacher mit in den Tod riss, ist dennoch ungeklärt. Tatsache jedoch ist, dass es mit den Brandstiftungen nun aufhören dürfte. Die Identität des Feuerteufels, der die Menschen in unserer Region in Angst und Schrecken versetzt hat, ist noch nicht bekannt. Spekuliert werden darf jedoch darüber, ob er nicht vielleicht sogar aus den Reihen der Feuerwehrleute selbst kommt.

Identität des Feuerteufels geklärt

Der tote Brandstifter, der monatelang die Feuerwehren in Atem hielt und für mehrere Brände in Cattenstedt und Blankenburg verantwortlich zeichnete, stammt aus den Reihen der Freiwilligen Feuerwehr Cattenstedt. Es handelt sich um Chris S., einen unscheinbaren und bis dato als unbescholten geltenden jungen Mann. Freunde und Familie sowie seine Kollegen der Freiwilligen Feuerwehr zeigten sich erschüttert. Chris S. war immer einer der Ersten, die zum Einsatz erschienen. Dieses Verhaltensmuster ist oft typisch für Brandstifter, die selbst bei der Feuer-

wehr tätig sind. Denn sind es nicht oft die Übereifrigen, die sich dann als der gesuchte Feuerteufel entpuppen? Eine Hausdurchsuchung des toten Chris S. lieferte der Polizei genügend Hinweise auf seine Täterschaft. Rechnungen und Online-Bestellungen lassen keinen Zweifel daran. Nun ist der Täter zu seinem eigenen Opfer geworden, und zurück bleiben viele unbeantwortete Fragen. Doch Cattenstedt kann wieder ruhig schlafen.

Während Sabine in Ruhe die Artikel las, ging Hölzle noch weitere Jahre zurück. Was, wenn der Wahnsinnige vor noch längerer Zeit mit dem Morden begonnen hatte? Zunächst fand er nichts Auffälliges, doch dann stieß er auf mehrere Artikel zum Tod eines Frauenarztes aus Maarode.

Der Mann war nachts auf dem Weg nach Hause von einer Feier von einem Pkw angefahren worden. Der Unfallverursacher hatte Fahrerflucht begangen und den schwer verletzten Mann zurückgelassen. Doch nicht nur das. Laut Angaben der Polizei war der arme Kerl von der Straße weggeschleift und in einen Graben geworfen worden, wo er letztendlich starb. Wie mehrere Artikel verlauten ließen, war der Gynäkologe als Gemeinderatsmitglied auch politisch aktiv gewesen.

Zwischen den Zeilen war zu lesen, dass er allerdings bei einem Teil der Bevölkerung nicht wirklich beliebt gewesen war. Wie der Reporter damals schrieb, behaupteten böse Zungen nach seinem Tod, der Doktor hätte Kinder begrapscht und seine Stellung im Gemeinderat zu seinen Gunsten ausgenutzt. Hölzle druckte die Zeitungsartikel aus. Bevor er sich weitere Gedanken darüber machen konnte, ob und wie der Unfall mit Fahrerflucht tatsächlich zu den anderen Fällen passen könnte, fuhr Sabine, deren Gedanken sich überschlugen, plötzlich hoch.

»Was, wenn der tote Brandstifter nicht, so plausibel es auch klingen mag, Opfer seiner eigenen Unachtsamkeit geworden ist, sondern wenn jemand nachgeholfen hat? Stell dir folgendes Szenario vor: Unser Mörder hat den Feuerteufel mit dessen eigenem Sprengsatz gerichtet. Auf Brandstiftung stand früher die Todesstrafe!«

Hölzle sah sie verblüfft an.

»Der Gedanke ist mir auch schon durch den Kopf gegangen. Nur, wie soll er das angestellt haben, ohne selbst in Gefahr zu geraten? Und was haben die beiden Frauen verbrochen? Sollte tatsächlich dieser Brand in der Blockhütte auch zur Mordserie gehören?«

Fünf Minuten lang herrschte Stille in dem kleinen Raum, jeder hing seinen Gedanken nach.

»Lesben!«, riefen Hölzle und Adler-Petersen wie aus einem Munde und klatschten sich wie zwei übermütige Teenager ab.

»Steht ja in dem Artikel auch drin, dass sie ein Paar waren«, fügte Hölzle an. Das hätte ihnen auch gleich auffallen können.

»Du hast gesagt, eine der beiden Frauen wurde lebensgefährlich verletzt. Schau mal nach, ob du noch was dazu findest. Ob sie später ihren Verletzungen erlegen ist oder überlebt hat. Wenn ja, sollten wir herausfinden, wo sie wohnt. Ihr Name ist ja halbwegs bekannt, Mirja P. Wir sollten versuchen, Kontakt mit der Frau aufzunehmen.«

Adler-Petersen scrollte die Zeitungsausgaben der Tage nach Bekanntwerden des Brandes durch, wurde fündig.

»Hier«, sie zeigte auf den Artikel, »Brandopfer auf dem Weg der Besserung, es besteht keine Lebensgefahr mehr.«

»Gut. Drucken wir alles aus, was wir gefunden haben, und machen uns auf die Suche nach der Überlebenden. Wo stand das Blockhaus?«

Adler-Petersen sah nach. »In der Nähe von Wernigerode.«

»Interessant. Wernigerode ist nicht allzu weit von Blankenburg entfernt. Dort brannte diese Turnhalle. Mal sehen, ob uns die Kollegen vom Polizeiarchiv in Halberstadt helfen können. Oder wollen, schließlich ist Wochenende. Und wir kommen lediglich mit einem mehr als vagen Verdacht, ohne irgendwelche handfesten Beweise. Und mischen uns dazu noch in Dinge ein, die uns eigentlich nichts angehen.«

Sie packten die ausgedruckten Zeitungsartikel zusammen in Sabines große Handtasche, und die Rechtsmedizinerin jagte den Mercedes wieder über die Straßen. Hölzle musste im Stillen zugeben, dass er die Geschwindigkeit genoss und die Rechtsmedizinerin eine ausgezeichnete Fahrerin war.

In Halberstadt hatten sie Glück, denn einen der diensthabenden Kollegen, Steffen Kellermann, kannte Hölzle bereits von seinem ersten Besuch, als er sich nach der Akte von Bernhard Ries erkundigt hatte. Hölzle schilderte ihm seine Mutmaßungen und erläuterte die Zusammenhänge, die er zwischen den Morden und den vermeintlichen Unfällen zu erkennen glaubte. Kellermann war zwar nicht wirklich überzeugt, gewährte Hölzle aber nach einigem Zögern Akteneinsicht.

»Hier heißt es, dass die Frauen eindeutig fahrlässig gehandelt hätten, und deshalb das Feuer ausgebrochen ist. Ein umgekippter Benzinkanister und einige Zigarettenkippen waren der Brandauslöser«, bemerkte Hölzle, als er die Berichte durchlas.

»Die Überlebende heißt Mirja Ploss und kam wie ihre Lebensgefährtin Ina Weidinger aus Bayern. Nicht gerade um die Ecke, wenn wir sie befragen wollen.« Er las weiter. Dann blieben seine Augen an dem Wort ›Bremen‹ hängen.

»Das glaubst du jetzt nicht! Mirja Ploss hat eine Bremer Adresse angegeben, sollten noch weitere Fragen seitens der Polizei auftauchen. Sie ist auch, nachdem sie transportfähig war, in eine Bremer Klinik verlegt worden.«

»Freu dich nicht zu früh. Das ist Jahre her. Wer sagt denn, dass sie immer noch in Bremen lebt«, dämpfte Sabine seinen Optimismus.

»Hmm, ja, kann natürlich sein. Egal, ich setze Harry drauf an. Der schuldet mir was.«

»Was ist mit dem Mann aus der Turnhalle?«, ging Sabine nahtlos zum nächsten Fall über.

Hölzle überflog auch diesen Polizeibericht.

»Vielleicht ist das doch nichts. Hier steht, dass in der Turnhalle ein Sprengsatz gefunden wurde. Sieht so aus, als wäre dieser junge Mann, Chris Sommer, der gesuchte Brandstifter gewesen. Offenbar hat er sich aber überschätzt. Vermutlich wollte er die Turnhalle in Brand setzen, und das Ding ist zu früh losgegangen.«

»Hmm, das klingt aber so, als ob der nicht in unsere Serie gehört.«

»Stopp, warte mal. Nicht so vorschnell. Hier steht aber auch, dass das Feuer laut Untersuchungen der Brandspezialisten nicht von dem Sprengsatz ausging …«

»Gibt es einen Obduktionsbericht?«

»Ja bestimmt«, Hölzle blätterte weiter und fand den Bericht der Rechtsmedizin Magdeburg. »Sieh dir das selbst an.«

Sabine nahm den Ordner entgegen und begann zu lesen. Nach wenigen Minuten sah sie auf.

»Dieser Tote wies eine Schlagverletzung an der Schläfe auf …«

»Kann das nicht von der Explosion gekommen sein?«, unterbrach Hölzle. »Da fliegt ja einiges durch die Gegend.«

»Der Kollege beschreibt eine Schlagverletzung durch einen flachen Gegenstand. Wenn man durch umherfliegende Teile getroffen wird, gleichen die Verletzungen eher einem Loch im Schädel. Und hier unten steht auch, dass in der Lunge Kohlenmonoxid gefunden wurde. Sommer ist erstickt.«

Hölzle zog den Ordner wieder zu sich her.

»Lass mich mal weiterlesen. Ja hier, das Feuer ist in der Nähe der Leiche ausgebrochen laut den Brandsachverständigen, der Sprengsatz hingegen hatte Turnmatten neben der Sprossenwand in Brand gesetzt. Die Flammen haben so die ganze Dachkonstruktion erreicht.«

»Wieso bastelt jemand einen Sprengsatz, um die Turnhalle abzufackeln, und legt dann noch ein Feuer, in dem er selbst umkommt? Was ist das denn für ein Unsinn!

Das bestätigt doch unsere Vermutung, dass hier nachgeholfen wurde«, Sabine war wie elektrisiert.

»Keine Ahnung. Mir ist vor allem schleierhaft, warum die Tatsache, dass es einen zweiten Brandherd gegeben hat, nicht weiter verfolgt wurde. Die Akte wurde geschlossen.«

»Hat die Brandserie eigentlich danach aufgehört?«

»Davon steht hier nichts. Wir brauchen aber nur bei der Polizei in Blankenburg beziehungsweise bei der Feuerwehr nachzufragen.«

»Okay, dann lass uns jetzt dorthin fahren und unterwegs irgendwas essen, mir knurrt der Magen«, schlug Sabine vor.

Wenig später beschlossen sie, direkt zur Feuerwehr nach Cattenstedt zu fahren. Die Fahrt würde eine knappe halbe Stunde dauern. Doch in Blankenburg fuhr Sabine plötzlich scharf rechts ran und hielt. Es erhob sich ein Hupkonzert, und der Fahrer des Wagens direkt hinter ihr wedelte mit der Hand vor seinem Gesicht, als er vorbeifuhr und Sabine einen wütenden Blick zuwarf.

»Hier essen wir was«, sagte sie bestimmt und stieg aus, ohne eine Antwort Hölzles abzuwarten.

»Sag mal, hat deine Karre diese Sonderausstattung ›ohne Blinker‹?«, brummte Hölzle sarkastisch.

Sabine verdrehte die Augen.

»Ja, war vielleicht ein bisschen plötzlich. Aber die Entscheidung, hier abrupt zu halten, hat mein Magen gemeinsam mit meinem Bremsfuß getroffen. Los jetzt, lass uns reingehen.«

Das Lokal entpuppte sich als kleines, aber feines Bistro mit wechselnder Speisekarte. Sabines Wahl fiel auf einen großen Salatteller mit gebratenem Lachs, dazu bestellte sie ein großes Wasser und ein Glas Weißwein. Hölzle entschied sich für Hähnchenbrust auf Wokgemüse und ein alkoholfreies Bier. Das Essen kam schnell, war ausgezeichnet und preislich in einem angemessenen Rahmen.

»Hast du schon mal nachgesehen, wo genau die Feuerwehr in Cattenstedt stationiert ist?«, fragte Sabine zwischen zwei Gabeln Salat.

»Du siehst grade aus wie Bugs Bunny«, schmunzelte Hölzle, »wenn du dein Grünzeug mümmelst. Nur deine Zähne sind nicht so lang. Ja, hab ich. Die haben eine Homepage, und dort stehen auch ein paar Handynummern. Ich ruf dort gleich mal an, sobald wir bezahlt haben.«

Er schaufelte die letzten Zuckerschoten in sich hinein, während Sabine sich immer noch mit ihrem Salat vergnügte.

»Wenn ich das Karnickel bin, bist du der Wolf, so wie du dein Essen hinunterschlingst. Die weißen Dinger in deinem Mund nennen sich Zähne und man benutzt sie zur Zerkleinerung.«

»Danke, Frau Doktor, da bin ich noch gar nicht drauf gekommen. Sind deine Ratschläge kostenpflichtig?«

Adler-Petersen lachte.

»Könntest du gar nicht bezahlen.«

»Ich könnte meine Schulden ja abarbeiten«, schlug Hölzle mit einem anzüglichen Grinsen vor.

»Hast du nicht gesagt, dass das gestern Nacht eine einmalige Sache war?«

Hölzle zuckte mit den Schultern.

»Was geht mich mein Geschwätz von heute Morgen an.«

Sabine blieb ihm einen weiteren Kommentar schuldig und beendete in aller Ruhe ihre Mahlzeit.

Hölzle hatte Oberbrandmeister Gerald Schneider angerufen, der bereit war, sich mit ihnen in einer halben Stunde beim Feuerwehrhaus zu treffen.

Gerald Schneider war ein stattlicher Endfünfziger, eine Handbreit größer als Hölzle und mit einem breiten Rücken, der an einen Gewichtheber erinnerte.

»Sie kommen wegen Chris Sommer, sagten Sie am Telefon«, begann Schneider, als sie sich die Hände geschüttelt hatten. »Das ist lange her, aber ich erinnere mich noch sehr genau. Was wollen Sie denn wissen?«

»Nachdem Sommer bei dem Brand umgekommen war, hörten die Brandstiftungen dann auf?«, fragte Hölzle.

Schneider nickte.

»Ja. Für uns alle war damit klar, dass Chris die ganzen Brände gelegt hatte. Die Polizei hat bei einer Hausdurchsuchung viele Hinweise gefunden, die mehr als eindeutig zeigten, dass er der Brandstifter gewesen ist. Er hatte diverse Bestellungen im Internet getätigt und sich auf Seiten herumgetrieben, so quasi ›wie-bastel-ich–einen-Sprengsatz-Punkt-de‹. Da gibt es Chatrooms, wo sich die Leute darüber austauschen. Das World Wide Web, Segen und Fluch in einem«, seufzte er.

»Chris' Mutter war am Boden zerstört. Eigentlich ist sie nie darüber hinweggekommen. Nicht nur, dass ihr Junge umkam, sondern auch, dass er der Feuerteufel war.« Neugierig sah er Hölzle an.

»Wieso wollen Sie das überhaupt alles wissen?«

»Ich habe den Polizeibericht gelesen. Daraus geht hervor, dass Chris Sommers Leiche in der Nähe der Tür gefunden wurde, dort war auch das Feuer ausgebrochen. Der Sprengsatz hingegen war aber an anderer Stelle explodiert. Zudem hat Sommer einen Schlag gegen den Kopf bekommen und ist schlussendlich in den Flammen erstickt. Da frage ich mich, ob Sommer wirklich alleine für seinen Tod verantwortlich war.«

Schneider kratzte sich seine grauen Stoppeln am Kopf.

»Tja, wenn Sie das so aufzählen, sieht das Ganze wirklich so aus, als ob Chris selbst einem Feuerteufel zum Opfer gefallen ist. Die Polizei hat damals nichts weiter unternommen, für die war klar, dass Chris der Täter war und er seinen Tod selbst verschuldet hat.«

Sein Blick schweifte von Hölzle zu Adler-Petersen und wieder zurück.

»Sie sagen, Sie sind aus Bremen? Wieso interessiert sich die Kripo Bremen für einen so alten Fall, der Jahre zurückliegt?«

Bevor Hölzle eine Antwort geben konnte, mischte sich Sabine ein.

»Die Rechtsmedizin Bremen bereitet gemeinsam mit der Kriminalpolizei eine Tagung zum Thema Brandstiftung und Brandopfer vor, und wir sammeln dazu alle interessanten Fälle der letzten 15 Jahre in Deutschland«, schüttelte Sabine einfach so eine plausible Erklärung aus dem Ärmel.

Hölzle staunte nicht schlecht.

Dia liagt, ohne rot zom werde.

Die Ausrede war brillant. Schließlich wollte er Schneider nicht auf die Nase binden, dass er an einen Serienmörder glaubte, der immer noch frei durch den Harz streifte.

Hölzle dankte Schneider, dass er sich Zeit für sie genommen hatte.

Im Auto grinste er Sabine schelmisch an, als sie den Wagen startete.

»Du lügst nicht schlecht.«

»Aber wir sind echt ein gutes Team, findest du nicht?«, sie knuffte ihn in den Arm.

Zurück in Maarode verkrümelten sie sich auf Hölzles Zimmer, schoben die Bettdecke beiseite, stopften sich die Kissen in den Rücken und nahmen sich die verschiedenen Artikel des Harzer Boten zum Tod des Pfarrers Klemens von Butzenbach vor.

Toter auf dem Betriebsgelände
der Harzwasserwerke in Clausthal-Zellerfeld

Die Leiche eines ca. 40-jährigen Mannes wurde gestern auf dem Betriebsgelände der Harzwasserwerke entdeckt. Bis jetzt ist lediglich bekannt, dass der Mann einem Verbrechen zum Opfer gefallen ist. Der Fundort der Leiche ist weiträumig abgesperrt worden. Die Polizei war bis jetzt zu keiner Stellungnahme bereit.

Priester ermordet

Bei dem vorgestern auf dem Betriebsgelände der Harzwasserwerke in Clausthal-Zellerfeld entdeckten Toten handelt es sich um den in der Stadt allseits bekannten Pfarrer Klemens von B. Die genauen Todesumstände sind noch nicht geklärt, sicher ist nur, dass der Geistliche ermordet wurde. Die Leiche des Priesters wurde gestern früh von einem Anwohner, der durch lautes Vogelgekreische geweckt worden war, entdeckt. Auf telefonische Nachfrage unserer Zeitung teilte uns seine Ehefrau mit, ihrem Mann sei eine Schar Krähen aufgefallen, die auf einen leblosen Körper einhackte. Weitere Angaben konnte die Ehefrau nicht machen. Ihr Mann hat einen Schock erlitten und musste in ein Krankenhaus eingeliefert werden. In der Christophorus-Gemeinde von Clausthal-Zellerfeld, in der Klemens von B. seit mehr als zehn Jahren tätig gewesen ist, sind die Menschen über die Tat entsetzt. Die Öffentlichkeit drängt darauf, dass sich die Polizei bald zu den Todesumständen des Klemens von B. äußert.

Polizei hält Informationen zurück

Noch hält die Sonderkommission der Kriminalpolizei mit Informationen zum Tod des Pfarrers Klemens von B. hinterm Berg. Wie der Harzer Bote allerdings selbst in Erfahrung bringen konnte, ist Klemens von B. einem besonders brutalen Verbrechen zum Opfer gefallen. Marko I., der die Leiche gefunden hatte, konnte mittlerweile das Krankenhaus wieder verlassen. Noch mag Marko I. selbst nicht glauben, was er am Morgen des Buß- und Bettages entdeckt hat.

›Es war eine furchtbare Nacht, die ich nie vergessen werde. Einmal war ich mitten aus dem Schlaf kurz auf-

geschreckt, dachte, ich hätte einen Schrei gehört. Dann herrschte plötzlich Ruhe, und ich bin wieder eingeschlafen. Frühmorgens haben die Krähen dann einen entsetzlichen Lärm veranstaltet. Von unserem Schlafzimmerfenster, mit Blick auf das Betriebsgelände der Harzwasserwerke, sah ich dann zahllose Rabenvögel. Auch durch mehrfaches lautes Händeklatschen ließen sie sich nicht verscheuchen, blieben sitzen, flogen kurz auf, kamen zurück. Zuerst dachte ich, es wäre ein Müllsack oder so, um den die Vögel sich stritten. Als ich aber meine Brille aufsetzte, erkannte ich, dass dort ein Mensch am Kehrrad lag oder vielmehr hing. Ich bin dann sofort rausgerannt. Mir wird jetzt noch ganz schlecht, wenn ich daran denke, was ich da vorfand. Der Mann war tot, hing da wie gerädert, die Gliedmaßen total verdreht. Und die Krähen ließen sich immer noch nicht vertreiben. Es war entsetzlich. Pickten in seinem Gesicht herum, und noch schlimmer, auf irgendwas, das er in der Hand hielt. Ich war mir nicht ganz sicher, was es war, wegen der vielen Vögel. Und ich soll das auch für mich behalten, hat die Polizei gesagt‹, so Marko I.

Offensichtlich hat man den Zeugen instruiert, keine näheren Auskünfte zu geben, denn zu weiteren Aussagen, war Marko I. nicht zu bewegen. Doch eines ist bereits jetzt schon klar: Der Tod des Pfarrers wirft mehr als eine Frage auf. Wie ist der Priester ums Leben gekommen? Welche Informationen hält die Polizei zurück? Warum hat man dem bisher einzigen Zeugen, wenn es um Details geht, einen Maulkorb verpasst? Der Harzer Bote bleibt für Sie dran!

Führten unbewiesene Anschuldigungen zur Ermordung des Priesters?

Der Respekt vor dem ermordeten Pfarrer der Christophorus-Gemeinde, Klemens von B., und der Anstand, der in einem solchen Fall geboten ist, hat den Harzer Boten bislang schweigen lassen. Doch jeder Bürger von Clausthal-Zellerfeld stellt sich mit Recht, wie wir meinen, die Frage, ob der Tod des Geistlichen in Zusammenhang mit den Anschuldigungen steht, mit denen Klemens von B. sich unlängst konfrontiert sah. Nur hinter vorgehaltener Hand – die Kirche ist sehr schweigsam geworden – ist gemutmaßt worden, dass sich der Pfarrer selbst furchtbarer Verbrechen schuldig gemacht haben könnte. Der Harzer Bote sagt mit Nachdruck ›könnte‹, denn nichts ist wirklich bewiesen worden. Wie unsere Recherchen ergeben haben, soll Klemens von B. sich mehrfach an kleinen Jungen vergangen haben. Ein Presbyteriumsmitglied, das nicht genannt werden will, teilte unserer Redaktion auf Nachfrage mit, dass die Eltern der Kinder diesen Verdacht geäußert haben. Nichts ist bewiesen, doch auffällig erscheint dem aufmerksamen Bürger, dass Klemens von B. just in dem Moment, in dem Vorwürfe drohten, laut zu werden, nach oben weggelobt worden ist, um die Stelle des Dekans des Hochsauerlandkreises anzutreten.

Sollten sich die Vorwürfe des Kindesmissbrauchs bestätigen, wird der Harzer Bote seine Leser darüber informieren. Unglaublich ist allerdings bis heute das Verhalten der ermittelnden Polizeibeamten. Weder ist über die Todesursache noch über die oben genannten Vorwürfe etwas verlautbart worden. Mit Spannung erwarten wir die für heute Nachmittag angekündigte Pressekonferenz, die hoffentlich Licht ins Dunkel dieser Affäre bringt.

Polizeisprecher gibt Informationen zum Mordfall preis

Das Warten hat sich gelohnt. Fast zehn Minuten ließ man die Presse warten, doch was die Pressekonferenz der Polizei am gestrigen Nachmittag präsentierte, erinnert an den berühmten Paukenschlag. Die Obduktion des ermordeten Priesters ergab, dass der Pfarrer durch einen gezielten Schlag ins Genick getötet worden ist, der mit unglaublicher Brutalität ausgeführt wurde.

Zuvor erlitt Klemens von B. weitere massive Schläge, die nahezu sämtliche Knochen seines Körpers zertrümmerten. Keiner dieser Schläge war tödlich, aber verursachte extremste Schmerzen, die, so die Gerichtsmedizin, vermutlich zur Bewusstlosigkeit führten. Wahrscheinlich wurden alle Schläge mit einer Eisenstange oder Ähnlichem ausgeführt. Der Täter scheint mit einer unbändigen Kaltblütigkeit agiert und seine Tat genau geplant zu haben. Aufgefunden wurde der Tote mit zusammengebundenen Händen, durch die ein Seil führte, um die Leiche am Kehrrad auf dem Betriebsgelände festzumachen. Als Klemens von B. entdeckt wurde, hatten Krähen sich bereits über den geschundenen Körper hergemacht und dem Leichnam die Augen ausgepickt. Eine wahrhaft grauenhafte Vorstellung.

Noch tappt die Polizei vollkommen im Dunklen. Ob das Motiv der Vorwurf der Pädophilie gegenüber Kle-

mens von B. sein könnte, wollte der Pressesprecher weder bejahen noch dementieren.

Die Polizei bittet um Mithilfe der Bevölkerung. Wenn jemand Klemens von B. auf dem Weg zum Betriebsgelände oder auf dem Gelände selbst gesehen hat, möchte er sich umgehend mit der Kriminalpolizei in Verbindung setzen. Ungeklärt blieb bis gestern auch die Frage, warum sich der Priester überhaupt zu so später Stunde an diesem Ort aufhielt.

Wurde Priester zum Opfer seiner Neigungen?

Explosive Informationen im Fall des ermordeten Pfarrers Klemens von B.! Dem Harzer Boten ist gestern brisantes Material zugespielt worden. Ein anonymer Informant, der interne Kenntnisse zu haben scheint, hat unserer Redaktion in einem nicht zurückzuverfolgenden Anruf versichert, dass der Pfarrer nach seinem gewaltsamen Tod entmannt wurde. Die Sonderkommission hat dies auf Nachfragen des Harzer Boten bestätigt. Warum dieser Umstand während der Pressekonferenz verschwiegen worden ist, ist uns, und sicherlich auch unseren Lesern, unbegreiflich. Es erscheint der Redaktion des Harzer Boten wie eine Ausrede, dass man durch das Auslassen dieses pikanten wie grausamen Details die Ermittlungen nach allen Seiten hin offen halten wollte.

Für uns jedoch erhärtet sich dadurch der Verdacht, dass Klemens von B. Opfer seiner Vorliebe für kleine

Jungen geworden ist. Die Tatsache, dass dem Priester das Geschlechtsteil abgetrennt wurde, lässt den Kreis der Verdächtigen erheblich schrumpfen. Wurde ein erzürnter Vater, ein wütender Bruder, vielleicht sogar eines seiner früheren Opfer zum Täter?

Verdacht erhärtet sich

Immer mehr Details schüren den Verdacht im Falle des ermordeten Pfarrers Klemens von B.

War es bis vor Kurzem nur ein vager Verdacht, dass der Pfarrer der Christophorus-Gemeinde in Clausthal-Zellerfeld sich an Jungen im Alter von sieben bis elf Jahren sexuell vergriffen hat, so mehren sich sozusagen stündlich die Stimmen, die die perverse Neigung des Priesters bekräftigen.

Bei unserer Redaktion meldeten sich unabhängig voneinander Mitbürger, die uns ihre Beobachtungen schilderten. So hegte die alleinerziehende Mutter und Mitglied des Kirchengemeinderates Tanja W. schon früh den Verdacht, dass sich der Priester den Kindern unsittlich näherte. Ein Verdacht, den Klemens von B. jedoch zu zerstreuen wusste.

Die russischstämmige Familie L., die sich mit unserer Zeitung in Verbindung setzte, berichtete glaubwürdig, dass auch ihr Sohn mehrfach von diesem Gottesmann zu sexuellen Handlungen gezwungen worden war.

Ein Mann Gottes – »lasset die Kindlein zu mir kommen«, diesen Satz hat Klemens von B. für seine Bedürfnisse passend interpretiert. Zynismus in Reinkultur. Auch andere Eltern hatten später denselben Verdacht geäußert, was dazu führte, dass man sich mit den Vorgesetzten des Priesters in Verbindung setzte.

Die geplante Versetzung des Pfarrers von B. war letztendlich die Konsequenz, die die Kirche aus den Verdachtsmomenten zog.

Doch warum nur wurde darüber so lange geschwiegen? Wieso wurde nie die Presse informiert? Der gute Ruf des Priesters schien der Mehrheit der Gemeinde offensichtlich wichtiger als das Wohl der Kinder. Eine Schande, meint der Harzer Bote.

»Ist dir das aufgefallen?«, fragte Hölzle und tippte mit dem Finger auf einen der Artikel.

»Was meinst du?«

»Na hier: gerädert. Wie vor 500 Jahren. Da hat man Leute auch aufs Rad geflochten.«

Sabine rieb sich müde die Augen.

»Was aber nicht ganz so passt, ist, dass der Mörder des Pfarrers liebstes Stück abgeschnitten hat. Das haben die früher, meine ich, nicht gemacht. Knochen brechen, indem man ein schweres Rad auf die Extremitäten krachen ließ, hat gereicht, um einen qualvollen Tod zu sterben. Vielleicht war ja der Mörder selbst einmal Opfer des Priesters gewesen.«

»Weiß nicht. Der Pfarrer wurde letztes Jahr umgebracht. Zehn Jahre war er in der Gemeinde. Selbst wenn der Täter damals Opfer gewesen wäre, wäre er heute maximal 21 Jahre alt. Passt nicht. Die anderen Fälle liegen zum Teil so lange zurück, und dann hätte unser Mann schon im Kindes- oder Jugendalter gemordet«, widersprach Hölzle und nahm sich den letzten Artikel zum Priestermord vor.

Noch immer keine Spur
im Fall des ermordeten Priesters

Nach fast zwei Wochen tappen die ermittelnden Beamten im Fall des ermordeten Priesters Klemens von B. immer noch im Dunkeln. Alle bis dahin verfolgten Spuren sind im Sande verlaufen. Wir wollen nicht direkt von Unfähigkeit der Ermittlungsbehörde sprechen, aber dass ein Mensch inmitten einer Ansiedlung auf brutale Weise ums Leben gebracht wird, und die Polizei nach nunmehr zwei Wochen noch keinen Schritt weiter ist, erscheint schon als Armutszeugnis.

Nach dem Aufruf der Polizei, Personen, denen etwas Verdächtiges in der Tatnacht aufgefallen sei, sollten sich melden, sind bis heute lediglich drei Schülerinnen vorstellig geworden. Sie wollen kurz vor dem Mord einen Mann mittleren Alters auf dem Betriebsgelände der Harzwasserwerke gesehen haben. Die Polizei bittet diesen Mann, sich zu melden, da er vielleicht etwas zur Aufklärung des Falls beitragen kann.

Wie der Harzer Bote ebenfalls erfahren hat, hat die Polizei einen zunächst tatverdächtigen Verwandten eines der missbrauchten Kinder wieder auf freien Fuß setzen müssen. Auch wenn sich diese Spur als unbrauchbar erwiesen hat, erscheint es nichtsdestotrotz naheliegend, dass der Täter im familiären Umfeld der missbrauchten Kinder zu suchen ist. Auch ein solcher Täter, dem wir durchaus ein gewisses Maß an Verständnis entgegenbringen, muss natürlich seiner gerechten Strafe zugeführt werden, doch hofft man in diesem Fall auf einen milden Richter.

Dem Harzer Boten ist das Schicksal dieser Jungen, die um ihre Kindheit betrogen worden sind, nicht gleichgültig. Hier ein paar Fakten. Über Jahrzehnte konnte die Kirche die Übergriffe ihrer Geistlichen unter Verschluss halten. Doch sind diese Zeiten, Gott sei Dank möchten wir sagen, vorbei. Sexuelle Übergriffe können nicht mehr von der Kirche verleugnet und mit dem Deckmantel des Schweigens verhüllt werden. Und wie wir sehen, sind die Verfehlungen der Priester offensichtlich nicht nur auf die katholische Kirche beschränkt.

Allerdings stehen unserer Zeitung keine konkreten Zahlen evangelischer Gemeinden zur Verfügung. Anders als bei den Katholiken, die seit geraumer Zeit ein gewisses Interesse an der Aufklärung dieser Machenschaften hegen. Das für unsere Region zuständige Bistum Hildesheim teilte auf Nachfragen des Harzer Boten mit, dass im Jahre 2010 Vorwürfe gegen vier Geistliche bestanden hatten. Aktuellere Zahlen liegen uns nicht vor, so der Sprecher des Bistums. Zwei dieser Kinderschänder waren Geistliche des Canisius-Kollegs in Berlin, die im Bistum Hildesheim als Seelsorger tätig geworden waren. Einer von ihnen hatte sich über einen Zeitraum von mehr als 20 Jahren an Kindern vergriffen.

Ein dritter Fall offenbarte sich dem Bistum durch einen Pfarrer im Ruhestand. Wer weiß, wie viele Jahre dieser Mann sein Unwesen treiben konnte. Ein vierter Priester stammte aus Wolfsburg. Vier Geistliche, die bekannt wurden: Für uns ist dies nur die Spitze des Eisbergs. Eine Einschätzung, die durch die Tatsache untermauert wird, dass zudem mehrere zwischenzeitlich verstorbene Geistliche belastet worden waren. Insgesamt geht man von über einem Dutzend Opfern aus.

Drei Jahre lang hatte sich der im Juni 2011 festgenommene Pfarrer der Gemeinde St. Joseph in Salzgitter an Kindern vergangen. Er gestand, in den Jahren 2004 bis 2007 in Braunschweig und Salzgitter drei zu dieser Zeit neun bis 15 Jahre alte Jungen sexuell missbraucht zu haben.

Hier zeigen sich doch eindeutige Parallelen zum Fall Klemens von B. Auch in Braunschweig und Salzgitter wurden Stimmen laut, nachdem sich Kinder ihren Eltern anvertrauten. Doch niemand hörte sie, niemand schenkte ihren Worten Glauben. Der Gottesmann war über jeden Zweifel erhaben gewesen. Bereits 2006 hatte es erste Beschwerden über den Pfarrer der St. Joseph Gemeinde gegeben. Ein Ermittlungsverfahren wurde nach kurzer Zeit eingestellt. Warum?

Zwar untersagte das Bistum dem Priester den Umgang und die Beschenkung der Kinder – auch Klemens von B. soll sich das Schweigen der Kinder erkauft haben – jedoch führten neue Anschuldigungen aus dem Jahre 2010 dazu, dass das Bistum seine Anweisung wiederholte. Dem Geistlichen drohte bei Nichteinhaltung Beurlaubung.

Ist unserer Gesellschaft damit tatsächlich gedient, wird ein solcher Mann seine perversen Neigungen dann nicht auf andere Art und Weise befriedigen?

Eine weitere Parallele zum Priester aus Clausthal-Zellerfeld findet sich in Salzgitter. Im Juli 2011 gab es einen tätlichen Übergriff im Gefängnis gegen den Salzgitter Pfarrer. Er kam jedoch mit dem Leben davon. Ein halbes Jahr später wurde das ganze Ausmaß der Verbrechen des Pfarrers bekannt: Im Januar 2012 verurteilte das Landgericht Braunschweig den Mann wegen sexuellen Missbrauchs von Kindern in 36! und schweren sexuellen Missbrauchs von Kindern in 214!! Fällen zu einer nur sechsjährigen Freiheitsstrafe. Im März 2013 wurde der Mann auf eigenen Wunsch aus dem Klerikerstand entlassen.

Von einem Gerichtsprozess war Klemens von B. jedoch noch meilenweit entfernt. Dieser Mann wurde doch tatsächlich noch weggelobt, sollte die Karriereleiter weiter erklimmen. Sind das die Zeichen, die die Kirche setzt? Wir meinen, es ist das falsche Zeichen, und vielleicht hat dieses Vorgehen letztendlich auch zum Mord an Klemens von B. geführt.

Hölzle war beeindruckt. Hier hatte jemand sauber und ausgiebig recherchiert. Ah, dieser jemand war Frank Radegast. Erst jetzt war ihm der Name des Journalisten aufgefallen, der klein gedruckt und in Klammern am Artikelende stand. In einem dick umrahmten Kästchen neben dem Artikel standen weitere Informationen, die er interessiert las. Sie stammten, wie die Quelle angab, aus dem Internet.

Im Unterschied zu den Vereinigten Staaten oder Irland ging der Anstoß für eine gesamtgesellschaftliche Debatte über Missbrauchsfälle in der römisch-katholischen Kirche in Deutschland von einer kirchlichen Institution aus, dem Canisius-Kolleg in Berlin. Dem Rektor des Kollegs, Klaus Mertes, waren mehrere Missbrauchsfälle von Kindern und Jugendlichen in den 70er und 80er Jahren bekannt geworden. Er richtete einen Brief an die Absolventen dieser Jahrgänge, um dazu beizutragen, das Schweigen zu brechen. Dieser Brief wurde am 28. Januar 2010 durch die Medien der Öffentlichkeit bekannt. Der Artikel, der die Diskussion um Missbrauch ins Rollen brachte, erschien in derselben Ausgabe der Berliner Morgenpost, in welcher auch die ersten Ausschnitte des Briefes abgedruckt wurden. Die Morgenpost titelte damals auf Seite eins: ›Canisius-Kolleg: Missbrauchsfälle an Berliner Eliteschule‹.

Der mit dem Wächterpreis ausgezeichnete Artikel löste eine Welle von Berichterstattungen zu diesem Thema aus und regte die Missbrauchsdebatte besonders im Hinblick auf christliche Institutionen an. Auch Fälle, die schon länger zurücklagen und keine angemessene Aufmerksamkeit erhalten hatten, wurden wieder aufgegriffen. 1999 wurden so auch die Missbrauchsfälle an der Odenwaldschule (Privatschule, nicht kirchlich geführt) durch den Artikel ›Der Lack ist ab‹ in der Frankfurter Rundschau bekannt gemacht. Zahlreiche weitere Meldungen von Opfern führten bis Ende Juni 2010 zu einer deutschlandweiten Debatte über sexuellen Missbrauch innerhalb der römisch-katholischen Kirche im In- und Ausland.

Zu Beginn der Debatte im Februar 2010 berichtete der Spiegel, 24 von 27 der befragten Bistümer gaben an, seit 1995 wären insgesamt mindestens 94 Verdachtsfälle von Missbrauch durch Kleriker und Laien bekannt geworden; in 30 Fällen kam es zu Verurteilungen. Keine

Angaben machten die Bistümer Limburg, Regensburg und Dresden-Meißen. Bis Ende 2013 stellten laut dem Missbrauchsbeauftragten der Deutschen Bischofskonferenz, dem Trierer Bischof Stephan Ackermann, rund 1300 Betroffene einen Antrag auf Entschädigung. In den allermeisten Fällen habe die zuständige Koordinierungsstelle eine Geldzahlung von rund 5000 Euro empfohlen.

Hölzle pfiff durch die Zähne. Ihm war bewusst, dass es diese Missbrauchsfälle in den Kirchen schon immer gegeben hat, aber er selbst war weder in Baden-Württemberg noch in Bremen jemals mit einer solchen Geschichte konfrontiert gewesen. Im Fall des ermordeten Klemens von Butzenbach musste es viele Verdächtige gegeben haben. Und keiner von ihnen war offensichtlich als Täter letztendlich infrage gekommen. Der Mord an diesem Priester passte eindeutig in das Schema des mordenden Richters und Henkers. Vor allem die Art und Weise des Vorgehens: ›Tod durch das Rad‹.

Stumm reichte er das eben Gelesene an Sabine weiter und begann, nachdem das Bett zu klein für alle Zeitungsausschnitte geworden war, diese auf dem Fußboden auszubreiten. Als Sabine mit Lesen fertig war, setzte sie sich neben Hölzle auf den Boden. Schweigend saßen sie nun inmitten der Zeitungsartikel, jeder fieberhaft damit beschäftigt, einen roten Faden zu finden, der die Morde miteinander in Verbindung brachte. Dass die Fälle zusammenhingen, davon waren beide überzeugt.

Auch wenn die Opfer selbst nichts gemeinsam hatten, die geradezu grotesken Umstände, unter denen sie zu Tode gekommen waren, unterstützten Hölzles Theorie eines Serienmörders, der nach mittelalterlichen Gesetzen Menschen bestrafte und ermordete, nachdrücklich. Plötzlich stieß Sabine, die im Schneidersitz neben ihm saß, ihn mit dem Ellbogen in die Rippen und blickte ihn mit funkelnden Augen an.

»Ist dir das schon aufgefallen? Die Artikel sind immer im November geschrieben.«

Hölzle überflog die Daten. Unglaublich, sie hatte recht.

»Verdammt, das stimmt tatsächlich. Reich mir mal bitte mein Handy rüber.«

Sabine streckte sich und angelte nach dem Gewünschten, das auf dem kleinen Tischchen lag.

»Und was willst du jetzt nachschauen?«

»Ich hab da so eine Idee.« Hölzle setzte ein geheimnisvolles Lächeln auf, was Sabine sofort kommentierte.

»Mach mir hier nicht die Mona Lisa, los, sag schon.«

Sie erntete lediglich ein minimales Kopfschütteln, und Hölzle bemühte die Kalenderfunktion. Ungeduldig zappelte die Rechtsmedizinerin herum, stand schließlich auf und füllte die leeren Kaffeetassen.

»In der obersten Schublade im Schrank muss noch Schokolade sein«, bemerkte Hölzle nebenbei, ohne den Blick vom Display zu nehmen.

»Noisette oder Trauben-Nuss?«, fragte Sabine, als sie einen Blick in die Schublade geworfen hatte.

»Noisette.«

Sabine nahm die Schokolade, schob die Schublade zu, riss das Papier auf, brach die Tafel in mundgerechte Stückchen, nahm ihre Schneidersitzposition wieder ein und hielt Hölzle die Schokolade hin.

»Mmmm, lecker, danke«, Hölzle griff sich gleich zwei Stücke und kaute genüsslich. »Pass auf, all diese Artikel sind kurz nach Buß- und Bettag erschienen, das heißt, die Morde wurden an diesem ehemaligen Feiertag begangen. Das muss 20 Jahre her sein, dass Buß- und Bettag bundesweit frei war. Nur in Sachsen ist es noch heute ein offizieller Feiertag, wie mich die Stammtischtruppe aufgeklärt hat, aber es gibt immer noch genügend Menschen, die den Feiertag begehen. Das muss was zu bedeuten haben.«

Sabine leckte sich einen Schokokrümel von den Fingern.

»Ja, nur die Frage ist, was? Klär mich mal über Buß- und Bettag auf, ich bin nicht so bibelfest.«

»Was, du bist doch aus dem Saarland. Ich dachte, die wären alle katholisch. Naja, fast alle. Egal. Ich bin auch nicht gerade bewandert, was die kirchlichen Feiertage angeht. Ich weiß nur, dass es sich um einen evangelischen Feiertag handelt.«

»Und wie kommst du jetzt darauf, dass das wichtig sein könnte, wenn Buß- und Bettag hier gar kein Feiertag mehr ist?«

»Weil Richard Wiprecht am Tag der Ermordung seiner Frau in der Kirche war. Wegen Buß- und Bettag. Wiprecht ist, wie seine Freunde berichtet haben, sehr gläubig.«

»Das ist vielleicht ja Zufall, also vor Gericht würdest du damit nicht punkten«, zweifelte Sabine.

Hölzle runzelte die Stirn.

»Ja, schon klar, aber ich weiß einfach, dass das ein Anhaltspunkt ist, das sagt mir mein Bauch.«

»Deiner sagt dir höchstens, dass es Zeit wird, was zu essen«, spöttelte sie, »aber mal ehrlich, was denn für ein Bauch? An dir ist doch nix dran.«

»Oh, danke für die Blumen«, freute sich Hölzle. »Ganz im Ernst, auf meinen Instinkt kann ich mich verlassen. Bis auf das eine Mal«, fügte er hinzu, »du weißt, die Geschichte mit dem kleinen Mädchen. Das macht mir immer noch zu schaffen. Manchmal könnte ich den ganzen Krempel hinschmeißen.«

Sabine nickte.

»Ich glaube, dass 99 Prozent die Situation genauso falsch eingeschätzt hätten wie du. Also hör auf, dir deswegen Vorwürfe zu machen. Du bist ein verdammt guter Polizist, und das weißt du auch.«

Ihre Worte waren Balsam für Hölzles Seele. Er lehnte sich zu ihr hinüber und gab ihr einen dicken Kuss auf die Wange.

»Danke.«

»Gern. Jetzt aber mal zurück zu diesem Feiertag. Angenommen, du hast recht, und unser Mörder schlägt immer nur dann zu. Wie sucht er seine Opfer aus? Warum vergehen zwischendurch Jahre, in denen nix passiert, und vor allem, warum gerade am Buß- und Bettag?«

»Wir brauchen einen Computer und einen Internetzugang, das ist praktischer als mit dem Handy. Erst mal müssen wir uns genauer mit diesem Feiertag beschäftigen. In Blankenburg gibt es sicher ein Internet-Café.«

Sabine blickte schuldbewusst drein, als sie zögernd sagte:

»Ich hab mein iPad dabei.«

Hölzle riss die Augen auf.

»Und das fällt dir jetzt erst ein? Los, hol das Ding her!«

»Ja, ich geh ja schon. Sorry, ich hab echt nicht dran gedacht.«

Als Sabine aus ihrem Zimmer mit dem iPad in der Hand zurückkam, hatte Hölzle den Rest der Schokolade vernichtet.

»Ich sehe, du arbeitest an einem Bauch«, kommentierte die Rechtsmedizinerin, als ihr Blick auf die leere Verpackung fiel.

»Mein Vater hat immer gesagt: ›An Ma ohne Bauch isch an Krippel‹.«

»Mir gefällst du auch ohne. Ehrlich gesagt, ich bin kein Fan von dicken Bäuchen. Weder bei Männern noch bei Frauen.«

»So, jetzt guck mal nach, was das Internet so alles zu Buß- und Bettag zu sagen hat.«

Sabine tippte ›Buß- und Bettag‹ ein und begann dann, in Bruchstücken vorzulesen.

»Tag der Besinnung, Neuorientierung, Umkehr. In vielen Gemeinden ökumenisch gefeiert, am Bußabend, damit auch Berufstätige hingehen können. Mit Einkehr ist nicht nur die innere Einkehr und Bußfertigkeit gemeint, sondern auch das Nachdenken über soziale Gerechtigkeit.«

Sie tippte eine weitere Seite an.

»Hier. Dietrich Bonhoeffer hat gesagt: ›Beten und Tun des Gerechten‹, oder ›Ich glaube, dass Gott aus allem, auch aus dem Bösesten, Gutes entstehen lassen kann und will‹. Und hier ein Bibelzitat: Gerechtigkeit erhöht das Volk.«

»Der Name Bonhoeffer sagt mir was, aber ich weiß ehrlich gesagt nicht, wohin ich den stecken soll.«

Sabine sprang eine Seite zurück.

»Bonhoeffer, lutherischer Theologe, Widerstandskämpfer im Nationalsozialismus. Hingerichtet 1945 als einer der Letzten, die mit dem Attentat auf Hitler in Zusammenhang gebracht wurden.«

Hölzle ließ das Gehörte auf sich wirken, schwieg für eine lange Zeit, während sich Adler-Petersen wieder den Artikeln widmete. Vor ihr lagen Presseartikel zum Tode von Pia Dürr. Sie begann mit der Goslarschen Zeitung.

Polizei bittet um Mithilfe

Noch gibt es keine neuen Erkenntnisse im Fall der ermordeten Pia D. Wie gestern berichtet, wurde ihr Pkw auf dem Parkplatz des Ausflugslokals Waldschänke aufgefunden. Da das Lokal zu dieser Jahreszeit geschlossen ist, haben sich zum Zeitpunkt, als das Opfer auf dem Parkplatz eingetroffen ist, wahrscheinlich nur wenige oder gar keine weiteren Naturliebhaber dort oder in unmittelbarer Umgebung befunden. Bis jetzt haben sich auch keine Zeugen gemeldet, die das Opfer auf dem Parkplatz gesehen haben. Die letzte Person, die mit Pia D. gesprochen hat, ist die 13-jährige Nele B. Die Zeugin gibt an, das Opfer gegen 13 Uhr in dessen Geschäft aufgesucht zu haben. Es bleibt weiter rätselhaft, ob sich Pia D. auf dem Parkplatz mit jemandem getroffen hat oder ob sie alleine zum Silberteich gewandert und dort ihrem Mörder begegnet ist. Die Polizei hofft auf weitere Zeugen, die Pia D. noch lebend gesehen haben.

Und nach einer Woche war Folgendes zu lesen gewesen:

Wende im Silberteichmord

In der gestrigen Pressekonferenz teilte die Polizei die neuesten Ermittlungsergebnisse mit. Vor mehr als einer Woche war die Leiche der jungen Frau unbekleidet im Silberteich entdeckt worden. Zu diesem Zeitpunkt war Pia D. laut Obduktionsbericht bereits 20 Stunden tot gewesen.

Ferner ergab die Obduktion, dass Pia D. zunächst geschlagen und dann ertränkt worden ist. Ein Sexualverbrechen liegt nicht vor. Mit Hochdruck hat die Polizei ermittelt und konnte bereits gestern einen Fahndungserfolg präsentieren. Dringend tatverdächtig ist ein 40-jähriger Gärtnereigehilfe, der von einer Zeugin, die sich erst jetzt gemeldet hat, beim Verlassen des Esoterikladens am Tag der Ermordung der jungen Frau gesehen worden ist. Laut Zeugenaussage war der Mann offensichtlich sehr aufgebracht. Der Tatverdächtige ist der Polizei kein Unbekannter. Gegen ihn liegen mehrere Anzeigen wegen Körperverletzung und Erregung öffentlichen Ärgernisses vor.

Erneutes Interesse im Fall Pia Dürr beherrschte dann wieder die Medien, als die Gerichtsverhandlung gegen den Tatverdächtigen begann. Hier hielt sich die Goslarsche wohltuend zurück. Ganz anders der Harzer Bote. Auf seiner Titelseite prangte groß das Foto des Verdächtigen, der eben die Arme hochriss, um sein Gesicht zu verdecken. Widerwillig begann Sabine zu lesen, was das Blatt über den Prozess gedruckt hatte.

Prozessauftakt zum Silberteichmord

Endlich scheint sich die Gerechtigkeit ihren Weg zu bahnen. Auf diesen Tag mussten die Angehörigen der vor knapp zwei Jahren ermordeten Pia D. aus Braunlage lange warten. Seit heute steht der 42-jährige Gärtnereigehilfe Rüdiger L. vor Gericht. Die Staatsanwaltschaft wirft ihm vor, Pia D. im November vor zwei Jahren kaltblütig geschlagen und anschließend ertränkt zu haben. Als Motiv nannte Staatsanwalt Breuniger Rache. Rache für die Zurückweisung seitens der jungen Frau, denn Rüdiger L. hat sie wohl in der Vergangenheit mehrfach aufgesucht und belästigt.

Eine Gutachterin attestiert dem Angeklagten verminderte Schuldfähigkeit. Der Intelligenzquotient des Angeklagten grenzt an Schwachsinnigkeit, zudem besteht bei Rüdiger L. eine Alkoholabhängigkeit. Warum es zu der bestialischen Tat kam, darüber schweigt sich der Angeklagte aus. Hat L. die Tat anfänglich noch geleugnet, so hüllt er sich nun in tiefes Schweigen. Doch die Indizienlast ist mehr als erdrückend. Der Angeklagte, der bereits etliche Anzeigen wegen sexueller Belästigung, Körperverletzung, Erregung öffentlichen Ärgernisses und Voyeurismus kassiert hat, kann schweigen so viel er will, die Beweise gegen ihn sprechen eine deutliche Sprache. Haare und

Hautschuppen des Rüdiger L., die sich an einem Kleid, das Pia D. am Tage ihrer Ermordung trug, befanden, wie die junge Zeugin Nele B. bestätigte, sind nur ein Teil der erdrückenden Beweise, die zu einer sicheren Verurteilung des 42-Jährigen führen werden.

Unser ganzes Mitleid gilt den Angehörigen des Opfers, die dem Prozess in den nächsten Tagen beiwohnen werden, und die der Fratze des Bösen im Gerichtssaal gegenübersitzen müssen. Wir sind gespannt, was die Gutachterin noch zu sagen hat. Welche Kraft, welche Mordlust mag den Angeklagten angetrieben haben, einen Menschen so kaltblütig zu töten? Fast fühlt man sich an eine mittelalterliche Hinrichtung erinnert, an den qualvollen Tod, den Frauen zu erleiden hatten, denen man Hexenkräfte nachsagte. Doch eine solche Interpretation dürfte hier zu weit führen. Warten wir das Gutachten, die Zeugenaussagen und nicht zuletzt den endgültigen Richterspruch ab.

Auch in Sabine regten sich Zweifel. Selten hatte sie erlebt, dass ein Mensch in einer solch unbarmherzigen Manier vorverurteilt worden war. Lommetz war der ideale Verdächtige gewesen. Doch eines bewahrheitete sich erneut. Nicht selten warfen diese Skandalblättchen Fragen auf, gegen die sich ein seriöses Blatt verwahrte, die aber manchmal einen neuen Blickwinkel eröffneten.

»Hast du das schon gelesen?«, fragte sie, um sich dann gleich selbst die Antwort zu geben. »Klar hast du, blöde Frage. Dieser Gärtnereigehilfe kam deinen hiesigen Kollegen wie gerufen. Ich hege begründete Zweifel, dass die Staatsanwaltschaft nach weiteren Verdächtigen Ausschau gehalten hat. Was glaubst du?«

Sabine erhielt keine Antwort, Hölzle schien weit weg zu sein. Sie piekte ihm mit dem Zeigefinger in den Oberarm.

»Hallo, Erde an Hölzle. Hast du mir überhaupt zugehört?«

Augenscheinlich nicht, denn Hölzle ging gar nicht auf ihre Frage ein, sondern antwortete langsam, jedes einzelne Wort wohl überlegend:

»Meinst du, es könnte sein, dass unser Mörder für ihn natürlich die einzig wahre, *echte*, Gerechtigkeit sucht, weil ihm selbst irgendwann etwas furchtbar Ungerechtes widerfahren ist, und er sich jetzt deswegen gleichzeitig zum Richter und zum Henker aufschwingt?«

»Du überraschst einen immer wieder. Das klingt gar nicht so abwegig«, sie strich sich ein paar blonde Strähnen aus dem Gesicht, »und wenn diese Ungerechtigkeit, was auch immer es gewesen sein mag, an Buß- und Bettag geschehen ist, dann könnte das tatsächlich der Auslöser gewesen sein. Grundsätzlich denke ich aber, dass er – wir gehen davon aus, dass unser Mörder ein Mann ist – auf jeden Fall schon von klein an eine Persönlichkeit besitzt, der Empathie komplett abgeht oder die zumindest kaum vorhanden ist.«

»Die Frage ist nur, wo fangen wir an zu suchen?«, seufzte Hölzle inbrünstig.

»Meine Magenrezeptoren vermelden Hunger. Ich kann erst wieder denken, wenn ich was zu essen bekomme. Sieh mal, wie spät es schon ist, lass uns was essen, dann machen wir weiter.«

Hölzle und Sabine schoben die Blätter zusammen und gingen nach unten. Es war wenig los, und der Stammtisch war verwaist, wie Hölzle verwundert feststellte. Sie entschieden sich für das Tagesgericht, Rehgulasch, und bestellten Wasser und Wein.

»Wo sind denn deine Stammgäste?«, fragte er Erika Pohl, als sie die Getränke an den Tisch brachte.

»Fußball. Heute spielt doch Deutschland gegen Spanien. Deshalb habe ich Lea auch freigegeben, das lohnt nicht. Die paar Gäste schaffe ich auch alleine. Gefällt es Ihnen hier im Harz?«, wandte sie sich an Sabine Adler-Petersen.

»Ja. Ich war schon öfter in der Gegend, allerdings meist zum Skifahren. Dann sind wir immer nach St. Andreasberg gefahren.«

Erika plagte die Neugier, nachdem sie am späten Vormittag die Betten gemacht hatte und feststellen musste, dass beide Kissen und Decken in Zimmer zwei benutzt worden waren. Sie stützte sich an Sabines Stuhllehne ab, beugte sich zu ihr und raunte: »Ich will ja nicht indiskret sein, aber schnarcht denn der Heiner ab und an, oder warum haben Sie sich ein Einzelzimmer genommen und dann doch lieber im Doppelzimmer übernachtet? Ist mir aufgefallen, als ich die Zimmer aufgeräumt habe«, fügte sie erklärend hinzu.

»Es ist aber indiskret«, wies Sabine die Wirtin zurecht.

Indigniert zog sich Erika Pohl zurück, und Sabine grinste Hölzle breit an. Zehn Minuten später brachte Erika das Essen, wünschte einen guten Appetit, vermied aber Blickkontakt mit beiden. Sie aßen mit Genuss, bestellten noch Nachtisch und Kaffee.

»Wollen wir noch ein Glas Wein oder einen Absacker trinken?«, fragte Hölzle und lehnte sich satt in seinem Stuhl zurück.

»Lieber einen Wein. Vielleicht solltest du dich mal mit den Journalisten unterhalten, die die ganzen Artikel geschrieben haben«, schlug Sabine vor, die Morde wieder aufgreifend.

»Weiß nicht, ob das so viel bringt. Eher nix. Was geschehen ist, ist lange her, und wenn denen irgendwas aufgefallen wäre, hätten sie es doch geschrieben oder weiter verfolgt.«

Er winkte Erika, zeigte auf sein Weinglas und hob zwei Finger, um ihr zu bedeuten, dass sie noch Rotwein bringen sollte.

»Was ich aber machen werde, ist, Harry anrufen und ihn bitten, herauszufinden, ob diese – wie hieß sie noch?- ach ja, Mirja Ploss sich noch in Bremen aufhält. Dann soll er versuchen, von ihr Näheres über den Brand zu erfahren«, überlegte er laut.

»Ich bin jedenfalls gespannt, was du noch herausfindest. Morgen fahre ich zurück, du musst mich aber unbedingt auf dem Laufenden halten«, beschwor sie ihn.

Erika brachte den Wein, und Hölzle zupfte sie an ihrer Servierschürze.

»Sabine hat das vorhin nicht so gemeint.«

Erika lächelte zaghaft.

»Doch hat sie. Und es stimmt, es war indiskret. Es geht mich ja wirklich nichts an, wer in welchem Zimmer übernachtet. Ich dachte nur, du hast so eine hübsche Freundin, und hab mich einfach gefragt, warum ihr nicht gleich in einem Zimmer schlaft.«

Sie versetzte sich selbst einen kleinen Klaps auf die Wange.

»Ich und mein neugieriges Wesen, Andreas schimpft

mich auch immer deswegen. Verratet mich nicht«, bettelte sie dann.

Hölzle und Sabine mussten lachen.

»Schon gut, wir sind nur Kollegen«, befriedigte die Rechtsmedizinerin Erikas unstillbare Neugierde, »na ja, eigentlich.«

Erika Pohl schmunzelte wissend und verschwand, um die Rechnung für ein Paar, das am Fenster saß, fertigzumachen.

»So. Eigentlich. Hm. Und uneigentlich?«

Hölzle hob sein Glas und nickte Sabine zu.

Diese verdrehte die Augen.

»Ja mein Gott, wir sind auch befreundet. Oder nicht?«

»Wie auch immer du es nennst, mir soll's recht sein. Bin jedenfalls froh, dass du hier bist. Irgendwie.«

In seiner Hosentasche vibrierte sein Handy. Christiane. Das konnte er jetzt gar nicht gebrauchen, aber den Anruf ignorieren wollte er auch nicht.

»Christiane, was gibt's?«

Hölzle fing Sabines spöttischen Blick auf und legte den Zeigefinger an die Lippen.

»Hallo. Ich wollte dir eigentlich nur sagen, dass ich zwar froh bin, dass Harry nun deinen Kram abgeholt hat. Aber du hättest wirklich selbst vorbeikommen können. So weit ist es ja vom Harz aus nicht zu fahren. Du hättest ja wieder zurückbrausen können, und wir hätten vielleicht noch mal über alles reden …«

»Heiner«, rief Sabine Adler-Petersen laut dazwischen, »gib mir doch bitte noch einen Schluck Wein.«

Hölzle starrte Sabine wütend und entsetzt an.

Am anderen Ende sog Christiane scharf die Luft ein.

»Ich verstehe. *Sie* ist bei dir. Also doch. Ich hab's ja immer gewusst. Ich darf gar nicht darüber nachdenken, wie oft ich versucht habe, dir zu glauben, dass da nichts ist zwischen euch …«

»Christiane, hör zu. Wir arbeiten nur an einem Fall, okay? Das ist alles, was du wissen musst und was es dazu zu sagen gibt«, versuchte Hölzle, sie zu beruhigen. Allerdings mit schlechtem Gewissen, denn so ganz stimmte das ja nicht. Andererseits war es aus zwischen Christiane und ihm, und es sollte ihm egal sein, wenn sie sich aufregte. Aber das war es natürlich nicht. Schließlich hatten sie sich einmal sehr geliebt.

»Du brauchst mich nicht weiter zu belügen. Viel Spaß noch mit der wasserstoffblonden Leichenfledderin«, fauchte Christiane zurück, Hölzle konnte hören, dass sie bereits mit den Tränen kämpfte.

Peng! Aufgelegt.

Hölzle schob das Handy zurück in seine Hosentasche.

»War das jetzt notwendig?«, fuhr er Sabine an. »Ihr Weiber habt doch echt einen Sockenschuss!«

Betreten blickte sie zur Seite. Doch nur für einen Moment.

»Wollte nur für klare Verhältnisse sorgen. Jetzt weiß sie Bescheid und liegt dir nicht mehr damit in den Ohren, es noch mal zu versuchen«, rechtfertigte sie ihr Verhalten.

»Klare Verhältnisse? Sag mal, geht's noch? Das ist eine Sache zwischen mir und Christiane. Braucht dich nicht zu kümmern! Wie steh' ich denn jetzt da?! Für sie sieht es aus, als ob ich sie die ganze Zeit über belogen und betrogen hätte. Im Übrigen haben wir uns einvernehmlich getrennt, Christiane braucht eben noch ein bisschen, um das wegzustecken. Was sie nicht braucht, ist so ein dämliches Verhalten. Verdammt noch mal, Sabine!«

»Tut mir leid. Kommt nicht wieder vor. Versprochen.«

»Wirklich geknickt siehst du aber nicht aus«, zweifelte Hölzle an der Entschuldigung.

»Doch. Ich war kindisch und … egal. Prost.«

Sie setzte ihr Glas an die Lippen.

Hölzle trank auch, sah Sabine über den Rand des Weinglases skeptisch an.

»Egal, was?«, wollte er dann wissen.

»Nichts.«

»Doch, doch, doch. Was wolltest du sagen?«

Hölzle ließ nicht locker.

»Vielleicht war ich ein bisschen eifersüchtig. Aber nur ein ganz kleines bisschen. Alles gut.«

»Nicht du auch noch. Und worauf bitte?«

»Na ja, dass ihr doch wieder zusammenkommt, ich muss ja leider gestehen, dass ich dich doch ganz schnucklig finde. Und sie passt einfach nicht zu dir.«

Hölzle saß da, wie vom Donner gerührt. Sagte minutenlang nichts.

»Das wird jetzt aber nicht kompliziert mit uns, oder?«, fragte er schließlich stirnrunzelnd.

»Nein. Schätze, mir geht es ähnlich wie deiner Ex. Ich bin auch noch nicht über Ole hinweg«, räumte Sabine dann ein, »aber als Trostpflaster bist du gut zu gebrauchen.«

Ihr schelmisches Grinsen, das sie daraufhin aufsetzte, ließ Hölzles Ärger verpuffen.

»Nicht nur als Trostpflaster. Damit das mal klar ist«, stellte er fest.

Bevor sie weiter tändeln konnten, ging die Tür zur Gaststätte auf, und lärmend kamen Liske, Jenitschek, Würstel, Erikas Mann Andreas und Frank Radegast herein. Sichtlich angetrunken und guter Stimmung. Offenbar hatte die deutsche Nationalelf gewonnen. Andreas Pohl begab sich hinter die Theke, die anderen gingen leicht schwankend zum Stammtisch und setzten ihre Spielanalyse lauthals fort.

Ein paar Minuten später begann sich die Gaststube weiter zu füllen. Gut gelaunt steuerten drei junge Männer auf die Theke zu, vielleicht Studenten der Hochschule Wernigerode, überlegte Hölzle. Dem Äußeren nach zu urteilen waren alle drei unterschiedlicher Herkunft. Der junge Deutsche, er hatte ein freundliches ›Schönen guten Abend zusammen‹ in die Wirtschaft posaunt, hatte einen dunkelhäutigen Freund im Schlepptau, der dritte besaß eindeutig asiatische Wurzeln.

Hölzle war gespannt, ob der Alkoholpegel der Stammtischbrüder eher ein nachsichtiges oder vielleicht ein besonders aggressives Verhalten gegenüber den Fremden zur Folge hatte. Für einen Augenblick unterbrach die Stammtischtruppe ihre Fachsimpelei, starrte argwöhnisch hinüber zur Theke, an der das Trio Platz genommen hatte.

»Frag erst mal nach dem Ausweis«, rief Walter Andreas zu, der ein Bier nach dem anderen zapfte. Dieser winkte ab und stellte die vollen Gläser auf ein Tablett, das Erika dann zum Stammtisch brachte.

»Gib denen bloß keinen Alkohol«, schnarrte Simon, »du weißt doch, Schwarze vertragen nix. Und die Schlitzaugen auch nicht.«

»Vielleicht wäre es besser, wenn *du* nichts mehr trinkst, Simon«, gab Erika spitz zurück, »auch wenn ich meinen eigenen Umsatz schmälere.«

Frank gab Erika einen kleinen Klaps auf den Hintern. »Ignorier ihn einfach, du weißt doch, wie Simon ist, wenn er ein bisschen zu viel hat. Und jetzt bring uns noch 'ne Runde Hexengeist. Wir haben 4:0 gewonnen, das muss man feiern.«

Als ob du nicht auch schon mehr als genug getankt hättest, dachte Erika, schüttelte aber nur seufzend den Kopf, stellte die Getränke ab und ging zurück zu ihrem Mann. Erst jetzt schien Frank Hölzle und Sabine zu bemerken.

»Ihr beiden, setzt euch doch dazu, und wir trinken einen zusammen auf das Schwabenland. Schließlich haben erst die Schwaben der Nationalelf den richtigen Schwung gegeben. Erst der Klinsi und jetzt der Jogi«, kam er ins Schwärmen. Dann drehte er sich in Richtung Zapfanlage um. »Erika! Schenk noch zwei weitere Hexengeist ein!«, rief er ihr zu, ohne eine Antwort Hölzles abzuwarten.

»Frank, lass mal, wir wollten eigentlich …«, begann Hölzle.

»Ach was, keine Widerrede. Los jetzt, setzt euch her. Deine süße Blonde kommt neben mich.«

Einladend klopfte Frank neben sich auf den leeren Stuhl, sah auf und fragte: »Wie heißt du noch? Hab's vergessen, Tschulligung.«

»Sabine.«

»Ja richtig.« Frank legte lässig den Arm auf Sabines Stuhllehne, als sie sich gesetzt hatte, und sagte in die Runde: »Schön, wenn wir mal so was Hübsches an unserem Tisch sitzen haben, nicht wahr, Jungs?«

Sabine lächelte gequält, was Hölzle nicht entging. Aber sie war schließlich Frau genug, um sich dem Ganzen hier zu entziehen, wenn sie wollte.

»Stimmt das, dass die Neger und Schlitzaugen so wenig Alkohol vertragen, wie unser Dicker behauptet? Du als Doc musst das doch wissen«, klinkte sich Walter ein.

Die Rechtsmedizinerin musterte ihn streng.

»Wir sagen Dunkelhäutige und Asiaten und nicht Neger und Schlitzaugen, damit das schon mal klar ist. Okay?«

Solch einen Ton waren die Männer offenbar nicht gewohnt, denn sie sahen einander betreten an. Nur Würstel, der von Babette einen strengen Regimentston kannte, probte den Aufstand.

»Heh, ich bin freier Bürger dieses Staates, ich kann sagen …«, weiter kam er nicht, denn Frank hatte ihm einen ordentlichen Tritt ans Schienbein verpasst.

Sabine hatte sich durch den versuchten Einwurf nicht aus dem Konzept bringen lassen und klärte die Männer auf.

»Ja, es stimmt, zumindest zum Teil. Manche Bevölkerungsgruppen haben einen Alkoholdehydrogenasemangel, daher vertragen sie nicht so viel wie andere.«

»Was für'n Hasen?«, wollte Simon nun wissen.

»Das ist ein Enzym, das dafür verantwortlich ist, Alkohol abzubauen«, erklärte Sabine geduldig. Dann blickte sie in die Runde und grinste.

»Und euer Enzym bekommt grade alle Hände voll zu tun. Ich würde fast so weit gehen, zu behaupten, es stößt an die Grenzen seiner Kapazität.«

Schallendes Gelächter erscholl, und Frank klopfte Sabine auf die Schulter. Nur Hölzle bemerkte, dass die

Rechtsmedizinerin bei der Berührung zusammengezuckt war, und warf ihr einen schnellen Blick zu. Sie schüttelte unmerklich den Kopf, wollte offenbar damit signalisieren, dass alles in Ordnung war.

Nachdem Hölzle und Adler-Petersen die Runde Hexengeist zwangsweise mitgetrunken hatten, verabschiedeten sie sich und gingen nach oben. Vor Hölzles Zimmer blieben sie stehen.

»Die sind aber ganz schön rassistisch eingestellt, oder?«, bemerkte Sabine.

»Ja, der eine mehr, der andere weniger, aber das ist mir auch aufgefallen. Wie so häufig an Deutschlands Stammtischen. Am schlimmsten scheint mir der Fleischermeister zu sein. Vor ein paar Tagen hat der Kommentare abgelassen, als eine muslimische Familie hier gegessen hat, echt unglaublich«, bestätigte Hölzle. »Und jetzt?«

»Du meinst uns beide?«

Hölzle nickte stumm.

»Ich glaube, ich benutze mal mein Bett, schließlich muss ich dafür zahlen. Gute Nacht.«

Sie drückte ihm ein Küsschen auf die Wange und verschwand in ihrem Zimmer. Hölzle war einerseits erleichtert, andererseits … ach was, besser so.

8. URLAUBSTAG

Harry Schipper zweifelte nicht an seinem Chef. Hölzle hatte ihn vor gut einer Stunde angerufen und ihm von seinen Entdeckungen und seinen nahezu unglaublichen Folgerungen daraus berichtet. Eigentlich hatte er gehofft, dass Hölzle sich endlich entspannte, durch den Harz stapfte, viel schlief und damit auf andere Gedanken kam. Doch schon nach den Telefonaten der letzten Tage hätte er es eigentlich besser wissen müssen. Hatte Hölzle sich erst in etwas verbissen, ließ er nicht wieder los. Wie ein Bullterrier. Aber gerade das machte Hölzle eben zu einem hervorragenden Kriminalbeamten. Gleich am Morgen würde Harry sich auf die Suche nach Mirja Ploss machen und versuchen, mit ihr über den schrecklichen Brand vor fünf Jahren zu sprechen.

Harry hatte Glück, denn Mirja Ploss wohnte tatsächlich noch in Bremen. Nachdem er seinem Kollegen Peter Dahnken, der wie er selbst Wochenenddienst schob, erzählt hatte, er müsse was für Hölzle erledigen, das keinen Aufschub duldete, hatte Peter nur grinsend abgewinkt mit dem Kommentar:

»Nun hau schon ab, ich halte hier die Stellung. Wenn ich dich aber anfunke, kommst du stante pede dahin, wo ich dich brauche. Was unser guter Chef von dir will, möchte ich gar nicht wissen. Zumindest jetzt nicht.«

Harry hatte Peter ein Feierabendbier versprochen und war ins Blockland gefahren. Das Blockland, ein Ortsteil von Bremen, liegt im Westen der Stadt, besteht fast nur aus Landschaft und ist für die Bremer Naherholungsgebiet Nummer eins. Wiesen und Felder, das beschaulich mäandernde Flüsschen, die Wümme, und das Naturschutzgebiet ›Untere Wümme‹ machen das Blockland zu einem hübschen Fleckchen Erde am Rande einer Großstadt. Zahlreiche Fahrradwege durchziehen das Gebiet, und nicht weniger zahlreich sind die kleinen Ausflugslokale und Hofläden, die den Radlern, Skatern und Spaziergängern eine bunte Palette an Erfrischungen oder selbst hergestellte Erzeugnisse anbieten. Und nicht nur das, manche der Lokale bieten auch Künstlern und Literatur einen Boden, und so gibt es regelmäßig Ausstellungen, Lesungen oder Musikveranstaltungen.

Vor einem großen reetgedeckten Niedersachsenhaus parkte Harry den Wagen, stieg aus und genoss den Blick über die Wiesen, aus denen der Nebel emporstieg. Die Luft war frisch, und er atmete mehrmals tief durch. An der großen Eingangstür, eher ein Tor, waren zwei Klingeln angebracht. Mirja Ploss. Eduard und Anne Brink. Harry drückte den Daumen auf den Klingelknopf neben Mirjas Namenszug, wartete. Nichts. Mist, vielleicht hätte er doch besser vorher anrufen sollen, aber Harry mochte das Überraschungsmoment.

Er entschied sich, bei Familie Brink zu läuten, und überlegte, ob die Brinks wohl Mirjas Eltern waren, oder ob Mirja hier nur zur Miete wohnte. Kaum hatte er seinen Daumen vom Klingelknopf genommen, kam eine kleine dralle Frau mit rosigen Wangen auf ihren kurzen Beinchen flott zur Tür gelaufen, wie Harry durch die großen Glasscheiben erkennen konnte. Sie musterte ihn verwundert, aber nicht misstrauisch oder argwöhnisch, wie es Harry schon öfter erlebt hatte, vor allem auf dem Lande.

»Moin, also wenn Sie was aus dem Hofladen möchten, muss ich Sie enttäuschen. Wir haben heute ausnahmsweise geschlossen«, lächelte Anne Brink ihn an.

»Nein, nein, ich wollte eigentlich zu Mirja Ploss, können Sie mir vielleicht sagen, wann sie wieder zu Hause ist?«

»Meine Tochter ist im Stall, deshalb hat sie die Klingel nicht gehört. Darf ich fragen, wer Sie sind und was Sie von meiner Tochter wollen?«

Aha, also war seine erste Annahme, die Brinks wären Mirjas Eltern, richtig gewesen. Doch nun wirkte Anne Brink nicht mehr so offen und fröhlich, eher reserviert und beunruhigt.

»Dürfen Sie. Mein Name ist Harry Schipper, ich bin von der Kriminalpolizei Bremen … nein, nein, keine Sorge, Ihre Tochter hat nichts angestellt«, Harry hob beschwichtigend beide Hände, als er sah, wie Frau Brink beim Wort Kriminalpolizei zusammenzuckte, »es geht vielmehr um den schrecklichen Brand vor fünf Jahren, bei dem Ihre Tochter schwer verletzt worden ist.«

Harry fummelte seinen Dienstausweis aus der Lederjacke und hielt ihn der Frau hin. Anne Brink überlegte einen Moment, dann nickte sie, trat einen Schritt zurück und gab die Tür frei.

»Kommen Sie rein.«

Harry streifte brav die Schuhe auf der Matte ab und ließ Mirjas Mutter vorangehen. Sie führte ihn in eine große, sehr gemütliche Wohnküche und wies auf einen der Stühle an dem groben Holztisch auf dem bunt gemusterte Tischsets lagen.

»Wollen Sie auch einen Kaffee? Ich habe mir gerade einen aufgebrüht?«

»Sehr gerne.«

Harry schwieg, ließ Anne Brink Zeit, sich etwas länger als wahrscheinlich üblich mit Bechern, Löffeln, Zuckerdose und Milchkännchen zu beschäftigen. Umständlich stellte sie die Sachen auf ein Tablett, goss den Kaffee in eine dunkelblaue Thermoskanne, und schleppte alles zusammen zum Tisch. Harry konnte förmlich sehen, wie es hinter Anne Brinks Stirn arbeitete. Nachdem sie Kaffee eingeschenkt und sich gesetzt hatte, fragte sie schließlich:

»Warum kommt nach so vielen Jahren jemand von der Kripo Bremen deswegen hier vorbei? Das ist doch im Harz passiert.«

»Tja, wie soll ich sagen, mein Chef macht eigentlich Urlaub im Harz und ist zufällig auf Ungereimtheiten in dieser ganzen Brandgeschichte gestoßen. Na ja, Ungereimtheiten trifft es jetzt nicht ganz. Egal, ich sag's Ihnen, wie's ist. Vor gut einer Woche wurde im Harz eine junge Frau ermordet, und mein Chef glaubt, dass dieser Mord in Zusammenhang mit dem Brand in diesem Blockhaus, wo sich ihre Tochter aufhielt, zusammenhängt.«

Anne Brink trank einen Schluck Kaffee, sah Harry über den Becherrand hinaus an.

»Meinen Sie die Frau, der man den Kopf abgehackt hat? Das stand hier in der Zeitung.«

»Genau die, ja.«

»Und wo, bitteschön, sieht Ihr Chef da einen Zusammenhang mit diesem vermaledeiten Feuer, das Mirjas Leben beinahe zerstört hat?«

Harry überlegte, was er der Frau erzählen durfte. Die ganze Geschichte? Für die es keine Beweise gab? Dass es nur Hölzles Instinkt war, weswegen er jetzt hier saß?

»In den vergangenen Jahren sind offenbar noch weitere Menschen auf sehr hässliche Weise ums Leben gekommen. Die Umstände, unter denen sie zu Tode gekommen sind, lassen den Schluss zu, dass immer derselbe Täter hinter diesen Morden steckt.«

»Wie bitte? Morde?«, Anne Brinks Stimme war nunmehr nur noch ein Hauchen. »Wollen Sie damit andeuten, dass irgendein Schwein meine Tochter umbringen wollte? Dass es sich nicht um Fahrlässigkeit handelte?«

Harry verzog schmerzlich die Lippen, Anne Brink tat ihm leid.

»Glauben Sie, Mirja würde mit mir über jene Nacht reden?«

»Ich denke schon«, begann Anne, deren rosige Wangen nun ein fahles Weiß angenommen hatten, »ja, ich bin sogar sicher, dass Sie mit Ihnen spricht. Mirja hat immer gesagt, sie wäre nicht fahrlässig gewesen, nur die Polizei wollte es nicht glauben. Der Kanister, die Zigarettenkippen …«

Sie brach ab, hing ihren Gedanken an diese grauenhafte Nacht nach, als der Anruf sie erreicht hatte, ihre Tochter läge mit hochgradigen Verbrennungen in der Medizinischen Hochschule Hannover. Ein Rettungshubschrauber hätte sie gerade dort eingeliefert, ob Mirja überleben würde, wäre noch sehr ungewiss.

»Nehmen Sie sich noch Kaffee, ich sehe nach meiner Tochter«, sagte Anne Brink schließlich mit fester Stimme.

Harry vertrieb sich die Zeit mit Kaffeetrinken und genoss den Blick aus der Wohnküche. Ein Graureiher stand reglos wie aus Stein gemeißelt auf den nassen Wiesen, daneben grasten in einer Seelenruhe Schwarzbunte. Wie aus dem Bilderbuch, dachte Harry, fand es schön und beruhigend, wusste aber, dass er nie woanders als in der Stadt wohnen wollte. Er brauchte das bunte Treiben der vielen Menschen, die Vielfalt der Läden, Cafés und Restaurants.

»Herr Schipper, das ist meine Tochter Mirja.«

Harry hatte gar nicht bemerkt, dass Anne Brink wieder zurückgekommen war, gefolgt von einer schlanken, ja beinahe dürren Frau mit dunklen von grauen Strähnen durchzogenen Haaren. Er versuchte, sein Entsetzen zu verbergen, als er die Narben an ihrer rechten Wange sah, die sich seitlich am Hals hinunterzogen und im Ausschnitt ihres beigen Pullovers verschwanden. Mirjas rechte Hand war verkrüppelt, die beiden letzten Finger schienen zusammengewachsen, der Daumen zur Handfläche hin gekrümmt. Aufmerksam musterten ihn die dunkelblauen Augen und Harry erkannte, dass Mirja Ploss einmal eine sehr hübsche junge Frau gewesen sein musste. Sie reichte ihm die Linke und ließ sich am Küchentisch neben ihrer Mutter nieder, die bereits Platz genommen hatte.

»Sie glauben also wirklich, dass ich nicht schuldig bin? Dass ich nichts für Inas Tod kann? Dass ich nicht fahrlässig gehandelt habe?«

Ihr Blick bettelte geradezu um ein dreimaliges ›JA!‹.

»Frau Ploss, bisher sind es nur Vermutungen, die mein Chef anstellt, aber ja, ich glaube Ihnen, denn ich glaube Heiner Hölzle. So heißt mein Chef«, fügte er erklärend hinzu. »Wenn es Ihnen möglich ist, dann erzählen Sie mir doch bitte von der Nacht, als es gebrannt hat. Aber bitte nur, wenn Sie wirklich wollen«, bat er.

»Wissen Sie, es vergeht kein Tag, an dem ich nicht daran denke. Es reicht ein Blick in den Spiegel, um nicht vergessen zu können«, ein zynisches Lächeln legte sich auf ihre Lippen. »Schon gut, Mama«, sagte sie dann leise, als Anne Brink nach Mirjas linker Hand griff und sie sanft drückte.

»Bis heute bin ich davon überzeugt, dass weder Ina noch ich eine brennende Zigarette weggeworfen haben. Immer und immer wieder bin ich diesen verfluchten Abend durchgegangen und tue es immer noch. Wann haben wir gekocht, gegessen, geraucht und so weiter. Es ist zum Verrücktwerden.«

»Aber die Polizei hielt daran fest, dass Sie den Brand fahrlässig ausgelöst haben?«

Ein bitteres Lachen entrang sich Mirjas Kehle.

»Na klar. Nachdem der Kanister und die Kippen gefunden worden waren, hat doch kein Mensch mehr geglaubt, dass es anders gewesen sein könnte. Und ich schwöre Ihnen, das verdammte Ding war leer gewesen, da war kein Benzin mehr drin. Die Polizei hatte sich ihre Meinung doch schon längst gebildet, bis ich überhaupt in der Lage war, irgendwas dazu zu sagen. Wochenlang war ich in der Klinik, fünf Tage im künstlichen Koma, mehrfache Operationen über die Jahre, immer noch in psychologischer Behandlung. Mit meinem Aussehen komme ich mehr oder weniger gut zurecht, die Krankenkasse übernimmt die Kosten der Narbenbehandlung, die noch lange nicht abgeschlossen ist, aber Inas Tod …«

Harry schwieg, ließ ihr Zeit, sich zu sammeln.

»Ina und ich haben die gleiche Marke geraucht«, fuhr sie dann fort, »deshalb konnte die Polizei nicht zuordnen, wer von uns wohl den Brand durch einen glühenden Stummel verursacht haben soll. Sonst wäre ich möglicherweise angeklagt worden.«

»Ja, fahrlässige Brandstiftung und Körperverletzung mit Todesfolge ist kein Pappenstiel«, bemerkte Harry. »Frau Ploss, hatten Sie oder Ihre Lebensgefährtin Feinde? Ich meine Menschen, die ihnen nach dem Leben trachteten?«, fragte er behutsam.

»Glauben Sie mir, darüber habe ich auch nachgedacht. Tatsächlich hatte ich für eine Weile meinen Ex-Mann in Verdacht. Aber auch wenn Stefan am Boden zerstört war, dass ich ihn Inas wegen verlassen habe, und er mir damals noch im Zorn hinterhergerufen hatte, er würde mir die Bude über dem Kopf anzünden … so ähnlich jedenfalls. Nein, Stefan, hätte so etwas nie getan.«

»Sicher?«

Sie nickte.

»Ganz sicher. Als der Brand passierte, war er mit seiner Schwester auf Teneriffa. Rita hat mir eine Postkarte geschickt. Die bekam ich natürlich erst viele Wochen später, als ich wieder aus dem Krankenhaus raus war, und meine Eltern mittlerweile den Umzug meiner Sachen von Bayern hierher veranlasst hatten, samt der eingegangenen Post. Die Karte war am Tag des Brandes abgestempelt.«

Harry schenkte sich einen weiteren Becher Kaffee ein, und als ob Anna Brink Gedanken lesen könnte, stand sie auf und kam mit einer Schachtel Kekse zurück. Beherzt griff Harry zu, als Mirjas Mutter ihm das Gebäck anbot.

»Frau Ploss, können Sie sich vorstellen, dass Sie sich während Ihres Aufenthaltes im Harz irgendjemandes Zorn zugezogen haben?«, fragte Harry weiter, versuchte so wenig wie möglich zu krümeln, schob die paar Krümelchen sorgsam mit hohler Hand zusammen.

Mirja Ploss legte die Stirn in Falten, zog einen Mundwinkel nach oben, was ihr angesichts der Narben einen grotesken Gesichtsausdruck verlieh.

»Na ja, wir hatten schon bemerkt, dass zwei Frauen, die zusammen Händchen hielten und Urlaub machten, schief angesehen wurden. Das ist uns öfter passiert, und nicht immer, aber doch ab und an, haben wir uns einen Spaß daraus gemacht, unsere Liebe deutlich zu zeigen. Wir fühlten uns provoziert durch die abschätzigen Blicke.« Geschickt fischte sie mit ihrer verkrüppelten Hand einen Schokokeks aus der Schachtel.

»Meinen Sie, dass unser Verhalten in jemandem einen solchen Hass ausgelöst hat, dass er uns verfolgte und die Hütte anzündete? Das kann ich mir nicht vorstellen. Wir leben doch nicht mehr im Mittelalter«, fuhr sie dann mit fester Stimme fort.

»Im Augenblick schließen wir nichts aus. Aber es muss einen Auslöser, und wenn er noch so banal erscheint, für diesen Menschen geben, der ihn veranlasst, grausame Dinge zu tun.«

Mirja Ploss und ihre Mutter sahen sich bang an.

»Vielleicht reicht das ja schon aus, zwei junge attraktive Frauen, die ineinander verliebt sind und dies offen nach außen zeigen.«

Harry ging bei dieser Vorstellung spontan ein Gedanke durch den Kopf. Wie reagiert ein Mann, der mit einer der beiden Frauen zu flirten versucht und dann erkennen muss, dass er es mit einer Lesbe zu tun hatte? Wäre ihm dies peinlich? Fühlte er sich herausgefordert? Empfand er dies als wider die Natur? Würde das bereits als Auslöser für einen Soziopathen ausreichen, wie Hölzle ihn am Telefon beschrieben hatte? Harry fragte Mirja nach einem solchen Vorfall, doch sie verneinte. Nein, weder Ina noch sie selbst hätten mit Männern geflirtet.

»Vielleicht nicht bewusst, aber ein kurzes nettes Gespräch, keine Ahnung, bei einer Schlossbesichtigung, in einem Ausflugslokal, im Supermarkt, irgend so was«, bohrte Harry weiter.

Mirja stützte den linken Ellbogen auf den Tisch, vergrub ihre Wange und ihr Kinn in der Handfläche und schloss für einige Sekunden die Augen. Bilder kamen ihr in den Sinn. Das gewinnende, charmante Lächeln eines attraktiven Mannes. Wo war das noch gewesen? In den Gärten in Quedlinburg? Nein. Beim Besuch der Kaiserpfalz in Goslar? Auch nicht. Dann plötzlich erschien vor ihrem inneren Auge ein Regal hinter dem lächelnden Gesicht. Der Mann im Supermarkt. Ina, die sich plötzlich dazwischengedrängt und sie demonstrativ geküsst hatte.

Das Lächeln des Mannes, das plötzlich gefror. Jetzt im Nachhinein kam ihr das total unheimlich vor.

»Sie erinnern sich an eine solche Situation, nicht wahr?«

Harry Schippers Stimme holte Mirja aus der Vergangenheit zurück.

»Ja, aber es klingt absurd«, erwiderte sie.

»Erzählen Sie einfach, was Ihnen eingefallen ist«, ermunterte Harry sie.

Mirja schilderte die Situation im Supermarkt und die wenigen Worte, die sie mit dem Fremden gewechselt hatte, bevor Ina dazwischen gegangen war.

»Können Sie den Mann beschreiben?«

»Ich kann es versuchen, dunkelblond oder vielleicht doch noch dunklere Haare, etwa 1,80 groß, wahrscheinlich schlank, schwer zu sagen. Es war kalt, und jeder trug eine dicke Jacke.« Sie machte ein gequältes Gesicht. »Nicht sehr hilfreich, oder? Davon gibt es Hunderttausende.«

»Schon gut. Es ist ja auch lange her. Wie alt circa?« Harry mümmelte bestimmt schon den fünften Keks, was ihm auch ein bisschen peinlich war, aber er hatte nicht gefrühstückt, und sein Magen verlangte sein Recht.

»Puh, schwer zu sagen, vielleicht Mitte, Ende 30? Ich weiß es nicht.«

»Erinnern Sie sich, was Sie an diesem Tag noch gemacht haben? Ist er Ihnen zufällig noch mal begegnet?«

Mirja Ploss schluckte heftig.

»Nein, ich habe ihn kein zweites Mal gesehen. Nachts brach das Feuer aus. Das war an diesem Tag, das weiß ich genau«, ihre Stimme drohte zu brechen. »Wir waren einkaufen, dann sind wir zur Blockhütte gefahren. Ina hat immer so lecker gekocht. Es gab Kalbfleisch, das hatte ich mir gewünscht.«

Anna Brink ergriff erneut die Hand ihrer Tochter, dieses Mal entzog sich Mirja nicht.

»Ist Ihnen an diesem Abend noch etwas aufgefallen? War jemand in der Nähe des Hauses?« Harry wurde sich immer sicherer, dass Mirja Ploss den Mörder ihrer Freundin gesehen hatte. In diesem Supermarkt.

»Nicht wirklich, ich erinnere mich, dass ich einmal vor die Tür bin, weil ich ein komisches Geräusch gehört habe. Ich dachte an ein Tier. Da war aber nichts, als ich nachschaute.«

Urplötzlich und mit der Wucht eines Faustschlags in die Magengegend gab ihr Gehirn die Erinnerung an einen Geruch preis, als sie vor die Hütte gegangen war. Ein Hauch von Weihrauch hatte in der Luft geschwebt. Passage d'enfer. Der Mann aus dem Supermarkt. Hätte sie sich doch nie Kalbfleisch gewünscht, im Kühlschrank waren noch genug Vorräte gewesen. Sie hätten nicht unbedingt einkaufen müssen, und sie, Mirja, hätte diesen Mann nie getroffen. Und Ina wäre noch am Leben. Hätte. Wäre. Wenn. Sie war schuldig, auch wenn sie den Brand nicht selbst ausgelöst hatte.

Mirja Ploss brach am Tisch hemmungslos weinend zusammen, war nicht zu beruhigen, so schlimm, dass Anne Brink den Hausarzt anrief, damit er Mirja ein Sedativum spritzte.

9. URLAUBSTAG

Hölzle fühlte sich plötzlich einsam, nachdem er gestern am späten Nachmittag Sabine verabschiedet hatte. Nach dem Frühstück waren sie noch zu einer kleinen Wanderung aufgebrochen. Den Wagen hatten sie auf dem Parkplatz an der Bodebrücke abgestellt und waren dann dem knapp acht Kilometer langen Rundweg gefolgt, einem Teil des Teufelsmauerstiegs, der sie mit seinen bizarren Sandsteinfelsformationen beeindruckte. Angeblich hat der Teufel die Steinhaufen selbst aufgetürmt.

Anschließend hatten sie im nahen Weddersleben noch das Papiermuseum besucht, danach waren sie in einem rustikalen Lokal zum Mittagessen eingekehrt. Hölzle hatte Sabine versprochen, sich zu melden, wenn er etwas Neues über die Todesfälle herausfinden würde, als sie ihre Reisetasche in den Kofferraum packte. Dann war sie zügig mit ihrem Auto abgerauscht, und er hatte ihr nachgesehen, bis die Rücklichter verschwunden waren. Netterweise hatte sie ihm ihr iPad überlassen, so lange, bis er wieder nach Bremen zurückkehrte.

Er konnte es kaum erwarten, von Harry zu hören, ob er Mirja Ploss gefunden hatte. Ständig schaute er auf sein Handy, in der Hoffnung, dass eine Nachricht von Harry eingegangen wäre. Natürlich war das Quatsch, denn schließlich war jetzt erst später Montagvormittag, und zaubern konnte auch Harry nicht.

Wer wusste denn schon, ob die Frau noch tatsächlich in Bremen lebte.

Er beschloss, Norbert Krause, den Maaroder Pfarrer, aufzusuchen, vielleicht ergab sich ja aus einem Gespräch mit dem Geistlichen ein neuer Aspekt hinsichtlich Hölzles Verdacht, dass hier seit Jahren ein Mörder sein Unwesen trieb. Krause war zudem das Mitglied der Stammtischrunde, das er noch nicht kannte. An den Abenden, an denen Hölzle dabeigesessen hatte, war der Geistliche immer abwesend gewesen, er war offensichtlich ein vielbeschäftigter Mann. Hölzle war gespannt, mit welchem Typ Mensch er es zu tun bekommen würde. Die Stammtischrunde war nicht gerade zimperlich, was Äußerungen über Farbige oder Andersgläubige betraf. Ob Krause dem ab und zu mal einen Riegel vorschob? Oder gehörte er der gleichen Spezies an?

Er betrat die Kirche, ein schlichtes Gebäude aus dem späten 19. Jahrhundert, das spartanisch ausgestattet war, und sah sich um. 15 hölzerne Bankreihen rechts und links des Gangs, der vor vier Stufen endete, die zum Altar hinaufführten. Vor der ersten Bankreihe auf der linken Seite entdeckte Hölzle eine einfache Holztür, die wahrscheinlich Zugang zur Sakristei gewährte. Seitlich vor der rechten Bankreihe befand sich eine gewundene Holztreppe, die zur Kanzel hinaufführte.

Der Altar ruhte unter einem Spitzbogen und war fast bis zum steinernen Fußboden mit einem schlichten weißen Tuch bedeckt, in dessen Mitte ein goldenes Kreuz eingestickt war. Zwei große messingfarbene Kerzenleuchter, jeder mit einer dicken weißen Kerze bestückt, deren Flammen sich nur unmerklich bewegten. Dazwischen lag aufgeschlagen die Bibel. Seitlich links des Altars befanden sich mehrere einfache Holzstühle, die dem Chor zugedacht waren, hinter dem Altar prangte ein riesiges Holzkreuz mit einem Jesus, dem der Künstler ein Gesicht geschnitzt hatte, das das ganze Leid der Welt auszudrücken schien. Ziemlich gut gemacht, wie Hölzle fand.

Ein leises Räuspern veranlasste ihn, sich umzudrehen, und Hölzle blickte in rotgeränderte, wässrig-braune Augen. Der etwa 60 Jahre alte Mann war groß und hager. Seine Hakennase verlieh ihm ein raubvogelartiges Aussehen, die schmalen Lippen waren blass, wirkten beinahe blutleer. Eine Stirnglatze ging in einen Rest verbliebener dunkelgrauer Haare über. Der faltige Hals verschwand in einem weißen steifen Stehkragen, der aus der schwarzen Robe hervorlugte.

Des muss wohl der Paschtor sei, sieht eher aus wie Dracula, dachte Hölzle.

»Kann ich Ihnen helfen?«

»Ja, sofern Sie Zeit haben, meine ich«, Hölzle streckte die Hand aus und wollte sich vorstellen, »mein Name ist …«

»Hölzle, ich weiß. Kriminalhauptkommissar aus Bremen«, lächelte Pastor Krause ihn an und reichte Hölzle die Hand.

Für Hölzles Geschmack war der Händedruck zu lasch. Als der Pastor den verblüfften Gesichtsausdruck seines Gegenübers auffing, erklärte er: »Maarode ist ein Dorf, da bleibt nichts geheim.«

»Pastor Norbert ›Berti‹ Krause, nehme ich an«, konterte Hölzle mit einem Augenzwinkern.

Nun war es an Krause, verblüfft auszusehen.

»Frank Radegast und Erika Pohl haben mal Ihren Namen erwähnt, und ich bin ziemlich gut darin, mir vieles zu merken. Das bringt mein Job so mit sich. Herr Krause, ich würde gerne von Ihnen mehr über Buß- und Bettag erfahren.«

Pastor Krause hob die Augenbrauen, was dazu führte, dass seine Stirn samt dem Stückchen Glatze sich in ein wahres Origami verwandelte.

»Ach?«, machte Krause verwundert. »Kommen Sie, wir gehen in die Sakristei, dort ist es nicht ganz so kalt«, schlug er vor.

Wie Hölzle richtig vermutet hatte, lag hinter der einfachen Holztür die Sakristei. Krause ließ ihn an sich vorbeitreten, schloss die Tür und wies einladend auf einen der einfachen blau gepolsterten Stühle, die an einem schlichten Holztisch standen. An der Wand gegenüber der Tür waren Regale mit Büchern, Kerzen und den Nummerntäfelchen, die dazu dienten, den Kirchgängern jeweils den Psalm oder das Kirchenlied, die gesungen werden sollten, kundzutun. Neben dem Tisch stand ein gewöhnlicher Stahlschrank, den Krause nun öffnete und zwei bunte Tassen hervor holte.

»Tee?«

»Ja, danke.«

»Ist Pfefferminze in Ordnung?«, fragte Krause, während er den Wasserkocher befüllte, der neben dem kleinen Spülbecken stand, das hinter der Tür angebracht war. Sekunden später war das typische Rauschen des sich erhitzenden Wassers zu vernehmen.

»Gerne«, antwortete Hölzle und betrachtete die Buchrücken im Regal, hinter ihm klapperte Krause mit den Tassen, raschelte, als er die Teebeutel aus den Papierhüllen zog. Ein Buchrücken fiel Hölzle auf. Rotgold, schwarze mittelalterlich anmutende Buchstaben. Er hielt den Kopf schief und las den Titel. Folter, Tod und Heil – Mittelalterliche Tafelmalereien.

Ein Klicken verriet, dass das Wasser kochte, Krause brühte den Tee auf und stellte Hölzle die Tasse hin.

»Er muss noch ein paar Minuten ziehen. Interessieren Sie sich für das Mittelalter?«, fragte der Pastor, als er bemerkte, was Hölzle gerade intensiv betrachtete. »Sie können es gerne herausnehmen, wenn Sie möchten. Die Darstellungen sind allerdings nicht unbedingt was für zarte Gemüter. Aber das dürften Sie als Kriminalbeamter ja nicht sein. Ein zartes Gemüt, meine ich. Zucker?«

»Nein danke. Das ist sehr nett. Das Buch sehe ich mir aber gerne später an. Doch nun zu meinem eigentlichen Anliegen. Buß- und Bettag, wird der hier noch von der Mehrheit begangen? Es ist ja kein offizieller Feiertag mehr.«

»Nun ja, im Grunde, Herr Hölzle, ist es so, dass die Menschen, die sonst regelmäßig an den Gottesdiensten teilnehmen, dann auch zu den Feiertagen kommen. Da die meisten Leute arbeiten, kommen sie aber schon am Vorabend zur Messe. Ob die Feiertage nun offiziell sind oder nicht, spielt dabei keine Rolle. Warum interessiert Sie das?«

»Wegen Stella Wiprecht. Und anderen, die genau an diesem Tag, an Buß- und Bettag ums Leben kamen.«

»Andere? Ich weiß nicht, was Sie damit andeuten wollen.« Krause angelte seinen Teebeutel heraus, ließ ihn abtropfen und legte ihn auf einen kleinen Teller. »Ihr Tee«, machte er Hölzle aufmerksam.

Hölzle fischte seinen Beutel aus der Tasse, platzierte ihn neben den anderen und nahm vorsichtig einen Schluck des dampfenden Gebräus.

»Ich habe mir Gedanken gemacht über Stella Wiprechts Tod, der mir keine Ruhe lässt. Und bin dabei auf weitere Morde, oder vermutliche Morde gestoßen, die vor Jahren hier in der Gegend auch an besagtem Tag verübt wurden.«

Krause sah ihn aufmerksam und zugleich misstrauisch, wie Hölzle schien, über den Rand seiner Tasse an, was sein raubvogelartiges Aussehen verstärkte.

»Das heißt, Sie glauben nicht, dass Richard seine Frau umgebracht hat, sondern jemand, der – wie soll ich sagen? – ein Serienmörder ist?«

»Ganz genau. Herr Krause, wie lange versehen Sie Ihren Dienst schon hier in Maarode?«

Hölzle hatte die Finger um die Tasse gelegt, um sie zu wärmen. Obwohl die Heizung in der Sakristei funktionierte, hatte er kalte Hände.

»Gut 30 Jahre etwa. Ich habe etliche Maaroder getauft und konfirmiert, kenne viele von Kindesbeinen an. Und ebenso viele habe ich beerdigt. Sie wollen doch nicht andeuten, dass so ein Mörder, wie Sie vermuten, aus unserem Dorf stammt? Das kann ich mir nicht vorstellen.«

Hölzle zuckte mit den Schultern.

»Möglich wäre es. Einige der Opfer wurden nicht so weit von hier entfernt getötet. Blankenburg, Wernigerode, Ilsenburg, um genau zu sein. Auch eine Frau aus Braunlage könnte in diese Reihe gehören.«

»Jetzt machen Sie mich neugierig«, Krause schob seinen Ärmel zurück, sah auf die Uhr. »Ich muss noch eine Messe vorbereiten, aber eine Stunde, vielleicht auch etwas mehr, habe ich noch. Erzählen Sie.«

Nach zwei weiteren Tassen Tee beendete Hölzle seinen Monolog. Der Pastor hatte keine Zwischenfragen gestellt, war nur ab und an aufgestanden, um Wasser heißzumachen.

»Jetzt verstehe ich Ihr Interesse an diesem Buch«, war alles, was er sagte. Kein Kommentar zu dem eben Gehörten. »Wenn Sie aber mit einem Experten über das Mittelalter sprechen wollen, dann unterhalten Sie sich am besten mit Thomas. Thomas Radegast, Franks Bruder. Oder kommen Sie heute Abend mit zum Lesekreis.«

Hölzle hob fragend die Augenbrauen.

»Thomas unterhält einen Lesekreis. Einmal im Monat treffen sich ein paar Leute, unter anderem ich, und sprechen über Literatur aller Art. Was die Menschen eben interessiert, was sie so lesen und was sie darüber denken. Das kann ein Bestseller sein, aber auch ein lange vergessenes Buch. Einer aus unserer Reihe macht den Vorschlag, wir lesen und diskutieren. Manchmal entscheiden wir aber auch spontan, sprechen über ein Buch, das gerade verrissen worden ist oder einfach auch nur mal über die Weltpolitik oder die Kulturszene im Harz.«

»Ich kann doch nicht einfach dort auftauchen«, widersprach Hölzle.

»Das ist schon in Ordnung, ich melde Sie an, damit Thomas Bescheid weiß.«

Hölzle zögerte keine Sekunde.

»Prima, danke. Wo wohnt er denn?«

Krause lächelte dünn.

»Sündengässchen vier. Ist nicht schwer zu finden. Am Ortsausgang Richtung Rübeland, kurz vor dem Ortsschild links rein. Wir treffen uns um sieben.«

Hölzle dankte und verabschiedete sich von Krause, ging mit gesenktem Kopf gedankenverloren in Richtung Harzer Krug zurück.

»Warst du in der Kirche?«, sprach ihn jemand an.

Hölzle hob den Kopf und erkannte Frank, der wie aus dem Boden gestampft plötzlich vor ihm stand.

»Ach hallo, Frank. Ja, wollte mir die Kirche mal anschauen. Einen netten Pastor habt ihr hier in Maarode.«

»Du hast mit Krause gesprochen?«

»Tee getrunken, geredet. Jetzt musste er eine Messe vorbereiten, sonst säße ich vermutlich immer noch dort. Bist du eigentlich auch in diesem Lesekreis, den dein Bruder veranstaltet?«

Frank warf Hölzle einen überraschten Blick zu.

»Wieso?«

»Weil mir Krause davon erzählte und mich heute Abend dorthin eingeladen hat.«

»So, hat er das. Na ja, kann er ja machen, Thomas sieht das nicht so eng. Ich bin nicht dabei, bin ja auch meist unterwegs auf der Suche nach einer guten Geschichte. Aber geh ruhig hin, ich hoffe nur, du langweilst dich nicht zu sehr. Die meisten Teilnehmer sind ältere Damen, die nix Besseres zu tun haben«, äußerte er sich geringschätzig.

»Nee, langweilen werde ich mich bestimmt nicht. Dein Bruder scheint laut Berti eine Menge über das Mittelalter zu wissen, und das interessiert mich. Vielleicht kann er mir ja ein paar Fragen beantworten, die mir unter den Nägeln brennen.«

»Wie lange bist du eigentlich noch hier?«, wechselte Radegast das Thema. »Ich hab da noch einige Tipps für dich, falls du nicht schon längst da warst. Kennst du zum Beispiel den Ottofels? Dort solltest du unbedingt auch noch hin. Du hast von dort einfach eine grandiose Aussicht.«

»Nein, sagt mir nichts. Ist das weit von hier? Bis Ende der Woche bin ich auf jeden Fall noch in Maarode, vielleicht bleib' ich noch ein wenig länger, mal sehen.«

»Ich hab diese Woche ein wenig Luft. Wenn du willst, können wir zusammen zum Ottofels, und ich zeig dir noch ein wenig unsere schöne Gegend. Donnerstag würde ganz gut passen, da hätte ich Zeit. Und in der Nähe ist die Steinerne Renne. Dort gibt es ein gutes Gasthaus. Wie ich gesehen habe, bist du den leiblichen Genüssen ja nicht abgeneigt. Wie sieht's aus?«

»Ja, sehr gerne. Das Gasthaus kenne ich schon. Also abgemacht, du spielst den Bergführer, und ich bezahle anschließend das Essen.«

Frank klatschte Hölzles erhobene Hand ab und versprach, ihn am Donnerstag gegen Mittag im Harzer Krug abzuholen, und verabschiedete sich.

Das war echt eine prima Idee. Hölzle freute sich über dieses unerwartete tolle Angebot. So würde er noch etwas mehr vom Harz zu sehen bekommen und obendrein bestimmt noch mit allerhand Geschichten versorgt werden, die Frank garantiert zu erzählen wusste. Außerdem könnte er ihn auch in Ruhe einmal befragen, ob und wie er diese Reihe von merkwürdigen Todesfällen erlebt hatte und was er letztendlich wirklich von seiner Theorie hielt. Hölzle stand noch für einen Moment auf der

Straße, dann registrierte er nicht nur seine kalten Füße, sondern auch seine Blase gab ihm ein eindeutiges Signal: Bin randvoll mit Tee, bitte dringend entleeren! Hölzle sah zu, dass er schnell in seine Unterkunft kam.

Pastor Krause saß nachdenklich in der Sakristei. Er fragte sich schon die ganze Zeit, ob er nicht eben einen Fehler gemacht hatte. Hätte er dem Kriminalhauptkommissar nicht doch erzählen sollen, was eines seiner Gemeindemitglieder vor langer Zeit gebeichtet hatte? Es war Josef Stürmer, genannt Jupp, gewesen.

Der Automechaniker aus Maarode war spät abends zu ihm gekommen. Krause war erst seit einigen Jahren Pfarrer am Ort gewesen. Zuerst hatte Jupp herumgedruckst, dann hatte er Krause gefragt, ob, wenn er ihm etwas Verwerfliches beichtete, Berti darüber Stillschweigen bewahren würde. Ob es denn wirklich so schlimm sei, wollte Krause wissen, und Jupp hatte nur genickt.

»Jupp, Luther hat gesagt ›Wenn ich daher zur Beichte ermahne, so tue ich nichts anderes, als dass ich ermahne, ein Christ zu sein‹, also wenn es dein christliches Bedürfnis ist, dann sprich zu mir, ich werde schweigen.«

Er glaube, er decke einen Mörder, hatte Stürmer ihm gestanden. Krause hatte zunächst nichts gesagt, den Mann nur ermutigend angesehen, damit er weitersprach.

Stürmer erzählte von einem Auto, das er repariert hatte. Der Schaden war vorne rechts gewesen. Blut und Haare hätten daran geklebt. Ein Wildunfall, hatte der Wagenbesitzer behauptet. Zuerst hatte Jupp sich nichts dabei gedacht und den Schaden repariert. Einige Tage später war die Leiche des Frauenarztes Dr. Werner Hartmann gefunden worden. Jupp hatte, wie alle anderen auch, durch die Zeitung erfahren, dass der Arzt offenbar angefahren und liegen gelassen worden war. Daraufhin hatte er sich an die Haare, die an dem Auto mit dem angeblichen Wildschaden gehaftet hatten, erinnert. Sie hatten eine andere Sprache gesprochen. Zu lang, zu dünn und zu grau, um von einem Reh zu stammen.

Josef Stürmer war sich dann sicher gewesen. Kein Wildunfall. Nein. Das gerade reparierte Auto war der Unfallwagen. Und Jupp hatte durch seine Arbeit Beweise vernichtet. Als er den Fahrer zusammen mit einem weiteren jungen Mann kurz darauf wieder getroffen hatte, hatte er nur gesagt:

»Dir ist kein Reh ins Auto gesprungen, oder?«

Der Autobesitzer selbst hatte geschwiegen, er hatte sich ganz offensichtlich geschämt und zu Boden gesehen. Der andere jedoch hatte Jupp dagegen mit einem solch durchdringenden Blick angeschaut, dass dem Automechaniker ganz anders geworden war. Nie in seinem Leben hatte er solche Eiseskälte in den Augen eines Menschen gesehen, und dann hatte ihn noch diese unverhohlene Drohung, die darin gelegen hatte, schaudern lassen. ›Jupp‹ Josef Stürmer hatte Angst bekommen. Er hatte geschwiegen aus Furcht davor, dass, wenn er seine Vermutung an die Öffentlichkeit bringen würde, dies wahrscheinlich sein sicheres Todesurteil wäre. Wer einmal einen Menschen so gemein hat sterben lassen, der würde, um sich zu retten, vor einem weiteren Opfer nicht zurückschrecken.

Ein Jahr sei das nun her, erzählte Stürmer Pastor Krause. Nachts könne er vor Angst und Schuldgefühlen nicht schlafen, fühle sich getrieben, sich endlich irgendjemandem anzuvertrauen. Darum sei er nun hier.

Krause hatte versucht, Jupp dazu zu bewegen, zur Polizei zu gehen. Auch wenn keine Beweise mehr vorhanden waren, die Polizei hätte bestimmt Mittel und Wege, herauszufinden, ob er mit seinem Verdacht, wer schuld am Tod des Frauenarztes war, recht hatte. Hatte ihm angeboten, mit zur Polizei zu kommen. Die unsägliche Furcht, die in Jupps Augen aufgeflackert war, hatte Krause nie vergessen. Jupp hatte sich nach dem Gespräch mit Krause Erleichterung erhofft, dass Krause ihm den Druck von seiner Seele nehmen würde. Doch so gebrochen, wie er am Pfarrhaus erschienen war, so gebrochen hatte er sich dann von Krause verabschiedet.

Am nächsten Morgen hatte Josef Stürmers Mitarbeiter einen Schock erlitten. Jupp hatte sich noch in der Nacht an der Hebebühne seiner Autowerkstatt erhängt. Krause selbst hatte es nie fertiggebracht, zur Polizei zu gehen. Womit auch? Mit den Behauptungen eines Mannes, der sich ihm kurz vor seinem Selbstmord anvertraut hatte? Natürlich entband ihn Stürmers Tod von der Schweigepflicht, doch Jupp hatte die Namen der jungen Männer, die seiner Überzeugung nach den Frauenarzt angefahren hatten, nie genannt.

Nach dem Gespräch mit Hölzle war ihm die alte Geschichte plötzlich wieder in den Sinn gekommen. Warum, konnte er sich nicht erklären. Vielleicht, weil dieser Polizist mit seiner Theorie, hier ginge seit langer Zeit ein Mörder um, recht hatte?

*

Gegen 18 Uhr meldete sich endlich Harry und berichtete Heiner von seinem Besuch bei Mirja Ploss.

»Mirja Ploss hat den Mörder gesehen. Sie ist sich tausendprozentig sicher, dass es der Mann aus dem Supermarkt gewesen sein muss. Nach der Beruhigungsspritze ging es ihr besser, und sie hatte darauf beharrt, dass sie sich an das Parfum oder Rasierwasser, was auch immer, erinnerte. Den Duft kenne sie gut, und er hätte in der Luft gelegen, als sie am besagten Abend nochmals vor die Tür ging, weil sie ein Geräusch gehört hatte. Ploss schwört zudem auch Stein und Bein, dass weder sie noch ihre Freundin Ina eine Kippe einfach so weggeworfen haben. *Immer* hätten sie darauf geachtet, dass die Zigaretten wirklich aus waren. Die Polizei hat das natürlich nicht geglaubt. Hätten wir vermutlich auch nicht, wir wissen ja, was manche Aussagen wert sind.«

Hölzle saß auf seinem Bett, die Beine untergeschlagen und überlegte. Das Handy lag vor ihm und war auf laut gestellt.

»Und Sie kann keine genauere Beschreibung des Mannes liefern?«

»Ich fürchte, nein. Mal im Ernst, das ist fünf Jahre her.«

»Ja, stimmt schon. Meinst du, Mirja Ploss wäre bereit, sich einer Hypnose zu unterziehen? Vielleicht bringt das ja was, und sie kann den Mörder ausführlicher beschreiben«, schlug Hölzle vor.

»Keine Ahnung. Ich weiß auch nicht, ob das in ihrem Zustand eine gute Idee ist. Du hättest die Frau sehen sollen, als ihr klar wurde, dass wahrscheinlich nur durch sie der Mörder ihrer Freundin erst auf sie beide aufmerksam wurde. Das hat einen Nervenzusammenbruch ausgelöst.«

»Hmm, ja. Was ist mit diesem Parfum? Gehört das zu den sehr häufig verkauften oder eher nicht so? Vielleicht kann man über den Verkauf der letzten Jahre etwas herausfinden.«

»Heiner, woher soll ich das denn wissen? Komm mal wieder runter. Überleg mal, wie lange das dauern würde, das zu überprüfen. Und wie viele Kollegen das in Anspruch nehmen würde. Abgesehen davon ist es nicht unser Fall. Wie viele Parfümerien gibt es denn im Harz? Allein in Goslar gibt es vermutlich vier, fünf Stück. Die Leute bezahlen nicht immer mit Karte, viele bezahlen bar. Und das Internet gibt's auch noch. Das kannst du vergessen. Wenn das Wässerchen heute noch auf dem Markt ist, schätze ich, dass es sehr häufig verkauft wird, sonst hätte der Hersteller es bestimmt schon aus dem Programm genommen.«

»Jaja, ich seh's ja ein.«

Harry räusperte sich.

»Ähm, wie war's denn mit Frau Doktor?«

»Das würdest du gerne wissen, schon klar, nachdem du sie mir quasi auf den Hals gehetzt hast.«

»Jetzt übertreib mal nicht«, wehrte sich Harry.

»Es war, wie soll ich sagen … interessant. Hab eine völlig neue Seite an ihr kennengelernt.«

»Ach ja? Welche denn?«

Hölzle konnte das anzügliche Grinsen Harrys bildlich vor sich sehen.

»Sie kann ein richtiger Kumpel sein. Im Übrigen hat sie mir bei meinen Nachforschungen geholfen.«

»Und das war's?«

»Der Rest geht dich nichts an.«

Harry gluckste belustigt und wechselte das Thema.

»Sag mal, hast du eigentlich schon mein Zimmer bestellt? Du denkst doch dran, dass ich am Donnerstag komme, oder?«, erinnerte Harry seinen Freund.

»Upps, hätte ich fast vergessen. Mach' ich heute noch, ich versprech's.«

Hölzle schlug sich mit der flachen Hand vor die Stirn.

»Ach du grüne Neune, bis wann tauchst du denn auf? Ich bin ab Mittag unterwegs mit Frank, der wollte mir noch ein landschaftliches Highlight des Harz zeigen.«

»Weiß nicht. Eigentlich wollte ich zum Mittagessen da sein. Kommt auf den Verkehr an. Ich kann ja mitkommen, wenn das okay ist.«

»Ja warum nicht? Frank ist ein guter Typ, der hat sicher nichts dagegen. Weiß Mirja Ploss eigentlich, wie das Zeug heißt, oder erinnert sie sich nur an den Duft?«, kam Hölzle wieder auf das Parfum zurück. »Ich frag nur so.«

»Passage d'enfer«, drang Harrys Stimme aus dem Lautsprecher.

»Und das heißt? Französisch hatte ich meist 'ne Drei in der Schule. Auch mal 'ne Vier. Du weißt ja, wie meine Neffen meine Unkenntnis dieser Sprache so unverschämt ausgenutzt hatten.«

»Ich nicht. Ist doch so eine einfache Sprache. Stand immer zwischen eins und zwei«, prahlte Harry.

»Streber«, maulte Hölzle. »Und was bedeutet das jetzt? Passage d'enfer?« Er sprach die Silben übertrieben aus.

»Gang durch die Hölle«, übersetzte Harry.

Hölzle ging zu Fuß zum abendlichen Treffen bei Thomas Radegast, nachdem er bei Andreas Pohl noch Harrys Zimmer reserviert hatte.

Wie Pastor Krause versprochen hatte, war die kleine Straße einfach zu finden. Die Beleuchtung ließ zu wünschen übrig, denn die Straßenlaternen vermochten die Gegend nur schwach zu erhellen. Vor dem Haus mit der Nummer Vier blieb er einen Augenblick stehen und betrachtete es. Ein altes Fachwerkhaus, wunderschön mit den bunten geschnitzten Rosetten über der Tür und den Sprossenfenstern. Auch die Kapitelle der tragenden Säulen trugen Schnitzereien. Hölzle sah sie sich genauer an. Teuflische Fratzen, die dem Betrachter die Zungen entgegen streckten. Rechts und links der Eingangstür strahlten zwei alte Laternen ein warmes Licht aus, hießen die Gäste regelrecht willkommen.

Hölzle betätigte die Türklingel, und wenig später öffnete Thomas Radegast, bat ihn herein und nahm ihm die Jacke ab.

»Danke, dass ich hier so einfach auftauchen kann«, sagte Hölzle, »ein schönes Haus hast du.«

Thomas lächelte schmallippig.

»Das Haus meiner Eltern, Frank wollte es nicht, er bevorzugt lieber eine moderne Wohnung. Na ja, so ein Haus macht auch viel Arbeit, und er ist ja viel unterwegs.«

Auf dem Flur erschien eine schlanke Frau mit mittellangem hellbraunem Haar. Sie trug Jeans und einen dicken dunkelroten Pullover.

»Ich bin Nicola, Thomas' Frau. Herzlich willkommen.« Sie reichte ihm die Hand.

Ah ja, das erklärte, warum es hier so gemütlich aussah und nach leckerem Essen duftete. Irgendwie hatte Hölzle Thomas als allein lebend eingeschätzt. Seine Frau machte einen offenen und warmherzigen Eindruck, das Gegenteil ihres zurückhaltenden, kühlen Mannes.

Hölzle wurde ins Esszimmer gebeten, wo sich schon zwölf Frauen und Männer befanden, darunter Pastor Krause und Erika Pohl, was ihn überraschte. Mit Literatur hätte er seine Gastgeberin, die sich freute, ihn zu sehen, eher nicht in Verbindung gebracht, allenfalls mit Groschenromanen oder Frauenzeitschriften. Thomas stellte ihm die anderen Gäste vor, unter anderem seine Tante Monika, eine kleine dickliche Frau mit grauen Löckchen und roten Pausbäckchen.

Hölzle sah sich um. An der größten Wand Regale mit Büchern bis unter die Decke, an der kurzen Seite des Zimmers zwei kleinere Ölgemälde mit der Darstellung mittelalterlicher Kampfszenen, dazwischen zwei gekreuzte Schwerter. Weitere Schwerter hatten im Hausflur gehangen. Franks Bruder hatte eine richtige Waffensammlung.

»So, nachdem nun alle da sind, können wir loslegen. Heute gibt es eine kleine Programmänderung, weil unser Gast Heiner sich für das Mittelalter interessiert, wie mir unser lieber Pastor verraten hat. Heiner Hölzle ist aus Bremen und Kriminalhauptkommissar«, erklärte Thomas Radegast. Er wirkte nun sehr aufgeräumt, so ganz anders als am Stammtisch. Offenbar fühlte er sich in seiner Rolle als Gastgeber deutlich wohler.

»Nicola hat wie immer kleine Leckereien vorbereitet, also greift tüchtig zu. Ihr wisst ja, sie übertreibt es immer ein wenig mit den Mengen. Und ich will ja nicht den Rest der Woche Tapas essen.«

Nicola Radegast hatte zwischenzeitlich diverse Platten auf dem großen Holztisch verteilt, auf denen sich Datteln im Speckmantel, kleine gebratene Hähnchenkeulen, mariniertes Gemüse, Champignons in Knoblauch und knusprige Kartoffelecken türmten. Weitere Schälchen und Teller folgten. Schwarze und grüne Oliven, kleine Hefeteigschnecken mit Serranoschinken, Pimientos, eingelegter Schafskäse. Dazu gab es selbst gebackenes Brot, Rotwein und Wasser. Hölzle war entzückt und fragte sich, wie lange Nicola dafür wohl in der Küche gestanden hatte. Und nun konnte sie selbst gar nichts davon genießen, denn wie sie sagte, musste sie los, da sie mit einer Freundin in Blankenburg verabredet war. Nachdem sie ihren Mann daran erinnert hatte, er solle später den Kuchen nicht vergessen, verabschiedete sie sich, und die Anwesenden ließen sich kein zweites Mal bitten, kräftig zuzulangen.

»Das passt ganz gut, dass wir das Thema für heute ändern, ich lese gerade einen historischen Kriminalroman und bin völlig fasziniert«, begann eine ältere Dame, deren Name Hölzle schon wieder vergessen hatte. Lang und breit erzählte sie, warum, wieso und weshalb ihr das Buch so gut gefiel. Ziemlich langatmig, wie Hölzle fand. Er fragte nach der Gästetoilette.

Und auch an diesem stillen Örtchen fanden sich ein Schwert und ein alter Degen. Hölzle fuhr mit den Fingerkuppen über die Schwertklinge.

Halleluja, des isch jo richtich scharf!, stellte er verblüfft fest. Damit hatte er überhaupt nicht gerechnet.

Als er zurück ins Esszimmer kam, hielt die Frau immer noch ihren langweiligen Monolog, doch endlich traute sich Erika, die für ihre natürliche Redefreude schon ganz schön lange die Füße stillgehalten hatte, ihr ins Wort zu fallen, und es entspann sich plötzlich eine rege Diskussion über historische Romane. Hölzle fühlte sich gut unterhalten und konnte nebenbei kaum mit Naschen aufhören. Bisher hatte er zwar nichts gehört, was für seine Ermittlungen relevant sein könnte, aber das hatte er eigentlich auch nicht erwartet.

Gerade schob er mit einer Gabel weitere Datteln im Speckmantel von einem Holzspieß auf seinen Teller, als seine Tischnachbarin zur Rechten, Tante Monika, fragte:

»So, und was lesen Sie denn so Historisches, wenn Sie am Mittelalter interessiert sind?«

»Im Augenblick lese ich zwei Bücher, den Hexenhammer und das Tagebuch eines Scharfrichters.«

Alle verstummten und warteten darauf, dass er weiter erzählte. Hölzle tat ihnen den Gefallen, gab einige gruselige Details aus dem Tagebuch von sich, die aber niemandem den Appetit verderben zu schienen. Ein großer muskulöser Mann, der Hölzle an irgendjemanden erinnerte, bemerkte:

»Dass Sie so was noch lesen mögen, wenn Sie doch schon von Berufs wegen mit Mord und Totschlag zu tun haben? Also, ich weiß nicht. Ich glaube, ich würde dann nur noch so seichten Kram lesen, irgendwelche Liebesschnulzen, keine Ahnung, was. Ich lese ja mit Vorliebe Krimis und Psychothriller, es darf gerne blutig zugehen, doch ehrlich gesagt, reicht mir das, was sich die

Autoren da ausdenken. Aber wenn ich mir vorstelle, ich müsste mich mit echten Leichen auseinandersetzen, nee, das könnte ich nicht.«

Hölzle ließ eine Olive zwischen seinen Lippen verschwinden.

»Natürlich ist es nicht leicht, und das wird es auch nie werden, wenn man mit einer Leiche konfrontiert wird, aber glücklicherweise sind sie im allerallerseltensten Fall verstümmelt oder wurden zuvor gefoltert, wie es vor Jahrhunderten allein durch die damalige Rechtsprechung ja gang und gäbe war.«

»Na ja, vielleicht nicht bei uns in Deutschland, aber schauen Sie doch mal nach Afrika oder in den Nahen Osten. Große Unterschiede zum Mittelalter kann ich da, ehrlich gesagt, nicht feststellen, was die Strafen für bestimmte Vergehen anbelangt«, erwiderte Tante Monika, »allein, wenn man sich überlegt, dass es Länder gibt, in denen Frauen gesteinigt werden, nur weil sie sich in einen anderen Mann verliebt haben und mit ihm zusammen sein wollen. Das ist nicht zu fassen.«

Jetzt wusste jeder etwas beizusteuern, und der Geräuschpegel stieg deutlich an. Nur Thomas Radegast hielt sich raus, räumte leere Teller und Schüsseln weg, schenkte Wein nach, verteilte saubere Teller mit Rosenmuster und Silberrand, legte Kuchengabeln dazu, fragte nach, wer Kaffee haben wollte. Alle. Radegast servierte kurz darauf den Kuchen, stellte eine große Kanne Kaffee auf den Tisch und nahm wieder Platz.

»In Saudi-Arabien köpfen sie dich für Ehebruch«, wusste gerade Pastor Krause zu berichten. Das war Hölzles Stichwort.

»Gibt es Hinweise, dass Stella Wiprecht fremdging?«

Schlagartig herrschte Totenstille im Raum, nur das Klirren des Löffels, mit dem Erika gerade den Zucker in ihrer Kaffeetasse umrührte, war zu hören.

»Sind Sie deswegen hier? Wegen Richards Frau?« Die Stimme des großen Mannes mit der Figur eines Schwimmers klang geradezu feindselig. »Die Maaroder sind alle, und ich betone *alle*, anständige und rechtschaffene Leute. Wir halten zusammen und brauchen keine Fremden, die unsere Gemeinschaft mit haltlosen Unterstellungen belästigen. Jemand wie Sie ist hier falsch, also verschwinden Sie besser wieder nach Bremen.«

»Lutz!«, herrschte Tante Monika ihn an. »Reiß dich mal zusammen! Er ist Thomas' Gast, nicht deiner.«

Sie warf Hölzle einen entschuldigenden Blick zu. Thomas Radegast selbst blieb stumm, verzog keine Miene.

»Schon gut, es stimmt ja irgendwie«, gab Hölzle mit ruhiger Stimme zu.

»Was geht Sie das überhaupt an?«, misstrauisch beäugte ihn die ältere Dame, die so langatmig den Inhalt ihres Schmökers zum Besten gegeben hatte.

»Es geht mich nichts an, es handelt sich um rein berufliches Interesse, wie Sie vielleicht verstehen werden.« Seelenruhig trank Hölzle einen Schluck Kaffee.

»Aber du interessierst dich nicht nur dafür, was mit Stella passiert ist, nicht wahr? Sondern auch für diesen Dachdecker, der vor was weiß ich wie vielen Jahren umgebracht wurde«, warf Erika ein.

»Ja, und für weitere Fälle, die sich hier in der Gegend abgespielt haben«, rutschte es Hölzle heraus.

Alle redeten nun durcheinander, wollten wissen, was er damit meinte, ob er glauben würde, die hiesige Polizei wäre dämlich, und schließlich stellte jemand die Frage:

»Und Sie glauben, dass es jemand aus Maarode ist, sehe ich das richtig?«

»Was ich glaube, spielt keine Rolle. Es ist jedenfalls nicht auszuschließen.«

Allgemeines Kopfschütteln, die Stimmung war nun völlig gekippt, die Atmosphäre gereizt. Lautstarke Dementi erfüllten die Luft. Dieser Lutz bekam ein puterrotes Gesicht vor lauter Zorn, warf Hölzle ein zweites Mal aus dem Haus, in dem er selbst zu Gast war. Thomas, der zu Hölzles Linken saß, legte diesem die Hand auf den Arm.

»Ich denke, es ist jetzt tatsächlich besser, wenn du uns verlässt«, raunte er leise, »ich nehme dir das nicht krumm, aber du merkst ja, was hier los ist.«

Hölzle bedankte sich, verabschiedete sich in die Runde, von der ihn einige ignorierten. Als er an der Garderobe in seine Jacke schlüpfte, stand auf einmal Tante Monika neben ihm.

»Es ist spät geworden, und ich bin müde«, erklärte sie und nahm ihren Mantel vom Haken. Hölzle nahm ihn ihr ab und half ihr hinein.

»Soll ich Sie nach Hause begleiten?«, bot er an.

Die alte Frau strahlte ihn aus ihren freundlichen Schweinsäuglein an. Offenbar hatte sie mit ihm kein Problem so wie die anderen.

»Das ist nett, danke. Wir haben sowieso denselben Weg, zumindest ein Stück weit.«

Tante Monika war eine angenehme und unterhaltsame

Begleitung, stellte Hölzle fest und versuchte, sich dem langsameren Schritttempo anzupassen.

»Sie haben ein gutes Verhältnis zu Ihrem Neffen, wie es scheint«, sagte er im Plauderton.

»Oh ja, auch zu Frank. Die beiden sind praktisch bei mir aufgewachsen.«

»Ach ja? Warum, wenn ich fragen darf?«

»Paul, mein Schwager, war Alkoholiker. Depressiv. Hat den Tod seiner Frau, meiner Schwester, nicht verwunden. Paul hat sich Monate später am Dachbalken aufgehängt. Die Kinder hab ich damals aufgenommen, das war die beste Lösung. Eine schreckliche Zeit war das. Ich selbst habe zwei Mädchen, Anita und Birgit. Sind aber beide nicht mehr hier. Anita hat in die USA geheiratet, und Birgit lebt in Passau mit ihrer Familie. Meine Enkelkinder kenne ich fast nur von Fotos.«

Sie seufzte.

»So ist das Leben. Und leider haben weder Thomas noch Frank Kinder, sodass ich nicht in den Genuss komme, eine richtige Oma zu sein. Mit allem, was dazugehört. Oh, hier sind wir ja schon«, sie blieb vor einem unscheinbaren Haus stehen, »danke für die nette Begleitung.«

Hölzle ging die letzten 500 Meter weiter zu seiner Unterkunft, und plötzlich fiel ihm ein, dass Tante Monika gar nicht erzählt hatte, woran ihre Schwester gestorben war. Na ja, so wichtig war das auch nicht. Vermutlich an einer Krebserkrankung.

10. URLAUBSTAG

Hölzle erwachte mit üblen Halsschmerzen, irgendwie musste er sich wohl erkältet haben. Nachdem er gefrühstückt hatte, fragte er Erika nach einer Apotheke am Ort. Sie erklärte ihm den Weg und begann im Anschluss ein Gespräch über den gestrigen Abend.

»Da hast du dir aber keine Freunde gemacht.«

Hölzle zuckte mit der rechten Schulter, verzog das Gesicht.

»Ist mir, ehrlich gesagt, auch egal. Tat mir nur leid, dass ich die Stimmung versaut habe. Dieser Riese war ziemlich sauer.«

»Ach, du meinst Lutz? Vergiss ihn einfach, der geht mir auch manchmal auf die Nerven mit seinem Gemeinschaftsdenken. ›Alle Maaroder ziehen an einem Strang, müssen zusammenhalten.‹ Manchmal denke ich, der tickt nicht ganz richtig. Der liest auch meistens seltsame Bücher, die ich nie in die Hand nehmen würde.«

»Zum Beispiel?«, krächzte Hölzle.

»Hat immer mit Tod und Sterben zu tun. Vor einem halben Jahr etwa hat er uns über ein Buch erzählt, das sich mit Serienmördern vom Mittelalter bis zum Ende des 19. Jahrhunderts beschäftigt. Aber kein Vergleich zu dem, was du gestern zu dieser Henkersgeschichte erzählt hattest. Viel, viel schlimmer, richtig widerwärtig. Mir wurde fast schlecht, und Monika ist gegangen. Ich hatte sogar den Eindruck, er empfand beinahe Vergnügen bei seiner Zusammenfassung. Thomas hat ihn dann gestoppt und ihn gebeten, über solche Bücher nicht wieder im Lesekreis zu sprechen.«

»Was macht der denn beruflich?«

»Lutz arbeitet bei Würstel in der Schlachtküche. Früher hat er bei Roman Otten, einem Holzhändler, gearbeitet«, gab Erika bereitwillig Auskunft. »Lutz hat keine Ausbildung, muss ich dazu sagen. Als Otten sein Geschäft aus Altersgründen aufgab, hat Würstel Lutz angelernt. Seither sind die beiden so!«

Sie kreuzte Zeige- und Mittelfinger beider Hände, um damit auszudrücken, wie gut die beiden Männer befreundet waren.

»Na das passt ja, dieser Metzger und der«, äußerte Hölzle seine Gedanken laut. »Ein Rassist und ein Dorfzusammenhalter. Prima. Gehört er nicht zum Stammtisch?«

»Ja, stimmt schon, aber im Grunde sind die zwei harmlos. Ein bisschen aufbrausend vielleicht, aber mehr auch nicht. Zum Stammtisch kommt Lutz deswegen nicht, weil man ihn noch nie gefragt hat, ob er dabei sein will. Na ja, hin und wieder setzt er sich schon dazu, aber nur, wenn er gemeinsam mit Simon hierher kommt. Auch an unserem Stammtisch gelten Gesetze. Wenn nur *einer* was dagegen hat, dass jemand Neues hinzukommt, kommt keiner dazu. Und Frank hat bis heute immer wieder sein Veto gegen Lutz eingelegt. Frag mich nicht, warum.«

Hölzle zuckte mit den Schultern.

»Also ich kann das gut verstehen. Aber sag mal, der sieht jemandem ähnlich, ich komme aber nicht drauf. Ging mir gestern Abend schon so.«

»Lutz?«

»Hmm«, brummte Hölzle zustimmend.

»Lutz ist Simons Halbbruder. Als Kind war er im Heim, der arme Kerl. Man munkelt, Lutz ist das Produkt eines One-night-stands«, raunte sie ihm zu.

»Angeblich hat der alte Liske erst nach drei oder vier Jahren erfahren, dass er Vater eines Sohnes ist, und hat Lutz dann aus dem Heim zu sich geholt. Simon war damals noch ganz klein. Von Lutz' Mutter heißt es, sie wäre drogensüchtig gewesen, Schlafmittel, Alkohol und so. In der DDR gab es ja so gut wie keine illegalen Drogen, aber ich sag dir, ich kannte einige, die sich mit Medikamenten zudröhnten. Mit Frauen hat Lutz kein Glück, länger als ein halbes Jahr hält er es mit keiner aus. Oder umgekehrt. Er sieht ja nicht schlecht aus und dumm ist er auch nicht, aber ...« Hilflos zuckte sie mit den Schultern. »Egal, sieh mal, dort auf ein, zwei Fotos ist er auch drauf. Zum Beispiel bei dem vom Schützenfest. Oder da hinten das, wo alle noch die komischen Frisuren haben. Er war tatsächlich schon ein paar Mal Schützenkönig, aber so gut wie Thomas schießt keiner, wenn du mich fragst.« Sie wies mit der Hand auf die Fotografien an der Wand beim Stammtisch, sah dann auf die Uhr.

»Ach du liebe Zeit, jetzt muss ich aber los. Gute Besserung.«

Erika verschwand und Hölzle besah sich noch mal die Aufnahmen. Richtig. Lutz und Simon ähnelten sich. Auf dem alten Bild aus den 90ern standen beide nebeneinander. Noch immer wusste er aber nicht, wer der junge Mann war, der nur auf diesem Foto zu sehen war. Bei Gelegenheit würde er Erika mal fragen. Er ging nach oben, um seine Jacke zu holen und sich auf den Weg zur Apotheke zu machen. Unterwegs grübelte er vor sich hin, wen er noch befragen konnte, wer vielleicht noch etwas Licht in all diese dunklen Geschichten bringen könnte. Vielleicht würde ihm ein Gespräch mit der psychologischen Gutachterin im Mordfall Pia Dürr weiterhelfen. Sie hatte dem damals Angeklagten und später Verurteilten, Rüdiger Lommetz, ein positives Gutachten erstellt. Ihrer Meinung nach war der Gärtnereigehilfe nicht fähig gewesen, einen solch bestialischen Mord zu begehen. Doch die Staatsanwaltschaft hatte sich auf die Indizien und Zeugenaussagen gestützt und den Mann schließlich in eine geschlossene Anstalt geschickt.

Die Apothekenangestellte empfahl ihm Lutschtabletten mit einem Lokalanästhetikum und eine Gurgellösung zur Desinfektion. Hölzle bezahlte, riss auf dem Weg zurück zu seiner Pension die Tablettenpackung auf, legte sich eine Tablette auf die Zunge und ließ sie langsam zergehen. Wieder auf seinem Zimmer suchte er nach den Polizeiberichten zum Mordfall Dürr. Schnell wurde er fündig.

Professor Marina Wulf, Fachärztin für forensische Psychiatrie und Psychologie am Landeskrankenhaus in Stendal, zudem hatte sie einen Lehrauftrag an der Medizinischen Fakultät in Magdeburg. Wie gut, dass es heutzutage mobiles Internet gab, und Sabine ihm ihr iPad dagelassen hatte. Hölzle durchstöberte die Seiten der Uni einschließlich der Seite der Universitätsklinik und des Landeskrankenhauses. Auf der Stendaler Webseite fand er schließlich Telefon- und Faxnummer von Professor Wulf, eine E-Mail-Adresse und ein Foto. Die Frau auf dem Bild war etwa Mitte/Ende 50, hatte ein rundliches Gesicht, umrahmt von aschblonden mittellangen Haaren, das den Betrachter freundlich anlächelte. Nett, dachte Hölzle.

Er machte es sich auf dem Bett bequem und wählte die Nummer der Gutachterin.

»Wulf?«, meldete sich nach nur dreimaligem Durchklingeln eine tiefe, warme Frauenstimme, die, wie Hölzle fand, gut zu dem sympathischen Äußeren auf dem Foto passte.

Hölzle stellte sich vor, nannte seinen Dienstgrad und kam gleich auf sein Anliegen zu sprechen. Marina Wulf hörte zu, unterbrach ihn nicht.

»Und wie kommen Sie nach so vielen Jahren dazu, sich dieses Falls anzunehmen? Sagten Sie nicht eben, Sie sind aus Bremen? Pia Dürr wurde aber im Harz umgebracht, was wohl kaum in Ihren Zuständigkeitsbereich fällt«, sagte sie schließlich.

»Richtig. Ich bin mehr zufällig auf den Fall Dürr gestoßen, nachdem hier an meinem Urlaubsort Maarode im Harz eine Frau umgebracht wurde. Die Umstände ihrer Ermordung brachten mich auf Umwegen zum Fall der ertränkten Pia Dürr. Ich glaube, dass diese beiden Fälle zusammenhängen.«

»Wieso? Wurde die Frau, von der Sie sprechen, ebenfalls geschlagen und ertränkt?«

»Nein. Man hat ihr den Kopf abgeschlagen. Der Körper hing über einem Felsblock, der Kopf lag daneben. Das ganze Szenario erinnert an eine Hinrichtung.«

Marina Wulf machte ein schnalzendes Geräusch und sog hörbar scharf die Luft ein.

»Jetzt machen Sie mich neugierig. Wieso denken Sie, dass die beiden Morde miteinander zu tun haben?«

»Weil auch Dürrs Ermordung einer Hinrichtung ähnelt. Die beiden Frauen kamen zu Tode, wie es so eher im Mittelalter zu vermuten wäre. Beide haben das Schicksal Tausender Frauen, vor Hunderten von Jahren durch die katholische Kirche der Hexerei angeklagt, zu erleiden gehabt. Und es gibt weitere Opfer, die auf schreckliche Weise getötet wurden. Ein Dachdecker – lebendig begraben, ein junger Mann und eine Frau – beide verbrannten, ein Pfarrer – erschlagen und aufs Rad geflochten, ein Jugendlicher, dem man versucht hat, die Hände abzuschneiden und ihn dann einen Felsen hinunter gestürzt hat«, sprudelte Hölzle hervor.

»Und was ist der gemeinsame Nenner, wenn, wie Sie glauben, es dafür nur *einen* Täter gibt?«

»Es hört sich seltsam an, ja geradezu absurd, aber ich glaube, dass es jemand ist, der sich selbst als Richter sieht und seine Opfer in seinen Augen eben keine Opfer, sondern Verbrecher sind. Und er richtet nach mittelalterlichen Methoden.«

Wulf antwortete lange nicht, war aber noch in der Leitung, denn Hölzle konnte leises Papierrascheln vernehmen.

»Und die Verbrechen, wie Sie sie bezeichnen, waren im Mittelalter auch schwere Vergehen und wurden schwer geahndet, nämlich mit dem Tod?«, sie wartete keine Antwort ab, sondern fuhr laut nachdenkend fort, »dieser Junge zum Beispiel. War er ein Dieb?«

»Genau. Der Jugendliche war schon polizeilich bekannt. Kleinere Diebstähle wohl, Wiederholungstäter.«

»Und die anderen?«

»Der Dachdecker war mit einer Andersgläubigen verheiratet, die Frau an meinem Urlaubsort beging vermutlich Ehebruch, das eine Brandopfer war lesbisch, das andere hat selbst Feuer gelegt. Dem Priester wurde nachgesagt, dass er Kinder missbraucht haben soll.«

»Ich verstehe, was Sie meinen. Und Pia Dürr war eine wahre Hexe mit ihrem Kräuterlädchen und ihren Tarotkarten.«

»Ganz genau. Klingt das alles plausibel für Sie?«, fragte Hölzle und ließ seine verspannten Schultern kreisen. Sein eigenes Bett war auf die Dauer doch besser als das hier.

»Das tut es, ja. Ich würde mich gerne ausführlicher mit Ihnen unterhalten und werde mir auch die Akte von Rüdiger Lommetz nochmals vornehmen. Ich bin morgen in Magdeburg, das ist etwas näher für Sie als Stendal, und wir könnten uns treffen. Was halten Sie davon?«

Hölzle war positiv überrascht. Mit einem solchen Angebot hatte er nicht gerechnet.

»Das hatte ich nicht zu hoffen gewagt. Wo und wann?«

Professor Wulf nannte ihm die Adresse und erklärte ihm den Weg zu ihrem Büro an der Universität, schlug ihm die Mittagszeit vor. Gegen halb eins. Hölzle bedankte sich, legte auf, schob eine weitere Halstablette in den Mund und wählte Sabines Nummer. Jetzt war Mittagspause und Sabine sicher in ihrem Büro.

»Du hättest dich ja auch mal melden können«, beschwerte er sich, als sie abnahm.

»Jaja. Hatte keine Zeit, tut mir leid. In meinen Kühlkammern liegen drei Drogentote. Ich weiß nicht, wo mir der Kopf steht, weil sich mein Assistent krankgemeldet hat. Was gibt's Neues?«

Hölzle berichtete ihr in kurzen Worten von Harrys Besuch bei Mirja Ploss und seinem Gespräch mit der Gutachterin.

»Hast du eigentlich schon irgendeinen Verdacht?«, wollte Sabine wissen.

»Nein, wie denn auch. Allein hier in Maarode gibt es einige, die, wie ich finde, nicht ganz in der Spur laufen, und laut Aussagen von anderen, auch ganz gut mit Messer oder Axt umgehen können. Nur leider reicht das nicht mal für einen Verdacht aus. Zumal es ja gar keiner aus Maarode sein muss. Der Mörder kann ja auch aus Blankenburg oder sonst woher sein.«

»Sei mir nicht böse, aber ich muss Schluss machen, sonst werde ich heute mit nichts mehr fertig. Danke für den Anruf und melde dich. Spätestens, wenn du wieder in Bremen bist.«

Als er am frühen Abend hinunter in die Gaststätte kam, war die Stammtischrunde komplett. Selbst Pastor Krause war da. Und noch jemand saß am Tisch, mit dem Hölzle nicht gerechnet hatte. Hatte Frank klein beigeben müssen, oder waren die Regeln doch nicht so streng, oder hatte er etwa seine Meinung plötzlich geändert? Ach nein, Erika hatte ja erzählt, dass dieser Muskelprotz ab und an dabeisitzen durfte, vor allem, wenn Simon dabei war. Jedenfalls glänzte auch Lutz mit Anwesenheit. Hölzle wollte sich schon an einen anderen Tisch setzen, doch Frank Radegast hielt ihn am Ärmel fest.

»Kommt nicht infrage, du setzt dich zu uns.« Sein Ton duldete keine Widerrede. »Los, rückt mal zusammen, damit Heiner sich noch dazusetzen kann. So, und jetzt mach ein Erinnerungsfoto von uns, damit deine Freunde mal sehen, was du hier im Harz für nette Menschen kennengelernt hast.«

Lutz' mürrisches Gesicht ließ keinen Zweifel daran, was er von der Aufforderung hielt, rutschte aber wortlos beiseite. Hölzle knipste die Runde und klemmte einen Stuhl in die entstandene Lücke zwischen Frank und Walter, bestellte bei Lea, die an den Tisch gekommen war, ein dunkles Bier und das Tagesgericht.

»Ach Frank, ein Kollege von mir kommt am Donnerstag hierher. Ich hoffe, du hast nichts dagegen, wenn er mit zu diesem Felsen kommt.«

Radegast runzelte die Stirn.

»Bis wann wird er denn hier sein? Wir müssen wirklich pünktlich los, es wird ja so früh dunkel«, lautete die Antwort.

»Er wollte gegen Mittag da sein. Wenn er es aber nicht rechtzeitig schafft, gehen wir einfach schon mal los. Das ist kein Problem. Vielleicht kann er ja nachkommen, wenn du mir erklärst, wo genau wir hinfahren.«

»Okay«, stimmte Frank zu, spielte nebenbei unbewusst mit den Bierdeckeln. »Bist du krank? Du hast ja eine Stimme wie ein Reibeisen.«

»Ja, hab mir wohl was eingefangen, nicht so schlimm.«

»Wo wollt ihr denn hin?«, wollte Thomas wissen.

»Zum Ottofels. Wollte unserem Gast noch was von der Gegend zeigen, bevor er wieder nach Hause fährt«, informierte Frank seinen Bruder. »Heiner lädt mich dafür zum Essen ein«, grinste er, »im Gasthaus am Wasserfall.«

»Können wir eigentlich von dort aus los zu diesem Felsen? Dann würde ich Harry einfach sagen, er kann dorthin kommen und mit uns essen, falls er es nicht rechtzeitig schafft.«

»Na ja, ich wollte eigentlich einen anderen Weg …«, wandte Frank ein, wurde aber von Thomas unterbrochen.

»Wieso? Von dort ist es nicht weit zum Ottofels, und das Auto kann man ja gut am Gasthaus parken.«

Frank gab sich geschlagen.

»Ja gut, dann parken wir eben dort. Der andere Weg wäre vielleicht, botanisch gesehen, der interessantere gewesen. Aber von mir aus.«

Thomas sah Hölzle an.

»Du hast ja sicherlich gutes Schuhwerk dabei. Die Wege dort sind oft morastig, vor allem um diese Jahreszeit. Man kann leicht ausrutschen, und auch die steile Treppe, über die man auf den Felsen gelangt, kann glitschig sein. Wenn du am Ottofels ins Straucheln kommst, dann war's das.«

Sollte das ein gut gemeinter Ratschlag oder eine Warnung sein? Hölzle konnte Thomas' seltsamen Blick nicht deuten. Oder bildete er sich schon ein, dass Thomas ihn merkwürdig ansah? Litt er jetzt schon unter leichten Wahnvorstellungen?

»Und sonst? Was hast du sonst vor, solange du noch hier bist?«, funkte Walter dazwischen, dessen Schweißgeruch Hölzle unangenehm in die Nase stieg. Bisher war ihm das noch nie aufgefallen, vielleicht hatte Walter aber auch einen harten Tag hinter sich. Unglücklicherweise war kein Platz mehr, um von dem Moschusproduzenten abzurücken. Also galt es, flacher zu atmen und still zu leiden.

»Morgen fahre ich nach Magdeburg, da werde ich wohl erst gegen Abend wieder hier sein.«

»Magdeburg? Was willst du da denn?«, fragte Simon, der Hölzle gegenübersaß. Neben ihm hockten Würstel und Lutz. Nun, da Hölzle die Halbbrüder live und in Farbe am Tisch sitzen sah, wunderte er sich, dass ihm die Ähnlichkeit nicht gleich aufgefallen war. Zwischen den beiden Männern wirkte Würstel noch dünner, ein wahres Strichmännchen. Aber ein mit der Axt geschicktes und rassistisches Strichmännchen, wie Hölzle sich erinnerte. Er grinste in sich hinein, irgendwie sah das Ganze aus wie ein menschlicher Hotdog. Aber mit extra dickem Brötchen.

»Ooch, ich dachte, in Magdeburg war ich auch noch nie, und so weit ist das ja nicht«, ging er auf Simons neugierige Frage ein. Hölzle hatte kein Bedürfnis, zu erzählen, mit wem er sich dort treffen wollte. Das ging die Männer hier auch nichts an und würde nur wieder einen Streit auslösen.

»Was sich auf jeden Fall in Magdeburg lohnt, ist die Grüne Zitadelle. Ganz was Modernes, die Gebäude hat der Hundertwasser entworfen. Wenn man Hundertwasser mag, natürlich«, überraschte der griesgrämige Lutz ihn auf einmal.

Der Typ war kulturinteressiert? Kaum zu glauben. Hölzle hätte seinen Kopf verwettet, dass Lutz Hundertwasser für einen guten Schnaps hielt. So konnte man sich täuschen.

»Danke für den Tipp«, antwortete Hölzle freundlich, »und ja, ich mag Hundertwasser auch. Völlig aberwitzige Architektur, irre, aber schön. Ähnlich wie der Gaudi in Spanien.«

Plötzlich entspann sich ein Gespräch über Architektur und Malerei, jeder hatte irgendwas beizutragen, mit mehr oder weniger Ahnung. Walter behauptete, ihm gefielen die Bilder der Impressionisten, wie zum Beispiel von Gustav Klimt. Er wollte sich auch nicht von Pastor Krause belehren lassen, der ihm widersprach, denn Klimt wäre ein Jugendstilmaler gewesen. Von Klimt kamen sie auf Franz Marc, von Marc zu Monet und schließlich auf den aufsehenerregenden Fund in München vor wenigen Jahren. In der Wohnung des Kunsthändlers Gurlitt hatten Zollfahnder einen wahren Schatz entdeckt, der unter anderem unbekannte Werke von Dix und Chagall enthielt. Maler, deren Werke während der Nazi-Zeit als entartete Kunst galten.

Dies war plötzlich der Auslöser für einen Themenwechsel, denn Lutz meinte, manche Dinge wären zu dieser Zeit gar nicht so schlecht gewesen. Nämlich, dass es nicht so viele Ausländer gegeben hätte, und überdies hätten auch noch Zucht und Ordnung in Deutschland geherrscht. Heutzutage würde ja alles und jeder toleriert werden, wie Schwule und Lesben, ganz zu schweigen von diesen Transsexuellen, die wären ja wohl das Hinterletzte. Also, auch in der früheren DDR hätte es so was nicht gegeben. Und überhaupt, früher hätten Frauen gewusst, wo sie hingehörten, nämlich nach Hause zu ihrem Mann und ihren Kindern, und hätten keine Männerberufe ergriffen. Er für seinen Teil würde nie im Leben sein Auto von einer Automechanikerin reparieren lassen.

Lutz passte doch hervorragend zu diesem Niveau, es schien wohl eine persönliche Sache seitens Frank zu sein, dass er Simons Halbbruder die Stammtischzugehörigkeit verweigerte. Hölzle wurde das rechtslastige, ausländer- und frauenfeindliche Dummgeschwätz leid, und er verzog sich auf sein Zimmer, um zu lesen und seine Erkältung zu pflegen.

11. URLAUBSTAG

Hölzle machte sich früh auf den Weg nach Magdeburg, so konnte er sich vor seinem Treffen mit Marina Wulf noch das eine oder andere anschauen. Sein Hals fühlte sich besser an, die Gurgellösung und die Tabletten hatten wohl Schlimmeres verhindert. Vielleicht war es aber auch einfach eine gute Entscheidung gewesen, mal etwas früher zu Bett zu gehen und ausgiebig zu schlafen.

Es war verhältnismäßig wenig los auf der Bundesstraße, die an Quedlinburg und Aschersleben vorbeiführte und ihn schließlich bei Bernburg auf die A14 nach Magdeburg brachte. Auch die Autobahn war frei, was die Fahrt angenehm machte. Der Campus lag praktischerweise im Süden der Stadt, denn genau aus dieser Richtung kam Hölzle. Die Ausfahrt brachte ihn zum Magdeburger Ring, wenige Kilometer später meldete das Navi, dass er rechts abbiegen sollte. Kurz darauf wies ihn Agathe – so hatte er die Navistimme getauft – darauf hin, er habe sein Ziel erreicht. Da er noch jede Menge Zeit hatte, ignorierte er Agathe, ließ die Uni links liegen und fuhr weiter an die Elbe. Agathe fing an zu nerven, forderte ihn unaufhörlich auf, wenn möglich bitte zu wenden. Hölzle würgte sie ab. Manchmal wünschte er sich, einen solchen Knopf auch bei einigen seiner Mitmenschen drücken zu können.

Hölzle fuhr langsam, hielt Ausschau nach einer Parklücke. Als er an einer Reitanlage vorbeikam, musste er an Christiane denken. Das hier hätte ihr sicher gefallen. Man hatte den Eindruck, mitten in der Natur und nicht in einer Stadt zu sein. In der Nähe zweier Seen konnte er eine entspannt grasende Pferdeherde ausmachen. Spontan entschloss er sich, das Auto in der Nähe der Reitanlage abzustellen und spazieren zu gehen. Es war einige Grade wärmer als in Maarode, und die Sonne blinzelte ab und an zwischen den dichten Wolken hervor. Die frische Luft und die Ruhe waren wohltuend, ein paar Enten wackelten vorbei und sogar ein bunt gefiedertes Fasanenmännchen stolzierte in seiner ganzen Pracht auf den Wiesen herum. Zwei Frauen ritten in der Ferne, und mit einem Mal konnte er verstehen, was Christiane so faszinierend an diesem Sport fand. Er schüttelte die Gedanken an seine Ex-Freundin ab, schlenderte zurück zu seinem Wagen und fuhr zum Universitätsklinikum.

Professor Marina Wulfs Bürotür stand offen, Hölzle klopfte trotzdem kurz. Die Ärztin hob den Kopf.

»Oh, Sie müssen Herr Hölzle sein. Kommen Sie, nehmen Sie Platz. Ich brauche noch einen Augenblick, dann bin ich ganz für Sie da.« Sie machte eine einladende Geste und wandte sich wieder ihrem Computer zu, tippte hastig auf der Tastatur herum.

Hölzle trat ein, schloss die Tür und setzte sich auf einen der drei freien Stühle. Interessiert sah er sich um. An den Wänden hingen Poster, die komplizierte Schemata des menschlichen Gehirns darstellten, Fotografien rot und grün eingefärbter Zellen, sowie die Aufzeichnung von farbig markierten Wellen. Die Unterschrift darunter lautete: *Elektrophysiologische Eigenschaften des veränderten aggressiven Verhaltens in Psychopathen.*

Hölzle war beeindruckt, auch wenn er nichts von dem kapierte, was dort zu sehen war.

»So, Herr Hölzle, entschuldigen Sie, dass ich Sie warten ließ«, riss Marina Wulf ihn aus seinen Betrachtungen und reichte ihm die Hand.

»Kein Problem, vielen Dank, dass Sie mich überhaupt so kurzfristig empfangen.«

Auch in der Realität wirkte die Professorin sympathisch und völlig entspannt. Kaum vorstellbar, dass sie sich mit menschlichen Abgründen und seelischen Wracks tagtäglich auseinandersetzen musste. Sie bot ihm Kaffee an, was Hölzle nie ablehnte, dazu liebte er das schwarze Gebräu zu sehr, dann kam sie gleich zur Sache.

»Ich habe mir gestern Abend das Gutachten, das ich für Rüdiger Lommetz erstellt hatte, herausgesucht. Nur zur Gedächtnisstütze, eigentlich habe ich solche Fälle immer noch ganz gut parat, auch wenn sie lange zurückliegen. Lommetz entsprach nicht dem Muster eines brutalen Mörders. Natürlich war er kein unbeschriebenes Blatt und aufgrund seines eher niedrigen Intelligenzquotienten nicht immer in der Lage, sich, sagen wir mal, gesellschaftskonform zu verhalten. Aber das tun auch Leute, die einen Durchschnitts-IQ besitzen. Der Alkoholmissbrauch trägt selbstverständlich auch zu veränderten Verhaltensmustern bei. Lommetz hatte deswegen erhebliche Schwierigkeiten, Kontakt zu anderen Menschen aufzubauen, vorwiegend bei Frauen stieß er auf Ablehnung. Zurückweisung machte ihn aggressiv. Wie Sie sicher bereits wissen, gab es ja im Vorfeld Anzeigen unter anderem wegen Körperverletzung und sexueller Belästigung.«

»Was genau wurde ihm vorgeworfen?«

Wulf rührte zwei gehäufte Löffel Zucker in ihren Kaffee und durchforstete ihr Gedächtnis.

»Im Schwimmbad soll er zwei Frauen an die Brust gefasst haben, woraufhin er Hausverbot bekam. Einer anderen Frau hat er in einem voll besetzten Bus zwischen die Beine gegriffen. Dann gab es noch einen Vorfall von Voyeurismus, bei dem er eine Frau beobachtete und sich vor ihrem Schlafzimmerfenster selbst befriedigte.«

»Was hat es Ihrer Meinung nach mit dieser Puppe auf sich, die in Lommetz' Wohnung gefunden wurde?«

Professor Wulf winkte ab.

»Ach, gar nichts ist damit. Das war natürlich der Aufhänger für die Staatsanwaltschaft. Oh, der Verdächtige hat eine Puppe, der er überdimensionierte Brüste verpasst hat und die mit dem Gesicht nach unten in einem Wasserkübel dümpelt. Das muss ja der Täter sein«, ahmte sie übertrieben die damalige Auffassung des Staatsanwalts nach, »dazu kommt noch, dass die Puppe einen Stein um den Hals trägt, der durchaus aus dem Laden des Opfers stammen könnte. Das ist ein Hinweis darauf, dass er geplant hatte, Pia Dürr zu ermorden.«

Sie verdrehte die Augen.

»Was für ein Quatsch. Reinste Hausfrauenpsychologie. Doch das genügte dem Richter leider, natürlich mitsamt der DNA von Lommetz an Pia Dürrs Kleid, das sie am Tag ihres Verschwindens noch im Laden laut Aussage einer Zeugin getragen hatte. Mein Gutachten, dass ich es für mehr als unwahrscheinlich hielt, Lommetz sei der Täter, wurde mehr oder weniger gleich zu den Akten gelegt.« Eindringlich sah sie ihn an.

»Dieser Mann wäre nie in der Lage gewesen, so überlegt zu handeln wie der Mann, der wirklich Pia Dürr umgebracht hat. Der Tatort, gut ausgesucht, die Kleidung so gut versteckt oder entsorgt, dass sie nie wieder auftauchte. Ich glaube, Pia Dürr vertraute ihrem Mörder, was gleichbedeutend ist, dass sie ihn kannte. Mit Lommetz hätte sie sich doch nie freiwillig in einer abgelegenen Gegend getroffen. Vormittags hatte sie ihn noch aus dem Laden geworfen. Pia Dürr war völlig arglos, die stumpfen Verletzungen an ihrer Leiche wiesen darauf hin, dass ihr Mörder sie in einem Moment völliger Ahnungslosigkeit überraschte. Auch der Gerichtsmediziner teilte meine damalige Auffassung. Die Art und Weise, wie Pia Dürr ermordet wurde, weist auf einen Menschen mit einer dissozialen Persönlichkeitsstörung hin. Und Rüdiger Lommetz ist kein Soziopath.«

Hölzle hatte so fasziniert zugehört, dass er seinen Kaffee ganz vergessen hatte. Als er jetzt nach der Tasse griff, war der Inhalt kalt geworden. Egal.

»Könnten Sie mir das bitte näher erläutern?«, bat er.

Sie lächelte.

»Natürlich. Zum einen hat dieser Mann, der Pia Dürr ermordet hat, zunächst ihr Vertrauen gewonnen, sich angefreundet. Und dann bringt er sie auf eine geradezu bestialische Weise um. Es gehört einiges dazu, einen Menschen zu ertränken, das wissen Sie besser als ich. Es ist eine Sache, jemanden zu erschießen, natürlich überschreitet man auch da eine Schwelle. Doch eine Waffe hält das

Opfer auf Distanz. Pia Dürr kämpfte verzweifelt unter den Händen ihres Mörders um ihr Leben. Es muss ihm ein gehöriges Machtgefühl vermittelt haben, sie mit dem Stock, oder was immer es genau war, unter Wasser zu drücken. Heute wie damals bin ich überzeugt, dass derjenige immer noch frei rumläuft.«

Hölzle trank ohne eine Miene zu verziehen seinen kalten Kaffee.

»Was denken Sie, ist das für ein Mensch? Wie alt mag er sein? Gab es für all diese Taten einen Auslöser?«

»Nach all dem, was Sie mir am Telefon erzählten, vermute ich, dass ihm irgendwann in der Kindheit etwas zugestoßen ist – oder einem Menschen, der ihm nahestand –, was seiner Meinung nach nie geahndet wurde. Möglicherweise wurde er von seiner Mutter auf subtile Weise drangsaliert, und seinen Anschuldigungen wurde kein Glauben geschenkt, wenn er jemandem davon erzählt hat. Das schafft eine unbändige Wut gegenüber anderen, und der Wunsch, sich zu rächen, wird immer größer. Solche Traumata werden von den Betroffenen regelrecht weggeschlossen. Dieses Geschehen verbindet sich mit der jetzigen Persönlichkeit, sodass diese Personen nach außen hin völlig normal erscheinen. Sie wissen schon, der nette, unscheinbare Nachbar, der plötzlich wegen mehrerer Morde verhaftet wird.«

Sie räusperte sich.

»Ein erneutes ähnliches Trauma Jahre später verbindet sich mit dem Kindheitstrauma, öffnet damit, bildlich gesprochen, das Tor zur persönlichen Hölle. Pandoras Büchse, sozusagen, beinhaltet in diesem Fall den völlig übersteigerten Gerechtigkeitssinn. Wie Sie schon sagten, Richter und Henker in einem.« Sie machte eine kleine Pause.

»Eigentlich braucht man heute niemanden mehr umzubringen. Dank der sozialen Netzwerke wie Facebook zum Beispiel kann man Menschen, die laut Volksmeinung etwas Unrechtes getan haben, mit einem Shitstorm überziehen. Sie werden vorverurteilt, und auch wenn sich später herausstellt, der- oder diejenige wurde völlig zu Unrecht angegriffen, bleibt ein seelischer Schaden zurück. In manchen Fällen geht das so weit, dass die Attackierten nur noch den Weg des Suizids sehen«, schweifte sie kurz vom eigentlichen Thema ab.

»Er hat sich sein eigenes Weltbild erschaffen«, kam sie wieder auf Hölzles Frage zurück, »nur *er* kann beurteilen, was recht und unrecht ist. Einen Auslöser? Bestimmt gab es den. Vielleicht ein zufälliges Ereignis, bei dem er plötzlich die Macht hatte, über Leben und Tod eines Menschen zu entscheiden. Sicherlich ein traumatisierter Mann. Ich schätze, Sie müssen nach einem Mann im Alter zwischen Ende 30 und Ende 40 suchen. Jemand, der sein wahres Ich geschickt verschleiern kann. Beziehungsunfähig, zumindest was längerfristige Beziehungen angeht. Unfähig, sich in andere hineinzuversetzen. Beliebt, dominant. Der Wolf im Schafspelz, um es mal mit sehr einfachen Worten auszudrücken. Natürlich gibt es immer *die* Ausnahme.«

»Dann ist es auch denkbar, dass diesem Mann selbst an Buß- und Bettag etwas widerfahren ist, und er deshalb immer an diesem Tag seinen, ich sag jetzt mal, Rachefeldzug startet«, überlegte Hölzle laut.

Marina Wulf setzte ein feines Lächeln auf.

»Ja, das ist sehr wohl möglich. Wissen Sie, Herr Hölzle, wirklich plausible Gründe, die die Verhaltens- und Denkweisen solcher Menschen erklären, gibt es eigentlich nicht.«

Hölzle bedankte sich noch einmal bei Professor Wulf, dass sie sich Zeit für ihn genommen hatte, versprach, sich zu melden, sollte er Neues herausfinden. Auf der Rückfahrt musste er an das Foto aus den 90ern denken. Hier waren einige junge Männer versammelt, die noch heute in Maarode lebten. Doch wer war der unbekannte junge Mann? War er vielleicht der Schlüssel zu allem? War er vielleicht sogar der Mörder? Er musste unbedingt Näheres über ihn herausfinden.

Erika Pohl saß hinter der Rezeption, als Hölzle in seiner Unterkunft eintraf. Er entschloss sich, sie sofort nach dem Foto zu fragen.

»Sag mal, dort auf dem alten Foto, wer ist der junge Mann mit den straßenköterbraunen Haaren, der ein bisschen aussieht wie Kurt Cobain?«

Erika runzelte die Stirn.

»Wie wer? Ich weiß gerade nicht, wen du meinst.«

Sie stand auf und ging mit Hölzle zur Fotowand.

»Den da meine ich«, Hölzle zeigte mit dem Finger auf den Blonden, »ich finde, der sieht Kurt Cobain ähnlich.«

Er war sich nicht sicher, ob Erika wusste, wer Cobain gewesen war.

»Ach, das war der Sebastian Hartmann.«

»War? Lebt der nicht mehr?«

Net no a Leich, bitte, schoss es ihm durch den Kopf.

»Ich wundere mich nur, weil er sonst auf keinem Bild zu sehen ist.«

»Nee, Sebastian ist schon lange weggezogen, frag mich nicht, wo es den hin verschlagen hat.«

»Mir ist aufgefallen, dass genau auf diesem Bild alle, wie soll ich sagen, verstört aussehen. Jedenfalls nicht so gut drauf wie auf den anderen Fotos.«

Erika Pohl rieb sich die Nasenwurzel.

»Ich erinnere mich an diesen Tag. Simon hatte seinen Gesellenbrief gefeiert, und Andreas hat das Foto geschossen. Tage zuvor hatte Sebastian noch groß mit allen Freunden und Verwandten seinen 18. gefeiert, und dann ist in derselben Nacht sein Onkel gestorben. Deshalb sehen alle so ernst aus.«

»Kanntet ihr denn den Onkel überhaupt näher?«

»Ach Gottchen, du weißt doch, hier kennt jeder jeden. Und Werner Hartmann war jedem ein Begriff. Er wohnte in Maarode, seine Praxis hatte er aber in Blankenburg. Werner war Frauenarzt und Gemeinderatsmitglied.«

Hölzles Blick wanderte von dem Foto zu seiner Gastgeberin.

»Du siehst übrigens gut aus«, lächelte er, »vielleicht ein bisschen zu dünn, aber das sind ja die meisten jungen Mädels in dem Alter. Wie alt wart ihr damals? 16, 17?«

Erika freute sich über das Kompliment.

»Danke. Ja, alle zwischen 16 und 20. War 'ne gute Zeit damals.«

»Und woran ist dieser Hartmann gestorben?«, kam Hölzle auf das eigentliche Thema zurück.

Erika winkte ab.

»Den haben irgendwelche Idioten nachts angefahren und liegen lassen. Als man ihn Tage später fand, war er längst tot. Schrecklich, oder? Sebastian hat sehr darunter gelitten, er mochte seinen Onkel sehr. Im Gegensatz zu einigen anderen.«

»Weswegen?«, fragte Hölzle interessiert.

»Hartmann war ein Abtreibungsbefürworter, daraus hat er auch nie ein Hehl gemacht. Viele fanden das nicht gut. Gibt ja auch heute noch genügend Leute, die dagegen sind. Und es gab Gerüchte, dass er seinen Posten im Gemeinderat ausgenutzt hatte. Wieder andere Gerüchte besagten, er hätte kleine Mädchen angefasst. Der Werner? Ich hab das nie geglaubt. Gut, das mit der Vorteilsnahme schon eher. Aber was soll's, das ist alles ewig her.«

Sie legte Hölzle kurz die Hand auf den Arm.

»Ich muss weitermachen. Bis später.«

Erika ließ ihn allein, und Hölzle blieb für einige Minuten noch gedankenversunken vor der Fotografie stehen. Plötzlich kam ihm eine Idee. Er nahm das Bild vom Haken, drehte es um. 27. November 1991. Hektisch hängte er das gerahmte Foto zurück, dass es schief hing, fiel ihm nicht auf. Dann rannte er geradezu die Treppe hinauf in sein Zimmer, schaltete Sabines iPad an. Wie immer mit solchen Geräten schien es endlos zu dauern, bis er sich die Information aus dem Internet holen konnte, die er wollte. Während er ungeduldig wartete, fiel ihm urplötzlich ein, dass er doch schon von diesem vermeintlichen Unfall wusste. Wo waren nur die ausgedruckten Zeitungsartikel abgeblieben?

Der Bildschirm veränderte sich. Endlich. Da!

Buß- und Bettag war 1991 am 20. November gewesen.

In seinem Kopf rasten die Gedanken. Ein unbeliebter Mann. Abtreibungsbefürworter. Angefahren. Fahrerflucht. War der Arzt von einem der Jungs auf dem Bild angefahren worden?

Hölzle riss sein Handy aus der Tasche, wählte die Nummer von Professor Wulf.

»Entschuldigen Sie bitte, dass ich Sie noch mal stören muss«, bat er, »halten Sie es für möglich, dass ein Unfall der Auslöser für all die schrecklichen Taten sein könnte?«

Marina Wulf räusperte sich.

»Das müssen Sie mir näher erklären. Wie kommen Sie darauf?«

Hölzle beschrieb ihr das Foto, gab wieder, was er dazu von Erika erfahren hatte. Nannte das Datum.

»Und nun denken Sie, dass einer der Männer auf dem Bild der Unfallverursacher war. Und dass ihm dieses Bewusstsein, Macht über Leben und Tod zu haben, sagen wir einfach, so zu Kopf gestiegen ist, dass er in den folgenden Jahren diese Macht immer wieder aufs Neue ausgeübt hat«, fasste die Psychiaterin zusammen.

»Ganz genau«, bestätigte Hölzle.

Schweigen am anderen Ende.

Sah er nun Gespenster? Reimte er sich jetzt Dinge zusammen, weil er auf Teufel komm raus den Mörder unter den Maaroder Stammtischmitgliedern vermutete und recht behalten wollte?

»Tja«, Professor Wulf klang bedächtig, »wenn wir davon ausgehen, dass die Theorie, dem Täter selbst sei vor langer Zeit an Buß- und Bettag etwas Schreckliches widerfahren, das in seinen Augen nie gerächt worden ist oder ihm vielleicht keine Gerechtigkeit zuteil wurde, stimmt«, sie machte eine kleine Pause, sprach ihre Gedanken, die sie gerade zu ordnen versuchte, laut aus, »dann könnte an Ihrer Vermutung etwas dran sein. Allerdings nur, wenn der Unfallverursacher den Angefahrenen beziehungsweise dessen persönlichen Hintergrund kannte. Dann handelt es sich aber eher nicht um eine dissoziale Persönlichkeit, sondern eher um jemanden, der ein traumatisches Erlebnis hatte, das nicht bewältigt wurde«, korrigierte sie ihre erste Einschätzung. »Wenn der Täter auf einem Gerechtigkeitsfeldzug ist, dann muss er gewusst haben, dass dieser Arzt Abtreibungen durchführte. Und er muss dies für schändlich, ja geradezu für verbrecherisch gehalten haben. Wenn man jemanden überfährt, dann gerät jeder erst einmal in absolute Panik. Und wenn man vielleicht gerade frisch den Führerschein bekommen hat, dann erst recht. Vielleicht war auch noch Alkohol im Spiel. Gerade eben hat das Leben angefangen. Man ist 18 oder 19, nabelt sich von zu Hause ab, fühlt sich frei, beginnt einen neuen Lebensabschnitt. Dann passiert so etwas. Ein riesiger Scherbenhaufen.«

»Und dann stellt man fest, dass derjenige, den man über den Haufen gefahren hat, kein guter Mensch war. Wieso wegen so jemandem seine Zukunft versauen?«, folgte Hölzle Wulfs Überlegungen. »Dann sorge ich dafür, dass dieser Jemand verschwindet. Auf immer. Denn der hat es ja nicht verdient, weiter zu leben, ich aber schon. Ich sorge jetzt für Gerechtigkeit, jetzt und in Zukunft.«

»Ich hätte es nicht besser ausdrücken können, Herr Hölzle. Es sind natürlich viele ›Wenn‹ in Ihrer Theorie enthalten, aber unmöglich ist sie nicht.«

Hölzle bedankte sich und dachte an das ehemalige

Heimkind Lutz. Hatte der kleine Lutz im Heim Schreckliches erleben müssen?

Als er zwei Stunden später hinunter zum Abendessen ging, saß nur Frank am Stammtisch, vor ihm ein fast leer gegessener Teller und ein Bierglas, in dem nur noch eine Pfütze des Hopfengebräus stand.

»Und wie hat dir Magdeburg gefallen?«, wollte er wissen, als Hölzle sich gesetzt hatte.

»Wenn ich ehrlich bin, viel gesehen habe ich nicht. Eigentlich gar nichts.«

Radegast hob erstaunt die Augenbrauen.

»Wie jetzt? Warst du gar nicht dort?«

Hölzle zögerte kurz.

»Ach, dir kann ich's ja sagen. Ich habe mich mit einer Expertin für forensische Psychiatrie getroffen.«

Lea kam an den Tisch, brachte Frank ein neues Bier, fragte nach Hölzles Essens- und Getränkewunsch.

»Ein dunkles Hefeweizen bitte und ein paar Thüringer Bratwürste mit Kraut und Brot.«

Franks Erstaunen war einem hochinteressierten Gesichtsausdruck gewichen.

»Lass hören. Warum? Wieso? Weshalb?«

»Du weißt doch, dass mich das umtreibt. Ich meine diese Morde. Sie lassen mir keine Ruhe. Zusammen mit Sabine habe ich einiges herausgefunden. Egal. Diese Psychologin war Gutachterin im Prozess gegen den – wie sagte Walter noch? – ach ja, den Braunlager Dorfdeppen. Sie hatte dem armen Kerl ein positives Gutachten ausgestellt, ihrer Fachmeinung nach war er mental gar nicht dazu in der Lage, diese Frau zu ertränken.«

Frank schüttelte den Kopf, seine eben noch interessierte Miene hatte sich schlagartig in eine genervte Gleichgültigkeit signalisierende Miene verwandelt.

»Du lässt wirklich nicht locker, oder? Ist doch ewig her.«

Hölzle war enttäuscht. Gerade weil Frank Journalist war, hatte er sich mehr Aufmerksamkeit von ihm erhofft. Nun machte Frank den Eindruck, als würde er sich keinen Deut um Hölzles Mutmaßungen scheren.

»Nein. Ich weiß, dass das keine Hirngespinste von mir sind, und ich werde den Kerl finden, der für all diese Verbrechen verantwortlich ist. Glaub mir. Und du hast die Story deines Lebens. Kannst dir schon mal die Exklusivrechte sichern«, versprach Hölzle.

Lea brachte seine Bestellung, und er begann zu essen.

»Was hast du morgen vor?«, fragte Frank in versöhnlichem Ton.

Hölzle schnitt ein Stück Wurst ab, häufte Sauerkraut darauf, schob das Ganze genüsslich in den Mund, schluckte.

»Wahrscheinlich noch mal nach Blankenburg. Weiß ich noch nicht genau«, antwortete er vage. Nachdem Frank sich wider Erwarten nicht für seine Recherchen interessierte, wollte Hölzle ihm nicht auf die Nase binden, dass er weitere Nachforschungen anstellen wollte. Wenn es überhaupt etwas zu forschen gab.

12. URLAUBSTAG

Hölzle saß am Frühstückstisch, surfte mit Sabines iPad durch die digitale Welt, als plötzlich Pastor Krause neben ihm stand.

»Entschuldigen Sie, ich möchte Sie nicht stören …«

»Sie stören nicht, setzen Sie sich«, Hölzle legte das iPad beiseite und sah den Kirchenmann gespannt an. Dieser schien definitiv etwas auf dem Herzen zu haben und haderte wohl immer noch mit sich, ob er, was immer es war, dies preisgeben sollte oder nicht.

»Gefällt es Ihnen hier bei uns?«, fragte Krause.

Hölzle musste beinahe schmunzeln. Die Frage war der Beweis, dass Krause etwas unter den Nägeln brannte, aber er immer noch oberflächliches Geplänkel vorzog.

»Ja, durchaus. Aber deswegen sind Sie nicht hier, richtig? Sie beschäftigt irgendetwas, das sehe ich. Erzählen Sie schon«, ermunterte Hölzle den hageren Mann mit dem Raubvogelgesicht.

Krause stieß hörbar die Luft durch die Nase aus.

»Ist nicht zu übersehen, oder?«, gab er mit einem gequälten Lächeln zu. »Als Sie vorgestern bei mir waren, erinnerte ich mich an etwas, das schon sehr lange her ist. Ich weiß nicht, ob es für Sie von Interesse ist, aber nach all den Jahren muss ich das loswerden, und Sie scheinen mir der geeignete Mann dafür zu sein.«

Für einen Augenblick hielt er inne, seufzte dann und erzählte in wohlüberlegten Worten von Josef Stürmers Beichte und dessen Freitod. Hölzles Puls legte einen Zahn zu. Also doch! Mit seiner Annahme, der Unfall sei der Auslöser für all diese Taten gewesen, hatte er instinktiv richtig gelegen. Dieser Automechaniker musste eine Heidenangst gehabt haben.

Verdammt! Wäre Stürmer mit seinem Verdacht gleich zur Polizei gegangen, hätte er nicht, ohne dass ihm dies anfangs bewusst gewesen war, die Beweise vernichtet, wären mindestens sieben Menschen heute noch am Leben und hätten nicht einen grauenvollen Tod sterben müssen. Und Stürmer hätte keinen Grund mehr gehabt, sich das Leben zu nehmen.

»Und Sie haben wirklich keinen Schimmer, wer Stürmer bedroht hat? Dass er bedroht wurde, steht wohl außer Frage. Sonst hätte er nicht so lange geschwiegen und sich dann noch am Abend seiner Beichte aufgehängt.«

Krause schüttelte beinahe unmerklich den Kopf, starrte auf die Tischplatte.

»Auch keinen Verdacht? Irgendwas?«

»Nein. Wirklich nicht. Stürmer hat keinen Namen genannt«, wieder verstummte er mehrere Sekunden, dann brach es plötzlich aus ihm hervor.

»In den Wochen nach Jupps Tod fühlte ich mich beobachtet, geradezu belauert. Es war ein seltsames Gefühl. Nein, das trifft es nicht. Es war regelrecht beängstigend. Ja, ich gebe zu, ich hatte Angst. Angst, dass mir etwas Schlimmes passieren würde, weil Stürmer gebeichtet hatte. Ich fürchtete, dass Jupps Besuch bei mir jemandem aufgefallen war. Jupp kam nämlich nie in die Kirche.« Gehetzt redet er weiter. »Wissen Sie, wenn derjenige, der den Unfallwagen fuhr, gesehen hat, dass Jupp auf einmal in der Sakristei auftauchte, dann hat derjenige bestimmt geglaubt, Jupp hätte ihn verraten, und ich wüsste nun ganz genau Bescheid.«

Plötzlich schien ihm ein ganz neuer Gedanke gekommen zu sein.

»Glauben Sie, Jupp hat sich vielleicht gar nicht erhängt, sondern jemand hat ihn umgebracht?«

Pastor Krauses Augen waren angstgeweitet, stachen dunkel aus dem bleichen Gesicht hervor.

»Nein, das wäre dem Gerichtsmediziner aufgefallen, hätte jemand nachgeholfen«, beruhigte Hölzle den aufgewühlten Mann wider besseres Wissen, denn so sicher, wie er klang, war er selbst nicht. Schließlich waren die anderen Todesfälle auch nicht sehr gründlich untersucht worden.

Seine Worte brachten das gewünschte Ergebnis, Krause atmete wieder normal, entspannte sich langsam.

»Danke, dass Sie mir zugehört haben. Halten Sie mich nun für einen schlechten Pastor, weil ich Jupps Tod nicht verhindert habe?«

»Nein, das tue ich nicht. Was hätten Sie denn auch machen können? Sie konnten ja nicht ahnen, dass Stürmer sich im Anschluss, nachdem Sie ihm angeboten haben, mit ihm zur Polizei zu gehen, aufhängt. Das Einzige, was Sie sich vorwerfen können, ist, dass Sie nach dem Selbstmord mit Ihrem Wissen nicht zur Polizei gegangen sind.«

»Sie können sich nicht vorstellen, wie oft ich darüber

schon mit mir ins Gericht gegangen bin. Ich hoffe, Gott wird mir verzeihen.«

Krause stand auf, legte für einen Augenblick seine Hand auf Hölzles Arm.

»Finden Sie denjenigen, der das alles getan hat. Mittlerweile bin ich überzeugt, dass Sie mit Ihren Vermutungen recht haben.« Dann drehte er sich um und verließ mit gesenktem Kopf den Harzer Krug.

Hölzle verzog sich auf sein Zimmer, legte sich aufs Bett, die Hände hinter dem Kopf verschränkt. Er schloss die Augen, ließ seine Gedanken schweifen. Im Halbschlaf irrlichterten Bilder und Personen vor seinen geschlossenen Lidern umher, bis er schließlich eindöste. Irgendwann riss ihn Queens ›Killer Queen‹ aus dem Schlaf. Sabine. Natürlich! Die Artikel über den Frauenarzt mussten in Sabines Auto liegen!

Hektisch setzte er sich auf, angelte nach seinem Handy, zu spät, das Klingeln hatte aufgehört, kurz darauf erfolgten zwei kurze Pieptöne, die signalisierten, auf seiner Mailbox wäre eine Nachricht eingegangen. Träge wählte er den Service an.

»Hallo, ich bin's, Sabine. Alles okay bei dir? Gibt es neue Erkenntnisse? Hab per Zufall deine Ex in der Stadt getroffen. Dass sie mir nicht in aller Öffentlichkeit bei Karstadt an die Gurgel gegangen ist, grenzt an ein Wunder. Ciao, bis bald.«

Hölzle wählte die Rückruftaste. Doch jetzt war er es, der auf die Mailbox quatschen musste.

»Sieh mal in deinem Auto nach, da müssen noch Zeitungsausdrucke liegen. Ruf mich an, wenn du sie gefunden hast.«

Er stand auf und beschloss, einen Spaziergang zu machen. Frische Luft würde ihm gut tun und Bewegung sowieso. Unterwegs erreichte ihn der Rückruf.

»Hi, die Artikel lagen unter dem Beifahrersitz, müssen irgendwie aus meiner Tasche gerutscht sein. Ich kann sie einscannen und dir per E-Mail schicken. Reicht dir das morgen Nachmittag? Ich hab viel zu tun und heute Abend gehe ich ins Theater.«

»Ja gut. Viel Spaß.«

Schade, er hätte die Berichte am liebsten heute noch gehabt, aber im Grunde wusste er ja mehr oder weniger, was drin stand. Er schickte Harry noch einen Gruß, dass er sich auf ihn freute, samt Foto der Stammtischrunde mit dem Hinweis »Mein Kreis der Verdächtigen«.

13. URLAUBSTAG

Frank Radegast war pünktlich. Er trug eine teure Markenjacke, die gegen Wind und Kälte schützte, und eine Fleecemütze auf dem Kopf. Derbe Wanderschuhe vervollständigten das Outfit.

»Es weht ein ziemlich kalter Wind, ich hoffe, du hast Handschuhe und Schal mit. Sonst fahren wir bei mir vorbei und ich leih' dir was«, sagte er zur Begrüßung, als er Hölzle abholte.

»Lass mal, ich glaube, ich bin ganz gut ausgerüstet«, lehnte Hölzle ab.

»Dann können wir ja gleich los.«

»Warte einen Moment, ich rufe Harry kurz an. Vielleicht klappt es ja noch, dass wir zusammen zum Ottofels wandern.«

Hölzle zog sein Handy hervor und wählte Harrys Nummer.

»Wo bist du jetzt? Wir wollen jetzt los«, sagte er, als Harry den Anruf entgegen nahm.

»Irgendwo vor Wernigerode, laut Navi noch etwa 30 Minuten bis zu dir.«

Hölzle sah zu Frank.

»Mein Freund braucht noch 'ne halbe Stunde, bis er hier ist. Wir können ja noch einen Kaffee trinken«, schlug er vor.

Radegast schüttelte den Kopf.

»Der Wetterbericht ist nicht so toll, mir wär's lieber, wir beide ziehen gleich los. Er kann ja später zum Gasthof an der Steinernen Renne kommen. Da kann er uns schon mal ein paar Bierchen ordern«, schlug er vor.

Hölzle gab Harry den Namen des Gasthofs durch und legte auf.

»Also dann los«, forderte er Frank auf.

Sie parkten am Gasthaus, und bevor sie losstapften, meinte Frank mit Blick auf einen schwarzen Toyota:

»Komisch. Was macht Lutz denn hier? Das ist sein Wagen.«

»Ist doch egal. Komm, lass uns losgehen«, erwiderte Hölzle und knuffte den Journalisten freundschaftlich in den Oberarm.

Auf der Holzbrücke, die über die Holtemme führte, blieben sie stehen, schauten auf das Wasser, das munter über die großen Steine floss, um sich dann in die Tiefe zu stürzen. Der Wind blies ihnen eisige Kälte ins Gesicht, Hölzle vergrub seine Hände tief in den Taschen seiner Jacke.

»Auf geht's, es wird sonst immer noch später«, nun war es Frank, der drängelte.

Hölzle nickte und folgte dem Journalisten hinüber auf die andere Seite. Trotz der Kälte gefiel ihm die Wanderung. Der schmale Weg war wildromantisch. Größere und kleinere Felsen lagen mitten im Weg, und die Nadelbäume schickten ihre Wurzeln wie ausgestreckte Finger quer über den Pfad. Man musste schon achtgeben, wo man hintrat. Je höher sie aufstiegen, desto nebliger wurde es, dafür hatte der Wind etwas nachgelassen, worüber Hölzle ganz froh war. Die versprochene Aussicht vom Ottofels würde wohl nicht so spektakulär werden, wie Frank versprochen hatte. Sie konnten sich glücklich schätzen, wenn sie überhaupt irgendwas sehen konnten.

»Wart's ab«, versuchte Frank, Hölzles Bedenken, der Weg wäre wahrscheinlich umsonst, zu zerstreuen, »dort oben kann es durchaus sein, dass der Herr ein Einsehen hat, und der Himmel aufreißt. Wäre nicht das erste Mal.«

»Wow, hätte nicht gedacht, dass du so gläubig bist«, scherzte Hölzle.

»Was heißt schon gläubig«, Frank zuckte mit den Schultern, »in die Kirche gehe ich nicht. Nicht mehr. Meine Tante hat Thomas und mich früher jeden Sonntag in die Kirche getrieben. Ich glaube, du hast sie kennengelernt. Tante Monika.«

»Ja richtig. Nette alte Dame. Sie hat mir erzählt, du und Thomas seid bei ihr aufgewachsen.«

Frank blies kräftig durch die Nase.

»Ja, stimmt. Laut Tante Monika wird der Herr alles richten, egal, wie lange es dauert.« Er grinste schief. »Nur oft dauert es zu lange. Manchmal muss man das Schicksal auch selbst in die Hand nehmen. Was hat sie denn sonst noch erzählt?«

Hölzle wickelte seinen Schal enger, der Wind fand irgendwie immer einen Weg, ihm seinen kalten Atem in den Nacken zu pusten.

»Nichts weiter eigentlich. Sie hat nur gesagt, eure Mutter sei früh gestorben, und euer Vater wäre nicht darüber hinweggekommen.«

»Das war alles?«, fragte Frank skeptisch.

»Na ja, sie hat schon erzählt, dass sich euer Vater das

Leben genommen hat. Muss ganz schön hart gewesen sein. Erst die Mutter, dann der Vater …«

»Ist lange her, Heiner. Wir haben nie darüber gesprochen. Thomas nicht, ich nicht und unsere Tante auch nicht.«

*

Harry Schipper stoppte an der ersten Tankstelle in Wernigerode, um eine Toilette aufzusuchen. Im Auto klingelte derweil sein Handy, der unbekannte Anrufer hinterließ eine Nachricht, bat um dringenden Rückruf. An der Kasse erstand Harry ein belegtes Brötchen und ein Päckchen Kaugummi.

»Und wo soll's heute noch hingehen?«, fragte die Frau, als sie abkassierte.

»Nach Maarode. Aber vorher treffe ich mich noch mit einem Freund an einem Gasthaus. Dort muss ein Wasserfall sein. Den Namen weiß ich grade nicht. Hab ich mir irgendwo aufgeschrieben.«

Die Frau lächelte ihn an.

»Ach, Sie meinen bestimmt den Gasthof an der Steinernen Renne.«

»Ja genau. So hat er gesagt. Ist das weit von Maarode?«

»Am besten, Sie fahren jetzt direkt von hier aus dorthin, das ist kürzer. Dauert vielleicht 20 Minuten, mehr nicht. Ich denke, Sie haben ein Navi, oder?«

Harry bedankte sich, ging zurück zum Auto und änderte sein Ziel. Die Frau hatte gut geschätzt, das Navi zeigte an, bei momentanem Verkehrsfluss wäre er in 19 Minuten am Gasthof. Den verpassten Anruf auf seinem Handy registrierte er nicht. Er drehte das Radio lauter und genoss die freie Fahrbahn.

*

»Wie alt warst du denn, als deine Mutter starb?«, wollte Hölzle wissen und versuchte, mit Frank Schritt zu halten. Der Journalist hatte ein ordentliches Tempo drauf und war steile Anstiege gewohnt. Hölzle musste sich anstrengen, um mitzuhalten.

»Sechs Jahre. Wieso willst du das wissen?«

Offenbar mochte Frank das Thema nicht.

»Nur so, interessiert mich eben. Muss schlimm sein, so früh die Mutter zu verlieren.«

Franks Gesichtszüge hatten einen starren Ausdruck angenommen.

»Ja, ist es. Für Thomas war es viel schlimmer. Er ist zwei Jahre älter als ich und hat noch mehr Erinnerung an unsere Mutter.«

»Woran ist sie gestorben? War sie krank?«, hakte Hölzle nach.

»Ich rede nicht gern darüber, eigentlich gar nicht. Sie ist tot. Ende.«

Hölzle akzeptierte die schroffe Abfuhr, doch er war sich nun ziemlich sicher, dass die Mutter der Brüder nicht krank gewesen war. Vielleicht depressiv? Hatte sie sich wie später der Vater auch das Leben genommen? Das musste ja furchtbar für die Kinder gewesen sein. Kein Wunder, wenn Frank nicht darüber sprechen wollte.

*

Harry Schipper erreichte den Parkplatz, auf dem mehrere Autos standen. Hölzles Tiguan war nicht dabei. Wahrscheinlich war dieser Frank gefahren. Er sah auf die Uhr. Würde wohl noch etwas dauern, bis die beiden von ihrer Wanderung zurückkämen. Bei der Kälte wäre es gemütlicher, im Gasthof bei einem Kaffee zu warten, andererseits könnte es auch nicht schaden, sich die Beine zu vertreten.

Auf der Rückbank lag Harrys dicke warme Jacke, im Fußraum hinter dem Fahrersitz hatte er gefütterte Schuhe mit einem guten Profil verstaut. Er tauschte die bequemen Turnschuhe gegen die anderen, schlüpfte in seine Jacke, nahm das Handy aus der Halterung und verschloss den Wagen. Harry sah sich um. So, und wo waren Heiner und Frank nun lang gegangen? Am besten, er fragte im Gasthaus nach dem Weg zum Ottofels.

*

Für einige Minuten gingen sie schweigend nebeneinander her, lauschten dem leisen Knirschen, das ihre Tritte auf dem steinigen Weg verursachten. In der Ferne kreischten Rabenvögel, dem Geschrei nach mussten es Hunderte sein.

»Sag mal, dieser Pfarrer, der letztes Jahr in Clausthal-Zellerfeld umgebracht wurde …«, begann Hölzle zögernd.

Radegast wandte den Kopf und sah ihn skeptisch an. »Jaaa«, dehnte er das Wort in die Länge, »was ist mit dem?«

»Ich hab deine Artikel dazu gelesen. Da hast du ja ordentlich recherchiert. Haben mir sehr gut gefallen.«

Franks Mund verzog sich zu einem Lächeln.

»War 'ne Menge Arbeit, hat sich aber gelohnt. Aber glaub mir, wirklich Spaß hat es nicht gemacht, immer neue Gräueltaten dieser scheinheiligen Typen aufzudecken beziehungsweise davon zu erfahren.«

Hölzle stolperte über eine Wurzel. Viel hätte nicht gefehlt, und er wäre der Länge nach hingestürzt.

»Verdammt!«

»Besser, du behältst die Augen auf dem Weg. Das ist ganz schön tückisch hier. Vor allem, wenn alles so nass ist wie heute.«

»Ja stimmt, einen Beinbruch könnte ich jetzt nicht wirklich gebrauchen.«

Hölzle marschierte weiter, den Blick auf den holperigen Weg geheftet.

»Ich bin trotz all der Dienstjahre auch immer wieder aufs Neue schockiert, wozu Menschen fähig sind«, nahm er den Faden wieder auf. »Unglaublich. Und irgendwie wird man das Gefühl nicht los, dass man gegen Windmühlen kämpft. Fasst man einen Verbrecher, stehen mindestens zehn neue auf.«

»Allerdings, das geht mir genauso«, bestätigte Frank. »Jeden Artikel, den ich über irgendeine Straftat schreibe, führt mir vor Augen, dass es zu viele Verbrecher gibt und zu wenige Menschen, die ihnen Einhalt gebieten können.«

»Was hast du eigentlich gegen Lutz?«, wechselte Hölzle das Thema.

»Wie kommst du denn jetzt auf den?«

»Weiß nicht genau. Fiel mir grade so ein, weil doch sein Auto auf dem Parkplatz stand. Ich mach mir nur so meine Gedanken. Erika hat mir erzählt, dass er als Kind im Heim gewesen ist, wer weiß, was er …«

Frank blieb plötzlich stehen und tippte Hölzle am Arm.

»Und hier ist der Ottofels. Toll, oder?«

Hölzle hob den Blick und fand sich plötzlich am Fuße aufragender Felsblöcke wieder, die aussahen, als hätte ein Riese sie übereinandergestapelt. Und wie Frank versprochen hatte, ragten die Granitblöcke in einen hellblauen Himmel hinein.

»Wow! Das muss ich erst mal festhalten!«

Hölzle zog sein Handy heraus, legte Frank den linken Arm um die Schultern, zog ihn zu sich heran. Dann drehten sie dem mächtigen Felsen den Rücken zu.

»Selfie ist angesagt. Los, einmal lächeln bitte.«

Die beiden Männer grinsten, die Köpfe aneinander gelehnt, in die Kamera.

»Das schick ich gleich mal Harry. Und dann steigen wir auf. Und wehe, die Aussicht hält nicht, was du versprochen hast«, drohte Hölzle im Scherz, »dann kannst du was erleben!«

»Du wirst schon sehen, glaub mir, das wird ein ganz besonderes Erlebnis«, lachte Frank übermütig. »Bin gespannt auf deinen Kollegen. Wenn er dir ähnlich ist, dann verstehen wir uns bestimmt bestens!«

*

Es wäre nicht so weit vom Gasthaus bis zum Ottofels, hatte ihm die Frau vom Gasthof erklärt. Einfach über die Holzbrücke und dem Felsenpfad folgen. Harry ging zügig voran, setzte in gleichmäßigem Tempo einen Fuß vor den anderen und stellte fest, dass, obwohl er ziemlich fit war, das Bergaufgehen anstrengender war, als gedacht. Als Bremer war man eben ein Flachlandtiroler. In seiner dicken Jacke kam er sogar etwas ins Schwitzen.

Das Handy vibrierte. Hölzle. Harry sah sich das Foto an. Zwei Männer, die sich offenbar mochten, im Hintergrund riesige aufeinander getürmte Felsen und blauer Himmel. Tolles Bild. Er klickte das Bild weg und bemerkte erst jetzt, dass eine Nachricht auf seiner Mailbox hinterlassen worden war.

»Hallo, Herr Schipper«, sagte eine Frauenstimme, als er die Mailbox angewählt hatte, »hier spricht Anne Brink. Bitte rufen Sie mich dringend zurück. Es ist sehr wichtig.«

Mit Mirja Ploss' Mutter hatte Harry nun zuletzt gerechnet. Er drückte die Rückruftaste. Nach dreimaligem Durchklingeln antwortete Anne Brink.

»Ja, hier Brink.«

»Hier spricht Harry Schipper, Sie baten um meinen Rückruf. Ist etwas mit Ihrer Tochter passiert?«

»Mirja hat sich an den Mann im Supermarkt erinnert. Im Augenblick sitzt sie bei einer Freundin, die per Computer Phantombilder für die Polizei anfertigt. Mirja ist einerseits mit den Nerven am Ende, andererseits sieht sie so die Möglichkeit, den Mörder ihrer Freundin Ina zu finden. Sie ist wie elektrisiert. Vorausgesetzt natürlich, das war tatsächlich dieser Mann. Sie bat mich, Sie zu informieren.«

Das waren ja tolle Neuigkeiten, Hölzle würde sich freuen.

»Wo kann ich Ihre Tochter erreichen?«

Anne Brink schickte ihm die Nummer ihrer Tochter per SMS, und Harry wählte sie direkt an.

»Frau Ploss, hier ist Harry Schipper von der Kriminalpolizei. Ihre Mutter sagte, Sie erinnern sich an den Mann im Supermarkt?«

»Ja. Es ist völlig verrückt. Seit Ihrem Besuch ging mir das nicht mehr aus dem Kopf, und gestern Abend, ich war gerade am Einschlafen, springt mich dieses Gesicht geradezu an.«

»Haben Sie schon ein Bild beziehungsweise Ihre Freundin, das Sie mir senden können?«

»So ganz stimmt es noch nicht, aber was Tanja bisher zusammengebastelt hat, kommt diesem Typen sehr nahe. Natürlich könnte der heute auch ganz anders aussehen, es ist ja Jahre her. Aber ich musste einfach etwas tun.«

»Das verstehe ich, Frau Ploss. Ich finde es ganz toll, dass Sie sich noch mal mit diesem schrecklichen Tag auseinandersetzen.«

»Danke. Tanja schickt Ihnen gleich ein Bild.«

Harry legte auf und ging weiter. Kaum eine Minute später erschien das computergestützte Phantombild eines Mannes. Harrys Herz schien für einen Moment auszusetzen. Dann begann er zu rennen und stürmte den felsigen Pfad mit rasendem Herzen bergauf.

*

Frank und Hölzle erklommen den Ottofels über mehrere steile stählerne Leitern. Oben angekommen blies der Wind wieder kräftig, unten am Fuß des Felsens war nichts zu spüren gewesen. Etwas außer Atem umfasste Hölzle das Sicherheitsgeländer, stemmte sich dagegen und sah in der Ferne den Brocken. Er war begeistert.

»Jetzt schau mal dorthin«, sagte Frank und zeigte mit ausgestrecktem Arm in eine andere Richtung, »du kannst bis ins Harzvorland sehen. Und dort kann man sogar das Schloss von Wernigerode erkennen. Na, zu viel versprochen?«

Hölzle sah seinen Begleiter mit glänzenden Augen an.

»Nein. Das ist wirklich sagenhaft. Danke, dass du mich hierher geschleppt hast.«

»Wenn du willst, können wir auch dort noch hochklettern.« Frank deutete auf den gegenüberliegenden Felsen. »Allerdings gibt es keine Leitern.«

»Ja klar, das kriegen wir schon hin.«

Hölzle fühlte sich wie ein kleiner Junge, der überall hinaufklettern konnte, ohne dass eine besorgte Mutti dabei stand. Herrlich.

Sie stiegen hinab und standen dann vor den aufragenden Felsblöcken gegenüber dem Ottofels.

»Ich schlag mich mal eben in die Büsche«, meinte Frank und verschwand um die Ecke.

Hölzle stand vor der Felswand und hielt Ausschau nach dem geschicktesten Weg, über den er dort hinaufgelangen konnte. Aus dem Nichts traf ihn ein gewaltiger Schlag auf den Hinterkopf und er brach bewusstlos zusammen.

*

Harrys Lungen brannten, sein Herz schlug spürbar bis in den Hals, seine Beine waren nahe daran, den Dienst zu versagen. Doch er hetzte weiter bergauf. Der Gedanke an seinen Freund ließ ihn die Schmerzen vergessen, Adrenalin und Cortisol aus den Nebennieren peitschten ihn weiter. Während er weiterhastete, schalt er sich einen Idioten. Warum hatte er das Bild nicht einfach mit einem kurzen Kommentar an Hölzle weitergeleitet? Kopflos war er losgespurtet! Wie ein Polizeianfänger! Nein, nicht mal das. Egal, weit konnte es nicht mehr sein bis zu diesem verdammten Felsen. Weiter, Harry, weiter, gib alles!

Ein Schuss bellte durch den Wald, und Harry fuhr zusammen, als hätte ihn selbst eine Kugel getroffen. Hatte Hölzle seine Waffe mit? Blödsinn! Hölzle befand sich im Urlaub. Es war verboten, die Dienstwaffe mitzunehmen. Plötzlich gaben die Bäume die Sicht auf den Felsen frei, am Boden lag eine regungslose Person.

Harry stoppte abrupt. Jetzt war Besonnenheit angesagt. Er drückte sich an den Stamm einer Esche, suchte mit den Augen die Umgebung nach verdächtigen Bewegungen ab, lauschte nach ungewöhnlichen Geräuschen. Nichts. Nur das leise Rauschen der Bäume war zu hören. Vorsichtig lugte er hinter dem Baumstamm hervor, konnte von hier aus den Oberkörper der am Boden liegenden Person erkennen. Diese Jacke hatte er schon x-mal gesehen. Am Boden lag Hölzle. Bewusstlos oder tot, das vermochte Harry von hier aus nicht zu sagen.

Er wartete noch eine Minute, zählte langsam bis 60. Nach wie vor rührte sich nichts und niemand. Die Umgebung schien sicher, und Harry hastete hinüber zu Hölzle, legte zwei Finger an dessen Hals. Gott sei Dank. Puls war zu spüren. Blut rann unter Hölzles Kopf hervor, sein Gesicht war weiß. Harry kniete sich hinter seinen Freund, fasste ihn unter den Achseln und richtete Hölzles Oberkörper auf, lehnte ihn gegen seine Brust, Blut sickerte dunkel auf Harrys Jacke.

Harry zog sein Handy heraus, wählte den Notruf, dann klopfte er Hölzle an die Wange.

»Mach keinen Scheiß, Heiner. Mach jetzt bloß keinen Scheiß.«

Nach einer gefühlten Ewigkeit begannen Hölzles Augenlider zu flattern. Gott sei Dank, er kommt zu sich, dachte Harry.

»Heiner. Kannst du mich hören? Sag was oder gib mir ein Zeichen.«

Nichts, außer den zuckenden Lidern. Bis Hilfe hier in diesem unwegsamen Gelände eintraf, konnte es noch dauern. Harry zückte erneute das Handy, wählte Adlerblicks Nummer.

»Oh, was verschafft mir denn die Ehre?«, meldete sich Dr. Adler-Petersen spöttisch. »Haben Sie eine Leiche für mich? Dann muss die bis nachher warten, ich hab Mittagspause.«

»Halt den Mund und hör mir zu«, fuhr Harry die Rechtsmedizinerin an, ohne zu bemerken, dass er sie plötzlich duzte. »Hölzle ist verletzt. Blutet am Hinterkopf, war bewusstlos, als ich ihn fand. Jetzt zucken die Lider, das ist alles. Was zum Teufel soll ich tun? Befinden uns mitten im Wald bei so einem beschissenen Felsen. Bis der Notarzt eintrifft, kann es dauern.«

»Vermutlich hat er ein Schädelhirntrauma«, antwortete die Rechtsmedizinerin ganz ruhig, die Sorge um Hölzle war ihrer Stimme nicht anzumerken. »Richten Sie den Oberkörper um circa 30 Grad auf. So sinkt der Gehirndruck. Wenn er zu sich kommt, fragen Sie ihn, wie er heißt, wer er ist und so. Fordern Sie ihn auf, sich zu bewegen. Wenn er orientiert ist und Bewegungen ausführen kann, ist es nicht so schlimm. Dann hat er wahrscheinlich nur eine ordentliche Gehirnerschütterung.«

Harrys Knie begannen auf dem kalten harten Stein zu schmerzen, doch er wagte es nicht, seine Position zu verändern. So wie Hölzle nun an seiner Brust ruhte, war es gut. Er legte das Handy neben sich auf den Boden, schaltete auf Lautsprecher um.

»Was ist passiert?«, wollte Sabine wissen.

»Ich weiß es nicht genau, es ist auch geschossen worden. Ah, ich glaube, er kommt zu sich.« Harry sah auf Hölzle hinunter. »Heiner! Heiner!«

»Sagen Sie ihm, er soll zwei Finger hochhalten«, tönte es aus dem Handy.

»Heiner, halte zwei Finger hoch«, forderte Harry ihn auf. Nichts. »Er macht nix«, informierte er Sabine.

»Dann kneifen Sie ihn in die Augenbraue.«

»Was?«

»Nun mach schon.« Auch Adler-Petersen war nun nahtlos zum ›du‹ übergegangen.

Harry kniff in Hölzles linke Augenbraue, dieser reagierte mit Abwehr.

»Und?«

»Er hat nach meiner Hand geschlagen, schwach, aber er reagiert.«

»Sehr gut.«

»Frag ihn, welches Jahr wir haben.«

»Heiner, in welchem Jahr befinden wir uns?«

»2002.«

»Ich hab's gehört. Falsche Antwort. Er ist desorientiert. Aber er hat zwölf Punkte erreicht.«

»Was soll das bedeuten? Zwölf Punkte auf der Richterskala, oder was? Zwölf Punkte von wie vielen?«

Harry spürte seine Beine nicht mehr. Wie abgestorben. Die ungewohnte Stellung behinderte den Blutfluss, die Kälte tat ihr Übriges.

»Es gibt ein Punktesystem zur Bewertung der Schweregrade von Schädelhirntraumata. Die Höchstpunktzahl liegt bei 15. Keine Sorge, unser Brezelmännchen wird wieder.«

Harry hörte Stimmen.

»Ich glaube, der Rettungstrupp kommt«, seufzte er erleichtert.

Hölzle wurde ins Klinikum Wernigerode gebracht und kam auf die Intensivstation. Die Computertomografie hatte glücklicherweise keine Raumforderung gezeigt, der Hirndruck war im Normbereich. Trotzdem sollte er intensivmedizinisch weiter betreut werden. Harry hatte, noch während Hölzle auf eine Trage geschnallt wurde, die Kollegen der Kriminalpolizei informiert und den Besuch bei seiner Cousine in Dresden abgesagt. Sabine kam noch am Donnerstagabend nach Maarode und logierte sich bis zum Sonntag wieder im Harzer Krug ein.

Hölzle war *das* Thema am Stammtisch, nachdem Sabine und Harry vom Krankenhaus zurückkamen. Mitten in das Stimmengewirr platzten zwei Kriminalbeamte. Und schlagartig herrschte Ruhe.

»Befindet sich unter Ihnen ein Herr Harry Schipper?«, fragte einer von ihnen in den Raum.

Harry stand auf und gab sich zu erkennen. Er bat die Kollegen, mit auf sein Zimmer zu kommen, damit sie in Ruhe reden konnten.

»Kollege Schipper, wir haben das Gebiet um den Ottofels durchkämmt und sind auf eine männliche Leiche gestoßen. Der Mann wurde erschossen, aber neben seiner Leiche lag noch ein Schwert. Die Leiche ist bereits auf dem Weg in die Gerichtsmedizin in Magdeburg, daher haben wir den Mann fotografiert.«

Der Beamte, der sich als Hendrik Möller vorgestellt hatte, zeigte Harry das Bild.

»Ist das der Mann, mit dem der Kollege Hölzle unterwegs war?«

»Ja. Eindeutig. Ich habe hier ein Foto, das kurz bevor ich meinen Chef gefunden habe, aufgenommen wurde. Das ist definitiv derselbe Mann. Sein Name ist Frank Radegast.«

Möller warf einen Blick auf Harrys Handy und nickte.

»Und Sie haben sonst niemanden bemerkt, bevor der Schuss fiel?«

Schipper schüttelte den Kopf.

Bevor die Beamten weitere Fragen stellen konnten, rauschte Erika Pohl ins Zimmer. Sie hatte nur pro forma angeklopft und im selben Augenblick die Tür aufgerissen. Ungehalten drehten sich die drei Männer zu ihr.

»Äh, Entschuldigung, wenn ich so rein platze, aber das ist wichtig!«, begründete sie ihren Überfall, zitternd stand sie an den Türrahmen gelehnt.

Alle drei sahen sie erwartungsvoll an, dann stammelte sie:

»Nnnn…Nicola hat Thomas gefff…unden. Er hhh… at sich ummm…gebracht.« Sie atmete tief durch, fing sich wieder. »Die Arme hat einen Nervenzusammenbruch erlitten.«

»Wer bitte sind Nicola und Thomas?« Möller blieb ganz ruhig.

»Sie ist Thomas Radegasts Frau, er ist Franks Bruder.«

Thomas Radegast lag vor einem seiner Bücherregale, die Waffe neben ihm. Die Spurensicherung war bereits zusammen mit weiteren Polizisten vor Ort, als Harry, Möller und sein Kollege eintrafen. Dr. Sabine Adler-Petersen hatte darum gebeten, mitkommen zu dürfen, was ihr niemand verwehrt hatte. An Selbstmord zweifelte niemand, Thomas Radegast hatte sich die Waffe unter das Kinn gehalten und abgedrückt. Kein schöner Anblick.

Ein Mitarbeiter der Spurensicherung fischte mehrere Blätter Papier aus Radegasts Jackentasche.

»Scheint ein Abschiedsbrief zu sein«, meinte er, als er einen Blick darauf geworfen hatte. Er ließ den Brief in eine Papiertüte gleiten, verschloss diese und übergab sie Möller.

»Er muss das geplant haben«, konstatierte Möller. »Morgen wird die Kriminaltechnik damit fertig sein, denke ich. Bin gespannt, was da alles drinsteht. Wissen Sie Näheres über die Brüder?«, wandte er sich an Harry.

»Nein, das Einzige, was ich Ihnen zu dem Geschehen sagen kann, ist, dass Hölzle den Verdacht hatte, hier läuft ein Serienmörder frei rum.«

»Bitte?« Möller und Kollegen zogen ungläubig die Augenbrauen hoch.

»Längere Geschichte, fragen Sie am besten Hölzle, wenn er wieder soweit hergestellt ist.«

Sabine Adler-Petersen hatte den Wortwechsel mitbekommen und trat zu den Männern.

»Ich kann Ihnen mehr erzählen als der Kollege hier.«

Möllers Augen wurden mit jedem Wort, das er von Sabine zu hören bekam, größer.

Hölzle erholte sich überraschend schnell und konnte kaum fassen, was passiert war. Frank Radegast hatte versucht, ihn umzubringen, dessen Bruder Thomas war wohl noch gerade rechtzeitig gekommen, um dies zu verhindern und hatte sich im Anschluss daran selbst das Leben genommen. Thomas musste geahnt haben, dass Frank den Kriminalhauptkommissar am Ottofels töten wollte, weil dieser mit seinen Nachforschungen nicht locker gelassen hatte, und hatte deswegen bereits an den Felsen auf die beiden gewartet. Alles, was er brauchte, war eine Bestätigung seines Verdachts. Und die hatte Frank ihm geliefert, als er Hölzle mit der flachen Seite eines Schwertes niederschlug. Beweise, dass Frank weitere Morde begangen hatte, gab es nicht. Doch Thomas wusste tief in seinem Inneren, dass es so war.

Der Brief, der bei Thomas gefunden worden war, erzählte eine lange Geschichte, beginnend mit dem Mord an der Mutter der Brüder. Vor 35 Jahren war sie brutal umgebracht worden, doch den Mörder hatte man nie gefasst. Frank war damals sechs Jahre alt gewesen. Thomas schrieb, dass Frank diesen Verlust nie verwunden hatte, sich betrogen und ohnmächtig fühlte. Wieso hatte jemand ihm die Mutter genommen? Und warum wurde niemand dafür verantwortlich gemacht? Wozu gab es denn Polizei und Gerichte? Die mussten doch jemanden dafür zur Verantwortung ziehen. Nachdem dann auch noch der Vater Trost und Zuflucht im Alkohol gesucht hatte, statt sich um seine Söhne zu kümmern, fühlte sich Frank wieder hilflos den Launen und dem Tun der Erwachsenen ausgeliefert. Zwar war er jetzt noch ein Kind, aber er würde erwachsen werden, und niemand, *niemand* würde ihn jemals wieder ungerecht behandeln, er würde für Gerechtigkeit sorgen. Er hätte dann die Macht, über Recht und Unrecht zu entscheiden. Das hatte er immer wieder zu seinem großen Bruder gesagt. Thomas hatte den Jüngeren reden lassen, geglaubt, es würde Frank gut tun, könnte er doch so das Geschehene besser verarbeiten.

Nach dem Selbstmord des Vaters waren die aggressiven Ausbrüche, die Frank schon als Kindergartenkind entwickelt hatte, immer ausgeprägter zutage getreten. Tante Monika hatte sich zwar rührend um die Kinder gekümmert, doch ihre Ansichten, dass alles gottgegeben war, was passierte, teilten die Brüder nicht. In der Schule hatte es Situationen gegeben, bei denen Frank mit einer Brutalität ans Werk ging, um seine Ansichten durchzusetzen, die ihresgleichen suchte, und Tante Monika hatte beim Schulleiter vorsprechen müssen. Unter der Androhung, von der Schule zu fliegen, hatte sich sein Verhalten dann geändert. Frank hatte sich nun besser unter Kontrolle, und Thomas glaubte, sein Bruder würde doch allmählich vernünftig.

Dann war es zu diesem unsäglichen Unfall gekommen. Thomas hatte den Wagen gelenkt und Sebastians Onkel, den Frauenarzt, überfahren. In seiner Angst vor einer Freiheitsstrafe und einem schon in jungen Jahren versauten Leben, hatte er sich darauf eingelassen, dass Frank nun endgültig das Ruder übernahm. Er war schon immer der Stärkere der beiden gewesen.

Erstmalig war in Thomas der Verdacht aufgekeimt, sein Bruder könnte ein Mörder sein, als die Leiche des Dachdeckermeisters Bernhard Ries gefunden wurde. Frank hatte sich in den Wochen davor immer intensiver für mittelalterliche Geschichte interessiert. In der Schule und auch während seines Studiums waren ihm das Mittelalter und alles, was damit zusammenhing, sei es Politik, Kunst oder Religion dieses Zeitalters vollkommen egal gewesen. Nun aber war er richtiggehend eingetaucht in die damalige Rechtsprechung und die damit einhergehenden Urteile. Äußerte sich von einem Tag auf den anderen negativ über Andersgläubige oder Homosexuelle. Jedes kleinste Vergehen war für ihn plötzlich Grund genug, drastische Strafen zu verlangen. Oft spiegelten sich diese Ansichten auch in seinen Artikeln wieder, zwar versteckt, für Thomas aber deutlich.

Thomas hatte es nie fertiggebracht, seinen Bruder mit seinem Verdacht zu konfrontieren. Im Gegenteil. Verdrängung schien ihm der einfachere und bessere Weg. Er hatte sich eingeredet, *er* hätte Franks Interesse am Mittelalter geweckt. Im vergangenen Sommer jedoch hatte er Frank bei Simon angetroffen. Beide waren dabei gewesen, Holz für den bevorstehenden Winter zu spalten. Dass sein Bruder aus dicken Stämmen Holzscheite mit einer solchen Präzision herausschlagen konnte, hatte ihn verblüfft. Auch die gewaltige Kraft, die hinter den Axtschlägen steckte, hätte er Frank nie zugetraut.

Dann wurde Stellas kopflose Leiche gefunden, und erneut regten sich Zweifel an der Unschuld seines Bruders. Als dann dieser Bremer Kommissar auftauchte, sich als Urlaubslektüre das Tagebuch eines Scharfrichters vornahm und daraus merkwürdige Zusammenhänge zu längst verstorbenen Personen herstellte, fühlte sich Thomas in seinem furchtbaren Verdacht bestätigt, Frank könnte für mehrere Morde verantwortlich sein.

Thomas war aufgefallen, dass Frank Hölzle geradezu gedrängt hatte, zu zweit zum Ottofels zu wandern. Ohne Hölzles Kollegen. Dann hatte er am Donnerstagmorgen festgestellt, dass eines seiner Schwerter fehlte. Das aus der Gästetoilette. Am Tag zuvor war Frank in seinem Haus gewesen. Sein Bruder besaß einen Schlüssel, so wie Thomas über einen Schlüssel zu Franks Wohnung verfügte. Frank hatte angekündigt, er müsse ins Haus, um sich Werkzeug zu holen. Thomas hatte zwar ein ungutes Gefühl beschlichen, doch mit welcher Begründung hätte er seinem Bruder den Zutritt zum Haus verweigern sollen? Und vielleicht hatte sich Frank ja tatsächlich Werkzeug leihen wollen.

Als er die leere Stelle in der Gästetoilette bemerkt hatte, erinnerte er sich urplötzlich daran, dass Frank sich das Schwert vor Jahren schon einmal ausgeliehen hatte, mit der Begründung, er brauche das Ding als Anschauungsmaterial, um es für einen Artikel über das Revival des Mittelalters so authentisch wie möglich beschreiben zu können. Thomas musste seinen Bruder aufhalten, und genau das würde er auch tun. Er. Nicht die Polizei. Als Mitglied des Schützenvereins hatte er einige Pistolen und Gewehre zu Hause im Waffenschrank.

Thomas hatte sich für die Beretta entschieden und war zum Ottofels gefahren. Da er wusste, dass Frank und Hölzle sich vom Gasthaus aus dem Felsen nähern würden, kam er aus der anderen Richtung. Alles, was er nun zu tun hatte, war, zu warten. Als sein Bruder den Kriminalhauptkommissar mit dem Schwert, das er einen Tag zuvor in einer Felsspalte verborgen hatte, niederschlug, war Thomas aus seinem Versteck getreten. Frank war entsetzt gewesen, als er seines Bruders gewahr wurde, und hatte dann aber kaltblütig das Schwert gegen Thomas geschwungen.

›*Mein eigener Bruder hätte mich einfach umgebracht, nur um sein mörderisches Werk an Hölzle fortzusetzen. Es ist mir nicht eine Sekunde schwergefallen, den Abzug zu betätigen. Es tut mir nicht leid. Leidtut es mir um all die Menschen, die mein Bruder auf dem Gewissen hat*‹, lauteten die letzten Sätze des Briefes. Zum Schluss stand ein einfaches ›*Verzeih mir, Nicola*‹.

Franks Leiche war im Dickicht des steilen Abhangs am Ottofels gefunden worden. Warum Thomas sich diese Mühe noch gemacht hatte, statt Hölzle zu helfen, blieb im Dunkeln. Genauso wie die Frage, warum er überhaupt gewartet hatte, bis Frank Hölzle angriff, denn die Erklärung im Brief, Thomas hätte den Angriff als Bestätigung für seinen Verdacht gebraucht, klang fadenscheinig. Vielmehr glaubte Hölzle, dass Thomas bis zu diesem Moment immer noch nicht wahrhaben wollte, was für ein Monster sein Bruder war.

Hölzle war es schlussendlich egal. Er hatte verdammt viel Glück gehabt, dass er das Schicksal der anderen Opfer nicht hatte teilen müssen. Richard Wiprecht war wieder ein freier Mann, der Fall Rüdiger Lommetz würde neu aufgerollt werden. Die Kriminalpolizei hatte Frank Radegasts Wohnung auf den Kopf gestellt und war letztlich fündig geworden. Der Journalist hatte seine Taten schriftlich festgehalten. Detailliert beschrieben, warum diese Menschen sich – in seinen Augen – eines Verbrechens schuldig gemacht hatten, welches Urteil er darüber gefällt hatte, woher er die Opfer kannte, welchen Tod sie sterben sollten. Die Morde waren von langer Hand geplant gewesen. Nur der Brand in der Blockhütte, bei der Ina Weidinger ums Leben kam, war eine spontane Entscheidung gewesen, nachdem er die beiden Frauen im Supermarkt getroffen hatte.

Hölzle hatte sich in Franks Augen des Hochverrats schuldig gemacht, wie die Aufzeichnungen zeigten. Zunächst wurde Goethe zitiert. ›*Man kann den Hochverrat nicht schrecklich genug bestrafen.*‹

Darauf folgten Franks eigene Gedanken:

›*Ich habe ihn freundlich aufgenommen, ihn teilhaben lassen, und er hört nicht auf, zu zweifeln. Stellt immer mehr Fragen, glaubt mir nicht. Hochverrat wird mit dem Schwert bestraft.*‹

Seine Absicht war es gewesen, Hölzle mit dem Schwert zu köpfen, sich, nachdem er das Schwert wieder an Ort und Stelle gebracht hätte, selbst Verletzungen beizubringen, die glaubwürdig erscheinen sollten, als wären sie beide angegriffen worden. Und nur er hätte es gerade geschafft, zu entkommen. Es gab viele Möglichkeiten, vom Ottofels zurück zum Auto zu gelangen, sodass es vermeidbar gewesen wäre, Harry unterwegs in die Arme zu laufen, der vom Gasthaus mit Sicherheit den direkten Weg wählen würde. Frank hatte alles nahezu minutiös durchgeplant, an alles gedacht. Nur dieses Mal hatte er die Rechnung ohne seinen Bruder gemacht.

Als Hölzle aus dem Krankenhaus entlassen wurde und im Harzer Krug gemeinsam mit Harry seine Sachen abholte, war die gesamte Stammtischrunde angetreten. Alle klopften ihm auf die Schulter, murmelten Unverständliches. Nur Erika drückte ihn herzlich und bat ihn, den Harz trotz all der schrecklichen Geschehnisse wieder einmal zu besuchen.

Hölzle lächelte verschmitzt und gab sich locker und entspannt.

»Na klar doch, jetzt, wo der Henker selbst gerichtet wurde.«

Doch insgeheim wusste er, dass er mehr denn je eine Auszeit brauchte. Na ja, er hatte immer noch Urlaub, und irgendeinen last-minute-Flug an einen sonnigen Ort würde es vom Flughafen Bremen bestimmt geben.

ENDE

NACHWORT UND DANK

Die einigen Kapiteln vorangestellten Tagebuchauszüge eines Scharfrichters wurden in leicht veränderter Form dem Buch ›Hinrichtungen und Leibstrafen: Das Tagebuch des Nürnberger Henkers Franz Schmidt‹ entnommen.

Unser Dank gilt wie immer Arlena, Georg und Ralf für ihre kritischen Anmerkungen. Ebenso danken wir Kriminalhauptkommissar Jean-Pierre Kryger von der Polizei Bremen, der jeden Hölzle-Fall mitbetreut.

Auch ein Dankeschön an Dr. Wolf, die ihr Fachwissen zu den beiden Gesprächen zwischen Hölzle und der forensischen Psychiaterin bezüglich des Täters und Rüdiger Lommetz beisteuerte.

Vielen Dank Oberbrandmeister Karl-Heinz Dringen, der Chris Sommer bei den Brandstiftungen behilflich war.

Und wir danken unserer Lektorin Claudia Senghaas, die hier selbstverständlich nicht fehlen darf.

Zuletzt ein dickes DANKE all denjenigen, die Hölzle lieb gewonnen haben.

Weitere Krimis finden Sie auf den folgenden Seiten und im Internet:

WWW.GMEINER-SPANNUNG.DE

L. SKALECKI / B. RIST
Rotglut

978-3-8392-1442-8 (Paperback)
978-3-8392-4197-4 (pdf)
978-3-8392-4196-7 (epub)

»Hintergründig, spannend, überraschend … So soll ein Krimi sein. Ich bin begeistert.«
Arno Strobel, Bestsellerautor

Während des WM-Spiels Deutschland – England 2010 wird ein Mann schwer verletzt im Bürgerpark aufgefunden. Bevor er stirbt, haucht er einen Namen. Kommissar Heiner Hölzles Ermittlungen ergeben, dass der Mann bereits seit mehr als 35 Jahren als tot gilt. Hölzle und sein Team tauchen tief ein in die Geschehnisse der 70er-Jahre, der Zeit der RAF, und finden Verbindungen zu einem Entführungsfall sowie zum Bombenattentat auf dem Bremer Hbf. Und plötzlich muss sich Hölzle auch noch mit dem Verfassungsschutz auseinandersetzen, der ein reges Interesse an dem Fall zu haben scheint …

L. SKALECKI / B. RIST
Schwanensterben

978-3-8392-1230-1 (Paperback)
978-3-8392-3791-5 (pdf)
978-3-8392-3790-8 (epub)

An einem Tag im November wird die Leiche der jungen Russin Sonja Achmatova in einem Wassergraben auf einem Reiterhof am Rande Bremens gefunden. Kriminalhauptkommissar Heiner Hölzle verdächtigt zunächst den Pferdepfleger Pjotr, der ein Verhältnis mit dem Opfer hatte. Doch im Laufe der Ermittlungen entdecken Hölzle und seine Kollegen zunächst Parallelen zu zwei ungeklärten Mordfällen aus den 70er-Jahren und stoßen schließlich auf eine Spur, die bis in das Jahr 1943 reicht …

Das Neueste aus der Gmeiner-Bibliothek

Unser Lesermagazin

Bestellen Sie das kostenlose Krimi-Journal in Ihrer Buchhandlung oder unter www.gmeiner-verlag.de

Informieren Sie sich ...

www ... auf unserer Homepage:
www.gmeiner-verlag.de

@ ... über unseren Newsletter:
Melden Sie sich für unseren Newsletter an unter www.gmeiner-verlag.de/newsletter

f ... werden Sie Fan auf Facebook:
www.facebook.com/gmeiner.verlag

Mitmachen und gewinnen!

Schicken Sie uns Ihre Meinung zu unseren Büchern per Mail an gewinnspiel@gmeiner-verlag.de und nehmen Sie automatisch an unserem Jahresgewinnspiel mit »mörderisch guten« Preisen teil!